Küsse im Kilt

Anne Stevens

ISBN: 9798415361960

ÜBER DAS BUCH

»Was, wenn das Herz nicht begreift, was der Kopf ihm sagt?«

Mit ihrem Job als Illustratorin verliert Catlyn Dunn nicht nur ihren Lebenstraum – sie hat plötzlich auch jede Menge Zeit, um ihre grantige Tante im fernen Schottland zu pflegen. Dabei sind die eigenbrötlerische Weberin und die sturmumtosten Äußeren Hebriden das Letzte, wonach Cat gerade der Sinn steht – bis sie Gavin Mackay trifft.

Der ebenso kantige wie charmante Schotte ist wie Cat zu Besuch auf der Insel – und er verspürt das gleiche Knistern wie Cat, sobald sie zusammentreffen. Nichts spricht dagegen, sich auf Zeit aufeinander einzulassen. Zumal sie eine einfache Regel haben: »Wenn wir die Insel verlassen, ist es vorbei. Du lässt mich mein Leben in London leben. Ich verspreche dir, nicht den nächsten Flug nach Kanada zu nehmen.«

Wenn es doch nur so einfach wäre.

Eine humorvolle Liebesgeschichte über die wachsende Liebe zu einer Insel, ihren Traditionen und dem einen Menschen, der unersetzlich ist.

Covergestaltung: Rebecca Russ – Sturmmöwen
unter Verwendung von Motiven von Shutterstock

Korrektorat: Gisela Brandtner

Internet:
http://www.annestevens.info

Anne Stevens
c/o Autorenbetreuung Caroline Minn
(Impressumservice)
Kapellenstraße 3
54451 Irsch

Weitere Informationen unter www.annestevens.info.
Auf meiner Webseite können Sie auch den kostenlosen Newsletter abonnieren.

INHALT

1. KAPITEL

Cat

»Komm schon, Cat, was ist so schlimm daran, ein paar Wochen auf einer Insel zu verbringen? Für so einen Urlaub sparen viele Leute das ganze Jahr.« Seit zehn Minuten redete mein Vater am Telefon auf mich ein.

Als hätte ich keine anderen Sorgen und jede Menge Zeit, einen Drachen mit gebrochener Pfote zu versorgen. Alles, was ich wollte, war ein bisschen Ruhe, um meine Wunden zu lecken und die Tiefschläge dieses trist grauen Londoner Februartages zu verdauen. Eine Tasse Tee, ein Paket Taschentücher und ein zünftiger Heulanfall. Ginge das?

»Cat, bist du noch dran?«

Das beantwortete dann wohl die Frage: Es ging nicht!

Ich musste deutlicher werden. »Dad, die Frau hasst mich.« Genaugenommen hasste meine Großtante Aignéis Dunn ausnahmslos jeden in ihrer Umgebung. Selbst vor ihrer Familie machte sie nicht Halt. Ich hielt es sogar für wahrscheinlich, dass die eigenbrötlerische Schottin, die auf einer einsamen Insel im Nirgendwo lebte, lieber mit ihren Schafen als mit Zweibeinern sprach.

Aber wie sollte ich das meinem Vater begreiflich machen? Er war ebenso weltfremd wie Aignéis – nur handelte es sich bei ihm um einen ausgesucht liebenswürdigen Menschen, der von niemandem schlecht dachte. Deshalb fand er selbst für die üblen Launen seiner Tante Entschuldigungen.

Von Kindesbeinen an hatte Aignéis ihn wegen seiner Segelohren gehänselt. Dumbo und Schnitzelkopf lauteten die harmloseren Spitznamen. Dass mein Dad sie trotzdem in seinem Herzen trug, schob der Rest der Familie auf den Umstand, dass sie seine letzte lebende Verwandte war.

Dads Vater war vor fünfzehn Jahren gestorben, unsere heiß geliebte Granny zehn Jahre nach ihm. Und weil Dad ein Einzelkind war, hatte er nur noch Grannys Schwester.

Deshalb wunderte es mich nicht, dass er beharrlich blieb. »Catlyn, das ist Familie. Sie ist in Not und braucht Hilfe.«

»Na ja, genaugenommen ist ein gebrochener Knöchel keine große Sache, Dad. Du würdest staunen. Die machen das heutzutage mit Röntgengeräten und Gips. Dann schont man sich ein paar Wochen, geht zur Krankengymnastik und ist praktisch wie neu.«

Zugegeben, mir war nicht wohl dabei, so kaltschnäuzig zu tun. Mit siebzig war diese Art Bruch keine Bagatelle. Trotzdem lag mir nichts ferner, als auf die äußeren Hebriden fahren, um ein paar Wochen im Miniatur-Cottage des alten Besens zu verbringen. Dazu war ich selbst zu angeschlagen.

Außerdem konnte ich mich gut an all die Sommer erinnern, die meine Geschwister und ich auf den westlichen Inseln verbracht hatten, die die Schotten *Na h-Eileanan Siar* nannten.

Ständig hatte Aignéis an uns herumgenörgelt. Waren wir nicht zu laut, fand sie uns zu ruhig, alternativ zu ungestüm oder zögerlich.

Außerdem hatte es nach jedem Ferienaufenthalt ewig gedauert, bis ich mich traute zu lachen, ohne die Hand vor den Mund zu halten, weil Aignéis mich mit Vorliebe Breitmaulfrosch nannte. Mein Zwilling Neila war das Trampeltier und unser Bruder Matt ... ach ja, richtig, ihn hatte Aignéis den

Heckenpinkler getauft. Dabei hatte sie ihn nur einmal dabei erwischt. Wie nachtragend konnte man sein?

Überhaupt hätten wir keine Spitznamen gebraucht, denn die Art, wie sie uns in jedem Sommer bei der Ankunft als Großstadtgören und *Sassunach* bezeichnet hatte, ließ null Zweifel daran, was sie von Städtern im Allgemeinen und Engländern im Besonderen hielt.

Dass auch die Wurzeln unseres Dads in Schottland lagen und es ihn nur der Liebe zu meiner Mum wegen von den Äußeren Hebriden in die Grafschaft York und später nach Sheffield verschlagen hatte, spielte für meine Großtante keine Rolle.

Ich pustete ein paar rotbraune Locken aus meiner Stirn und lauschte angestrengt, aber Dad war verstummt. Der Blick aufs Display zeigte mir, dass ich Empfang hatte und die Verbindung hielt. Das war nicht gut. Gar nicht gut.

Mein Vater war schlicht strukturiert und sagte, was er zu sagen hatte. Lange Gespräche mit Kunstpausen und Effekthascherei gab es in seinem Kosmos nicht. Also brütete er gerade etwas aus – oder überlegte, wie er mir beibringen konnte, was er von diesem Zwergenaufstand hielt.

Schuldbewusst nagte ich an meiner Lippe. »Sag es ruhig: Du bist enttäuscht, weil ich nicht helfen will.«

Ein leises Grummeln klang aus dem Hörer.

So schlimm also. »Dad, du weißt, dass ich meinen Job verloren habe und die Chancen, einen neuen zu finden, alles andere als rosig sind. Wenn ich bei der Suche jetzt nicht am Ball bleibe, bin ich in wenigen Wochen pleite.«

Aus dem einfachen Brummen wurde ein »Hm-hm, so-so«, bis er einlenkte: »Schon gut, Kleines«, er klang schuldbewusst. »Ich wusste nicht, dass die Lage für dich so ernst ist.«

Eine Welle des Mitleids überrollte mich. Ja, es stimmte, ich sah gerade kein Land, vertrödelte die Tage mit Bewerbungen und tat mir von Herzen leid. Wenn es so weiterging, wäre

»Ist das nicht eins? Schließlich heißt es doch *Isle of Harris and Lewis*.«

»Nope!« Neila schüttelte entschieden den Kopf. »Die Inseln sind zwar durch eine schmale Landzunge verbunden, aber ...«

»Uaaah ...« Ich schlug mir die Hände vors Gesicht. »Hör auf. Ich werde bald mehr als genug Zeit haben, mich dort umzusehen. Wahrscheinlich kann ich dir danach alles über diesen verdammten Tweed erzählen, was es zu wissen gibt.«

Meine Zwillingsschwester, die mir strenggenommen kein bisschen ähnelte, beugte sich erneut vor und zog meine Hände weg, um eindringlich auf mich einzureden. »Hey, ich rechne es dir hoch an, dass du das machst. Dad kann momentan nicht noch mehr Sorgen brauchen. Weißt du, dass Matt neulich durch zwei Prüfungen gerasselt ist? Eine davon kann er erst im übernächsten Trimester wiederholen. Das bedeutet, Mum und Dad müssen ein halbes Jahr länger seinen Unterhalt finanzieren.«

Ich runzelte die Stirn. Das war auf so viele Arten schräg, dass ich gar nicht wusste, wo ich anfangen sollte. Erst am Nachmittag hatte Matt mich angerufen und mir versichert, dass es super lief. »Wieso hat er mir das nicht erzählt?«

»Weil du keinen Job hast und in Tränen ausbrichst, sobald von Simon die Rede ist.« Neila rang sich ein Lächeln ab. »Und vielleicht hat Matt an seiner Niederlage schon genug zu knapsen und hatte Angst, dass du rührselig wirst. Dem ist er nach Dads Standpauke nicht gewachsen, glaub mir.«

Genau das befürchtete ich. Seit dem großen Gau packte mich jeder in Watte. Selbst Fanny, die dritte im Bunde unserer kleinen Londoner WG, zeigte sich seit einigen Wochen erstaunlich feinfühlig mir gegenüber.

Mich störte das. Schließlich war ich kein emotionaler Krüppel. »Weißt du eigentlich, wie ätzend das ist, von allem ausgeschlossen zu sein? Als würde ich mit einem Bitte-nichtstören-Schild an der Tür in meiner eigenen, kleinen Trauerblase leben.«

»Hast du hübsch gesagt. Und im Prinzip trifft es das. Umgekehrt wissen wir nämlich auch nicht, wie wir mit dir umgehen sollen. Bisher warst du immer die mit dem unerschütterlichen Optimismus, der nie die Kopf-hoch-Sprüche ausgegangen sind. Aber jetzt ...« Neila zuckte die Achseln. »Wo ist dein Karma-Credo?« Sie packte meine Schultern und schüttelte mich. »Wann kommst du endlich zurück, Catlyn? Dad hat Recht, einige hundert Kilometer zwischen dich und deine Probleme zu bringen, ist jetzt das Richtige. Dabei ahnt er noch nicht mal, wie Recht er hat, weil du ja zu feige bist, ihm die Sache mit Simon zu erzählen.« Ohne auf meine Antwort zu warten, stand Neila auf, umrundete den Tisch und zerrte mich vom Stuhl hoch.

»Hey, wir werden uns aber nicht umarmen und danach versichern, dass alles wieder gut ist?« Die Wahrheit war nämlich, dass halb England über mich und den üblen Streich lachte, den Simon mir nach einer *Beer-Pong-Party* gespielt hatte.

Neila winkte ab. »Ich weiß nicht, ob das alles je wieder in die Reihe kommt«, sagte sie aufrichtig. »Aber ich bin mir sicher, dass wir den Inhalt von zwei Kleiderschränken brauchen, um dich für das raue Küstenklima auszustatten. Ich leihe dir sogar den fabelhaften Steppmantel, von dem du immer behauptest, er sähe aus wie ein unbezogenes Deckbett.«

»Zu nett. Kriege ich auch die Stiefel mit dem Lammfell?«

Neila kicherte. »Du willst da oben bei den Schäfern und Fischern mit pinkfarbenen Pailletten-Stiefeln Eindruck schinden?«

Sollten ruhig alle denken, dass meine verschrobene, ältliche Großtante auf mich abgefärbt hatte. Vielleicht würde ein Hauch Glitzer sogar Aignéis Dunns Eremitendasein zu ein wenig Glanz verhelfen. »Solange meine Füße warm bleiben ... warum nicht?«

»Okay, wenn du zu so viel Selbsterniedrigung bereit bist, können wir aus dem Vollen schöpfen.«

Erst als ich eine Stunde später zwischen einem wahren Gebirge aus Winterklamotten auf Neilas Bett thronte, wurde mir klar, wie viel meine Schwester regelmäßig aus der Redaktion von *Ladies Bazaar* anschleppte. Sachen, die sie geschenkt bekam, nie trug und erst wieder hervorkramte, wenn ein finanzieller Engpass drohte und sie das Zeug auf eBay verramschte. Dummerweise waren die meisten Wintersachen in diesem Jahr grellbunt und ziemlich lässig geschnitten. Ich sah darin aus wie ein neonfarbiges Michelin-Männchen.

»Bist du sicher, dass ich das tragen kann?«

»Aber klar doch. Das sind alles Top-Wintersport-Labels. So eine Jacke kriegst du nicht unter tausend Pfund.« Sie zupfte an dem leuchtend pinken Teil und verstellte die Schnallen, aber so sah ich nur noch aufgepumpter aus. »Du opferst dich für die Familie. Da sollst du wenigstens nicht erfrieren.«

»Und was, wenn ich mich aus Frust über Aignéis Genörgel lieber in die eisige See stürze?«, wollte ich gespielt theatralisch wissen.

Was Neila breit grinsen ließ: »Tja, bei den Wassertemperaturen wirst du draufgehen, aber dabei fabelhaft angezogen sein.«

Ich wusste, wie wenig meine Schwester sentimentale Anwandlungen schätzte, trotzdem war ich einen Moment lang versucht, sie auf die Wange zu küssen.

Dabei hatten wir uns als Teenager kein bisschen verstanden. Ständig waren in unserem kleinen Forsthaus in South Yorkshire die Fetzen geflogen. Doch in London, das uns nach dem zurückgezogenen Landleben und dem Homeschooling durch unsere Mum in den ersten Wochen seltsam laut und grell erschienen war, hatten wir gelernt, aufeinander zu vertrauen und uns auf das neue, schnelle Großstadtleben einzulassen. Dummerweise wusste ich jetzt nicht mehr, wie ich ohne Neila, *Marks & Spencer* und die *Rushhour* klarkommen sollte.

Zumal ich zwar nicht im Traum daran dachte, Simon eine zweite Chance zu geben – trotzdem war mir wohler in seiner Nähe, denn hier konnte ich die Katastrophen, die er neuerdings am Fließband produzierte, zumindest einigermaßen eindämmen.

»Rufst du mich an, wenn er wieder eskaliert?«, bat ich meine Schwester.

»Falls ich nicht gerade damit beschäftigt bin, ihm Matt auf den Hals zu hetzen, meinst du?«

»Oh Gott«, mir wurde eiskalt, als ich nur daran dachte, was unser Bruder anstellen würde, sobald er hörte, was Simon trieb. »Sag ihm das ja nicht. Die vergeigte Prüfung reicht. Wenn eine Anzeige wegen schwerer Körperverletzung dazu kommt, kriegt Dad einen Infarkt.«

Denn dass Matt gewinnen würde, war klar. Jede freie Minute verbrachte unser Bruder beim Sport und war top in Form.

Neila winkte nur ab und verschloss den schicken Koffer, der zweifellos auch die Gratis-Lieferung eines Labels war, das auf eine lobende Erwähnung in der *Ladies Bazaar* hoffte.

Nachdenklich ging ich rüber in mein Zimmer, das mir in den letzten sechs Jahren ans Herz gewachsen war – und das ich, wie die Gemeinschaftsflächen in unserer Wohnung, in ein wahres Schmuckkästchen verwandelt hatte.

Die ehemals kuhfladenbraunen Bodendielen waren abgeschliffen und weiß lackiert. Die Wände hatte ich frisch verputzt, grundiert und bemalt. Stand man in der Mitte, wirkte es, als befände man sich in einer Bibliothek, in deren Regalen sich die Bücher bis an die Decke türmten. Die Tür zum übermalten Wandschrank fiel kaum auf. Sonst war ich sparsam mit Möbeln gewesen. Ein breites Himmelbett mit einem transparenten, hellblauen Stoff, der wie ein Wolkenschleier wirkte. Und natürlich die Kommode und der Schreibtisch, die nach wochenlanger Aufarbeitung ebenso zart türkisfarben lasiert waren wie das Bett.

»Was hältst du davon, mein Zimmer zu vermieten? Vier Wochen bringen locker tausend Pfund ein. Damit wäre wenigstens mein Mietanteil für die nächsten drei Monate sicher.«

»Blödsinn! Du bist als Illustratorin der Hauptgewinn. Also wirst du auch einen Job finden. Bis dahin stemmen Fanny und ich die Miete schon. Außerdem habe ich keine Lust, irgendeinem haarigen Walross mit Morgenlatte im Flur zu begegnen.«

»Oh Gott!« Ich verzog das Gesicht. »Musst du es so plastisch schildern? Du weißt doch, was meine bildliche Vorstellungskraft daraus macht.«

»Solange du dir nicht vorstellst, wie ich mich so jemandem an den Hals werfe, soll es mir recht sein. Und wo wir schon dabei sind: Vielleicht sollte ich dir ja ein paar Geschichten von heißen Schäfern erzählen. Gestählte Muskeln unter feinstem Harris Tweed. Nur ein Rudel Schafe ist Zeuge, wie ihr euch im Stroh wäl...«

»Herde!«, ging ich dazwischen, bevor Neila noch weiter fantasierte.

Sie sah mich ratlos an. »Wie jetzt?«

»Schafe hält man in Herden.«

»Na bitte, du hast es voll drauf. Damit bestehst du das Examen für angehende Schäfersfrauen. Und wer weiß, vielleicht komme ich dich besuchen und sehe mich selbst um. Mein letztes Date hat sich nämlich als Totalausfall entpuppt. So ein Naturbursche könnte mich auf andere Gedanken bringen.«

Ich nickte, obwohl wir beide wussten, dass daraus nichts werden würde, weil wir gemeinsam nur ein Auto besaßen. So kurzfristig einen Flug über Edinburgh zu buchen, kostete ein kleines Vermögen. So viel hatte ich vorhin während Neilas kleiner Modenschau bei Google in Erfahrung gebracht. Also würde ich unsere ehemalige Familienkutsche Betsy nehmen müssen.

»Es reicht mir schon völlig, wenn du Simon bremst. Und sag ihm ja nicht, wo ich bin. Sonst steht er in Harris auf der Matte. Terror von Tante Aignéis und ihm halte ich nicht aus.« Allein die Vorstellung jagte mir erneut eisige Schauer über den Rücken.

Trotzdem, als ich wenig später im Bett lag und mir auf dem Handy die Route ansah, fühlte ich tatsächlich so etwas wie Abenteuerlust.

Ich liebte das Meer. Außerdem waren Jahre vergangen, seit ich Aignéis das letzte Mal gesehen hatte. Mittlerweile war ich erwachsen. Die Standpauken des alten Drachens konnte ich ausblenden. Oder mich zur Wehr setzen. Vielleicht war es gut, dass ich seit Wochen diesen Frust mit mir herumtrug. Ich war so richtig in Stimmung, mir nichts mehr gefallen zu lassen. Von niemandem.

Ich rief mir Aignéis Häuschen in Erinnerung. Die Lage war einmalig. Das Cottage war nur durch eine Straße getrennt von einem riesigen Herrenhaus. Oder war es sogar ein Schloss? Egal. Jedenfalls wusste keiner, weshalb man es so nah an der Küstenstraße erbaut hatte. In diesem Fall war es nicht wie in dem Witz, in dem sich die Leute fragten, warum man malerische Cottages in Einflugschneisen errichtet hatte. Nein, diese Straße war tatsächlich lange vor dem Hausbau dagewesen. Ein Kupferstich in Aignéis‘ Wohnzimmer zeigte sie als Weg, über den früher Ochsenkarren gerumpelt waren.

Hinter besagter Straße lag die saftigste grüne Wiese, die sich denken ließ. Mitten darauf thronte Aignéis‘ winziges Cottage. Und es kam noch besser, denn die Wiese grenzte an einen feinen Sandstrand, der eine Bucht mit türkisfarbenem Wasser säumte.

Das war es doch! Wenn es mir mit Aignéis zu blöd wurde, konnte ich durch die Landschaft streifen und malen. Grimmig lächelnd schlief ich ein und meinte doch glatt, das Rauschen der Wellen zu hören.

2. KAPITEL

Gavin

Ich wollte mich gerade vom Fenster abwenden, als ein irrwitzig verbeulter Mini-Cooper vor das Haus der Hexe von gegenüber rollte.

Das konnte unmöglich Aignéis Dunns Wagen sein. Die alte Frau hätte sich nie in eine Blechschachtel gesetzt, die so quietschgelb war, dass sie mit jeder Badewannenente konkurrieren konnte.

Außerdem lag Aignéis im *Western Isles Hospital* in Stornoway, was ich von meinem Freund Ian wusste. Details hatte er wie üblich ausgelassen. Seine ärztliche Schweigepflicht verbot Tratscherei über Patienten.

Umso erstaunlicher war dieser Besuch. Noch dazu mit Londoner Kennzeichen. Normalerweise verirrte sich niemand zu Aignéis. Nicht freiwillig. Ausnahmen machten nur der Fahrer der Kooperative, der die wöchentliche Runde fuhr, um den fertigen Tweed der Weber einzusammeln, und unser Postbote Hamish.

Eigentlich wäre mir egal gewesen, was unsere einzige Nachbarin trieb. Andererseits war die alte Aignéis Dunn die Frau, die mir als Kind eine Heidenangst eingejagt hatte. In meinen Augen war jeder Besucher ein potenzieller Selbstmörder. Deshalb wartete ich gespannt, bis sich hinter dem

Schleier aus grau schimmernden Regentropfen die Autotür öffnete.

Das Erste, was zum Vorschein kam, war ein überdimensionaler, roter Schirm mit Fliegenpilz-Punkten. Gefolgt von einem Wust dunkler Locken, auf den wiederum eine kleine Frau folgte, die in etwa die Statur einer Litfaßsäule besaß und pinke ... Moment mal, waren das Glitzerstiefel?

Amüsiert lehnte ich die Stirn gegen die kühle Scheibe, denn es war klar, was passieren würde. Vom Meer wehte der Wind so eisig herüber, dass die Regentropfen waagerecht fielen. Da half kein Schirm. Der Mantel war ebenso überflüssig. Erst recht, da er nicht geschlossen war. Unwillkürlich lachte ich auf, denn es sah zum Schießen aus, wie das Steppteil wild um die nun zierliche Gestalt herumflatterte, während die Frau dem Schirm folgte, den der Wind in Richtung Straße trieb. In der anderen Hand hielt sie einen Seesack, der bei jedem Schritt gegen ihre Beine schlug.

Ich hoffte für die Frau, dass Aignéis tatsächlich noch nicht wieder zu Hause war und das mitbekam, denn sonst würde sie ewig auf diesem missglückten Auftritt herumreiten. Zumal der Schirm nun überschnappte und in sich zusammenfiel.

Ärgerlich ließ die Frau das Teil sinken. Aus dem Stoff stachen die geborstenen Speichen hervor. Trotzdem warf sie ihn nicht in die Mülltonne bei der Einfahrt, sondern zerrte ihn wie einen störrischen Hund hinter sich her, während sie mit tropfendem Haar und patschnassem Mantel auf die Tür zuhielt.

Mein Gott, das war so verrückt, dass es mir einen Tag rettete, der bisher nur Hiobsbotschaften brachte. Fast war ich enttäuscht, als die Frau einen Schlüssel hervorkramte und im Innern des kleinen, weiß getünchten Cottages verschwand.

Just in diesem Moment bimmelte mein Handy. Ich wandte mich vom Fenster ab. Weder mein Geschäftspartner Andrew noch mein Team würden es wagen, mich im ersten Urlaub seit eineinhalb Jahren zu stören. Also konnten es nur Kelly oder mein ältester und bester Freund Ian sein. Tatsächlich leuchtete sein Name auf dem Display auf.

»Muss ich mich setzen?«, kam ich ohne Umschweife zur Sache.

Einen Moment blieb es still, bis auf das Meeresrauschen, das durch die zugigen Fenster bis ins Schloss klang. »Wäre besser«, sagte Ian dann gepresst.

»Schieß schon los«, gab ich unwirsch zurück und presste die Stirn erneut an die eisige Scheibe.

»Also gut: Dein Vater hat noch zwei Monate. Im besten Fall drei. Obwohl ich nicht weiß, ob er sich über die geschenkte Zeit freuen wird, weil es auf der Insel keine gute Palliativstation gibt und er bestimmt nicht aufs Festland geht.«

Ian hatte Recht. Mein Dad würde den Teufel tun, das Stück Land zu verlassen, an dem er mehr als an seinem Leben hing. Er war in *Mackay Castle* geboren und aufgewachsen, hatte hier geheiratet und zwei Söhne bekommen, den Tod unserer Mutter begleitet und schließlich die bittere Nachricht von meinem verunglückten Bruder erhalten. Ich wusste, dass er sich inmitten dieses riesigen, zugigen Gemäuers mit all den Erinnerungen fühlte, als wären sie noch da.

»Hey, Kumpel, es tut mir leid. Aber nachdem die Ultraschallaufnahmen ja schon Anlass zur Besorgnis gegeben haben ...« Er brach ab.

Was sollte er das auch weiter ausführen? Es waren diese Tests, die ihn dazu bewogen hatten, mich anzurufen, damit ich so schnell wie möglich nach Schottland kam.

Endlich fasste Ian sich ein Herz und redete weiter: »Die Tests sind eindeutig und wenn du die Bilder aus dem CT sehen könntest ... Duncan schleppt das schon sehr, sehr lange mit sich herum. Keine Ahnung, warum er nichts gesagt hat.«

Aber ich wusste es. Ich war Duncan Mackays einzig verbliebener Sohn und Angehöriger und mich hatte mein Job tausende von Meilen weit weg nach Kanada geführt.

Duncan wäre nie auf die Idee gekommen, mich zur Rückkehr zu überreden oder auch nur um einen Besuch zu bitten. Er respektierte, dass ich mir dort ein Leben aufgebaut hatte.

Ich holte tief Luft. Es war unfair, Ian hängen zu lassen. »Mach dir keine Sorgen. Die Überbringer schlechter Nachrichten werden nicht mehr gehängt.«

»Jay, mein Glückstag«, gab Ian gespielt fröhlich zurück, um gleich darauf wieder ernst zu werden. »Ich weiß nicht, ob du dir Gedanken über das Worst-Case-Szenario gemacht hast. Aber wenn du nicht bleiben kannst, organisiere ich eine Schwester, die sich um ihn kümmert, und fahre regelmäßig bei ihm vorbei.«

»Nicht nötig. Ich kläre das mit meinem Partner.« Andrew würde in Kanada allein klarkommen.

Das Resort, ein Komplex aus Blockhäusern und einem Hotel, den wir vor eineinhalb Jahren als völlig heruntergekomme Ruine übernommen hatten, war vor wenigen Wochen fertiggeworden.

»Also bleibst du? Das ist gut, denn wir müssen Entscheidungen treffen. Er braucht demnächst ein Pflegebett. Außerdem kann er nicht weiter in diesem Chaos liegen und wir müssen uns um einen ambulanten Pflegedienst kümmern.«

»Nicht jetzt, Ian. Lass mich das erst mal verdauen.«

Mein bester Freund schwieg. »Wenn du Fragen hast, du kannst mich jederzeit ... Ach Blödsinn, Mann. Gib mir zwei Stunden. Ich räume meinen Schreibtisch auf und hole dich ab, dann fahren wir in den Pub, um dich abzufüllen.«

»Die erste gute Idee des Tages«, gab ich wenig begeistert zurück.

»Klar ist die gut. Ich bin hier der Doc und weiß, was meine Patienten brauchen. Gegen acht hole ich dich ab.« Ian legte auf, ehe ich es mir anders überlegen konnte.

Ich schloss die Augen. Seit drei Jahren war ich nicht hier gewesen. Jede Woche hatte ich meinen Dad angerufen und er hatte mir versichert, dass alles bestens war und ich mich nicht um ihn alten Mann, sondern um meinen eigenen Kram kümmern sollte. Das würde er mir auch jetzt raten – und mich nach Kanada zurückschicken. Hätte Ian nicht angerufen und mich herbeordert, wüsste ich immer noch nicht, wie krank er war.

Wie selbstverständlich war ich davon ausgegangen, dass uns Zeit blieb. So viel, dass ich in aller Ruhe meine Projekte vorantreiben und danach auf die Insel zurückkommen konnte. Wahrscheinlich würde ich das in zehn Jahren immer noch denken, wenn Ian nicht eingegriffen hätte.

Plötzlich fühlte ich mich wie der egoistische Mistkerl, der ich vermutlich war. Genau das war es, was meine Freundin ... nein halt, Ex-Freundin Kelly mir seit unserem Umzug nach Kanada vorhielt.

Tja, ich sollte sie anrufen, um ihr zu sagen, dass sie ihre Rückkehr in die Staaten allein würde meistern müssen. Dafür stand Andrew nicht zur Verfügung. Er und Kelly hatten sich von der ersten Sekunde an gehasst – und seither keine Gelegenheit verpasst, sich das genüsslich gegenseitig unter die Nasen zu reiben.

Kopfschüttelnd sah ich aufs Meer hinaus. Bis vor fünf Tagen hatte ich mich für einen leidlich zufriedenen, erfolgreichen Menschen gehalten. Es war beängstigend, wie schnell man den Boden unter den Füßen verlieren konnte. Dabei war der Tiefpunkt des Tages noch nicht erreicht, denn ich musste meinem Dad mitteilen, wie wenig Zeit ihm tatsächlich blieb.

Ich wollte mich gerade vom Fenster abwenden, um nach unten zu gehen, da sah ich, wie die Tür zu Aignéis‘ Haus sich erneut öffnete. Diesmal trug die Frau keine Steppdecke, sondern einen neonfarbigen, nicht weniger unförmigen Kurzmantel mit passender Hose und stapfte in ihren pinken Glitzerstiefeln auf den Wagen zu.

Was war das? Litt sie an einer Sehschwäche? War sie farbenblind? Oder schlicht verrückt? Letzteres konnte leicht passieren, wenn man zu häufig mit Aignéis zu tun hatte. Aber die weilte bekanntlich im Krankenhaus.

Noch faszinierter als bei ihrem ersten Auftritt beobachtete ich, wie sie einen Koffer vom Rücksitz wuchtete. Zielsicher landeten die Rollen im dicksten Matsch. Ihre Tollpatschigkeit war beachtlich. Was mich aber laut auflachen ließ, war die Farbe des Monstrums, in dem man locker die Wäsche für zwei Monate unterbrachte. Das Rot glich exakt dem des Spritzenwagens der Freiwilligen Feuerwehr von Tarbert. Das Teil war offensichtlich so schwer, dass sie ihn nicht tragen konnte. Die Frau lehnte sich gegen den Wind und zog und zerrte, als hinge ihr Leben davon ab, eine Schleifspur im Matsch zu hinterlassen. Verrückt. Diese kleine, farbenblinde Frau musste tatsächlich verwirrt sein. Zumal sie, kaum dass der matschige Koffer im Cottage verschwunden war, wieder auf den Wagen zuhielt. Nun lud sie eine Laptop-Tasche und Kartons aus, die sie jedoch nicht ins Haus, sondern in Aignéis Weberwerkstatt trug.

Beachtlich, wie viel Zeug in diese winzige Nuckelpinne ging. Aber noch erstaunter war ich über die Beharrlichkeit der Frau, die den schlimmen Sturm da draußen völlig ignorierte und im Anbau verschwand, nachdem das Auto leer war.

Nun hatte ich wirklich keinen Grund mehr, mich länger vor dem Gespräch mit Duncan zu drücken.

In meiner Kehle formte sich ein riesiger Kloß, als ich die ausgetretenen Treppenstufen hinabstieg, und mir zurechtlegte, wie ich ihm die Nachricht beibringen sollte. Dummerweise war mein Kopf wie leergefegt. Statt sinnvolle Sätze zu formulieren, sah ich mich im Haus um, blieb mit dem Blick an Tapeten hängen, die langsam von den Wänden blätterten, lauschte auf die Stufen, die schon in meiner Kindheit geknarzt hatten, bis ich die Küche erreichte.

Neben dem Küchentisch hatte mein Dad seinen Schreibtisch aufgestellt und den Panzerschrank mit seinen alten Jagdgewehren. Kisten mit Unterlagen und alten Fotos türmten sich rings um den Tisch. Es war einer von zwei Räumen, die mein Dad noch bewohnte, seit er die Treppen nicht mehr heraufkam. Der Rest des riesigen Herrenhauses verfiel – wie er, schoss es mir durch den Kopf.

»Dad, können wir reden?«

Langsam hob er den Blick und nahm mich ins Visier. Seit wir uns das letzte Mal gesehen hatten, wog er gut und gern vierzig Pfund weniger. Die schief zugeknöpfte Strickjacke schlotterte um seine einstmals breiten Schultern, sein Gesicht war eingefallen und verhärmt. Hatte er mir deshalb in den letzten Monaten vorgegaukelt, dass er nur telefonieren und nicht skypen konnte, weil die Webcam an seinem uralten Computer angeblich streikte?

Seine Augen, seelenvolles Braun, blickten mich klar und konzentriert wie eh und je an. »Ich schätze, Ian hat dich angerufen? Dann bist du wahrscheinlich auch gar nicht hier, weil du mich sehen wolltest, sondern weil er dich hergerufen hat.« Mein Vater machte keinen Hehl aus seinem Ärger. »Sag deinem Freund, dass auch in meinem Fall so etwas wie die ärztliche Schweigepflicht gilt. Oder nein. Lass es gut sein. Das sage ich ihm selbst.«

Ich holte tief Luft und spürte, wie meine Hände feucht wurden. Es gab kein Zurück. »Dad, ist das denn jetzt nicht egal? Was zählt, sind die Ergebnisse der Untersuchungen und die sind ...«

Mit erhobener Hand brachte er mich zum Schweigen, als wäre ich nicht dreiunddreißig, sondern ein Teenager. »Schon gut, Junge, gib dir keine Mühe.« Er schnaubte, was wie ein unendlich trauriges Lachen klang. »Ich weiß es doch längst. Natürlich habe ich gemerkt, dass etwas nicht stimmte. Bin anfangs extra aufs Festland, um mich untersuchen zu lassen. Umsonst schieben sie einen da nicht in so eine Röhre und dann ... die haben mir sofort gesagt, dass da nichts mehr zu machen ist. Haben mir ein Jahr gegeben, vielleicht etwas mehr. Dass ich jetzt bei Ian in der Klinik war, liegt daran, dass mir der Weg aufs Festland zu anstrengend wurde. Ich musste einfach wissen, wie viel Zeit noch übrig ist. Aber ich wollte bestimmt nicht, dass dieser Kurpfuscher dich herruft.«

Während der ganzen, langen Rede hatte ich nicht ein Wort gesagt. Und auch jetzt war ich sprachlos. Hatte er mir gerade ernsthaft erklärt, dass er aufs Festland gegangen war, weil er ahnte, dass er sterbenskrank war und nicht wollte, dass ich es erfuhr? Er hatte es tatsächlich gewusst und nichts unternommen? Wut mischte sich in meine Trauer und in das Gefühl absoluter Hilflosigkeit, das ich seit Ians Anruf spürte. »Warum hast du dich nicht behandeln lassen? Eine OP, Chemotherapie. Heute kann man so viel machen. Wieso nimmst du die Diagnose einfach hin?«

»Ich habe lange mit den Ärzten auf dem Festland geredet, das darfst du mir glauben«, sagte Duncan und wirkte, als würde er weiter schrumpfen. »Sie hätten ein halbes Jahr rausholen können. Aber um welchen Preis? Die Chance, dass ich mich von der OP erhole, war nicht hoch. Und ein halbes Jahr länger im Bett liegen und auf den Tod warten?« Er beantwortete die rhetorische Frage, indem er vehement den Kopf schüttelte.

Was hatte ich erwartet? So war er immer gewesen. Duncan Mackay machte die Dinge mit sich allein aus. Erst danach redete er darüber – und ließ sich von keiner Macht der Welt umstimmen.

Ich bewunderte ihn dafür. Das tat ich wirklich. Mein Dad hatte nie einen Rückzieher gemacht oder den Kopf eingezogen. Und erst recht hatte er nicht um Hilfe gebeten. Nur wünschte ich, dieses eine Mal hätte er eine Ausnahme gemacht. Dass Ian mich verständigt hatte und nicht mein Dad, schloss mich auf eine Weise aus, die schmerzte.

Ich zog einen Stuhl vom Tisch weg, ließ mich rittlings darauf sinken, verschränkte die Arme über der Lehne und sah meinen Vater an. »Ich will nicht an deiner Entscheidung rütteln, aber ich würde es gern verstehen. Du hast gerade angedeutet, dass du die Diagnose im Grunde schon kanntest, als du aufs Festland gegangen bist. Warum hast du nicht früher etwas unternommen?« Ich betrachtete ihn. All die feinen Linien, die von den Sorgen, dem Lachen und der Last seines Lebens erzählten.

Jetzt formierten sich diese Linien zu einem bedauernden Lächeln: »Weil ich es nicht wollte.«

»Du wolltest nicht?«

»Nein.« Er lachte leise. »Ob du es glaubst oder nicht, ich habe Internet. Da steht alles, was man wissen muss.«

»Was steht da?«

»Na, die Symptome kannte ich, bis zur Diagnose war es nicht weit. Dass die meisten Patienten im fortgeschrittenen Stadium sich von einer Bauchspeicheldrüsen-OP nicht erholen und ein paar Monate später trotzdem sterben, ist ein Fakt. Vorher kommt noch die Chemotherapie und und und ...« Mit einem Mal klang er unendlich müde. »Glaub mir, wenn es ein frühes Stadium gewesen wäre, hätte ich gekämpft. Aber wenn du es schon selbst merkst, ist es ein sicheres Zeichen dafür, dass du ... nun ja, am Arsch bist.« Er zuckte die Achseln. »Wie lange noch? Was hat Ian dir gesagt?«, brach es dann unvermittelt aus ihm hervor.

»Drei Monate«, platzte ich heraus, um ihm Mut zu machen. Aber was sollte das bringen? Er verdiente die Wahrheit, um alles zu regeln, was ihm am Herzen lag. »Um ehrlich zu sein, rechnet Ian mit ... zwei Monaten.«

»Gut, dann habe ich jetzt Gewissheit. Nicht, dass es am Ende ein halbes Jahr ist, ich verjubele mein Geld und liege den Rest der Zeit bei Wasser und Brot im Bett.« Sein eigener schwarzer Humor ließ ihn auflachen.

Bei dem Klang krampfte sich mein Herz zusammen. »Dad, kannst du aufhören, darüber Witze zu machen?«

»Entschuldige mal, ich sterbe«, seine faltige, eiskalte Hand legte sich über meine. »Wer, wenn nicht ich, hat das Recht, sich darüber lustig zu machen?«

»Niemand, Dad, aber ich würde gern mit dir besprechen, wie es jetzt weitergeht. Wir müssen ... uns um alles kümmern. Ian sagt, du brauchst ein spezielles Bett und ...«

»Blödsinn«, ging er erstaunlich vehement dazwischen. »Ian ist ein Quacksalber. Ich schlafe in diesem Bett, seit ich deine Mutter geheiratet habe. Und ich werde mich bestimmt nicht in ein Ding legen, das man wie einen Kinderwagen herumkutschieren kann.«

»Dad, der Salon ist mit deinem Bett und all den Kisten so voll, dass man sich kaum rühren kann.« Dort war es eng und zugestellt wie in der Küche. Anscheinend hatte er alle liebgewonnenen Erinnerungsstücke um sich geschart.

Wie lange ging das schon so? Wann hatte er mit der Gaukelei am Telefon angefangen, um mir nur ja keine Sorgen zu bereiten? Mehr noch? Wieso hatte ich es nicht herausgehört. Es musste doch Anzeichen gegeben haben. Zwischentöne. Bestimmt sogar. Aber mir war nie aufgefallen, wie spröde und kraftlos seine Stimme klang.

»Im Salon steht es sehr gut. Oder denkst du, ich habe mir nichts dabei gedacht, als ich die Möbelpacker zum Umräumen bestellt habe? Mein altes Schlafzimmer ist eisig. Außerdem lasse ich mich nicht wie ein Kleinkind die Treppe rauf tragen.«

Okay, ich verstand ihn. Mir wäre es in dieser Situation schließlich auch wichtig, meine Würde zu bewahren. Trotzdem, er konnte nicht in dieser zugestellten Rumpelkammer hausen. »Zwischen dem Salon und deinem alten Schlafzimmer muss es eine andere Lösung geben. Wie wäre es mit dem Speisezimmer?«

»Zu kalt. Der Kamin ist verstopft. Außerdem zieht es da. Der Kamin im Salon ist besser.«

Natürlich war er das. *Mackay Castle* war um 1850 errichtet worden. Damals hatte man zu Teegesellschaften empfangen und sich vor den Gästen mit Pomp und Gloria aufgeplustert. Die privaten Räume waren weit weniger glamourös, weil Besucher sie nie zu sehen bekamen.

»Hör zu, ich lasse mir etwas einfallen. Wir können die Fenster abdichten und den Kaminkehrer kommen lassen.«

»Wieso solltest du? Dein Leben ist jetzt in Kanada.« Eine gewisse Trauer schwang in seiner Stimme mit. Das war nicht neu. Wir hatten zwar nie darüber gesprochen, trotzdem wusste ich, dass es ihn verletzte, dass ich nicht ebenso wie er an diesem steinernen Koloss hing und der Insel den Rücken gekehrt hatte.

Aber jetzt war ich hier und würde ihn bestimmt nicht alleinlassen. »Ich nehme mir die Zeit. Und bevor du sagst, dass das unnötig ist – was ich tue, entscheide ich immer noch selbst. Das hast du mir beigebracht. Schon vergessen?«

Kurz huschte ein Ausdruck von Erleichterung über seine Züge, ehe die Sorgenfalten erneut zum Vorschein kamen. »Du hast ein Geschäft aufgebaut. Das kannst du nicht schleifen lassen. Was, wenn die Ärzte sich irren und ich noch Jahre habe.«

Wir wussten beide, dass es so nicht kommen würde. »Lass das meine Sorge sein. Ich bleibe hier, bis du ...« Die Tränen kamen so plötzlich, dass ich mir verblüfft die Augen rieb. Es waren die Ersten, seit mein Bruder Clemens vor zehn Jahren mit seinem Motorrad von der Straße abgekommen und die Klippen hinabgestürzt war.

Unendlich langsam stand mein Dad auf, stellte sich neben mich und schenkte mir eine unbeholfene Umarmung. »Na, na, so schlimm wird es schon nicht werden.«

Das war bizarr. Ich hätte ihn trösten sollen – nicht umgekehrt. Doch auch als Duncan die Küche mit schlurfenden Schritten und hängendem Kopf verließ, war ich nicht fähig, auf ihn zuzugehen.

Früher, als wir klein waren, hatte unser Dad nie viel Aufhebens um seine Gefühle gemacht. Das erste Mal hatte ich ihn beim Tod unserer Mum am Boden zerstört gesehen. Und dann natürlich bei Clemens‘ Beisetzung.

Aber was nutzte es, mir darüber den Kopf zu zerbrechen? Das war nicht die Zeit für Sentimentalitäten, oder um mir über die fehlende Emotionalität im Verhältnis zu meinem Vater Gedanken zu machen. Später, schwor ich mir. Später konnte ich es zerdenken und analysieren. Jetzt brauchte er mich.

Also stand ich auf, ging nach oben, wo der Handyempfang wie durch ein kosmisches Wunder besser war, und rief Andrew an, um ihm zu sagen, dass es Monate dauern würde, ehe ich zurückkam.

»Ist okay, läuft ja alles«, lautete seine knappe Antwort.

Was mich erstaunlicherweise nicht kränkte. Dabei war das Resort unser Baby. Ich hatte mindestens so hart dafür geschuftet wie Andrew, um aus der maroden Ferienanlage ein Fünf-Sterne-Haus nach neuesten ökologischen Baustandards zu machen. Vor zwei Stunden noch hätte ich mich darüber geärgert, dass Andrew nicht wenigstens so tat, als brächen ohne mich Anarchie und Chaos aus. Wie schnell sich die Prioritäten doch änderten.

»Kommst du zurecht?«, wollte Andrew wissen, weil ich schwieg.

»Ja, es ist nur ...« Innerlich schalt ich mich einen Idioten. Wieso sollte ich ihm von meinen Problemen erzählen? Er hatte genug am Hals. »Wenn du nicht klarkommst, ruf mich an. Dann überlege ich mir etwas.«

Nachdem ich das Gespräch beendet hatte, gab es nichts mehr zu tun. Unruhig lief ich auf dem knarzenden Parkett hin und her und überlegte, wie ich die Zeit totschlagen könnte. Ich war an diesen Raum gefesselt, weil es im Haus bitterkalt war. Außer dem Salon und der Küche im Erdgeschoss und meinem alten Zimmer im zweiten Stock, wo Kaminfeuer prasselten, gab es keinen Ort, an dem man sich aufhalten konnte, ohne Frostbeulen zu riskieren.

Was sagte es über mich aus, dass ich mir in all den Jahren keine Gedanken darüber gemacht hatte, wie mein Dad hier zurechtkam? Vermutlich, dass ich ein erfülltes Leben gehabt und alles andere hintangestellt hatte. Das galt auch für meinen Umgang mit Kelly. Und vor ihr für Susan. Und davor ...

Müde rieb ich mir übers Gesicht und sah aus dem Fenster. Der Regen hatte aufgehört. Statt des schneidenden Windes wehte jetzt ein laues Lüftchen und kräuselte die Wellen, die vor einer Stunde noch schäumend in die Bucht gerollt waren.

Ich mochte dieses widersprüchliche Fleckchen Erde. Die zerklüfteten Felsen entlang der Küste, die von satt grün leuchtendem Moos überzogen waren. Die sanften Hügel im Landesinnern, an die sich wildromantische Cottages schmiegten. Gut, das klang nach einem Postkartenidyll, das die Insel nur auf den ersten Blick bot. Wer hier lebte, dauerhaft lebte, musste Wind und Wetter trotzen und damit leben, sich auf die wenigen Jobs zu konzentrieren, die die Insel bot.

Entweder man wurde Weber, Schäfer oder man arbeitete in der Fisch- und Krabbenzucht oder der Landwirtschaft. Anstrengende Jobs, denen viele den Rücken gekehrt hatten, um ihr Glück auf dem Festland zu suchen. Ich selbst nahm mich da nicht aus.

Noch so ein Punkt, den wir klären mussten. Mein Vater hatte seine Ländereien verpachtet. Als ich weggegangen war, hatten sie gute Einnahmen gebracht. Wie es damit jetzt aussah, wusste ich nicht. Und wo ich schon mal dabei war – ich hatte keine Ahnung, ob ihm das Land noch gehörte.

Schweigend starrte ich weiter auf die Bucht, über die langsam die Dämmerung hereinbrach. In einer Viertelstunde würde Ian kommen, um in den Pub aufzubrechen. Vielleicht sollte ich mich bis dahin doch im Haus umsehen.

Ich wollte mich vom Fenster abwenden, als gegenüber die

Tür aufging. Da sieh an. Aignéis Gast schien seine Farbsichtigkeit zurückerlangt zu haben.

In einer lässig geschnittenen Jeans, Boots und einem dicken, blauen Strickpulli spazierte sie zu dem knatschgelben Mini. Auf alberne Requisiten hatte sie diesmal ganz verzichtet und ihr lockiges Haar zu einem Pferdeschwanz gebunden. Hübsch, soweit ich es von hier ausmachen konnte. Und genauer würde ich sie mir auch nicht anschauen. Ich brauchte eine Auszeit vom Beziehungs-Zirkus. Mir reichte eine Ex-Freundin, die selbst Wochen nach der Trennung keine Anstalten machte, auszuziehen.

Ich wandte mich ab. Nachdem ich die dicke Barbour-Jacke übergeworfen hatte und in meine Boots geschlüpft war, sah ich nach meinem Vater, der im Salon inmitten seines Gebirges aus Schätzen und Erinnerungsstücken lag und schlief. Ihn so eingefallen und schutzlos zu sehen, schnürte mir die Kehle zu.

Ich musste wirklich raus hier, um Abstand zu gewinnen.

Kaum stand ich vor der Tür, hörte ich das Geräusch durchdrehender Reifen. Es folgte eine Matschfontäne, die hinter dem Mini aufstob. Grinsend schlenderte ich über die Straße und wollte gerade auf das Heck des Wagens klopfen, als Aignéis‘ Gast erneut Gas gab und meine Hose mit brauner Brühe bespritzte.

»Was zum Teufel ...?«, fluchte ich und brach auch gleich wieder ab, denn die Verrückte gab erneut Gas. Diesmal besprenkelte sie nicht nur meine Hose, der Schlamm spritzte bis hoch an mein Kinn. Erst als ich energisch gegen die Heckscheibe klopfte, nahm die Frau den Fuß vom Pedal.

Kopfschüttelnd sah ich an mir herunter, während die Fahrertür aufflog. »Herrgott, sehen Sie nie in den Rückspiegel?«, konnte ich mich nicht bremsen.

Ihre Brauen schossen nach oben. »Soll das ein Witz sein? Wir befinden uns mitten in der Einöde. Wer kann da groß kommen? Der Milchlaster?«

»Milchlaster?«

»Oder was sonst hier rumfährt.« Beziehungsreich ließ sie den Blick zur Straße wandern, die unser Grundstück von Aignéis schmalem Landstreifen trennte. Ehe sie wieder zu mir sah, knipste sie ein hundert Watt-Lächeln an. »Wie Sie sehen: Sie sehen nichts.«

Bevor ich mich vergaß, holte ich tief Luft, wobei ich die braune Brühe durch meine Kleidung sickern spürte. »Also gut, beginnen wir von vorn. Ich sah, dass Sie sich festgefahren haben, und wollte helfen.«

Falls mein Angebot, sich bei mir zu entschuldigen, ankam, überging sie es.

»Jep, und ich wollte gerade losfahren und hätte nicht gedacht, dass jemand so ... nun ja ... ist, sich hinter den Wagen zu stellen. Herrje, ich hätte Sie überfahren können, ist Ihnen das klar?«

»Mit diesem Spaßmobil? Schwer vorstellbar. Wenn Sie damit irgendetwas touchieren, bricht Ihnen eher der Rost weg.« Ich wusste selbst nicht, wieso ich so übellaunig auf sie losging. Mehr noch, ich wusste, dass ich völlig überzogen reagierte, und konnte mich trotzdem nicht stoppen. »Falls es Ihnen nicht aufgefallen sein sollte, je mehr Gas Sie geben, umso tiefer graben Sie sich ein. Wenn ihr Tank voll ist, ist es gut möglich, dass Sie in ein paar Stunden in China aussteigen können.«

Der Anflug eines Lächelns huschte über ihr schmales Gesicht, aber sie hatte sich schnell wieder im Griff: »Gut zu wissen, dass Sie kein Flacherdler sind.«

»Ein ... was?« Langsam mache ich mir wirklich Sorgen um ihren Verstand.

»Na, einer von diesen Verschwörungstheoretikern, die glauben, die Erde sei eine Scheibe.« Sie wedelte mit ihren schmalen Händen durch die Luft. »Sie wissen schon, diese Leute denken, dass alle Regierungen sich verschworen haben, um die Menschen von der anderen Seite fernzuhalten, was natürlich auch bedeutet, dass China auf unserer Seite der Scheibe liegt.«

Jetzt war es offiziell: Ich war fasziniert. Hätte sie noch die neonfarbigen Klamotten getragen, hätte ich wahrscheinlich Ian angerufen, damit er ihr ein paar Spritzen verabreichte, die ihr den Kopf geraderückten. So mussten es Worte tun: »Sind Sie verrückt? Wovon um alles in der Welt reden Sie da?«

»Von der runden Welt, wie wir sie kennen. Wie gesagt, keine Verschwörung, keine Scheibe.« Sie schmunzelte erneut, ehe sie wieder ernst wurde. »Sie glauben das wirklich, stimmt's?«

»Was auch immer Sie von Theorien und Verschwörungen wissen – ich halte sie für rund.«

»Ach das«, sie unterstrich ihren abfälligen Kommentar mit einer wegwerfenden Handbewegung. »Das Thema ist abgehakt. Was ich meine ist, dass sie ernsthaft glauben, ich müsste gerettet werden.«

»Aye! Genauso wie Sie anscheinend ernsthaft denken, mit ein bisschen Standgas kämen Sie aus diesem Matschloch.«

»Glaube ich gar nicht.«

»Nicht?«

»Nope. Ich hab's probiert, bin gescheitert und suche mir jetzt eine andere Lösung«, erklärte sie mit einer derartigen Unbeschwertheit, als würde sie es tatsächlich so meinen, und legte gleich mal nach. »Danke für Ihr Hilfsangebot, aber ich helfe mir lieber selbst. Stärkt das Selbstbewusstsein. Schönen Tag noch!« Und einfach so, ohne mich eines weiteren Blickes zu würdigen, verschwand sie in Aignéis' Weberschuppen.

3. KAPITEL

Cat

Ich schaffte es gerade so, die Tür hinter mir zuzuwerfen, bevor ich in Kichern ausbrach. Gott, tat das gut. Ich liebte diese kleinen Scharmützel. Nur kam ich leider viel selten dazu, seit Neila und ich zu Hause ausgezogen waren.

Früher hatten wir meine Mutter damit in den Wahnsinn getrieben. Mein Bruder Matt war ein herrlicher Wortklauber und konnte endlos diskutieren. Außerdem gefiel er sich in der Rolle des Helden und guckte immer so schön geknickt, wenn Neila und ich allein klarkamen.

Das Einzige, was diese Begegnung trübte, war die Tatsache, dass es ziemlich nett von ihm gewesen war, rüberzukommen, um mir zu helfen – hätte er nur nicht diese Schlaumeier-Sprüche abgesondert.

Und dann war da noch eine Kleinigkeit: Ich kannte mich. Er war genau der Typ Mann, auf den ich gern hereinfiel. Breitschultrig, athletisch, mit einem gesunden Selbstbewusstsein und diesem Hauch Steifheit, der mich herausforderte, ihn zu necken.

Nur würde *das* hier am Ende der Welt bestimmt nicht passieren. Für ein unverbindliches Techtelmechtel war ich einfach nicht geschaffen. Um zu sehen, ob mehr daraus werden konnte, würde ich nicht lange genug bleiben.

Noch immer mit einem Grinsen auf den Lippen sah ich mich in Tante Aignéis‘ Werkstatt um und ging auch in den hinteren Bereich, in dem sie Schmierfette und Werkzeuge für ihr Ungetüm von einem Webstuhl lagerte.

Dort blieb mein Blick hängen an zwei matschverschmierten Planken. Na bitte, ich war anscheinend nicht die Einzige, die sich auf dem sumpfigen Grundstück festfuhr, denn es sah ganz so aus, als hätten die Bretter schon einmal dafür hergehalten. Eine nach der anderen trug ich zur Einfahrt, wo es langsam dämmerte.

Dass es im Haus keinen Strom gab, war ein Problem, dem ich mich morgen stellen würde. Zwar waren alle Sicherungen dort, wo sie hingehörten, trotzdem funktionierten in Aignéis Häuschen das Licht und der Warmwasser-Boiler nicht.

Noch schlimmer war, dass der Kaminofen beim Feuermachen das halbe Wohnzimmer vollgequalmt hatte. Irgendetwas musste verstopft sein, denn die Klappe hatte ich geöffnet. Heute Nacht würde mir nichts anderes übrigbleiben, als in den hippen Ski-Klamotten zu schlafen, die Neila in den Koffer geworfen hatte.

Die Planken hinter den Reifen festgeklemmt, schwang ich mich auf den Fahrersitz und gab zaghaft Gas, bis die Räder Halt fanden. Dann schoss ich aus der Einfahrt und schwor mir, den Wagen später auf den einzelnen Parkplatz am Straßenrand zu stellen.

Aber erst mal würde ich mich bis zur Sperrstunde in irgendeinem gemütlichen Pub herumdrücken. Solange es warm war und ich *Fish and Chips* bekam, war mir alles recht. Hauptsache ich musste nicht auf die widerlichen Fertiggerichte zurückgreifen, die Tante Aignéis in ihrer Küche hortete.

Langsam tuckerte ich an der Küste entlang, froh, dass mir auf der schmalen Straße niemand entgegenkam. Immer wieder tauchten zwischen den Felsen Gras-Inseln auf, auf denen malerische, kleine Cottages standen. Vor vielen tummelten sich Schafe dicht an dicht. Die hatten anscheinend auch keine Lust, sich durch den Matsch zu quälen.

Apropos Matsch, ständig tauchte das Gesicht meines Fast-Retters vor mir auf. Ich mochte diese markanten Züge. Umso mehr, als der gepflegte fünf Tage-Bart die Kinnpartie betonte. Dass seine braunen Locken immer so zerzaust waren, wagte ich zu bezweifeln. Obwohl es ihm stand. Allerdings konnte ich ihn mir mühelos im Anzug vorstellen. Sein Tonfall, die herausfordernde Art, auf die er das Kinn vorreckte, sprachen für sich. Er war kein Befehlsempfänger. Wenn jemand sagte, wo es langging, war er das.

Ungewollt verglich ich ihn mit Simon. Wir waren drei Jahre zusammen gewesen. Im Prinzip hatte unsere Beziehung davon gelebt, dass ich so verliebt war, dass ich alles Negative ausblendete. Dabei wusste ich vom ersten Tag an, weswegen wir uns einmal trennen würden: Simon nahm nichts wirklich ernst. Das verlieh ihm die Leichtigkeit und den jungenhaften Charme, die mich lange bezaubert hatten.

Die Schieflage hatte im Grunde sechs Monate vor der Trennung begonnen. Simon, der nach dem Grafik-Design-Studium in die Comic-Zeichner-Branche gegangen war, mangelte es an Aufträgen. Die meisten hatten ihn einmal angeheuert, festgestellt, dass er sich weder an die *Storyline* noch an Abgabefristen hielt und danach auf eine weitere Mitarbeit verzichtet.

Währenddessen hatte er dabei zugesehen, wie ich im Verlag von Lawrence King vor Arbeit kaum aus den Augen gucken konnte. Simon hatte gespöttelt, dass ich die Kunst verriet, und mich immer öfter zum Ziel seiner Party-Kalauer gemacht. Wahlweise war ich darin die Witzfigur oder Lawrence King, der ... nun ja, kein wirklich angenehmer Zeitgenosse war, sondern als Boss gern einen Gutsbesitzer aus dem achtzehnten Jahrhundert imitierte. Bis Simon in einer bierseligen Nacht völlig eskaliert war und alles ruinierte, was ich mir nach der Uni aufgebaut hatte.

Ein Schock, von dem ich mich langsam erholte. Beziehung weg, Job weg, und um meine wunderbaren Illusionen war es auch nicht gut bestellt, seit mir die Absagen Beulen in den Briefkasten hagelten.

Das wirklich Seltsame war, dass ich die Ruhe genoss, seit ich London hinter mir gelassen hatte.

Dabei liebte ich sonst die Atmosphäre der Stadt. Man war nie allein. Fiel einem die Decke auf den Kopf, musste man nur aus dem Haus gehen und entscheiden, in welchem Pub man sich vergnügen wollte.

Hier war das anders. Ganz anders. Ich fuhr nun schon seit zwanzig Minuten durch die Dämmerung, ohne einen Laden zu entdecken, in dem man sich amüsieren und aufwärmen konnte. Dafür gab es an jeder Ecke Geschäfte, die Harris Tweed anboten.

Tja, da hatte ich eine Nachricht für die Insulaner: Wenn alle Weber die altbackenen, beige-braunen Muster herstellten, die ich vorhin auf Tante Aignéis‘ Webstuhl gesehen hatte, sah ich schwarz. Ich war zwar nicht der farbenfrohe Typ, aber ein bisschen Pep durfte es ruhig sein.

Als ich Tarbert, die Hauptgemeinde auf Harris, erreichte, hielt ich an und sah mich im Hafen um. Die Boote lagen jetzt, bei Ebbe, auf dem Trockenen. Aber immerhin waren ein paar Menschen unterwegs.

Verbindlich lächelnd stapfte ich über den Parkplatz auf ein paar Männer in Öljacken zu, um mich nach dem nächsten Pub zu erkundigen.

Na, das gab ein Gelächter.

»Soll das heißen, es gibt hier nichts zu trinken?«

Einer der Männer, ein hagerer Typ mit hübschen Augen, der gut und gerne fünf Jahre jünger war als ich, zwinkerte anzüglich. »Bei mir zu Hause schon. Ansonsten über die A859 in Leverburgh.«

Zweifelnd sah ich ihn an. »Ist das weit von hier?« Langsam hatte ich genug von der Fahrerei.

»Aye. Aber die haben eine gute Küche.«

»Und hier gibt es nichts?«

»Na ja, das *Harris Hotel*. Doch Sie haben nach einem Pub gefragt. Da schicken wir die Leute immer in die Bar vom *The Anchorage*. Bisher hat sich keiner beschwert.« Er zuckte die Achseln und schenkte mir einen Blick, der sagte, dass das Angebot mit der Einladung stand.

Träum weiter! Seufzend dankte ich und lief zurück zu Betsy, die nach dem Schlammbad ziemlich mitgenommen aussah.

Rost? Ha, der Typ aus dem Schloss hatte sowas von keine Ahnung. Ich rief mir sein verdutztes Gesicht in Erinnerung und musste schmunzeln. Vor allem, als ich mir unser amüsantes, kleines Scharmützel in den Sinn kam. Wer weiß, vielleicht war er der Lichtblick, den ich in den nächsten Wochen brauchen würde.

Meine erste Begegnung mit Tante Aignéis war jedenfalls ernüchternd gewesen. Sie war übellaunig wie eh und je. Als ich Sie nach der ewig langen Fahrt aus London hierher und der alles andere als ruhigen Fährfahrt im Krankenhaus besucht hatte, hatte sie nichts Besseres zu tun gehabt, als sich über Neilas Steppmantel lustig zu machen, der – Achtung, Zitat! – »garantiert alle Schafe zwischen Stornoway und Harris in die Flucht schlägt«.

Und mit diesem herben Charme durfte ich es jetzt aushalten. Sechs Wochen. Maximum. Wenn sie bis dahin nicht wieder auf den Beinen war, musste sie eine Pflegerin engagieren. Selbst meinem Dad zuliebe hielt ich das keine Sekunde länger aus.

Überhaupt vermied ich es, mir Aignéis‘ und mein Zusammenleben vorzustellen, und konzentrierte mich lieber auf die Pläne für meine Mappe.

Die musste bombig werden und möglichst schon auf den ersten Seiten die volle Bandbreite meiner künstlerischen Arbeit zeigen. Eine aufwändige, digitale Illustration, die ich mit dem iPad machen konnte. Und natürlich würde ich zeichnen, mit Aquarell, Gouache und Pastellkreide arbeiten, und zwei Cover und Letterings entwerfen.

Ich hatte richtig gute Ideen – bis mein Handy klingelte. Ohne den Blick von der Straße zu nehmen, tippte ich mein Smartphone an, das via Kabel mit Betsys alter Musikanlage verbunden war. Garantiert war es Neila, die mich schon auf der Fahrt zigmal angerufen und es bestimmt auch am Nachmittag probiert hatte.

»Ja, ich bin gut angekommen! Mach dir keine Sorgen. Das Problem ist der miserable Empfang hier oben«, begrüßte ich sie gut gelaunt.

Leider war es Simons Stimme, die mir antwortete. »Wo bist du angekommen, Babe?«

Shit! Ich sollte mir echt angewöhnen, aufs Display zu gucken. »Simon, was willst du?«

»Nach der Eröffnung? Wissen, wo du bist.«

»Das geht dich nichts mehr an, vergessen? Du hattest deinen Spaß. Ich habe die Kündigung bekommen, das war's.« Zum Glück war die rührselige Phase überstanden. Seit ich aus London raus war, hatte ich nicht einmal geheult. Nach zwei Monaten vermisste ich das richtig. Beinahe jedenfalls.

Aber Simon wäre für mich längst kein Problem mehr, ließe er sich so leicht abschütteln. »Das war ein Scherz, Cat. Ein Sche-herz! Kann ich denn wissen, dass diese Typen aus deinem Verlag sich das Cover nicht noch mal genau ansehen, bevor sie Bücher damit bedrucken? In unserer Branche läuft das professioneller ab, das kann ich dir sagen.«

Klar, wahrscheinlich engagierten sie ihn darum nicht mehr. Aber ihm das unter die Nase zu reiben, wäre so, als würde ich nachtreten. Den Gedanken fand ich fürchterlich.

Deshalb beschränkte ich mich auf den Teil der Geschichte, der mich betraf. »Soll das jetzt deine Entschuldigung gewesen sein? Ehrlich gesagt finde ich sie ein bisschen dünn.« Oh mein Gott, ich klang schon wieder weinerlich. Das war nicht nur peinlich, es war auch kontraproduktiv, weil Simon gern den Tröster spielte. Ich zwang mich, kurz durchzuatmen, bevor ich mit festerer Stimme weitersprach:

»Si, das Thema ist durch. Du respektierst meine Arbeit nicht, obwohl du weißt, dass sie mir viel bedeutet. Wenn ich dich erinnern darf: Als ich – dank deiner bahnbrechend hirnrissigen *Beer-Pong*-Idee – die Kündigung bekam, hast du gelacht.« Ich sah es noch vor mir. Abends um zehn hatte mein Telefon gebimmelt, ich hatte in Tränen aufgelöst die Standpauke von Lawrence King über mich ergehen lassen, während Simon sich königlich amüsiert hatte. »Ehrlich gesagt glaube ich, dass wir andere Prioritäten haben. Und andere Vorstellungen von Wertschätzung und Respekt, wo ich schon dabei bin.«

Ich sollte auflegen. Ernsthaft. Aber irgendwo tief in mir schlummerte die Hoffnung, dass Simon sich tatsächlich endlich entschuldigen würde. Ich brauchte das. Nicht, dass es etwas änderte. Doch ich musste hören, dass er begriff, was er mir angetan hatte. Schon damit die gruselige Gewissheit los wurde, die letzten drei Jahre an einen Kindskopf verschwendet zu haben, der sich null aus mir und meinen Gefühlen machte.

Aber Simon redete sich lieber tiefer in den Schlamassel. »Prioritäten – das ist doch ein gutes Stichwort: Ich sollte deine Priorität sein, nicht ein lausiger Brotjob, in dem sie deine Arbeit nicht zu würdigen wissen.«

Wieso klang es bei ihm, als wäre ich die Doofe? Langsam wurde ich wütend. »Du begreifst es wirklich nicht. Bei Lawrence King haben sie meine Arbeit geschätzt und mich gut dafür bezahlt.«

»Ah, geht es um Geld? Erwartest du jetzt, dass ich dich auch bezahle? Und wie rechnen wir das ab? Pro Stunde, wenn du mit mir schläfst? Kriegst du etwas für eine Übernachtung und darüber hinaus einen Bonus, falls du auch noch das Frühstück machst?« Er redete sich immer weiter in Rage und verstieg sich dabei wie üblich in Nebensächlichkeiten. Hauptsache, er machte keine Zugeständnisse. »Und falls ich dich daran erinnern muss: Er hat dich beschissen behandelt. All die Anrufe nach Feierabend, in denen er dich für Sachen zusammengefaltet hat, die du überhaupt nicht zu vertreten hattest. Und dann diese widerlichen, sexuellen Anspielungen. Darüber hast du dich ständig aufgeregt. Und jetzt tust du, als wäre er der Heilsbringer. Sorry, Babe, aber das ist irre. Such dir lieber einen gottverdammten Anwalt und verklag den Hundesohn wegen Belästigung am Arbeitsplatz.« Mittlerweile schrie Simon regelrecht.

»Das hatten wir schon, in dem Ton rede ich nicht mit dir.«

»Aber ich rede mit dir!« Sein unterdrücktes Fluchen schallte durch Betsys Innenraum.

Ich verstand kein Wort. »Sag mal, hältst du da die Hand über den Hörer?«

»Tue ich, weil ich ein rücksichtsvoller Mensch bin.«

Beinahe hätte ich gelacht. Simon war vieles. Ein Draufgänger, für jeden Schabernack zu haben. Und er war ein begnadeter Zeichner; bevor seine zweifelhafte Arbeitsmoral ihm so ziemlich jede Tür in der Branche verschlossen hatte, waren für ihn sogar Anfragen von Comic-Produzenten aus den USA gekommen. Dummerweise hatte das Einzelkind Simon eins nie gelernt: Rücksicht.

Dafür schaffte er es immer, mir ein schlechtes Gewissen einzujagen. Und er tat es schon wieder. Plötzlich fühlte sich mein Wunsch nach einer Entschuldigung kleinkariert und spießig an. Besser, ich legte auf, bevor ich mich wieder hinreißen ließ. »Hör mal, ich bin gleich da und muss schlussmachen.« Der Satz war nicht ganz heraus, da wusste ich, dass ich einen Fehler gemacht hatte.

»Ah, schlussmachen musst du«, war Simon da auch schon auf hundertachtzig. »Das scheint ja neuerdings dein Ding zu sein. Aber glaub nicht, dass ich mir das bieten lasse. Trevor sagt auch ...«

»Trevor? Mein guter Freund Trevor?«, rief ich alarmiert.

»Jep, genau der. Nur bin ich nicht sicher, ob Trevor noch dein Freund ist, nachdem ich ihn mal aufgeklärt habe, wie du zu seiner Kleiderwahl stehst.«

»Zu seiner ... was soll das denn jetzt?« Die feinen Härchen in meinem Nacken richteten sich auf, weil mich eine fiese Ahnung beschlich.

»Ja, genau das hat Trevor mich auch gefragt. Und da habe ich es ihm erklärt. Du erinnerst dich an eure Party, bei der er in der hautengen Leder-Jeans aufgetaucht ist?«

Klar erinnerte ich mich. Jeder würde sich an den Anblick eines dreihundert Pfund schweren, glatzköpfigen Schwulen in einer schwarzen Leder-Wurstpelle erinnern. »Was ist damit?«, fragte ich schrill, weil ich Simon kannte. In den letzten Wochen hatte er so ziemlich alles getan, um mich unmöglich zu machen.

Obwohl, wollte ich es wirklich wissen? Meiner Freundin Kisha hatte er erzählt, wie unangebracht ich ihr Brautkleid gefunden hatte, weil sie fast nackt vor den Altar getreten war. Ich meine, muss man einem zölibatär lebenden Mann derart freizügig präsentieren, was er nie haben wird?

Außerdem wusste Nyles von Simon, wie nervig ich seinen antiautoritären Erziehungsstil fand, dank dessen seine Kinder sich in jeder Lebenslage frei entfalten durften. Helen hatte er gesagt, dass ich ihre veganen Rezepte mochte, mir aber die Fleischbeilage fehlte. Und natürlich war er auch bei Snipe, dem Wirt unseres Stammpubs gewesen, um ihm unter die Nase zu reiben, wie mich seine Musikwahl nervte.

Kurz: Simon hatte überall die Runde gemacht, die schlimmsten Geschichten über mich erzählt und wirklich jede noch so kleine Indiskretion, die ich mir je geleistet hatte, an den Empfänger weitergetratscht.

Lange hatte ich nicht begriffen, was er damit bezweckte, bis er es schließlich geschafft hatte – ich war kaum noch aus dem Haus gegangen. Damit hatte er mich, wo er mich haben wollte, nämlich isoliert, und war gleich darauf zum Stalker mutiert, der Tag und Nacht vor unserer Tür stand. Mit Liebe hatte das schon lange nichts mehr zu tun. Seine Manie war es, zu gewinnen. Ob ich wollte oder nicht.

»Weißt du was, Simon, sag es mir nicht.«

»Oh, das werde ich aber doch«, schnappte er böse.

Ich schüttelte den Kopf. »Nein! Nein, wirklich nicht. Und wenn du zur Queen rennst und ihr sagst, wie grässlich ich ihre Hüte finde. Mach was du willst. Ich bin nicht aus London weggezogen, um mir diesen Quatsch auch nur einen Tag länger anzuhören.«

Bevor er etwas sagen konnte, legte ich auf. Im Lügen war ich noch nie gut gewesen und knickte im Kreuzverhör regelmäßig ein. Also war es besser, ihn zu meinem »Umzug« nicht zu Wort kommen zu lassen.

Stattdessen parkte ich vor dem Pub und rief meine bessere Hälfte an, um sie vorzuwarnen. Simon würde unsere WG belagern, um an meine neue Adresse zu kommen.

Rasch setzte ich Neila ins Bild. »Ich hasse es, die Unwahrheit zu sagen. Sowas machen Kinder, wenn sie feige sind.«

»Du kannst nicht wissen, ob es eine Lüge war«, gab Neila ungerührt zurück. »Vielleicht verliebst du dich wirklich in einen heißen Schäfer und bleibst auf der Insel. Ansonsten kannst du es unter Selbstschutz verbuchen.« Sie kicherte. »Wenn du ihm das nächste Mal so etwas erzählst, sag vorher Bescheid. Dann fahre ich zu ihm und sehe mir sein blödes Gesicht an.«

»Du bist grausam.«

»Oh nein, dein Verleger ist grausam, weil er dich jahrelang schikaniert hat und dir trotzdem keine zweite Chance gibt. Und Simon ist grausam, weil er uns nachts mit seinen Klingelattacken wachhält. Deshalb steht es mir zu, mich an seinem Leid zu ergötzen.« Mein Zwilling seufzte. »Hey, mach dir keine Sorgen. Falls er sich tatsächlich meldet, sage ich ihm, dass du mit Sack und Pack abgerauscht bist, um woanders zu arbeiten. Da ärgert er sich doppelt. Und strenggenommen ist es keine Lüge, denn du kümmerst dich um Tante Aignéis und arbeitest an deiner Mappe. Fanny gebe ich auch Bescheid, damit sie ihm nicht ins offene Messer rennt. Und jetzt ab mit dir in den Pub. Ich hätte gar nicht gedacht, dass es in Aignéis Einöde sowas gibt.«

Ich stöhnte. »Frag nicht, wie lange ich fahren musste, um ihn zu finden.«

»Okay, damit ist mein Weltbild wiederhergestellt. Und jetzt geh rein und hab Spaß. Du kannst ihn brauchen.«

Ich verabschiedete mich bereits, als Neila noch etwas einfiel. »Das mit den heißen Kerlen war mein Ernst. Lenk dich ab. Verlieb dich. Wer weiß, vielleicht ist so eine Insel genau der richtige Ort für dich.«

»Soll ich es gleich heute Abend hinter mich bringen, oder darf ich mir Zeit lassen?«

»Hm, ich gebe dir eine Woche. Sonst komme ich und arrangiere ein Speeddating mit dir als einzigem, weiblichem Teilnehmer.« Lachend beendeten wir das Gespräch und ich betrat *The Anchorage*. Ein Restaurant, das mit einem Pub in etwa so viel gemein hatte wie Disney World mit einer Kirche.

Augenblicklich kam ein dienstbarer Geist angewieselt. »Kann ich Ihnen helfen, Madam?«

»Ich ... na ja, ich bin auf der Suche nach einem Pub.«

Der schlaksige Kellner, der höchstens neunzehn war und ein echtes Akne-Problem hatte, deutete auf einen Durchgang.

»Da drinnen finden Sie unsere Bar.« Er senkte die Stimme und tat vertraulich. »Dort ist es deutlich gemütlicher als in unserem Restaurant und Sie bekommen das beste Frischgezapfte weit und breit.«

Ich rang mir ein Lächeln ab. Wenn ich den Rückweg zu Tante Aignéis Haus überschlug, würde ich gut und gern eine Stunde unterwegs sein. Zu weit, um mir ein Taxi zu leisten. Also schied das Frischgezapfte aus. »Gibt es dort auch Kleinigkeiten zu essen?«

»*Fish and Chips* wären recht?«

Ich strahlte. »Bitte! Und wenn Sie ein alkoholfreies Bier hätten?«

»*Belhaven*. Aber das ist nicht frisch gezapft.« Er sah mich an, als gäbe es kein größeres Unglück als Flaschenbier.

»Egal, Hauptsache schön kühl«, sagte ich und hielt auf den Durchgang zu, der von einem breiten Paar Schultern versperrt war.

»Entschuldigung, ich würde gern ...« Mitten im Satz schnappte mir der Mund auf, denn vor mir stand unverkennbar mein Fast-Retter.

»Wenn das nicht die Frau ist, auf die Aignéis Dunns spitze Zunge abgefärbt hat.« Er grinste.

Ich hob eine Braue. »Hey, Sie ziehen hier über eine alte, kranke Lady her. Das ist nicht die feine englische Art.«

»Muss es auch nicht – falls Ihnen die gälischen Straßenschilder auf dem Weg hierher nicht aufgefallen sind: Wir befinden uns in Schottland.«

»Und ich hatte mich über die Männer in den Röcken gewundert.« Gespielt verdutzt schlug ich mir die Hand vor die Stirn.

Seine Augen blitzten. »Vielleicht sollten Sie im Sommer wiederkommen. Da tragen die Mutigeren unter uns Mini.«

»Nicht wahr. Ist das so eine Masche, damit sich irgendwer erbarmt, unter ihren Rock zu gucken?«

»Ganz genau. Schließlich hat es sich herumgesprochen, dass Touristen nichts brennender interessiert als die Frage, was wir drunter tragen.«

Ich rümpfte die Nase, kam aber nicht zu einer Antwort, weil der Typ rechts von meinem Fast-Retter seine Hand in mein Blickfeld schob. »Ich nehme an, Sie sind die junge Frau, die bei Aignéis eingezogen ist? Ich bin Ian Bain.«

Er wirkte draufgängerischer als sein Freund und mindestens so müde, wie ich es war.

»Aignéis Dunn ist meine Tante. Ich bin hier, um sie zu versorgen, aber noch ist sie im Krankenhaus.«

»Ich weiß.«

»Weil sich auf der Insel alles herumspricht?«

Er zwinkerte mir zu. »Sie denken zu schlecht von uns. Weder tragen wir zwanghaft Kilt, noch sind wir neurotische Tratschtanten.«

»Sagt der Mann, der brühwarm von seinem Freund über unser kleines Zusammentreffen informiert wurde.« Gespielt nachdenklich strich ich über mein Kinn, bis ich mir das Schmunzeln nicht länger verkneifen konnte. »Mein Name ist übrigens Catlyn. Oder Cat. Cat Dunn.« Ich streckte die Hand aus, die er lächelnd ergriff.

»Ich fürchte, sie haben uns wirklich beim Tratschen erwischt. Das«, er deutete auf meinen Fast-Retter, »ist mein Freund Gavin Mackay. Sie wissen schon, der Kerl, dem Sie eine Schlammpackung verpasst haben.«

Nun streckte auch Gavin die Hand aus, doch im Gegensatz zu seinem Freund wirkte er alles andere als amüsiert. »Haben Sie eigentlich immer auf alles eine Antwort?«

Und ob! Ich strahlte ihn demonstrativ an, ehe ich die Hand zurückzog. »Sie dürfen mich gern Cat nennen, wie all die anderen, mit denen ich schon mal im Matsch gespielt habe.«

Seine ohnehin leicht verkniffenen Mundwinkel wanderten ein bisschen tiefer.

Ach, komm schon, vorhin warst du schlagfertiger. Mach mir jetzt kein schlechtes Gewissen. Aber er dachte nicht daran, sich zu entspannen, sondern nahm mich ins Visier wie ein schlechtgelaunter Scharfschütze. Ich wurde weich.

»Kommen Sie, es war nicht böse gemeint. Manchmal schieße ich übers Ziel hinaus und ... es tut mir echt leid und kommt garantiert nicht wieder ...« Sein Grinsen bremste meinen Redeschwall. »Also haben Sie die Mimose nur gespielt?«

»Dachtest du«, wechselte er ganz zwanglos zur vertrauten Anrede, »nur weil ich einen Kilt besitze, jammere ich herum wie ein kleines Mädchen?«

»Okay, das habe ich wohl verdient«, gab ich zu.

Ian rief sich in Erinnerung: »Da wird ein Tisch frei.«

»Oh, okay. Ihr wart zuerst hier. Also ist das wohl eurer.«

Er sah mich an wie ein Alien. »Wirst du plötzlich schüchtern? Da stehen vier Stühle. Außerdem mag ich deinen Humor. Also komm mit, bevor du uns hier verdurstest.« Ian hakte mich unter und ließ mir keine Wahl. Nicht, dass ich hätte ablehnen wollen, denn ich mochte die beiden auf Anhieb.

Kaum saß ich, stellte der Kellner das Bier und die Fish and Chips ab. Gavin langte sofort zu und stahl sich ein Kartoffelstück, das er genüsslich verspeiste.

Ich hasste es. Inniglich. »Wag das noch einmal und ich werde wirklich ungemütlich«, ließ ich ihn finster wissen.

Verdutzt sah er mich an. »Ich bestelle einfach auch eine Portion und du revanchierst dich. Wie wäre das?«

»Nicht gut! Ich hasse es aus tiefstem Herzen, wenn jemand mit den Fingern in meinem Essen herumpickt.«

»Du bist ein Einzelkind«, sagte er mir auf den Kopf zu.

Er hatte ja keine Ahnung. »Falsch, ich bin gesegnet mit dem tollsten kleinen Bruder, den man sich denken kann. Nur gibt es für ihn nichts Schöneres, als mit ungewaschenen Fingern von fremden Tellern zu stehlen.«

»Ich gehe mal davon aus, das hast du ihm ausgetrieben?«

Ich grinste. »Er mag es gern scharf. Also habe ich ihm zuliebe das Taschengeld von einer Woche in Tabasco investiert und ihn überrascht.«

Gavin und Ian verzogen die Gesichter. Mir entging nicht, dass Gavin dabei die Hand zurückzog, mit der er schon wieder zulangen wollte.

»Also, was tust du auf dieser schönen Insel?«, wollte ich von Gavin wissen, den ich mir kaum als Fischer oder Schäfer und erst recht nicht hinter einem Webstuhl vorstellen konnte.

So musste es sein, wenn man in ein Wespennest stach. Schlagartig verflog die Fröhlichkeit der letzten Minuten. Die Anspannung war förmlich greifbar.

Obwohl ich mir keiner Schuld bewusst war, schlug mein Herz schneller, als hätte man mich bei etwas Verbotenem ertappt. »Habe ich etwas Falsches gesagt?« Lustlos stocherte ich auf dem Teller nach einem Fischstückchen, weil ich Gavin nicht länger in die Augen sehen konnte. Das intensive, warme Braun war dunkler geworden. Nun wirkte sein Blick gequält.

»Nein, alles in Ordnung.«

Aber so klang er nicht. Zögerlich spießte ich einen Chip auf und hielt ihn ihm hin. »Sieh es als weiße Flagge. An was auch immer ich gerührt habe, es tut mir leid.«

Für einen langen Moment sah er mich ernst an, dann zwang er ein bemühtes Grinsen auf seine vollen Lippen und stibitzte den Chip.

»Fein, wenn das geklärt ist, können wir vielleicht auch mal bestellen. Ich will keine Schlagzeile in der *Stornoway Gazette* sein, weil ich in einem Pub verdurstet bin«, warf Ian ein und lockerte damit den düsteren Moment auf.

Ich grinste ihn an. »Falls es dich tröstet, verspreche ich dir, dass ich dein Grab mit Ale wässere, solange ich hier bin.«

»Du, kleine Lady, trinkst *Belhaven*. Alkoholfreies *Belhaven*.« Angewidert schnipste er mit den Fingern gegen die

Flasche. »Ich hätte keine ruhige Minute in meinem Grab, wenn du das über mir auskippst.«

»Der Abend ist ja noch jung. Wenn du mir am Ende sympathisch bist, lasse ich mich vielleicht dazu hinreißen, dir einmal im Monat Single Malt zu spendieren.«

»Den aber bitte zu Lebzeiten.«

»Also zwei Single Malt?«, fragte der Kellner, der unvermittelt wieder aufgetaucht war.

»Aye. Außerdem zwei dunkle vom Fass und zweimal den Lachs mit Chips. Oder willst du etwas anderes?«

Gavin schüttelte den Kopf. Er schien sich wirklich Mühe zu geben, die gelöste Stimmung von vorhin wiederzufinden. Doch erst als der Whisky kam, den er mit beachtlichem Tempo herunterstürzte, entspannten sich seine verkrampften Schultern und sackten herab.

Das Essen der Männer kam, als ich meinen leeren Teller gerade beiseiteschob. Während sie aßen, musterte ich die beiden verstohlen. Ian war ein freundlicher, gutaussehender Typ, den ich vielleicht interessant gefunden hätte, säße Gavin nicht neben ihm.

Gavins Haar war von einem intensiven Braun, leicht lockig und halblang, so dass es störrisch abstand, wenn er mit den Fingern hindurchfuhr, was er oft tat. Sein Gesicht und die gebräunten Unterarme zeugten davon, dass er viel Zeit an der frischen Luft verbrachte. Ich hätte jede Wette gehalten, dass er zum Sport ging. Oder hatte er eine Arbeit, die ihn körperlich forderte? Hm, seine Hände waren gepflegt, ohne besonders ausgeprägte Schwielen. Noch immer konnte ich ihn mir leichter im Anzug als im Blaumann vorstellen.

Was mich aber wirklich für ihn einnahm, waren diese Augen. Jetzt wirkten sie tatsächlich wieder heller. Dadurch erinnerten sie ein wenig an einen dieser Ringe aus dem Kaugummi-Automaten, die ihre Farbe bei einem Stimmungsumschwung änderten.

An was du immer denkst? Meine innere Stimme rümpfte die Nase, weil ich im Begriff war, den gleichen Fehler wieder zu machen.

Seit ich sechzehn geworden war, hatte ich immer einen Freund gehabt. Unsere Mum meinte, das sei meine Superkraft. Die Fähigkeit, das Gute in anderen zu sehen und mich auf sie einzulassen. Dabei sollte sie es mittlerweile besser wissen. Die bittere Wahrheit war nämlich, dass ich einfach nicht gut darin war, allein zu sein. Wenn es niemanden gab, um den ich mich kümmern und mit dem ich mich austauschen konnte, fehlte etwas. Abends im Bett herumalbern, morgens mit Streicheleinheiten aufwachen oder gemeinsam kochen. All diese kleinen Dinge machten mein Leben lebenswert. So sehr, dass ich jahrelang gewillt gewesen war, Simons sorglos-verletzendes Draufgängertum als jungenhaften Charme zu verklären. *Schluss damit!*

»Wie wollt ihr eigentlich nach Hause kommen?« Die Männer tranken mittlerweile den zweiten Whisky und hatten gerade noch eine Runde Ale bestellt. In dem Zustand konnten sie auf keinen Fall den weiten Weg zurück nach Baile Tràghad fahren.

Gavin sah mich an, als wäre ich eine Art Idiotin. »Hast du mal vom Uber-Prinzip gehört? Du meldest eine Fahrt an und wer gerade Zeit hat, kommt und holt dich.«

Jetzt war es an mir, ihn zweifelnd anzusehen. »Hier draußen gibt es Uber?«

Er zuckte die Achseln. »Wie man's nimmt. Sagen wir einfach, es gibt ein paar Leute, die Lust haben, sich ein paar Pfund nebenher zu verdienen.«

»Ah, dann ist ja gut.«

Gavins Blick wurde wachsam. »Was ist gut?«

»Ich dachte schon, ich muss euch mitnehmen.«

»Ha, der war gut. Wie sollen wir denn zu dritt in deinem Quietsche-Entchen Platz finden?«

Ich biss die Zähne aufeinander, ehe ich frostig zurückgab. »Das ist so typisch. Wahrscheinlich hast du einen dicken Geländewagen direkt bei deinem Schloss geparkt. Aber der nützt euch nichts. Ihr fahrt ja Uber. Ha, ich lache mich schlapp, wenn gleich ein müffelnder Typ mit fettigen Haaren und überquellendem Aschenbecher vorfährt und ich fröhlich pfeifend mit meinem Quietscheentchen an euch vorbeiziehe.«

Ian musste sich das Lachen verkneifen. »Nimmst du die Kritik an deinem Auto vielleicht ein wenig ... persönlich?«

»Betsy hat mich noch nie im Stich gelassen. Soll ich da etwa zuhören, wie ihr sie verspottet.«

Der nette Herr Doktor hob die Hände, wie um zu zeigen, dass er nicht bewaffnet war. »Hey, keine Sippenhaft, wenn ich bitten darf. Ich habe nichts über dein Auto gesagt. Ich kenne es ja gar nicht.« Er gluckste in sein Bierglas. »*Betsy.* Auf so etwas kann auch nur eine Frau kommen.«

»Ich habe das gehört.«

»War mir bewusst. Ich sitze dir schließlich gegenüber«, er zwinkerte, trank einen Schluck und sah Gavin an. »Allerdings ist mir nicht ganz klar, warum du über ihren Wagen herziehst. Abgesehen natürlich von der Schlammdusche, die *Betsy* dir verpasst hat.«

Ich konnte mir nicht helfen, Ians trockener Humor gefiel mir. Zumal Gavin bei ihm nicht pikiert reagierte und mitlachte.

»War das Angebot ernst gemeint?«, wollte er wissen, nachdem er und Ian sich wieder beruhigt hatten.

»Wann habe ich euch ein Angebot gemacht?«

»Für mich klang es jedenfalls so, als wärst du bereit, uns mitzunehmen. Würde uns die Warterei auf den Uber-Ersatz sparen.«

Ich wog den Kopf von links nach rechts und ließ Gavin zappeln.

»Komm schon, so hart kannst du nicht sein.«

»Kann ich doch.« Ich gab mir einen Ruck. »Seit meine Schwester und ich neun und mein Bruder sechs waren, haben wir in einem Forsthaus bei den *Ecclesall Woods* gewohnt. Mein Dad hatte einen Dienstwagen, mit dem er den ganzen Tag unterwegs war. Und meine Mum hat uns zu Hause unterrichtet, weil kein Bus fuhr und wir uns kein eigenes Auto leisten konnten. Niemand von uns hat mitbekommen, dass meine Mum jeden Cent dreimal umgedreht hat, bis sie genug gespart hatte, um die Anzahlung für Betsy zu machen. Die Farbe war uns egal. Auch dass es sich mit drei Kindern, Tornistern und Sporttaschen im Wagen kaum atmen ließ, hat uns nicht gestört. Betsy war unser Ticket in eine öffentliche Schule. Ach, was sage ich, in die ganze Welt. Sie hat uns nie im Stich gelassen. Ich hänge daran. Und ich setze jeden, auch dich, Mr da-sind-aber-Rostflecken, auf die Straße, wenn er über den Wagen spottet.«

Die beiden starrten mich mit offenen Mündern an, als würden sie auch in hundert Jahren nicht auf die Idee kommen, sich über die treuen Dienste eines Autos zu freuen.

Gavin fing sich als Erster und zwinkerte mir zu. »Okay. Das mit dem Rost war ...« Er verstummte, wobei er das Gesicht schmerzerfüllt verzog. Ich hätte schwören mögen, dass Ian ihn unter dem Tisch getreten hatte. Irgendwann brachte Gavin den Satz trotzdem zu Ende. »... nur so ein Gedanke.«

Grinsend sah ich zu, wie die beiden noch eine Runde Ale bestellten. Nachdem das Eis einmal gebrochen war, fand ich es wirklich leicht, mit Ihnen Spaß zu haben.

Beide waren auf dem Harris-Teil der *Isle of Harris and Lewis* aufgewachsen und hatten keine Gelegenheit ausgelassen, den Leuten auf der Insel Streiche zu spielen, bis sie zum Studium aufs Festland gezogen waren.

Als Ian irgendwann entschuldigend einwarf, dass er am nächsten Morgen pünktlich zur Visite im Krankenhaus von Stornoway erscheinen und vorher noch sein Auto abholen müsse, das vor dem Lokal stand, erhob ich mich mit Lachtränen in den Augen.

»Also wusstest du von Aignéis, weil du in der Klinik arbeitest.«

»Aye, ich bin Arzt.« Ian senkte die Stimme zu einem verheißungsvollen Bariton. »Der Arzt, dem die Frauen vertrauen – ich weiß, ich weiß«, er hob abwehrend die Hände, »der Scherz ist ein wenig ausgelutscht, aber er gehört quasi zum Job, weil mein Vorgänger ihn auch bei jeder Gelegenheit angebracht hat.«

Ich nickte und es kostete mich Mühe, ernst zu bleiben. »Du bist ein Mann mit einer Mission.«

»Äh, Mission?«

»Na, du führst die Tradition fort. Du wirst mit deinem Restalkoholgehalt aber niemanden operieren?«

»Habe ich nicht vor.« Ian legte Geld auf den Tisch und schob meine Hand beiseite, als ich meinen Anteil dazugeben wollte. »Du glaubst doch nicht, dass ich mich von dir durch die Gegend kutschieren lasse, ohne mich erkenntlich zu zeigen.«

Gavin verdrehte die Augen. »Wer bist du? Der verdammte *Prince Charming*?«

Ian zwinkerte. »Hatte ich's nicht erwähnt: Ich bin der Arzt, dem die Frauen vertrauen.«

Wieder rollten Gavins Augen im Kreis; anscheinend war es eine sehr schwere Bürde, Ian in diesem angeheiterten Zustand um sich zu haben.

Als Gavins Pupillen sich beruhigt hatten, hielt ich ihm den Autoschlüssel hin. »Ich muss kurz verschwinden. Wenn ich rauskomme, seid ihr fertig mit Lästern und habt ausgelost, wer sich hinten rein quetscht. Und nicht, dass mir jemand jammert, weil es unbequem ist.« Tatsächlich schaffte ich es bis in den Waschraum, ehe ich über Gavins verdatterten Gesichtsausdruck kicherte.

Wenn er gerade nicht den wütenden Fast-Retter zum Besten gab, war er wirklich nett. Dass er außerdem fantastisch aussah, durfte mich nicht kümmern, denn tatsächlich konnte er sich in den nächsten Wochen als wertvoller Freund erweisen, zu dem ich mich flüchtete, wenn Aignéis eskalierte.

Ansonsten sah ich nämlich schwarz. Auf dem Weg hierher war mir erst klargeworden, wie dünn besiedelt die Insel war. Nahm man den Fuß in den kleinen Ortschaften nicht rechtzeitig vom Gas, war man durchgerollt, bevor man die Häuser zählen konnte.

Aber die Insel hatte auch ihr Gutes. Die wenigen Leute, denen ich bisher begegnet war, waren ausgesucht hilfsbereit und freundlich – solange ich unsere Tante nicht mitzählte. Und die Landschaft war wirklich atemberaubend. Als Kind war mir das nie aufgefallen, dafür nahmen mich die raue Küste und das saftige Grün der Wiesen und Moosflechten jetzt umso mehr für Harris ein.

Lächelnd verließ ich den Waschraum. Vielleicht würden die nächsten Wochen doch nicht so trostlos, wie ich befürchtet hatte.

4. KAPITEL

Gavin

Das Kinn auf den Knien, die Arme so eng an den Körper gepresst, als wollte ich durch eine zu enge Röhre rutschen, hielt ich es nun schon seit einer Viertelstunde in Catlyn Dunns Schuhschachtel aus und sah dem Zwischenstopp finster entgegen.

Dummerweise hatten Ian und ich ausgelost, wer vorn sitzen durfte, ohne daran zu denken, dass er in der Nähe von Tarbert aussteigen würde, Cat und ich aber weiterfuhren. Was bedeutete, ich müsste meine Gliedmaßen durch die Tür fädeln, Ian rauslassen und mich gleich darauf wieder auf den Sitz quetschen.

»Darf ich indiskret sein?«, fragte ich Cat.

»Hm«, gab sie einsilbig von sich, ohne den Blick von der Straße zu nehmen. Ich mochte diesen konzentrierten Ausdruck an ihr.

»War das ein zustimmendes ›Hm‹?«

»Es war ein ›wenn du das schon fragst, wirst du dich auch vom Rest nicht abhalten lassen‹-Hm.«

»Fein«, gab ich zurück und wusste – wie schon ein paarmal an diesem Abend – nicht, ob ich Cats Schlagfertigkeit nervig finden sollte. »Wie kommt es, dass du dir mehrere Wochen freinehmen und hierher ziehen kannst?«

Diesmal ließ die Antwort auf sich warten. Hatte ich einen Nerv getroffen?

»Ich bin ... ich arbeite freiberuflich. Als Illustratorin. Im Moment ist die Auftragslage alles andere als rosig. Und da Aignéis Hilfe braucht, dachte ich, wieso nicht hier arbeiten? Vielleicht inspirieren mich das Meer und eure schöne Landschaft ja zu etwas Großem.« Sie klang wenig hoffnungsvoll.

Deshalb verkniff ich mir weitere Fragen. Aber da hatte ich die Rechnung ohne Ian gemacht.

»Heißt das, du zeichnest Comics und solche Sachen?«

Cat seufzte. »Wenn du mit *solche Sachen* Zeichnungen für Kinderbücher, Buchcover, Plakate und Ähnliches meinst – genau mein Ding. Solltest du, solange ich auf der Insel bin, jemand anderen als mich damit beauftragen, einen medizinischen Fachartikel zu illustrieren, nehme ich es dir persönlich übel. Bei mir kriegst du nämlich das schönste Skelett, das sich für Geld finden lässt.« Da war sie wieder, die Schlagfertigkeit mit dem Hauch Trotz.

»Und wie wird man Illustratorin?«, wollte ich wissen.

»Ganz verschieden. Manche haben einfach Talent, machen sich selbstständig und es läuft. Andere rühren keinen Pinsel an und arbeiten rein digital. Ich habe den klassischen Weg gewählt.«

»Auf die Gefahr hin, wie der Hinterwäldler zu erscheinen, für den du mich offenbar hältst ... hilf mir auf die Sprünge. Was ist der klassische Weg?«

»Studium der Malerei. Dann die Meisterklasse für Illustratoren.«

»Wow, du hast das alles hinter dich gebracht? Da musst du doch Talent haben?«

»Schwingt da die unausgesprochene Frage mit, warum ich trotzdem keinen Job habe?« Schlagartig klang Cat so müde und frustriert, dass ich mich ärgerte, überhaupt danach gefragt zu haben.

Aber ja, sie hatte Recht. »Tut mir leid, das war unsensibel.«

»Nein, gar nicht, ich hätte dich genau das Gleiche gefragt. Drängt sich ja irgendwie auf.«

Ian mischte sich ein. »Da vorn links und dann kannst du mich am Gatter rauslassen.«

Cat machte große Augen. »Du hältst Schafe?«

»Nein, ich habe die Wiesen nur verpachtet.«

Den Rest des Geplänkels der beiden blendete ich aus, weil ich tatsächlich zu kämpfen hatte, um mich aus Cats Sardinenbüchse zu quälen. Immerhin konnte ich den Sitz nach dem Stopp ganz nach hinten stellen.

»Wenn du dich mit Malerei und Farben auskennst – traust du dir zu, ein Zimmer einzurichten? Ich meine, könntest du ein altes, getäfeltes Speisezimmer in einen warmen, wohnlichen Raum verwandeln? Du weißt schon, ein hübscher Farbton für die Wände, die passenden Vorhänge und so weiter.«

»Klar könnte ich. Das ist sogar meine Spezialität. Du solltest sehen, was ich in unserer WG gemacht habe.«

»Wie alt sagtest du, bist du?«

Cat lachte hell, was leider bezaubernd klang. »Ich bin siebenundzwanzig und zufällig keine Multimillionärin, die ich aber sein müsste, um mir in London allein eine Wohnung in einem netten Stadtteil zu leisten. Also lebe ich mit einer Freundin und meiner Schwester zusammen. Und wenn ich so darüber nachdenke – das ist besser als ein paar öde Millionen auf der Bank.« Sie räusperte sich und schenkte mir, trotz der engen Straße, einen kurzen Seitenblick. »Zurück zu deinem Projekt. Was hast du dir vorgestellt?«

Schlagartig tauchte vor meinem inneren Auge das Farbinferno ihrer Klamotten auf. »Zunächst«, begann ich zögerlich, weil ich ihr nicht schon wieder zu nahe treten wollte. »Wir sollten über deine Vorliebe für ... für kräftige Farben reden.«

»Kräftige ...?« Einen Moment sah sie mich verdattert an.

Dann brach sie erneut in Gelächter aus. »Du hast meine kleine Einlage als Lady Neon verfolgt?«

»Ja, und ich bin froh, dass es geregnet hat, weil ich bei deinem ungefilterten Anblick um mein Augenlicht gefürchtet hätte.«

Sie kicherte. »Keine Sorge. Das sind lauter Klamotten, die Designer an das Magazin schicken, für das meine Schwester arbeitet. Die wenigsten Stücke schaffen es in eine der Hochglanz-Fotostrecken. Alles andere wird an die Mitarbeiter verschenkt, sobald für die nächste Kollektion Platz gebraucht wird. Und weil ich kaum Kleidung besitze, die für das raue Klima hier draußen taugt ...!« Statt es weiter auszuführen, zuckte sie die Achseln. »Keine Sorge, ich werde deine Wände nicht pink streichen.«

Beruhigt überlegte ich, wie ich ihr erklären sollte, wonach ich suchte. Um über den Zustand meines Vaters zu reden, war die Nachricht über die wenige verbleibende Zeit definitiv noch zu frisch.

Ich hielt die Formulierung vage: »Ruhige Farben, es sollte wohnlich sein, ein Raum, in dem man sich gern längere Zeit aufhält. Allerdings habe ich ein paar Bedingungen: Wenig Dreck und es muss schnell gehen. Kriegst du das hin?«

»Kann ich nicht sagen. Ich müsste den Raum sehen. Bei deinen Bedingungen muss ich mit dem arbeiten, was da ist.« Sie biss sich auf die Lippe. »Aber bevor du es dir anders überlegst ... ich habe wirklich, wirklich Lust, es mir anzusehen. Wenn ich nicht arbeiten kann, fehlt mir etwas. Und mich hier draußen abzulenken, dürfte schwierig werden. Ich habe noch nicht mal Strom und Aignéis‘ Kanonenofen lässt sich auch nicht anfeuern, weil sich sonst im Zimmer so viel Qualm sammelt, dass ich kaum noch die Hand vor Augen sehe.«

»Du willst da drüben ohne Heizung übernachten?« Das war verrückt. Im Februar fielen die Temperaturen nachts unter fünf Grad. »Das geht nicht.«

»Ach was, ich ziehe einfach all die Klamotten, die meine Schwester mir mitgegeben hat, übereinander. Und morgen rufe ich dann einen Klempner an.«

»Morgen ist Samstag.«

»Es ist ein Notfall.«

»Genau das ist es. Und deshalb solltest du dir helfen lassen. Wir haben haufenweise leere Zimmer. Gib mir eine Stunde, dann hast du ein prasselndes Kaminfeuer und kannst dich in ein frisch bezogenes Bett legen.«

Cat seufzte sehnsüchtig. »Schöne Vorstellung. Aber so lange halte ich nicht mehr durch.«

Ich sah auf die Uhr. »Es ist gerade mal kurz vor zwölf.«

»Ja, und ich habe die letzte Nacht im Auto verbracht, weil ich ... na ja, ich habe die Strecke unterschätzt. Ich dachte, ich fahre morgens los und nehme die letzte Fähre.«

»Um diese Jahreszeit geht die Fähre einmal täglich.«

»Jep, das weiß ich jetzt auch. Deshalb musste ich mich den halben Tag in Ullapool herumdrücken. Davor habe ich gerade mal zwei Stunden im Auto geschlafen.« Sie schüttelte den Kopf, ehe sie finster hinzufügte. »Frag nicht. Unterwegs gab es einen großen Unfall mit Vollsperrung der Strecke. Das hat ewig gedauert. Die ganze Tour war eine Katastrophe. Ich will einfach nur ins Bett und die Fahrt vergessen.«

»Wieso hast du dich nicht gleich nach der Ankunft hingelegt?«

»Weil ich Angst hatte, nirgends mehr etwas Essbares zu finden.«

»Du hast tatsächlich auf alles eine Antwort. Dann lass mich wenigstens sehen, ob ich den Ofen in Gang kriege.«

Die Armaturen beleuchteten ihre zarten Züge nur schwach. Trotzdem sah ich, wie sie mit sich rang.

»Lass mich raten, du hast schon selbst nachgesehen und keinen Fehler gefunden. Aber vielleicht habe ich mehr Glück.« Ich knuffte leicht gegen ihren Ellenbogen. »Hey, gib dir einen Ruck. Ich habe wirklich kein gutes Gefühl, wenn du bei diesen Temperaturen in einem Haus mit zugigen, alten Holzfenstern übernachtest.«

Cat nagte schweigend an ihrer Lippe. Offenbar nahm sie ungern Hilfe an.

Wir passierten das alte Torhaus. Die Bezeichnung war gestrunzt, denn tatsächlich war es nicht mehr als ein steinerner Bogen, der sich über die Straße zog. Es folgten die windschiefen, kleinen Personalhäuser, die zu *Mackay Castle* gehörten. Da mein Vater kein Personal beschäftigte, hatte er sie schon vor etlichen Jahren vermietet.

Schon von hier aus sah ich, dass im Salon noch Licht brannte. Also war mein Vater wach. Noch ein Grund, ein wenig mehr Zeit mit Cat zu verbringen, denn ich war noch nicht bereit, ihm gegenüberzutreten. Erst brauchte ich Abstand, ein bisschen Zeit für mich, um diese schlimme Neuigkeit zu verdauen.

Endlich gab Cat sich einen Ruck. »Also gut, versuch dein Glück.« Dabei klang sie ebenso widerstrebend wie hoffnungsvoll.

Tatsächlich war es keine große Sache. Irgendwer, wahrscheinlich die Sanitäter, die Aignéis nach dem Sturz abgeholt hatten, hatte an der Rückseite des Cottages den Hauptschalter für den Strom ausgestellt und die äußeren Kaminklappen geschlossen. Viele Häuser nah beim Wasser waren doppelt gesichert, damit man bei einem Unwetter alles abstellen konnte, auch wenn die Besitzer gerade nicht da waren.

Als ich ins Haus kam, brannte bereits das Licht.

Cat strahlte, was ihren hübschen, grünen Augen einen noch wärmeren Glanz verlieh. »Wie hast du das gemacht?«, wollte sie wissen.

»Zauberei. Keine Ahnung, wie es funktioniert. Ich lege einfach die Hand auf, wünsche mir ein Wunder und schwupp ...« Ich tat, als wäre ich überrascht, bevor sich ein Schmunzeln um meine Lippen legte: »Kriege ich zur Belohnung noch einen Tee?«

»Kannst du dir den selbst machen? Dann zünde ich in der Zwischenzeit den Ofen an.« Cat klatschte in die Hände und hätte in diesem Moment mit jeder glücklichen Lottogewinnerin in einer Doku konkurrieren können. »Gott, ich werde schlafen wie ein Baby.« Sie stapelte das Holz so begeistert in den Kamin, dass ich mich regelrecht zwingen musste, wegzusehen und in Aignéis winzige Küche zu gehen.

Langsam kam ich nicht mehr mit. Cat war meist aufmüpfig und schlagfertig, aber sie konnte sich auch blitzschnell zurücknehmen. Als sie vorhin gefragt hatte, was ich auf der Insel tue, war meine Stimmung gekippt und sie hatte wirklich einfühlsam reagiert. Auf der anderen Seite war sie immer einen Hauch verrückt und hatte einen Kleidungsstil, der mir nicht gefiel. Der Pulli betonte ihre schöne Figur und war ziemlich feminin. Dafür wirkte die Jeans, als hätte sie sie einem Bauarbeiter geklaut. Aus meiner Sicht eine Menge K.o.-Kriterien – trotzdem berührte Catlyn Dunn mich auf einer Ebene, die ich nicht greifen konnte.

»Möchtest du auch eine Tasse?«

Sie strahlte mich an. »Mit viel Milch und einem Spritzer Zitrone bitte.«

Mich in Aignéis Küche zurechtzufinden, war kein Kunststück. Der sparsam ausgestattete Raum spiegelte die schnörkellose Sachlichkeit seiner Besitzerin.

Als ich wenig später mit den dampfenden Bechern das Wohnzimmer betrat, saß Cat bei dem bullernden Ofen auf dem Boden und rieb sich die Hände.

»Wieso muss es so schnell und leise gehen?«, wollte Cat wissen. Dabei sah sie mich nicht an, als hätte sie gespürt, dass das Renovierungsthema für mich heikel war.

»Das Zimmer ist für meinen Vater. Er kommt die Treppen nicht mehr hoch und er ...«

Cat fuhr herum. In ihrem warmen Blick erkannte ich die stumme Frage, woran er wohl litt, bis sie nickte. »Okay, verstehe, das ist schlimm und ... hm ... du hättest bestimmt gern etwas Helles, Freundliches?«

»Wäre schön, wenn es funktioniert. Allerdings musst du mit dem arbeiten, was da ist. Die Tapeten sind alt und verblichen, aber ich fürchte, wir können sie nicht abkratzen, weil das zu viel Dreck macht.«

»Kein Problem. Organisier mir ein paar Eimer weißer Farbe und ich komme klar. Ist der Boden okay?«

»Das Parkett ist ziemlich alt und ausgetreten, aber das lässt sich nicht ändern.«

»Du lässt mir freie Hand?«

»Keine Neonfarben!« Ich nickte in Richtung der poppigen Skikleidung, die sie zum Trocknen über ein paar Stühle gebreitet hatte.

Cat lachte. »Du hast nicht zufällig gefilmt, während ich da draußen wie ein Rumpelstilzchen den Koffer durch den Dreck gezogen habe?«

»Wäre bestimmt ein Hit auf Youtube. Aber leider nein. Wieder eine Chance verpasst, viral zu gehen.« Vorsichtig bückte ich mich, stellte die dampfenden Tassen auf den Boden und ließ mich neben Cat nieder. »Wenn Aignéis uns jetzt zusammen in ihrem Wohnzimmer sehen könnte, müsstest du den nächsten Krankenwagen rufen, damit er sie mit Verdacht auf Infarkt in die Herzklinik bringt.«

Cat sah mich an. »Natürlich, ihr kennt euch.«

»Kennen würde ich es nicht nennen. Sagen wir, sie hat meinen Bruder und mich häufiger bei irgendwelchem Unfug erwischt und an den Ohren zu unserem Vater geschleift. Vor ihm hatte sie einigermaßen Respekt und hat nur das Nötigste geredet. Aber wehe, unsere Mutter hat die Tür geöffnet. Dann ist Aignéis ausgerastet und hat unsere Mum angeschrien, als wäre sie die Übeltäterin. Dabei hat sie nicht eine Minute unsere Ohren losgelassen. Wir dachten ernsthaft, sie reißt sie uns vom Kopf ab.«

»Wow, das ist uns erspart geblieben. Bei Neila, Matt und mir hat sie sich auf verbale Kriegsführung beschränkt. Es ist schon seltsam mit ihr. Soweit ich es beurteilen kann, liebt sie ihre kleine Weberei und das Leben hier draußen. Trotzdem hat sie ständig schlechte Laune und wirkt irgendwie ... als fühlte sie sich vom Leben betrogen.« Cat legte die Hände um den Becher und pustete hinein, während der Raum langsam warm wurde. Dabei flackerte der Schein des Feuers über ihre zarten Züge. »Eigentlich hätten wir uns schon früher begegnen müssen. Meist waren wir ja drei oder vier Wochen hier und sind ständig draußen rumgetobt, um Aignéis aus dem Weg zu gehen.«

»Gar nicht seltsam. Den Großteil des Sommers haben wir früher bei der Familie meiner Mutter in den Highlands verbracht.«

Grinsend stellte Cat den Becher ab. »Im Rock?«

Ich spielte den Verzweifelten. »Nicht das schon wieder. Du weißt, dass man sich mit so einem Fetisch Hilfe suchen kann?«

»Nicht nötig«, sie strahlte mich an. »Ich ziehe dich nur gern auf.«

Sorgsam stellte sie den Becher ab und stützte die Hände just in dem Moment hinter sich auf, in dem auch ich mich zurücklehnte. Für den Bruchteil einer Sekunde berührten sich unsere Finger, was mir ein leichtes Kribbeln verursachte. Irritiert zog ich die Hand zurück. Das Prickeln blieb.

»Wann wird Aignéis denn entlassen?«

»Keine Ahnung. In drei Tagen. In zwei Wochen. Sie wollten sich da nicht festlegen, weil Aignéis bei den Übungen mit den Physiotherapeuten nicht sehr kooperativ ist. Nach Hause darf sie aber erst, wenn sie gelernt hat, wie man mit den Krücken läuft und vor allen Dingen Treppen steigt, damit sichergestellt ist, dass sie zu Hause klarkommt.« Cat zuckte die Schultern. »Die Schwestern sagen, bisher macht sie keine Fortschritte, weil sie sich darauf beschränkt, die Therapeuten zu beschimpfen. Wenn sie so weitermacht, liegt sie noch da, wenn das Bein längst wieder heil ist.«

»Also könntest du morgen anfangen? Mit dem Zimmer für meinen Dad meine ich?« Gut möglich, dass ich ein egoistischer Mistkerl war, aber Aignéis renitente Haltung kam mir sehr gelegen. Solange sie weg war, konnte Cat bei uns arbeiten.

»Hm, ich muss am Morgen erst mal nach Stornoway ins Krankenhaus. Der Kühlschrank ist leer, also brauche ich einen Supermarkt. Aber gegen Mittag bin ich wieder hier und könnte rüberkommen. Wenn du bis dahin ein paar Eimer weiße Farbe besorgst, lege ich direkt los.«

»Du weißt, dass Weiß nicht sonderlich heimelig wirkt«, wandte ich skeptisch ein.

»Stimmt, aber wir brauchen eine Basis. Tapeten verblassen ja nicht gleichmäßig.« Sie reckte einen Finger in die Höhe. »Besorg zwei Eimer, Rollen, Pinsel, Plane und eine Leiter.« Als auch der fünfte Finger in die Luft ragte, beendete sie die Aufzählung. »Kannst du das organisieren? Ich meine, ich könnte natürlich selbst zum Baumarkt fahren, aber Betsys Kofferraum ist knapp bemessen.«

»Sonst noch etwas? Klebeband?«

»Nehme ich.« Cat zwinkerte mir zu, wobei die seidigen Wimpern das leuchtende Grün ihrer Augen überschatteten.

Ich richtete mich auf, bemüht, Abstand zwischen uns bringen. So etwas sollte mir bei Cat nicht auffallen. Ebenso wenig wie ihr angenehmer Duft, den ich eben noch in mich aufgesogen hatte. Vanille, Orange und eine ureigene Note, die Cat wohl ausmachte.

Dabei sollte ich es nach dem Trennungsdrama der letzten Wochen besser wissen. Gerade erst war ich den endlosen

Diskussionen mit Kelly entkommen. In Cat etwas anderes als Aignéis' Großnichte zu sehen, würde meinen Aufenthalt nur komplizieren. Und das war so ziemlich das Letzte, was ich brauchte.

Rasch notierte ich in meinem Smartphone die Einkaufsliste für den Baumarkt, tauschte Handynummern mit Cat, verabschiedete mich und trat hinaus in die kalte Nacht.

Die Flut hatte längst eingesetzt. All die verwitterten kleinen Boote, die am Nachmittag noch wie an Land verirrte Wale auf dem Strand gelegen hatten, dümpelten im Schein des Vollmonds auf dem Wasser.

Ich sah zum Herrenhaus. Das Licht im Salon war aus. Hinter den Scheiben war nur das schwache Flackern des Kaminfeuers auszumachen. Also schlief mein Dad. Bei der Erinnerung an seinen eingefallenen Körper krampfte sich mein Herz zusammen.

Leise öffnete ich die Tür, umging die knarzenden Stufen und flüchtete auf mein Zimmer. Ich hatte nicht den Hauch einer Ahnung, wie wir die kommenden Wochen überstehen sollten. Dabei war ich immer gut mit meinem Dad klargekommen. Er auf seiner Seite der emotionalen Grenzlinie – ich auf meiner.

Über Gefühle zu sprechen, uns körperlich nah zu sein, gehörte nicht dazu. Aber das würde nicht ausbleiben, wenn es ihm schlechter ging. Ich zückte mein Handy, rief Cats Einkaufsliste für den Baumarkt auf und setzte direkt darunter eine Notiz in Großbuchstaben: Eine Pflegerin finden!

»Wow, du siehst unternehmungslustig aus.« Cat hatte ihre wilden Locken in einem hohen Dutt gebändigt. Außerdem trug sie ein Longsleeve voller Farbspritzer und darüber eine übergroße Latzhose, die nur mit einem Träger befestigt war.

»Könnte daran liegen, dass ich zum Arbeiten hergekommen bin.« Sie schob sich an mir vorbei und machte große

Augen. »Ich wollte euer Schloss schon immer mal von innen sehen, aber das ist ... überraschend.« Ratlos stand sie vor dem Berg aus Kisten, den mein Vater nicht in der Küche oder im Salon hatte unterbringen können, und der nun die Halle versperrte.

Ich kam nicht dazu, ihr das zu erklären, denn in dem Moment erschien Duncan mit schlurfenden Schritten in der Küchentür. »Aignéis‘ Großnichte«, tiefe Lachfältchen gruben sich in sein Gesicht, als es sich bei Cats Anblick aufhellte. »Die Ähnlichkeit ist nicht zu übersehen.«

Bis gerade eben hatte ich mir keine Sorgen um sein Augenlicht gemacht. Jetzt tat ich es. Die Aignéis, an die ich mich erinnerte, war die einzig mir bekannte, lebende Person, die aus dem Stand als Miss Marple-Double hätte auftreten können – freilich nur, solange Aignéis den Mund hielt und niemanden ankeifte.

»Dad, das ist Cat Dunn. Sie gestaltet den Speisesaal neu und kümmert sich darum, dass du hier unten ein Schlafzimmer bekommst.«

Er nickte. »Verstehe, die Geweihe müssen runter.«

Cat winkte ab. »Wenn es Ihnen Freude macht, sich mit toten Tieren zu umgeben, kann Gavin sie nach dem Streichen gern wieder aufhängen, Mr Mackay.«

Mein Dad legte den Kopf schief und lachte. »Sie machen das geschickt, kleine Lady. *Tote Tiere* ist eine ebenso gute wie abschreckende Wortwahl. Entscheide ich mich dafür, sterbe ich in Ihren Augen als Barbar.«

»Wenn Sie mich fragen«, Cat hob Daumen und Zeigefinger und presste sie zusammen, »ein klein wenig barbarisch kommt mir die Zurschaustellung archaischer Sitten wie der Jagd auch vor. Aber wie schon gesagt – Ihre Entscheidung.«

»Nein«, mein Dad schüttelte den Kopf, »eigentlich war es das nie. Es hatte in diesem Haus Tradition. Mein Großvater hat es so gehalten, später mein Vater. Und als ich dann zur

Jagd gegangen bin, habe ich die Geweihe als Erinnerung an schöne Tage in den Highlands betrachtet, bis die Wand irgendwann gefüllt war.«

Cat zuckte fast unmerklich zusammen. »Klingt, als würden sich unsere Geschmäcker nicht nur in Bezug auf die Wanddeko, sondern auch die erinnernswerten Tage unterscheiden.«

In diesem Moment war ich unfassbar dankbar, dass sie auf Worte wie Tiertötung und Abknallen verzichtete.

Mein Dad musterte Cat, bis er sich kaum noch auf den Beinen halten konnte. »Kommen Sie mit und erzählen mir, wie es Aignéis geht.« Ohne ihre Antwort abzuwarten, trottete er zurück in die Küche und ließ sich ächzend auf einen Stuhl fallen.

Im Gegensatz zu mir schien Cat bei dem Anblick kein bisschen befangen. »Wie wäre es mit einem Kissen? Sieht reichlich unbequem aus, wie Sie da sitzen.«

»Hab's probiert, aber wenn das wegrutscht, liege ich wie ein umgedrehter Maikäfer auf dem Boden. Hat mich zwei Stunden gekostet, bis ich mich wieder hochgerappelt hatte.«

Mit einem mulmigen Gefühl im Bauch stand ich da und war wie vor den Kopf geschlagen. Wieso hatte er mir das nicht erzählt? Und warum band er es einer Wildfremden auf die Nase?

»Wie wäre es, wenn wir ein paar Bänder an die Ecken nähen und das Kissen festknoten?«

Duncan lächelte müde. »Wenn Sie in einer dieser Kisten nicht nur Nähzeug, sondern auch jemanden finden, der nähen kann.«

»Ich kann nähen und Gavin kann aus Aignéis Werkstatt Nadel und Faden holen. Womit wir wieder beim Thema wären: Sie wollten wissen, wie es meiner Tante geht. Aignéis' Ärzte sagen, die Operation sei gut verlaufen. Eigentlich spricht nichts dagegen, dass sie wieder ganz die Alte wird.

Nur hält sie sich nicht an die Anweisungen und weigert sich beharrlich, mit den Krücken zu üben.«

Wieder lachte mein Vater, was in einem Hustenanfall gipfelte. Ohne zu zögern, sprang Cat zur Spüle, füllte ein Glas mit Wasser und reichte es ihm. Dann klopfte sie auf seinen Rücken, bis der Anfall abebbte.

Wieso fiel es ihr so leicht, ihm beizustehen, während ich hilflos dastand und mich kaum traute ihn anzufassen? Es war doch sonst nicht meine Art, in jede Regung etwas hineinzuinterpretieren und nutzlos herumzustehen.

Aber das genau tat ich, während Cat sich setzte und nach der Hand meines Vaters griff.

»Wie war das gemeint mit der Erinnerung an die schönen Tage?«, wollte sie wissen.

Statt die Hand wegzuziehen und sich Sentimentalitäten zu verbitten, wie ich es erwartet hatte, rückte sein Blick in weite Ferne. Er lächelte. »Früher sind wir mit meinem Vater in die Highlands gefahren und haben einen entfernten Onkel besucht. Das war etwas Besonderes. Mein Vater war ... nun ja, er war ein kühler Mann. Er stammte von hier. Harris ist ein hartes Fleckchen Erde und nicht dafür bekannt, sentimentale Narren und Poeten hervorzubringen. Deshalb zieht es viele aufs Festland oder zumindest rüber nach Lewis, wo es nicht ganz so karg und rau ist. Aber ich schweife ab, denn Sie wollten ja etwas über die Jagd hören. Belehrungen über die Notwendigkeit der Wildkontrolle und das Gleichgewicht der Arten spare ich mir, die kennen Sie sicher.

Es ist anders, als Außenstehende sich das so vorstellen. Man erlebt die Natur, sieht diese majestätischen Tiere, pirscht sich an, beobachtet. Der Schuss ist nur das Finale. Viel wichtiger ist der Weg dorthin. Mein Vater war in den Highlands immer gelöster, hatte mehr Zeit für uns und hat sich nicht nur auf die Natur, sondern auch auf uns eingelassen. Daran erinnern mich die Geweihe. Zu jedem, das zu der Sammlung gekommen ist, seit ich mit auf der Jagd war, habe ich Erinnerungen, die mir wertvoll sind.«

Cats Schultern waren auch jetzt noch angespannt, aber sie versteckte ihre Missbilligung hinter einem schmalen Lächeln. »Also hängt Gavin sie wieder auf.«

»Nein!« Mein Vater schüttelte den Kopf. »Sie haben Recht. Die Geweihe sind ein Symbol für den Tod. Gerade in meinem Zustand ist das kein gutes Omen.« Er tätschelte ihre Hand. »Keine Sorge, Kindchen, Sie können sich entspannen. Nicht, dass Sie denken, Sie hätten mir etwas verleidet, an dem mein Herz hängt. Im Grunde brauche ich die Geweihe nicht, um mich zu erinnern. Und jetzt«, er wandte sich an mich, »wird Gavin uns eine schöne Tasse Tee kochen und wir gehen rüber in mein Ster... mein neues Zimmer, damit Sie sich ihren Wirkungskreis ansehen können.

Er hatte sich zwar korrigiert, aber Cat wusste ebenso gut wie ich, was er hatte sagen wollen: Sein Sterbezimmer.

Als ich den Kessel aufsetzte, zitterten meine Hände, und ich war froh, dass sie ihm half, vom Stuhl hochzukommen, damit er nicht sah, wie erschüttert ich war.

5. KAPITEL

Cat

Es kostete mich Zeit bis zum Nachmittag, die Wände, die bis auf Hüfthöhe mit kostbarem Mahagoni-Holz getäfelt waren, und die Decke zu weißeln. Nun schaute ich mich in dem großen, lichtdurchfluteten Raum um und überlegte, wie ich den Raum gestalten wollte.

Dabei blieb mein Blick hängen an den verschwenderisch angebrachten Stuckelementen, die Jagdszenen zeigten. Hochmütige Männer mit geraden Rücken und stolze Sechzehnender, die von zarten, äsenden Rehen und filigranen Kitzen umringt waren. Der Stuckateur musste ein wahrer Meister gewesen sein. Kein Wunder, dass Gavins Vorfahren ausgerechnet unter dieser Pracht ihre Trophäen zur Schau gestellt hatten.

Ich würde den Stuck und die Decke weiß lassen und nur den Wänden einen etwas wärmeren Anstrich verpassen. Mir schwebte ein wolkiger Vanilleton vor, den ich selbst mischen würde. »Sag mal, wo finde ich hier einen Baumarkt?«

»Einen gut sortierten? In Stornoway. Aber du kannst mir auch einfach sagen, was du brauchst, dann fahre ich.« Der Tag mit Gavin war wirklich angenehm verlaufen. Er hatte immer wieder angeboten, das Streichen zu übernehmen. Doch ich war froh gewesen, etwas zu tun zu haben, und hatte abgewinkt.

»Nope«, ich schüttelte auch jetzt den Kopf. Nachdem ich den halben Tag beim Malern verbracht hatte, stand mir der Sinn danach, die Insel zu erkunden und mir die Beine zu vertreten. »Ich brauche nicht viel, das kriege ich auch mit Betsy hin.« Ich überschlug die Strecke. Am Morgen hatte ich mächtig aufs Gas getreten und keinen Blick für die Gegend gehabt, weil ich den Besuch bei Aignéis hinter mich hatte bringen wollen. Schon da war für den einfachen Weg eine Dreiviertelstunde draufgegangen. »Sag mal, habt ihr so etwas wie ein Baugerüst. So ein fahrbares Ding?«

Gavin legte den Kopf schief. »Du wirst mir nicht sagen, was du damit vorhast?«

»Wenn ich das wüsste. Eigentlich wollte ich den Stuck weiß lassen, jetzt denke ich, es wäre hübsch, ihn ein bisschen zu akzentuieren. Das geht leichter, wenn ich nicht ständig die Leiter rauf und runter muss.« Immerhin lag die Deckenhöhe bei knapp vier Metern.

»Besorge ich dir.«

»In drei Stunden müsste ich zurück sein. Soll ich von unterwegs etwas Essbares mitbringen?«

»Ich habe heute Morgen einen Großeinkauf gemacht. Sag einfach, worauf du Lust hast.«

Ich lächelte gequält. »Kein Haggis!«

»Woher wusste ich, dass du das sagst? Sonst noch etwas, bist du Vegetarierin, Lactose intolerant?«

»Weder noch. Prinzipiell bin ich nicht heikel beim Essen. Allerdings bin ich nicht der Typ für Fleischberge.« Ich zuckte die Achseln. »Mach einfach, worauf du Lust hast. Zur Not halte ich mich an die Beilagen.« Dann fiel mir ein, worum Aignéis mich heute im Krankenhaus gebeten hatte.

»In drei Tagen kommt eine gewisse Claire und hilft mir, den Tartan von Aignéis Webstuhl abzunehmen. Anscheinend ist das so kompliziert, dass ich es allein nicht schaffe. Warten kann es wohl nicht, weil der Stoff bereits verkauft ist. Tja, bis dahin wäre ich hier gern fertig. Wenn es dir also nichts ausmacht, würde ich auch spät noch arbeiten.«

Auch wenn ich so meine Zweifel hatte, ob Aignéis übertrieb. Besagter Tartan war ein braun-beige gesprenkelter Lappen, der an das Gefieder unscheinbarer Vögel erinnerte. Wer sollte darauf schon warten?

Aber Gavin nickte, als könnte er das nachvollziehen.

»Du hast den Stoff nicht gesehen«, unterstrich ich meine Bedenken.

»Weil du keine Ahnung von Harris Tweed hast. Deine Tante mag kein Sonnenschein sein, aber als Weberin ist sie eine Koryphäe. Sie fertigt die schwierigsten Muster und liefert an Schneider in der ganzen Welt.«

Ungläubig sah ich zu ihm auf. »Woher weißt du sowas?«

»Ich glaube, jeder auf der Insel weiß es. Der alte Donald John Mackay hat seinen Tweed schon an Chanel und Nike geliefert. Aignéis hat ihre eigene Nische entdeckt und webt ein Abbild der Natur. Damit ist sie so bekannt, dass die besten Maßschneider aus ganz England sich bei ihr eindecken.«

Ich lachte kurz auf, aber Gavin schien es ernst zu meinen. »Du denkst wirklich, jemand mag diese tristen Stoffe?«

»Du hast keine Ahnung, was Harris Tweed für die Inseln bedeutet, richtig?«

Stimmte auffallend, aber ich wollte es nicht zugeben, weil Gavin tat, als wäre es eine Bildungslücke. »Sagen wir, ich habe davon gehört.«

»Immerhin etwas. Und jetzt gib Gas. Sonst warten wir mit dem Essen bis spät in die Nacht.«

»Ihr könnt ohne mich anfangen«, bot ich an. Denn um ehrlich zu sein, traute ich seinen Kochkünsten nicht. Er sah zu gut aus für einen Kerl, der seine Zeit in der Küche verbrachte.

Innerlich schalt ich mich für das blöde Vorurteil. Ich sollte wirklich aufhören, mir Gedanken über Gavin Mackays Aussehen zu machen.

Aber als er jetzt die Hand hob, sie wieder sinken ließ, und erneut nach mir ausstreckte, um einen Farbspritzer von meiner Nase zu wischen, wurde mir ganz heiß. Ich spürte förmlich, wie Röte in meine Wangen sprudelte, als wäre ich wieder sechzehn und bei einer dieser Cola-Partys im Pfarrhaus unserer Gemeinde.

Rasch wich ich zurück und wedelte mit der Hand durch die Luft. »Ich ... ich muss dann mal. Damit du hinterher nicht sagen kannst, ihr wäret meinetwegen verhungert.« Dabei spürte ich seine Finger noch auf meiner Haut.

Hilfe, das war ja schlimmer als bei der zufälligen Berührung gestern Abend vor Tante Aignéis' Kamin. Schon da hatte Gavin mich aus dem Konzept gebracht mit seinem warmen, frischen Duft, der durch das erdige Aftershave unterstrichen worden war.

Anschließend hatte ich mich ewig im Bett hin und her gewälzt, weil sein Gesicht ständig vor meinem inneren Auge aufgetaucht war. Sein verschmitztes Lächeln, der harte Zug, der manchmal um seinen Mund lag. Und natürlich seine Stimme, die mir Gänsehaut zauberte.

Hastig, als wäre ich auf der Flucht, marschierte ich auf Betsy zu, die heute Gottlob nicht im Schlamm versank, sondern problemlos auf die schmale Küstenstraße rollte.

Das war gut. Was ich brauchte, war ein bisschen Abstand. Ich konnte mir hier keine Verwicklungen leisten, denn in sechs Wochen wäre ich wieder weg und würde Gavin nicht wiedersehen.

Ich hatte ja noch nicht mal eine Ahnung, was er beruflich so trieb. Außer der Fischerei, der Schafzucht und dem Weben schien es auf der Insel nicht viele Jobs zu geben. »Ja genau, und deshalb konzentrierst du dich jetzt auf die Straße und versteigst dich nicht in irgendwelche Ideen von dir und ihm und einem Happy End in London, das es mit Gavin ganz bestimmt nicht gibt.« Verdammt, ich redete schon mit mir selbst. Das lag an dem Chaos, das Simon in meinem Leben hinterlassen hatte.

Und an Gavin Mackay, der der genaue Gegenentwurf zu Simon war.

Um mich abzulenken, stöpselte ich das Handy an Betsys Musikanlage und rief meine Schwester an.

»Hi Cat, lass mich raten: Sie hat dich in den Wahnsinn getrieben und ich soll kommen, um deinen knackigen Hintern in die Psychiatrie zu schaffen.« Neila lachte und mit ihr unsere Mitbewohnerin Fanny, die von ihrer Dienstreise zurück war.

»Warn mich bitte vor, wenn du das Ding auf Lautsprecher stellst«, brummelte ich, auch wenn es doof war, an Neila meinen Frust abzuarbeiten. »Und was Aignéis betrifft: So schlimm ist es nicht. Sie ist ...«, ich suchte nach einem Wort, das nicht ganz so fies klang, »übellaunig. Aber dazu hat sie auch allen Grund.«

»Entschuldige mal, als Dad sich das Bein gebrochen hat, ist er nach drei Tagen mit Krücken durch die Gegend gehüpft, weil er Angst hatte, dass Arbeit liegenbleibt.«

»Tja, er war siebenunddreißig, Tante Aignéis ist siebzig. Finde den Fehler.«

»Hört auf zu zanken«, mischte sich Fanny ein. »Sag uns lieber, ob du schon einen heißen Schäfer an Land gezogen hast. Am besten einen mit einem riesigen Highlander-Schwert, so dass er Simon zurechtstutzen kann.«

»Ja, das wäre schön, nachdem er uns den halben Morgen terrorisiert hat«, ergänzte Neila. »Wenn du das nächste Mal eine Offenbarung für ihn hast, mach es unter der Woche, wenn wir arbeiten sind und nicht, wenn wir ausschlafen wollen.«

Das angenehme Flattern, das sich mit Gavins Berührung in meiner Magengrube eingenistet hatte, verflog. Schuldbewusst nagte ich an meiner Lippe. »Tut mir leid. Ich hätte wissen müssen, dass er euch die Hölle heißmacht, wenn ich nicht greifbar bin.«

»Großer Gott, Cat«, brauste Fanny auf. »Wieso entschuldigst du dich? Es ist der Spinner, der uns den Nerv raubt. Du hast jedes Recht, ihn ein bisschen anzuschwindeln, um deine Ruhe zu kriegen. Übrigens solltest du künftig einen Bogen um Pete machen.«

Pete war unser Hausbesitzer. Ein netter, aber extrem übergewichtiger Mittfünfziger, der seit einer Ewigkeit eine Frau suchte und uns in den letzten sieben Jahren nicht einmal die Miete erhöht hatte.

Alarmiert fuhr ich rechts ran. »Was hat Pete damit zu tun?«

»Der ist von Simons Klingelattacke aufgewacht und runtergegangen, um ihm die Meinung zu sagen. Simon meinte, es wäre nett, dass er dich verteidigt, obwohl du hinter die Hortensien im Hof gepinkelt hast.«

Schlagartig war mir schlecht. »Oh. Mein. Gott! Ich kann nie wieder zurückkommen.«

Fanny klang mit einem Mal überhaupt nicht mehr müde. »Haha! Also stimmt es?«

»Es ist ...« Ich wand mich, und natürlich erbarmte sich gerade jetzt keine der beiden, das Thema zu wechseln. Ich gab auf. »Ich hatte den Schlüssel vergessen, die Pubs in der Nähe hatten alle schon zu und ihr seid nicht an eure Handys gegangen. Also hatte ich die Wahl: Einnässen oder Matt imitieren und hinter dem Busch verschwinden.«

Neila kicherte laut auf. »Hat er etwa noch mehr solcher Anekdoten über dich?«

Mit einem übel rumorenden Magen lenkte ich Betsy zurück auf die Straße. »Um ehrlich zu sein, habe ich keine Ahnung. Irgendwie verwandelt er alles, was er über mich weiß, in eine Waffe. Rhonda hat er erzählt, wie ich nach ihrer Geburtstagsfeier beim Mexikaner ganz fürchterlich in der Badewanne gepupst und es als *Whirlpool light* bezeichnet habe.«

Diesmal lachten beide. »Das hast du nicht wirklich getan«, rief Fanny.

Oh doch, hatte ich. »Es war ... herrje, die Blähungen waren mir peinlich, ich wollte sie überspielen. Ich kann doch nicht wissen, dass Simon irgendwann Amok läuft und es jedem unter die Nase reibt.«

»Ich kapiere ja immer noch nicht, was er damit bezweckt«, ließ Fanny das Thema nicht ruhen.

»Habe ich erst auch nicht. Aber offensichtlich denkt er, wenn er mich vor aller Welt unmöglich macht, bleibt irgendwann nur noch er übrig und ich komme zu ihm zurück.«

»Das wirst du gefälligst nicht«, riefen Fanny und Neila im Chor.

»Na hört mal, natürlich nicht. Es gibt kein denkbares Szenario, in dem ich ihm verzeihe, dass er mich den Job gekostet hat. Dass er jetzt meine intimsten Geheimnisse ausplaudert, bestärkt mich nur in dem Beschluss.«

Eine Weile blieb es am anderen Ende der Leitung still, bis Fanny herumzudrucksen begann: »Sag mal, hat er je ... du weißt schon ...«

»Ne, weiß ich nicht.«

»Also, viele Mädchen posieren doch ganz gern ... vor der Kamera, solange sie noch jung und knackig sind, und ärgern sich dann später, weil ihr Ex ...«

»Du klingst wie ein Lückentext. Und natürlich habe ich mich nie nackt von ihm fotografieren lassen. Wir haben uns jeden Tag gesehen. Nachts hatte er das Original. Hätte er da ein Foto als Gedächtnisstütze gebraucht, hätte ich ihn höchstens zum Alzheimer-Test geschleppt. Und jetzt genug davon. Ihr macht mir schlechte Laune.« Dann erzählte ich von Gavin und seinem Dad und dem Plan, ihm ein hübsches Zimmer für seine letzten Monate einzurichten.

»Wow, wir verschwenden so viel Zeit mit Simon, während du einen heißen, schottischen Schlossherrn an Land ziehst? Sag uns alles. Lass nichts aus. Vor allem die schmutzigen Details«, Fanny klang, als würde sie mich am liebsten auf alle bekannten Geisteskrankheiten checken lassen. »Wie sieht er aus? Was macht er? Kannst du dir vorstellen, da zu bleiben?«

Mir klappte der Mund auf. Fanny war eine wirklich taffe Person und nahm es als Prozessanwältin mit den fiesesten Rechtsverdrehern ihrer Zunft auf. Aber kaum kam ein heißer Typ in Sicht, hatte sie Herzchen in den Augen und verfiel ins Schwärmen.

»Fan, ich weiß es ehrlich gesagt nicht. Falls du dich erinnerst, spielt mein Leben in London. Das Letzte, was ich brauchen kann, ist, mir hier einen Typen anzulachen und mir noch mehr Liebeskummer einzufangen.« Ohne ihre Antwort abzuwarten, lenkte ich das Gespräch zurück zu dem Zimmer. Während ich erzählte, kamen mir immer neue Ideen. »Was meint ihr? Würde er sich darüber freuen?«

»Wer jetzt? Gavin oder sein Dad?«, warf meine Zwillingsschwester ein.

»Neila«, ich knurrte förmlich, weil sie es einfach nicht lassen konnten. »Sein Vater wird die letzten Monate seines Lebens in dem Zimmer verbringen. Was kümmert es mich, ob Gavin damit einverstanden ist?«

»Ist ja schon gut. Ich finde, es klingt nach einer großartigen Idee. Außerdem weißt du, dass jeder Mensch, der je unsere Wohnung gesehen hat, dich glühend um dein Talent beneidet.«

Mir wurde warm ums Herz. Nach all den zermürbenden Absagen, die viel weher taten, als ich zugeben wollte, bedeutete mir ihr Lob unendlich viel.

»Apropos Talent, wusstest du, dass Tante Aignéis Tweed anscheinend reißenden Absatz findet?«

Neilas Antwort fiel knapp aus. »Klar!«

Ich stutzte. »Das war dir klar?«

»Klar!«

»Wenn in den nächsten zwei Minuten noch einmal das Wort klar fällt, lege ich auf.«

Das Seufzen meiner Schwester schallte aus den Autoboxen. »Falls du dich erinnerst, ich habe eine Schneiderlehre gemacht und Modedesign studiert. Jeder in der Branche kennt die Geschichte des Harris Tweed. Ist schließlich das einzige Warenzeichen Großbritanniens, für das das Parlament ein Gesetz erlassen hat. Und dass es regelrechte Stars unter den Webern gibt, die die kompliziertesten Muster herstellen, ist auch kein Geheimnis. Falls du einen Stoff findest, der dir gefällt, bring ihn mit. Ich nähe dir einen hübschen Mantel.«

Die Idee rührte mich, weil ich wusste, wie akribisch meine Schwester arbeitete und wie viel Zeit sie auf die Stücke verwandte. »Ein ernst gemeintes Angebot?«

»Klar!«, sie kicherte.

»Okay, das Klar hast du dir mit dem selbstlosen Angebot verdient.« Ich hatte die Strecke über die A859 fast geschafft und passierte einen der zahlreichen Seen, die blau und klar in grüne Wiesen gebettet waren. »Ich lege jetzt auf. Amüsiert euch gut, solange ich weg bin.«

»Du auch. Und geh nicht mehr ran, wenn Simon anruft. Du kannst seinen Wahnsinn ja doch nicht stoppen.«

Fanny rief ein langgezogenes »Bye« und warf ein halbes Dutzend Luftküsse in den Raum. Dann war ich mit meinen Gedanken allein und genoss die Landschaft.

Obwohl Lewis und Harris miteinander verbunden waren, hatte jede Insel ihren eigenen Charakter. Harris, so viel hatte ich schon begriffen, war eher karg, übersät mit zerklüfteten Felsen, zwischen denen sich Wiesen ausbreiteten.

Lewis war hingegen hauptsächlich grün. Die Graslandschaft zog sich über sanfte Hügel, die gesprenkelt waren mit grasenden Schafen. Immer wieder kam ich vorbei an kleinen Seen, den sogenannten *Lochs*, die wie Spiegel des hellblauen Himmels in der Landschaft lagen.

Dazwischen gab es kleinere Ansiedlungen hübscher, weiß getünchter Cottages. Schätzungsweise war jeder, der von der

Steinwüste auf Harris die Nase voll gehabt hatte, hierher übergesiedelt.

Am Ortseingang von Stornoway stoppte ich, tippte das Ziel in den Routenplaner des Handys und fand den Baumarkt. Nachdem ich drei Dutzend Farbtuben, die einfachste Airbrush-Pistole, ein paar Lichtschläuche und Schleifpapier in Betsys Kofferraum gestapelt hatte, parkte ich den Wagen am Hafen.

Dick eingepackt in Neilas Steppbett-Mantel, erkundete ich den Ort, der neben kleineren Boutiquen und Souvenirläden auch gemütliche Cafés und Pubs bot.

Dummerweise war der Weg hierher nach Stornoway ebenso weit wie zu dem Pub, in dem wir gestern gewesen waren.

Gründlich durchgefroren suchte ich mir ein hübsches Café und beschrieb die hässlichste Postkarte, die ich hatte finden können.

Begonnen hatte diese kleine Familientradition mit Matts Reise nach Mallorca, wo er – wir mutmaßten einen beträchtlichen Restalkoholgehalt – die Ansichtskarten vertauscht und meinen Eltern eine Aufnahme von einem Blondinen-Geschwader geschickt hatte. Zu sehen gewesen war nichts als Sand, viel falsches Blond und ein paar halbnackte Hintern. Neila hatte das mit einer Fotomontage von der Côte d'Azur beantwortet, auf der ein paar Inuit-Frauen am Strand vor ihrem Iglo saßen und missbilligend FKK-Touristen beobachteten. Ich würde die mittlerweile beachtliche Sammlung heute um ein paar lachende Schafe in Bikinis erweitern.

Schmunzelnd schrieb ich auf, was Aignéis mir bisher an den Kopf geworfen hatte. Mit Abstand betrachtet war es sogar ganz witzig. Allerdings wusste ich nicht, ob mein Humor ausreichte, um die nächsten Wochen mit ihr zu überstehen.

6. KAPITEL

Cat

Als ich den ersten Schwung meiner Baumarktschätze ins Haus trug, schossen Gavins Brauen in die Höhe.

»Lass mich raten, der Laden steht kurz vor der Insolvenz und du hast dich hinreißen lassen, ihn zu retten?« Ohne zu fragen, kam er mit raus, griff sich den Karton mit der Airbrush-Pistole, stapelte Farbtuben darauf und trug sie ins Haus.

»Du hast gesagt, du lässt mir freie Hand«, erinnerte ich ihn.

»Da hatte ich ja auch noch Hoffnung, dass die Sache mit den Neonklamotten gestern wirklich nur eine kurzfristige Entgleisung war.« Er hob das Karmesinrot mit zwei Fingern in die Höhe und sah mich stirnrunzelnd an. »Du willst Duncan keine rote Wand verpassen?«

»Nope!« Ich hätte ihm erklären können, dass ich die Tube nur zum Abtönen brauchte. Aber so war es lustiger. »Wenn du alles ins Speisezimmer tragen könntest? Ich muss von drüben ein paar Sachen holen.«

Im Weberschuppen schnappte ich den Koffer mit meinen Pinseln und den Skizzenblock und prallte beim Rausrennen gegen einen roten Mini-Van.

»Hoppla, junge Frau. Nicht so stürmisch.« Vor mir stand ein ziemlich molliger Mann in blauer Uniform. »Sie sind dann wohl Aignéis‘ Nichte.«

»Großnichte.« Statt mir das angeschlagene Knie zu reiben, reichte ich ihm die Hand. »Catlyn Dunn.« Ich blieb skeptisch, denn so freundlich er auch guckte, er war unverkennbar der Postbote und hatte sicher massenhaft Rechnungen im Gepäck, die ich ihr am Krankenbett präsentieren musste. Das Gezeter hörte ich jetzt schon.

»Hamish Barns. Post habe ich heute keine. Ich wollte nur Silly vorbeibringen.« Er reichte mir eine geflochtene Lederleine.

Viel zu perplex, um nachzuhaken, griff ich danach. Prompt erklang gut einen Meter unter mir wildes Gekläffe.

Fassungslos sah ich auf eine weiße Wurst, die auf vier Zahnstochern thronte. Eins ihrer Augen war mit schwarzem Fell umrandet. Auf den ersten Blick hätte man meinen können, es sei eine Augenklappe. »Was ... was ist das?«

Hamish Barns kratzte sich so ratlos am Kopf, dass seine Mütze beinahe zu Boden ging. »Ja, hat Aignéis Ihnen das nicht gesagt? Das ist ein Hund? *Ihr* Hund.« Die beiden letzten Sätze betonte Hamish so überakzentuiert, dass er mich an Londoner erinnerte, die mit begriffsstutzigen Touristen sprachen.

»Hamish, ich weiß, was ein Hund ist.« Schwer zu sagen ob ich lauter knurrte oder der Hund.

»Na ja, meine Frau hat Silly gehütet, als Aignéis ins Krankenhaus musste. Wir haben das auch gern gemacht. Aber er kaut alles an und sobald der Fernseher an ist, kläfft er das ganze Haus zusammen. Meine Frau ist mit den Nerven am Ende.«

Entweder hatte Hamish Läuse oder Ausschlag, denn er kratzte schon wieder hingebungsvoll über seine Billardkugel, während er die Mütze in der anderen Hand hielt.

Mir schossen tausend Fragen durch den Kopf. Ich entschied mich für die nutzloseste: »Und der Hund heißt wirklich Silly?«

»Hm, schon seltsam. Aber er ist halt ein bisschen ... nicht so klug halt.« Als täte es ihm leid, schlecht über Silly zu reden, während der danebenstand, trat Hamish zwei Schritte zurück.

Sprachlos sah ich erst den Hund an und dann wieder zu Hamish, der zwei Näpfe, ein Hundekissen und einen riesigen Futtersack aus seinem Postauto lud.

»Meine Frau sagt, Sie können gern jederzeit vorbeikommen, wenn Sie mit dem Hund nicht wissen, oder wenn es mit Aignéis ... also ... halt schwierig wird.« Diese Unterhaltung schien ihm einiges abzuverlangen. Hamish war offenbar nicht der Typ, der gern schlecht über andere redete. Anwesend oder nicht.

Mir machte es den Mann ungemein sympathisch. »Kann ich den Hund ohne Leine laufen lassen? Kommt er, wenn man ihn ruft?«

»Nein! Oh nein! Er jagt die Schafe. Sollte man nicht meinen bei dem kleinen Kerlchen, aber er jagt den Cheviots mit seiner Kläfferei eine Heidenangst ein.« Nachdrücklich schlug er den Laderaum zu und ging zur Fahrertür. »Wenn Sie Hilfe brauchen, immer gern. Wir wohnen gleich da vorn beim Torbogen.« Er deutete die Straße hinab, wo sich in etwa zweihundert Metern Entfernung der Bogen über die Fahrbahn spannte. Direkt daneben lehnten verwitterte Natursteinhäuser am rauen Fels des Hügels.

Irgendwie ärgerte es mich, dass seine Frau ihn offenbar losgeschickt hatte, um mir Zuflucht vor Aignéis‘ Launen anzubieten. Doch dann überwog die Rührung, hier so nett aufgenommen zu werden. Mir wurde richtig warm, obwohl es jetzt am Nachmittag – noch dazu bei Nieselregen – recht frostig war.

»Richten Sie Ihrer Frau Grüße aus. Das ist wirklich lieb. Aber Aignéis ist noch im Krankenhaus und ich bin die nächsten Tage voll eingespannt. Danach komme ich gern auf das Angebot zurück.«

Irritiert sah Hamish mich an, als könnte er sich nicht erklären, womit ich an diesem einsamen Fleckchen Welt beschäftigt war. Dann streifte sein Blick Silly und seine Miene hellte sich auf. »Natürlich, zu tun.«

Er saß fast schon im Wagen, als mir doch noch eine Frage einfiel: »Kann der Hund allein bleiben?«

»Hm, wenn Sie das Sofa hochstellen, die Vorhänge abnehmen und sich nicht daran stören, dass er die Stühle annagt – ansonsten sollten sie ihn im Blick behalten.«

Na fantastisch. Ich sah vor mir, wie der Hund durch jeden Farbspritzer tapste und die Kleckse dann munter verteilte. Schmal lächelnd nickte ich und beobachtete, wie Hamish sich hinter das Steuer seines roten Post-Vans quetschte.

»Ich muss dann mal«, erklärte er, tippte sich an die Stirn und brauste vom Hof.

Ich beugte mich zu Silly herunter, der augenblicklich aufhörte zu knurren, mich argwöhnisch ansah und eine halbe Ewigkeit an meiner angebotenen Hand schnüffelte.

Mit einem Wuff gab er mir irgendwann die Erlaubnis, über sein struppiges Fell zu streicheln. »Vielleicht kann Gavin dich ja ausführen, während ich im Speisezimmer arbeite. Wie wäre das?«

Silly sah nicht glücklich aus. Überhaupt wirkte er nicht, als hätte er bisher ein glückliches Hundeleben gehabt. Ein Teil des rechten Schlappohrs fehlte. Zwischen dem kurz geschorenen Fell gab es deutlich sichtbare Narben. Kein Wunder, dass er nicht glücklich gewesen war, als Hamish mir die Leine gegeben und damit eine unbekannte Größe in sein Leben gebracht hatte.

»Hey, wir kriegen das hin. Aignéis ist bestimmt in ein paar Tagen wieder da und dann ...« Mir fiel nichts Tröstliches ein, ganz einfach, weil ich mir nicht vorstellen konnte, dass Aignéis etwas Nettes tun könnte. »Na komm«, ich richtete mich auf. »Gehen wir rüber ins Schloss und du machst dir einen schönen Abend mit Gavin. Ich verspreche dir, es lohnt sich. Wenn du willst, dass er Fangen mit dir spielt, heb einfach das Bein.«

Gemeinsam überquerten wir die Straße und hielten auf *Mackay Castle* zu. Es war eine seltsame Anlage. Direkt vor dem Haus verlief die Straße. Hinter dem Haus gab es einen kleinen Bereich, auf dem man parken konnte, dann kamen die Ausläufer des zerklüfteten Hügels. Schartig und grau lagen die Felsbrocken in der Landschaft, wie der Sockel für einen Berg, den Gott dann nie vollendet hatte.

Unsere Eltern liebten Burgen und Schlösser und hatten viele Herrenhäuser mit uns besichtigt. Die meisten waren umgeben von Parks und lagen inmitten der zugehörigen Ländereien, die man hier vergeblich suchte.

»Hamish ist ein Schwätzer«, empfing Gavin mich. »Du solltest überlegen, was du ihm sagst. Sonst bist du im Handumdrehen der Mittelpunkt des Dorfklatsches. Und was schleppst du da überhaupt mit dir herum?«

Gavin hatte mich bei meinem kleinen Plausch beobachtet? Der Gedanke gefiel mir, was ich mir natürlich nicht anmerken ließ. »Wie süß, du beobachtest mich. Hattest du etwa Angst, dass ich es nicht heil auf die andere Straßenseite schaffe?« Ich lächelte ihn zuckersüß an. Dann hob ich die Hand mit der Leine. »Wie es aussieht, ist Aignéis auf den Hund gekommen. Hamishs Frau hat ihn gehütet. Er ist eine Möbel fressende, Sofa zerstörende Plage und es scheint so ...« Vorsichtig hob ich Silly eine Handbreit vom Boden hoch. Als er nicht protestierte, nahm ich ihn auf den Arm. »... hatte dieser kleine Kerl bisher kein schönes Leben.«

Gavin sah mich an, sah den Hund an, klappte den Mund auf, wieder zu. Dann endlich war er bereit zu sprechen. »Das ist kein Hund. Das ist ... er sieht aus wie eins von diesen Kastanientieren, bei denen ein schrecklich fettes Reh auf Zahnstocher-Beinen steckt.« Wieder musterte er den Hund. »Komm schon, den hast du dir ausgeliehen, um mich hochzunehmen.«

»Stimmt, ich habe dran gedacht, aber dann konnte ich die Leihhund-Station in Stornoway nicht finden und habe mich mit Aignéis‘ begnügt.«

Gavin quittierte meine kleine Rede mit dem typischen Augenrollen. »Falls du dir vorgenommen hast, mich in den Wahnsinn zu treiben, bist du auf einem verdammt guten Weg.«

»Pah, das sind läppische Aufwärmübungen. Wenn ich in Fahrt komme, liegst du am Boden. Aber ich verspreche, ich gebe dir die Nummer meines Bruders. Dann könnt ihr eine Selbsthilfegruppe gründen.«

»Catlyn, könntest du einen Moment ernst sein? Ginge das? Ich meine, wir renovieren hier. Mein Vater ist krank. Wo willst du mit dem Hund hin?«

Ich lächelte so süßlich, dass es ein Wunder war, dass mir kein Honig von den Lippen tropfte. »Es ist so: Ich renoviere. Dein Vater braucht eine Auszeit. Du hingegen«, ich wackelte unternehmungslustig mit den Brauen, »könntest ein bisschen Auslauf brauchen. Ihr zieht los, sucht euch ein paar vielversprechende Büsche.«

Ich sah, dass sein Ärger nur gespielt war, als er erklärte: »Vielleicht habe ich dich zu vorschnell gewarnt, weil du im Grunde ebenso ein Schwätzer bist wie Hamish.«

»Das sowieso.« Wir lachten beide, was sich wunderbar befreiend anfühlte.

»Es tut mir leid. Aignéis hat den Hund vorher nicht erwähnt. Irgendwie werden wir schon das Beste daraus machen.«

Gavin seufzte und nahm mir Silly ab. »In einer Stunde gibt es Essen. Bis dahin kümmere ich mich um die Fußhupe.«

»Hey, sei nett und freu dich lieber, dass er dich nicht angeknurrt hat.«

Lächelnd sah ich Gavin hinterher. Ich mochte ihn. Überhaupt tat die Insel mir viel besser, als ich gedacht hätte. Mir gefiel die Hilfsbereitschaft der Leute und dass ich nicht ständig Panik haben musste, über eine von Simons Gemeinheiten zu stolpern.

Außerdem machte es mir wahnsinnige Freude, den Raum für Gavins Dad zu renovieren. Rasch mischte ich mit dem restlichen Weiß ein paar Blautöne und ein dramatisches Violett an, zog die Schutzbrille aus dem Baumarkt auf und legte mich auf das Gerüst, das Gavin in der Zwischenzeit tatsächlich aufgebaut hatte.

Schicht um Schicht trug ich die verschiedenen Blau-Nuancen auf, verwischte sie, korrigierte mit dem Pinsel und gab neue Farbe in den Behälter der Airbrush-Pistole.

Ich wollte gerade wieder nach oben klettern, als Gavin klopfte.

»Nicht reinkommen!«, rief ich beinahe hysterisch.

»Machst du jetzt ein Geheimnis aus der Wandfarbe?«

»Ganz genau! Gib mir fünf Minuten, ich wasche mir nur noch die Hände.«

In Wahrheit schloss ich alle Eimer und Tuben, wusch die Pinsel aus und stopfte den Airbrush in eine Tüte, damit nichts eintrocknete. Dann streifte ich die Gummihandschuhe ab und schlenderte in die Küche.

Gavin sah mich misstrauisch an. »Keine. Roten. Wände!«, zischte er mir zu.

Ich wurde ernst. »Vertraust du mir?«

Er sah zu Silly, als wäre von dem Hund eine Antwort zu erwarten, dann blickte er wieder mich an. »Ja.«

»Das klang nicht überzeugend.«

»Vielleicht hilft es, wenn ich weiß, worauf du hinaus willst.«

»Ganz einfach: Ich möchte, dass du den Raum nicht betrittst, bevor ich fertig bin.«

»Ist gebongt.« Duncan stand in der Küchentür und stützte sich auf einen nigelnagelneuen Rollator.

»Was guckt ihr so? Das sagen die jungen Leute doch: gebongt.«

»Stimmt, Dad. Uns war nur nicht klar, dass du so etwas ebenfalls sagst.«

Duncan lief weiter. Momentan schien es ihm besser zu gehen, denn er schlurfte nicht und wirkte auch sonst ganz vergnügt.

Nachdem er umständlich Platz genommen hatte, stand Silly auf, legte sich auf Duncans karierte Altherrenpantoffeln und schloss seufzend die Augen.

Duncan beugte sich ächzend herab und tätschelte seinen Kopf. »Ich habe mich schon gewundert, wo er jetzt ist. Gut gemacht, Kleiner. Als hättest du geahnt, dass ich kalte Füße habe.«

»Oh, da sind Sie nicht der Einzige, Mr Mackay. Gavin kriegt sowas von kalte Füße, weil er sich Sorgen macht, ich könnte ihr Zimmer in ein blutrotes Bordell-Séparée verwandeln.«

»Ist das so?« Duncan Mackay schmunzelte. »Rot muss es nicht unbedingt werden. Ansonsten ... machen Sie mal.«

Während des Essens erzählte er Anekdoten aus Gavins Jugend. Einige Male war dabei auch von einem Clemens die Rede. Ich wagte nicht zu fragen, wer das war, denn immer, wenn die Sprache auf ihn kam, kämpfte der alte Mann mit den Tränen.

Stattdessen musterte ich Gavin verstohlen und versuchte, in ihm den kleinen Jungen zu erkennen, der all das ausgeheckt hatte. Leichter fiel es mir, als Duncan Mackay auf Gavins Teenager-Jahre zu sprechen kam und von Mofatouren über die Insel und Eskapaden mit Schäferstöchtern sprach.

Es war gerade kurz nach neun, als Gavin mich zur Tür brachte und verabschiedete. »Wenn du magst, begleite ich dich auf deiner Hunderunde.«

Sein Blick traf meinen. Tatsächlich war ich kurz in Versuchung, ja zu sagen. Stattdessen schüttelte ich den Kopf. »Ich gehe kurz mit ihm in die Bucht. Was soll da schon passieren?«

»Ich dachte eigentlich eher, dass du vielleicht gern Gesellschaft hättest.«

Und wie! Aber mein Herz raste so schon genug, wenn wir uns nahe waren. Was ich brauchte, war Abstand, um ihn mir aus dem Kopf zu schlagen, statt ihn mit seinem Charme und den kleinen Frotzeleien noch tiefer in meine Gedanken zu lassen.

»Ein andermal gern. Für heute bin ich fertig.«

Eilig überquerte ich die Straße und lief über die Wiese zum Strand. Das Meer war zurückgekehrt. Seichte Wellen trieben über das Wasser und ließen das Spiegelbild der Sterne tanzen, während Silly nach einem Fleckchen suchte, das würdig war, dort sein Geschäft zu verrichten.

Nachdem ich ihm Futter in den Napf gestreut hatte, wagte ich mich ins kalte Bad, stellte mich todesmutig unter die eisige Dusche und hüpfte ins Bett. Gottlob hatte ich schon vorhin Holz nachgelegt, so dass wenigstens das Wohnzimmer warm war.

Die nächsten zwei Tage liefen ähnlich ab. Morgens besuchte ich Aignéis und ging mit Silly spazieren. Dann übernahm Gavin den Hund und ich arbeitete im Speisezimmer.

Zuerst vollendete ich die Decke. Als ich zur Mitte des Raums kam, hängte ich die unteren Etagen des edlen Kristallleuchters ab und arbeitete um die große Stuckrosette herum, aus deren Mitte die Lampenaufhängung wuchs.

Als die Decke fertig war, kamen die Goldakzente für die Stuckleiste. Innerlich beglückwünschte ich mich zu dem Airbrush-Gerät, das zwar ein Loch in mein Budget riss, aber ziemlich effektiv war. Normalerweise hätte ich Tage allein für die Decke gebraucht. So schaffte ich in Rekordzeit sogar die grundlegenden Elemente der Wände. Als ich mit meinem Werk zufrieden war, griff ich zum Pinsel und machte mich an die Feinheiten, bis ich die Augen kaum noch offenhalten konnte. Am Ende des dritten Tages war der Großteil geschafft. Morgen nach dem Krankenhaus-Besuch würde ich den Kronleuchter auf Hochglanz polieren, die restlichen Elemente malen und die Bodendielen einmal ganz leicht anschleifen, bevor die weiße Lasur darüber kam.

Müde trottete ich zur Tür und lauschte. Im Haus war alles still. Sicher schliefen Gavin und sein Dad längst. Deshalb tappte ich auf Zehenspitzen aus dem Speisezimmer und erschrak, als ein leise quietschendes Fellknäuel um meine Füße sprang. Mit Silly schlich ich zum Ausgang und zog die mächtige Eichentür des Portals leise hinter mir ins Schloss.

Hier draußen hatte der Wind wieder aufgefrischt. Ich zitterte wie Espenlaub und schlang die Arme um mich, während ich die Straße überquerte und mit Silly eine kurze Gassirunde drehte.

Heute waberte der Seenebel über das Ufer. Tante Aignéis‘ Häuschen lag wie ein geisterhafter Schemen in der Landschaft, beschienen von unzähligen Sternen und dem vollen Mond. Aber ich machte mir nichts vor. Im Innern würde es bitterkalt sein, weil ich über meine verbissene Malerei vergessen hatte, dass ich Holz nachlegen musste, wenn ich nicht in einen Gefrierschrank heimkehren wollte.

Wenig begeistert trottete ich über die Schwelle und fand mich in einem mollig warmen Wohnzimmer wieder. Im Ofen prasselte ein Feuer. Auf dem Tisch stand ein abgedeckter Teller. Richtig, heute hatte ich das gemeinsame Abendessen ausfallen lassen. Als ich begriff, dass Gavin hier gewesen sein musste, legte sich ein Lächeln auf meine Lippen.

Rasch hob ich die Plastikabdeckung hoch und fand eine

Platte mit Broten. Baguette mit geräuchertem Lachs, dazu ein geröstetes Ciabatta mit Schafskäse, Tomaten und Salat. Erst jetzt merkte ich, wie hungrig ich war. Im Eiltempo schrubbte ich meine Hände, tauschte die Latzhose gegen eine Leggins, gab Silly Futter und ließ mich mit dem Teller vor dem Ofen nieder.

Mittlerweile war es zwei Uhr morgens. Wenn ich mit dem Raum wirklich vor dem Treffen mit Claire im Weberschuppen fertigwerden wollte, würde es eine kurze Nacht. Todmüde ließ ich mich auf das Schlafsofa sinken und starrte in die Flammen. Aber der erlösende Schlaf kam nicht.

Ständig kreisten meine Gedanken um Gavin. Ich mochte seine fürsorgliche Art und rechnete ihm hoch an, dass er sich in dieser Lage um seinen Dad kümmerte.

Dabei wusste ich praktisch nichts über ihn. Lebte er im Schloss bei seinem Vater? Er schien mir nicht der Typ, der Abnabelungsprobleme hatte. Andererseits war das Haus riesig. Es gab drei Etagen und unzählige Räume. Man könnte gemeinsam in dem Haus leben, ohne sich je zu begegnen.

Und das denkst du jetzt warum? In vier, spätestens sechs Wochen bist du wieder hier weg und versteigst dich immer mehr in Gedanken an einen Kerl, den du erst seit fünf Tagen kennst. Wenn ich dich an das letzte Mal erinnern dürfte? Da hast du dich auch Hals über Kopf verliebt und die Altlasten schleppst du jetzt noch mit dir rum.

Ich wusste, dass der rationale Teil in mir Recht hatte. Wäre da nicht Gavins einnehmendes Wesen. Wenn es um die Sache ging, war er nüchtern und sachlich. Ich konnte ihn mir als harten Verhandlungspartner vorstellen.

Andererseits teilte er meinen schrägen Sinn für Humor und die kleinen Wortgefechte, die mir so viel Freude machten. Und er roch gut. Sein warmer Duft, in dem immer ein leichter Hauch Aftershave mitschwang, gefiel mir. Zudem ließ sein Lächeln mein Herz schneller schlagen. Und ... verdammt, ich sollte wirklich aufhören, mich da in etwas reinzusteigern, das von vornherein zum Scheitern verurteilt war.

Ärgerlich knuffte ich in das kuschelig weiche Kissen und drehte mich auf die Seite. Vielleicht sollte ich einen Schäfer bitten, seine Tiere auf der Wiese in der Bucht grasen zu lassen. Schäfchenzählen am lebenden Objekt im Mondschein. Das könnte helfen. Lächelnd schloss ich die Augen.

Als ich sie wieder aufschlug, war der Mond verschwunden. Dicke Tropfen prasselten an die Scheiben und machten den grauen Tag trostlos. Was vielleicht auch daran lag, dass das Feuer aus und der Raum eisig kalt war.

In die Decke gewickelt kämpfte ich mich vom Sofa hoch und trottete in die Küche, wo ich den Wasserkessel aufsetze und Sillys Napf füllte. Ohne Koffein ging bei mir nichts. Und da Aignéis keine Kaffeemaschine besaß, hatte ich gestern in Stornoway ein Glas löslichen Kaffee besorgt. Meine Freude hielt bis zum ersten Schluck. Dann spuckte ich die Brühe ins Spülbecken.

Ob ich bei Gavin frühstücken könnte? Wahrscheinlich. Aber ich verwarf die Idee, denn es war der sicherste Weg, mich weiter in diese Schwärmerei zu verstricken.

»Zucker, mit ein paar Löffeln Zucker wird alles genießbar«, redete ich auf Silly ein, der mich kauend dabei beobachtete, wie ich mit zwei Bechern klebrig süßen Kaffeesirups meine Synapsen auf Betriebstemperatur brachte.

Langsam versöhnte ich mich sogar mit dem trist grauen Morgen. Es hatte mir so viel Freude gemacht, die Wände zu bemalen. Nur das Finish fehlte. Endlich riskierte ich einen Seitenblick auf die Uhr und fiel aus allen Wolken. Es war zehn. Draußen sah es aus wie sechs. Maximal. Mir blieb keine Zeit, den Boiler im Bad vorzuheizen. Also sprang ich unter die eisige Dusche und nach einer Katzenwäsche wieder heraus. Für die Fahrt zum Krankenhaus blieb keine Zeit. Mein schlechtes Gewissen hielt sich in Grenzen. Aignéis hatte in den letzten Tagen kein nettes Wort für mich gehabt. Sie konnte mir kaum vorwerfen, dass ich wegblieb – was sie natürlich nicht davon abhalten würde, es trotzdem zu tun.

Heute Abend würde ich den alten Boiler randvoll machen, ihn zum Glühen bringen und mich dann in ein duftiges Schaumbad legen. Ich klammerte mich an die Vorstellung, während ich in meine Arbeitshose stieg, die Boots schnürte und mit einem keuchenden Silly, der so ein Tempo offenbar nicht gewohnt war, rüber zum Schloss rannte.

Zu meiner Überraschung öffnete Gavin die Tür, ehe ich den Klopfer betätigen konnte.

»Langsam wirst du mir unheimlich«, ich tat nachdenklich und kniff die Augen leicht zusammen. »Stehst du etwa den ganzen Tag hinter dem Fenster und lauerst mir auf?«

Gavins Pupillen rotierten. »Dir auch einen guten Morgen, Quatschkopf.«

»Komisch, so nennt Aignéis mich immer. Vielleicht habt ihr mehr gemein, als du denkst.« Ich schenkte Gavin mein sonnigstes Lächeln, das er mit einem weiteren Augenrollen beantwortete.

»Man muss keine übellaunige Hexe sein, um das zu erkennen. Hast du gefrühstückt?«

»Jep, das Ciabatta. Es war köstlich. Tausend Dank, dass du gestern Abend an mich gedacht hast. Ich hatte schon Angst, ich müsste in ein finsteres, dunkles Loch zurückkehren und mich zu Tode frieren.«

»Ich sag's ja: Quatschkopf.«

»Hey, das war mir ernst.«

»Mir auch!«

Hinter mir räusperte sich Duncan Mackay. »Vielleicht bittest du die junge Dame erst mal rein, bevor du sie mit deiner Charme-Offensive überfällst.«

Ich drehte mich um und lächelte ihn an. Dabei hatte ich schwer mit meiner Mimik zu kämpfen, denn sein Anblick versetzte mir einen Stich. Er schien über Nacht um Jahre gealtert. Die Arme, die er auf den Rollator gestützt hatte, zitterten vor Anstrengung. Sein Gesicht war noch weiter eingefallen und wirkte aschfahl.

»Keine Sorge, Mr Mackay. Wir ziehen uns nur gegenseitig auf.« Er hielt meinem Blick stand. Dabei huschte ein Lächeln über sein Gesicht. Doch als er zu Gavin sah, verblasste es.

Irgendetwas lag in der Luft, was scheinbar nichts mit unserer Flachserei zu tun hatte. Ob sie gestritten hatten?

»Ich ... ich mache mich dann mal wieder an die Arbeit«, sagte ich, weil keiner der Männer Anstalten machte, noch etwas zu sagen.

Gavins Dad sah mich müde an. »Wenn ich gewusst hätte, dass Sie sich solche Umstände machen ...«

»Nicht Ihretwegen, Mr Mackay, sondern wegen Gavin«, fiel ich ihm ins Wort. Das mochte unhöflich sein, aber ich wollte keinen Dank von ihm. »Ihr Sohn wird nämlich für meinen Einsatz zahlen, indem er mich die nächsten zwei Wochen in den Pub und sicher wieder zurück kutschiert, wann immer ich pfeife.«

Duncan Mackay lachte. »Scheint mir für all die Zeit, die Sie investieren ...« Er brach ab. Ein markerschütternder Hustenanfall ließ ihn straucheln.

Gemeinsam stürzten Gavin und ich auf ihn zu und griffen ihm unter die Arme, ehe er hinfiel. Erst als er sich beruhigt hatte, konnten wir ihn unendlich langsam zurück zu seinem Bett begleiten. Kaum hatte Gavin eine Wolldecke über seinen mageren Körper gebreitet, fielen ihm die Augen zu.

Leise schlichen wir nach draußen. »Seit wann hat er diesen Husten?«, wollte ich wissen.

»Keine Ahnung. Ich bin erst seit kurzem wieder hier.«

»Und davor? Wann habt ihr euch zuletzt gesehen?«

»Das ist drei Jahre her. Seitdem telefonieren wir regelmäßig oder skypen.«

Also konnte sein Dad schon sehr, sehr lange krank sein.

»Es ist Krebs im Endstadium. Er hat das auf dem Festland diagnostizieren lassen, damit Ian davon nichts mitbekommt und mich herruft. Wir tippen, dass ...«, Gavin rang mit sich. Anscheinend fiel es ihm unendlich schwer, das Wort auszusprechen. Als er weitersprach, wandte er sich ab. »Es könnte in die Lunge gestreut haben. Aber er weigert sich, weitere Untersuchungen mitzumachen.«

Ich nickte. Mit meiner Granny waren wir von einem Arzt zum nächsten gelaufen. Sie war operiert worden, hatte mehrere Chemos über sich ergehen lassen und sich davon nicht erholt. Ich hatte keine Ahnung, welcher Weg der bessere war.

Mitfühlend drückte ich Gavins Hand, bevor ich mich abwandte. »Ich werde dann mal weiterarbeiten, damit bis zum Nachmittag alles fertig ist.«

»Kann ich es sehen?«

Ich zwang mich, breit zu grinsen und auf meine große Klappe zu besinnen. »Damit du Einwände gegen die rote Lasterhöhle erhebst? Vergiss es. Ich zaubere euch einen sündigen Salon, um den euch sogar das *Moulin Rouge* beneiden wird. Heute klebe ich noch die Spiegel unter die Decke und bringe die goldenen Akzente an.«

Tatsächlich entlockte ich Gavin ein Lachen. Nicht so doll, dass sein Grübchen zum Vorschein gekommen wäre, aber seine Augen blitzten.

»Wenn du Hilfe brauchst ...«

»Dann darfst du auch nicht rein.« Himmel, heute fiel ich wirklich jedem ins Wort. »Hör zu, dein Dad schläft und ich bin hier. Wenn du magst, öffnen wir die Türen, damit ich ihn höre, und du unternimmst etwas mit Silly.«

Ich las den Zweifel in seinen schönen Augen, die heute klar und hell wirkten. »Ich müsste tatsächlich ein paar Dinge regeln. Allerdings in Stornoway. Wie lange hast du denn Zeit?«

»Die Weberin, die mir mit dem Tartan hilft, hat gestern bei Aignéis aufs Band gesprochen, dass sie doch erst gegen fünf hier sein wird.«

»Und es macht dir tatsächlich nichts aus?«

Nein, tat es nicht. Ich mochte Duncan Mackay und diese heitere, wache Gelassenheit, die er in guten Momenten zeigte. »Hätte ich Angst, mit ihm allein zu sein, würde ich es nicht anbieten. Fahr ruhig«, redete ich Gavin gut zu. »Aber klopf an, ehe du gehst, damit ich beide Türen aufmachen kann. Wenn du das übernimmst, kannst du dich am Ende nicht bremsen und verdirbst mir die Überraschung.«

7. KAPITEL

Gavin

Cat hatte so viel Spaß daran, uns zu überraschen, dass ich es nicht fertigbrachte, ihr zu sagen, dass ich am Morgen als Erstes runtergegangen war, um nachzusehen, was sie gestern bis spät in die Nacht im Speisezimmer getrieben hatte.

Erst hatte ich nicht begriffen, was ich da sah. Dads Sechzehnender hing an dem fahrbaren Gerüst zwischen großen Blättern mit grob hingeworfenen Skizzen. Die Planen am Boden waren übersät mit Farbtuben, dazwischen der Schlauch des Airbrush-Geräts, das in Plastik verpackt war, damit es nicht eintrocknete.

Dann erst hatte ich den Blick auf ihr Werk gerichtet und war sprachlos gewesen. Zwei Wände, nämlich die Fensterseite und die mit der zweiflügeligen Eichentür, waren bislang nur mit nackten Landschaften besprüht. Grüne Hügel erhoben sich über raue Felsformationen, die bis zum Meer führten. Das alles war noch recht grob und ohne feine Detailarbeiten.

Was daraus werden würde, zeigte die Wand links. Mitten in einen Wald, der sich in einer Talsenke lichtete, hatte Cat eine sonnenbeschienene Wiese gemalt, auf der Dads Sechzehnender mit einer Gruppe Tiere stand. Während der Hirsch sich wachsam umsah, ästen die Rehe und Kitze. Es gab Bäume mit Licht- und Schatteneffekten, die so kunstvoll akzentuiert waren, als würde der Wind an ihnen rütteln, und einen wild sprudelnden Bach nebst Brücke.

An der gegenüberliegenden Wand erhob sich *Mackay Castle* über die Bucht. Aignéis' kleines Cottage war ebenso gut getroffen wie der Torbogen in der Ferne, durch den man die alten Pächterhäuser sah. Selbst Silly hatte Cat gemalt und ließ ihn auf dem sonnenbeschienenen Hof vor dem Weberschuppen dösen, während Lichtreflexe auf dem Meer tanzten.

Ich war ehrfürchtig vor Staunen. Nicht nur, dass Cat das alles in knapp drei Tagen fertiggebracht hatte, die Bilder waren so realistisch und detailverliebt, dass ich den Eindruck hatte, mich draußen zu befinden, an einem Punkt zwischen Lichtung und Bucht.

Nur herrschten hier keine frostigen Februar-Temperaturen. Die Szene wirkte warm und einladend. Immer wieder hatte ich den Blick über die Wände schweifen lassen, bis mir die Decke aufgefallen war. Wolken trieben an einem Himmel, der so luftig leicht wirkte, dass ich kaum Worte dafür fand. Die goldenen Akzente auf den Stuckornamenten bildeten den perfekten Übergang.

Ich begriff nicht, dass jemand mit so viel Talent keinen Job fand. Diese Bilder waren nicht nur mit Liebe zum Detail gemalt, sie offenbarten auch Cats Begeisterung für die raue Landschaft und das Meer, über dem Möwen segelten.

Ich hatte mich regelrecht bremsen müssen, ihr nicht direkt am Morgen zu danken. Mein Vater würde sich in dem Zimmer fühlen, als hätte man sein Bett auf eine Sommerwiese gestellt.

Jetzt musste ich nur noch Möbel im Schloss zusammensuchen, um den Raum behaglich zu gestalten. Dabei war ich rasend gespannt auf das Gesicht meines Vaters, der sicher nicht mit Cats Talent, sondern mit ein paar beige gestrichenen Wänden rechnete.

»Du kommst klar?«, ich klopfte an die Tür zum Speisezimmer.

»Hm, ich brauche noch ein paar Stunden. Es reicht, wenn du um halb fünf aus Stornoway zurück bist. Dann muss ich duschen gehen.« Cats Stimme klang seltsam vernuschelt. Ein weiteres Rätsel.

Und davon bot sie nicht wenige, wie mir auf dem Weg in die Stadt aufging. Dass sie offen für Neues war, gern auf Menschen zuging und keine Berührungsängste besaß, hatte sie schon am ersten Abend in der Bar bewiesen. Der Kellner war von ihrer herausfordernden, warmen Art ebenso eingenommen gewesen wie Ian, der mich seitdem nervte, ich sollte Cat einladen, mit uns nach Stornoway zu fahren, wo in ein paar Tagen ein Konzert der *Celtic Men* stattfand.

Die Idee war nicht schlecht. Nur widerstrebte es mir, Cat mit Ian zusammenzubringen. Es gab kaum eine hübsche, ledige Frau auf Harris, die er noch nicht flachgelegt hatte. Cat war zu schade dafür. Abgesehen davon, wäre ich lieber mit ihr allein gefahren. Und das fand ich nun wirklich schräg.

Noch lebte Kelly in meinem Haus in Kanada. Nicht, dass wir etwas miteinander zu tun hatten. Die Sache zwischen uns war aus. Mit ein bisschen Glück wäre sie weg, wenn ich zurückkam. Immerhin hatte ich sie mehrfach gebeten, ihre Sachen zu packen und sogar angeboten, den Umzug zu finanzieren.

Mir wurde flau im Magen, wenn ich daran dachte, dass sie nach Dads Beerdigung und meiner Rückkehr noch da sein könnte. Eine weitere Sache, um die ich Andrew bitten musste – Kelly gut zuzureden, die Trennung endlich zu akzeptieren.

In Gedanken ging ich den Berg an Aufgaben durch, die ich regeln musste, und schlenderte dabei durch Stornoway, als mir jemand von hinten auf die Schulter tippte.

»Hi Gavin, seit wann bist du zurück?« Ich sah mich um und entdeckte Claire, die von zwei Jungs mit strubbeligen roten Haarschöpfen und jeder Menge Sommersprossen flankiert wurde. Seit meiner Rückkehr hatte ich sie nicht einmal gesehen. Dabei wohnte sie keine zehn Autominuten vom Schloss entfernt.

Ich freute mich aufrichtig, sie zu sehen, ergriff ihre ausgestreckte Hand und nickte zu den Jungs. »Wenn ich tippen sollte, ist Paddy der Vater?«

Sie strich einem der beiden liebevoll über die Locken und strahlte. »Wie hast du das erraten?«

»Tja, mit der Nummer trete ich auf.«

Sie lachte, was mich an die sommerlichen Lagerfeuer meiner Jugend erinnerte.

Claire war die Tochter eines Webers. Ungefähr zur gleichen Zeit, als Ian und ich zum Studium nach Edinburgh gezogen waren, hatte es ihre Jugendliebe Paddy und sie aufs Festland verschlagen. Auf *Harris and Lewis* hatte es einfach zu wenig Jobs gegeben, bis die Weberei ein Comeback gefeiert hatte. Ian hatte mir erzählt, dass nicht nur viele neue Leute auf die Insel gezogen, sondern auch Claire und Paddy zurückgekehrt waren. Mit seiner Schafzucht und ihrer Weberei kamen sie finanziell anscheinend gut zurecht.

Ich schuldete Claire eine Antwort. »Seit ein paar Tagen bin ich wieder hier und werde noch einige Wochen bleiben.«

Die Bestürzung stand ihr ins Gesicht geschrieben, also wusste sie, wie es um Duncans Gesundheit bestellt war. Was machte ich mir auch vor? Wahrscheinlich ahnte es jeder auf dieser verdammten Insel seit Jahren. Nur an mir war es vorübergezogen, weil ich Wichtigeres zu tun gehabt hatte. Wieder wallte das Schuldgefühl in mir hoch. Ich schob es beiseite.

»Wenn du nächstes Wochenende einen Babysitter hast, komm doch mit Paddy zum Konzert.«

»Seit wann stehst du auf keltischen Folk?«

»Seit Ian Karten besorgt hat. Ich komme aus der Nummer nicht mehr raus.« Ich sah runter zu den beiden Rotschöpfen. »Und wer seid ihr?«

»Ich bin Levi.«

»Luke«, erklärte der Größere der beiden cool und wischte dabei mit der Hand durch die Luft, als wollte er eine Tafel säubern.

Stolz lächelte Claire die Jungs an. »Luke wird morgen zwölf«, sagte sie, als würde das seine Mini-Macho-Allüren erklären. »Außerdem ist das nächste Wochenende noch weit weg. Aber an diesem feiern wir Paddys Geburtstag nach. Du bist eingeladen. Paddy wird sich riesig freuen, dich zu sehen. Er garantiert, dass wir an diesem Tag einen Frühlingseinbruch erleben und grillen können.«

Ich sah rasch zum verhangenen Himmel hinauf und hob dann die Brauen. »Und was gibt es tatsächlich? Du glaubst doch sicher nicht an einen Grill-Gott.«

»Lukes Leibgericht sind *Fish and Chips*. Also was glaubst du, was ich mache?«

Reflexhaft wollte ich abwinken, aber Claire war schneller.

»Falls du wirklich bis zum Ende bei deinem Dad bleibst, wird es noch hart genug. Was kann ein bisschen Spaß da schaden? Außerdem ...« Sie haderte mit sich, ehe sie sich einen Ruck gab und weitersprach. »Wag es nicht, abzulehnen. Paddy hat in den letzten Tagen so oft davon gesprochen, dass du wieder da bist und er dich einladen möchte – es würde ihn kränken, wenn ich ihm sagen müsste, dass du keine Lust hast.« Passend zu ihrer ernsten Stimme verfinsterte sich Lukes Blick. Er hörte sogar auf, Silly zu kraulen, der mein ständiger Begleiter geworden war. Offenbar gefiel der Junge sich in der Rolle des Beschützers seiner Mum.

»Ich hatte nicht vor abzusagen. Ich habe nur überlegt, wo eure neue Farm liegt«, bog ich die Wahrheit ein wenig zurecht, denn tatsächlich stand mir der Sinn gerade nicht nach einer Party.

Ihre Miene entspannte sich so schnell, dass ich mich an Cat erinnert fühlte. Beide Frauen waren wie das Wetter an der Küste. Stürme kamen so rasch auf, wie sie gingen.

Nachdem wir Telefonnummern getauscht hatten, tippte Claire ihre neue Adresse in mein Handy. »Ich bin übrigens später in Aignéis' Haus, weil ich ihrer Nichte helfe, einen Tartan vom Webstuhl zu schneiden.«

»Ja, hab's gehört. Ich kenne Catlyn.«

Claire sagte dazu nichts, aber sie grinste vielsagend.

Ich war schon an der nächsten Hausecke, als sie mich rief. »Bringst du jemanden zur Party mit?«

Wieder kam mir Cat in den Sinn, aber ich schüttelte den Kopf. »Nein, oder ... kann ich das spontan entscheiden?«

»Du darfst alles, solange du auftauchst.«

Eilig wollte ich weiterlaufen, aber ich hatte die Rechnung ohne Silly gemacht. An jeder gottverdammten Hausecke hielt er und hob sein Bein, als hinge sein Leben davon ab, Stornoways Hunde wissen zu lassen, dass er hier war.

Insgeheim fluchte ich. Die Bank schloss in zwanzig Minuten und ich musste einige Sachen klären. Auf dem Rückweg nahm ich einen anderen Weg und besorgte ein paar von den Schokoladenspezialitäten, die mein Vater so mochte. Außerdem eine Kaffeemaschine samt Zubehör für Cat, die vor meiner Abfahrt bitterlich über die Instant-Brühe vom Morgen gejammert hatte. Zuletzt ließ ich mich in einem Café nieder und schrieb eine Mail an Andrew, wobei ich die Zeit vergaß.

Als ich zurückkam, war das Schloss verwaist. Ich rannte von Zimmer zu Zimmer. Die meisten Räume im Erdgeschoss mussten seit Jahren leerstehen. Sie waren kalt, der Staub lag zentimeterdick und an der Rückseite, die ich bisher nicht in Augenschein genommen hatte, waren einige Fenster vernagelt.

»Cat? Dad?«, ich brüllte, rannte mit rasendem Herzen die Stufen hinauf, obwohl ich wusste, dass mein Dad nicht oben sein konnte.

Was war hier los? Hatte er einen weiteren Hustenanfall gehabt, so dass Cat einen Krankenwagen hatte rufen müssen?

Oder hatte sie ihn in ihr lächerlich kleines Auto verfrachtet und selbst dorthin gebracht? Meine Sorge wuchs mit jeder Minute. Ich raste in eins der Zimmer, die zur Bucht hin lagen. Da stand Cats Auto. Außerdem brannte überall in Aignéis‘ Haus Licht.

Ebenso schnell, wie ich nach oben gestürmt war, rannte ich zurück. Hatte sie meinen Dad allein ins Krankenhaus fahren lassen? Eins stand fest. In seinem Zustand konnte er das Schloss unmöglich zu Fuß verlassen haben.

»Cat?« Ich hämmerte gegen die Tür, wartete aber nicht, bis sie mir öffnete, sondern stürmte hinein, weil die Tür – wie üblich in dieser Gegend – tagsüber unverschlossen war. Teetassen standen auf dem Tisch, Feuer prasselte im Kamin. Von Cat und Duncan keine Spur.

Fündig wurde ich erst im Weberschuppen. Mein Vater saß in einem Rollstuhl. Die Bedienungsanleitung für das brandneue Teil baumelte von einem der Schiebegriffe. Er selbst trug seine Strickjacke, war zugedeckt mit Cats albernem Steppmantel und plauderte lächelnd mit Cat und Claire.

»Was um alles in der Welt tut ihr hier?«, brüllte ich unbeherrscht.

Drei Augenpaare richteten sich auf mich. Es war Claire, die die Sprache als Erste wiederfand. »Wir nehmen den Tartan vom Webstuhl. Das habe ich dir doch heute Morgen erklärt.«

Großer Gott, sie redete mit mir, als wäre ich ein debiler Idiot. Vermutlich, weil ich mich gerade so benahm.

»Sorry«, sagte ich und zwang mich zur Ruhe. »Als du«, ich wandte mich meinem Dad zu, »nicht im Haus warst, dachte ich, es ginge dir schlechter.« Das war nur die halbe Wahrheit. Tatsächlich hatte ich befürchtet, er wäre bei einem seiner spektakulären Hustenanfälle erstickt, bevor ich auch nur den Hauch einer Chance gehabt hatte, ihm als erwachsener Mann zu begegnen.

Mit neunzehn war ich an die Uni gegangen, hatte einen Tag nach dem Abschluss den Vertrag für einen Job in London unterschrieben und war von dort weitergezogen nach Singapur, Goa, New York, Miami und auf die Bahamas. Dazwischen hatte ich nur Zeit gehabt für kurze Stippvisiten auf Harris. Mir war es recht gewesen, denn an jedem anderen Ort auf der Welt ließ sich die Erinnerung an den Tod meines Bruders besser verdrängen als hier.

Dabei hatte ich völlig vergessen, dass ich auch Duncan aus meinem Leben ausschloss.

Das letzte Bild, das er von mir hatte, musste das eines zielstrebigen Teenagers sein.

Ich hingegen erinnerte mich an ihn als einen Vater, der streng, geradlinig und immer von einer Wolke aus Traurigkeit umgeben gewesen war, seit er meine Mutter verloren hatte. Schon das hatte mich abgeschreckt, weil er mich dadurch gezwungen hatte, ebenfalls ständig an sie zu denken.

Aber wir hatten uns verändert. Nun konnten wir uns als ebenbürtige Männer gegenübertreten und ein freundschaftliches Verhältnis aufbauen. Ich wollte verdammt sein, wenn ich diese Chance nicht ergriff, solange noch Zeit war.

Als hätte mein Vater meine Gedanken erraten, lächelte er milde. »Keine Sorge, würde es mir schlecht gehen, hätte Cat sich gekümmert. Wusstest du nicht, dass die Familie ihre Grandma bis zu deren Tod bei sich zu Hause gepflegt hat? Da kommt sie mit mir schon klar.«

Nein, das wusste ich nicht. Und es interessierte mich gerade auch nicht. »Trotzdem könntet ihr einen Zettel hinlegen, wenn ihr das nächste Mal einen Ausflug macht.« Ich deutete auf den Rollstuhl. »Ist der neu?«

Duncan rümpfte angewidert die Nase. »Hat Ian liefern lassen. Zusammen mit einer Menge anderem Schnickschnack. Anscheinend darf ich noch nicht mal in meinem eigenen Bett sterben.«

Cat winkte ab. »Jetzt seien Sie schon nett. Das Bett ist ein todschickes Teil. Sie werden die Fernbedienung nicht mehr aus der Hand legen, wenn Sie einmal auf den Geschmack gekommen sind.« Dabei lächelte sie meinen Dad so warm an, dass es mir erneut einen Stich versetzte, weil es mir vor Augen führte, dass ich die unsichtbare Grenze zwischen Duncan und mir noch lange nicht überwunden hatte.

Cat akzeptierte schlicht, dass ihre Bekanntschaft nur von kurzer Dauer sein würde, und näherte sich ihm mit einer solch freundlichen Herzlichkeit, dass sie Duncan im Sturm erobert hatte.

Ich beneidete sie um ihre Gabe.

»Wenn wir dann weitermachen könnten.« Claire tippte ungeduldig mit der Schuhspitze auf den Boden. »Während du uns unterbrichst, nehmen die Jungs mein halbes Haus auseinander.«

»Ist Paddy nicht da?«

Claire lächelte müde. »Der ist der größte Kindskopf von allen und der Erste, der laut ›Hier!‹ schreit, wenn die Kinder mit meinen neuen Vorhängen eine Bude bauen wollen.« Sie sah zu Cat, die neben ihr auf der kleinen Bank vor dem Webstuhl hockte. »Also: Aignéis webt mit 684 Längsfäden. Das ist die traditionelle Webart und da ist es wichtig, dass du neue Fäden anknüpfst, bevor du die alten abschneidest. Du ahnst nicht, wie mühsam es ist, einen neuen Faden einzufädeln, wenn etwas reißt, weil die Dinger einmal durch den ganzen Webstuhl geführt werden, ehe sie hier vorn ankommen. Also knoten wir vor dem Abnehmen des Tartans neues Garn an und ziehen es durch die Ösen. Erst danach schneiden wir ihn ab. Wenn an Aignéis Webstuhl irgendetwas schiefgeht«, Claire lächelte müde, »glaub mir, du willst nicht dabei sein, wenn das passiert.«

»Äh ... und was ist, wenn ich auch nicht dabei mitmachen will, wenn 684 Fäden verknotet werden? Spielt das eine

Rolle?« Cat wirkte regelrecht verzweifelt, während sie den komplizierten Webstuhl musterte, der locker die Größe eines Kleinwagens hatte.

Ich freute mich, sie ausnahmsweise sprachlos zu sehen.

»Das war ja wohl eher eine rhetorische Frage, denn du wirst das hier durchziehen.«

»Und wenn nicht?«

»Reiße ich dir den Kopf ab. Dir ist doch klar, dass Aignéis diese Inseln nie verlassen wird, während du in ein paar Wochen wieder nach Hause fährst. Deine schlechte Laune halte ich schon aus – Aignéis' böse Kommentare würde mich hingegen für den Rest meines Lebens verfolgen.«

Ohne Cats Protest abzuwarten, zeigte Claire ihr, wie die Knoten gesetzt werden mussten, ehe sie den Tartan Faden für Faden losschneiden konnte. Ich bewunderte, wie Claires Finger geradezu über die Arbeit flogen. Cat stellte sich weniger geschickt an und brauchte für jeden Knoten ewig.

»Keine Sorge, das ist keine Geheimwissenschaft. Den Bogen hast du schnell raus.«

Cat sah nicht aus, als würde sie es glauben. Konzentriert bemühte sie sich, die Fäden ebenso sauber zu verbinden wie Claire. »Morgen um neun kommt der Laster von Harris Tweed und nimmt ihn mit. Bis dahin solltest du fertig sein.« Claire erhob sich. »Wie du den Tartan zusammenlegen musst, siehst du hier.« Sie deutete auf Aignéis' Werkbank, wo ein weiteres fünfundsiebzig Meter langes Stück Stoff für den Abtransport bereit lag.

»Du hast gesagt, der Tartan gehe an einen Schneider.«

»Richtig, aber erst mal wird er gewaschen, getrocknet und auf fehlerhafte Stellen begutachtet. Wenn er die Prüfung besteht, kriegt er das Gütesiegel und du bekommst ihn zurück und kannst ihn verschicken.«

Mittlerweile wirkte Cat völlig frustriert. »Du meine Güte, ich verstehe nur Bahnhof. Was für ein Prüfer und welches

Gütesiegel? Aignéis hat gesagt, sie hätte ein Bild von dem Muster an den Schneider geschickt und der hätte das Muster vom Webstuhl weg gekauft.«

»Stimmt, so ist es oft.« Claire seufzte und bedeutete Cat, weiterzuknoten, während sie sprach. »Nimm ein Bio-Siegel. Du kaufst Milch und hast sofort eine Idee von glücklichen Kühen auf saftigen Weiden. Und mit dem Harris Tweed ist es ähnlich, denn auch dafür gibt es ganz strenge Bestimmungen. Erstens: Der Tartan muss in Heimarbeit gewebt werden. Stoffe, die aus einer Fabrik stammen, werden nicht akzeptiert.« Claire reckte noch einen Finger in die Höhe. »Zweitens: Die Wolle muss von Schafen von den *Western Isles* stammen, also von Harris, Uis, Barra und Lewis. Dann ist es wichtig, dass die Wolle nach traditionellem Vorbild gefärbt wird. Es gibt sechsundvierzig verschiedene Farben; die kann man wiederum mischen, indem man das Garn häckselt und zu neuen Fäden verspinnt. Kenner erkennen anhand der Sprenkel sofort, ob es ein Harris Tweed ist, oder ob er von woanders stammt.« Claire holte Luft. »Weiter im Text: Es gibt Grundmuster, die seit über hundert Jahren gefertigt werden. Dafür kann man Lochkarten kaufen, nach denen der Webstuhl die Querfäden wechselt. Glaub mir, so kann jeder Laie einen Tartan weben.

Was Aignéis Arbeit ausmacht, ist die Liebe zur Natur. Sie übersetzt die Farben und Muster, die dort vorkommen, in Stoff. Dieser hier entspricht zum Beispiel dem Gefieder eines jungen Rotkehlchens, bevor ihm die roten Federn wachsen. Glaub mir, das ist extrem anspruchsvoll, sowas beherrschen nicht viele Weber und selbst unter denen gilt Aignéis als Künstlerin.«

Hatte Cat anfangs zweifelnd geguckt, wirkte sie jetzt begeistert. »Sag mir noch, was es mit diesen Prüfern auf sich hat, bevor du dein Haus vor seinen männlichen Bewohnern rettest.«

Claire stand auf und strich ihre Hose glatt. »Na irgendwer muss doch überwachen, dass der Tartan – so bezeichnet man übrigens ein gewebtes Stück Stoff – die Qualitätsstandards erfüllt. Immerhin ist Harris Tweed der einzige Stoff, für dessen Herkunftsschutz das britische Parlament je ein Gesetz verabschiedet hat. Das ist ein Markenzeichen, das viel Geld wert ist. Man müsste schön dumm sein, seinen Stoff nicht prüfen zu lassen. Schließlich kann man ihn mit dem Gütesiegel für das Doppelte verkaufen.«

Cat öffnete den Mund, aber Claire winkte ab. »Wenn du noch Fragen hast, darfst du gern jederzeit vorbeikommen und mich löchern. Jetzt muss ich los.«

Claire wirkte befangen, als sie sich von meinem Dad verabschiedete.

»Sie können mir ruhig die Hand schütteln, ich falle schon nicht auseinander.« Sein raues Lachen hallte noch durch den Weberschuppen, als Claire draußen den Motor ihres Wagens startete.

Cat erhob sich. »Gut, gehen wir rüber und machen weiter.«

Ich stellte mich ihr in den Weg. »Willst du nicht erst den Tartan abnehmen? Das Zimmer kann doch bis morgen warten.« Ich wollte nicht, dass sie unseretwegen den Auftrag vermasselte, weil Aignéis ihr dafür das Leben in den kommenden Wochen zur Hölle machen würde.

Cat winkte ab. »Keine große Sache. Ich bin im Schloss fast fertig. Danach habe ich den Kopf frei und kann mich hierauf konzentrieren.« Sie klopfte auf den Webstuhl und sah meinen Vater an. »Ihnen muss doch langsam auch kalt sein.«

»Nein, gar nicht. Ich war seit Ewigkeiten nicht in Aignéis' Schuppen und finde es ganz spannend, was sie so treibt. Ich meine, ich wusste natürlich, dass sie sich einen guten Ruf erarbeitet hat. Aber das hier ...« Er nickte rüber zu einem Stoffballen, auf dem das Siegel prangte, das man in der Gegend an jedem Laden sah: Ein Reichsapfel mit einem Kreuz und dem

Schriftzug *Harris Tweed.* »Sie hatte schon immer ein Händchen für Feinheiten. Wenn *Harris Tweed* der gut gereifte Wein unter den Stoffen ist, stellt Aignéis einen *Chateau Lafite Rotschild* her. Siehst du das Türkis? Das ist das Meer.« Mein Dad klang richtig bewegt. »Da hat sie die Farbe des Strands eingewoben, und hier einen Hauch grüner Wiese und das alles auf einem Grundton, der dem Grau der Felsen entspricht.« Unerwartet behände drehte er an den Rädern des Stuhls und schoss zu der Ablage mit dem fertigen Stoffballen. Statt weitere, bewundernde Worte für Aignéis Kunstfertigkeit zu suchen, legte er versonnen die Hand darauf. »Sie war schon ein tolles Mädchen.« Er klopfte auf den Tweed wie andere auf den Hals eines braven Pferdes. »Ja, das war sie.«

Irritiert sah ich zur Seite und fing Cats fragenden Blick auf. Wurde mein Dad altersmilde? So hatte ich ihn nie gehört.

War es um Aignéis gegangen, hatte man in unserer Familie immer nur von der Hexe und später der verschrobenen alten Schachtel gesprochen. Ich überlegte nachzuhaken, aber da war der Moment bereits verstrichen und mein Dad drehte sich – nun deutlich schwerfälliger – mit dem Stuhl herum.

»Könntet ihr mich zurückbringen? Langsam wird es doch ziemlich kühl hier drinnen.«

Cat, die ebenso verwirrt wie ich schien, fing sich. »Klar, falls Gavin sich dazu entschließen kann, nicht länger die Tür zu blockieren, bringe ich Sie, wohin Sie wollen.«

Duncan tätschelte Cats Hand. »Vor zwanzig Jahren hätte Ihr Angebot meine Fantasie beflügelt. Jetzt fürchte ich, dass Sie mich einfach vor dem Kamin abstellen können und ich schon mit ein bisschen Wärme zufrieden bin.«

Cat nahm seinen scherzenden Ton auf. »Wird gemacht. Ich buche Ihnen auch gern eine fesche Krankenschwester dazu.«

»Damit sie mir den Sabber wegwischt?« Mein Dad lachte, was diesmal von einem milden Husten begleitet wurde. »Ich kann mich beherrschen.«

»Na dann, anschnallen und festhalten. Quälen wir uns über die Buckelpiste.« Sie sah mich an. »Nimmst du Silly?«

Ich erinnerte mich an den Koffer, den sie vor ein paar Tagen mit Mühe und Not durch den Schlamm gezerrt hatte. Wie sollte das erst mit dem Rollstuhl werden? »Wenn du magst, kann ich auch übernehmen und du kümmerst dich um den Hund?«

»Wird nicht nötig sein. Heute Nachmittag hat es ja nicht mehr geregnet. Außerdem gebe ich nichts her, was ich einmal in den Fingern habe.«

Zum Nichtstun verdammt sah ich zu, wie die beiden über die Auffahrt zuckelten. Cat umrundete das Schloss. Da es an den Hang gebaut war, besaß es hinten im Gegensatz zum vorderen Portal nicht fünf Stufen, sondern nur eine.

»Gut festhalten, Mr Mackay, ich muss den Stuhl kippen.«

Diesmal ließ ich mich nicht zurückdrängen und übernahm die Griffe.

»Das Bett ist übrigens noch nicht zusammengebaut. Die Einzelteile stehen erst mal zwischen den Kisten unter der Freitreppe. Morgen gegen zehn kommt der Monteur.«

Mein Vater knurrte. »Habe ich eigentlich gar kein Mitspracherecht? Ich sagte doch, ich schlafe nicht in dem Ding.«

Cat umrundete den Rollstuhl und ging vor ihm in die Knie. »Diese Matratzen sind superbequem, auch wenn man mal mehrere Tage am Stück im Bett liegt. Außerdem werden Sie in absehbarer Zeit Hilfe brauchen und der Pflegekraft erleichtern Sie die Arbeit ungemein, wenn sie sich nicht ständig bücken muss, sondern das Bett hochfahren kann.«

Der Protest, mit dem ich rechnete, blieb aus. Stattdessen nickte mein Dad, bevor er sein schlohweißes Haar zurückstrich. »Aignéis wäre außer sich vor Glück, wenn sie hören könnte, wie Sie mir den Kopf geraderücken.«

»Wer sagt Ihnen denn, dass wir uns nicht abgesprochen haben?« Cat zwinkerte ihm zu und richtete sich auf. »Gib mir eine Stunde, dann bin ich soweit und du kannst das Gerüst abbauen.« Dabei funkelten ihre Augen, als würde Cat von innen heraus leuchten. »Ich kann es gar nicht abwarten, euch das Zimmer zu zeigen.«

Und ich konnte es kaum erwarten, die fertigen Wände zu sehen. Aber da ich offiziell von nichts etwas wissen durfte, spielte ich mit und erklärte betont brummig: »Ich habe noch nie erlebt, dass jemand so lange braucht, um ein paar Wände mit der Rolle rot zu malern. Vor allem, weil du es ja vorher schon weiß gemacht hattest, was übrigens bedeutend schneller ging, wenn ich dich erinnern darf.«

Ihr Strahlen wurde heller, diebische Freude mischt sich darunter. »Du hast ja keine Ahnung, wie schwierig es ist, eine große Fläche streifenfrei zu malern.« Leise kichernd wandte sie sich ab und schlüpfte durch einen schmalen Türspalt in das Speisezimmer.

»Sie gefällt dir.«

Tatsächlich hatte ich meinen Dad kurz vergessen und musste mich räuspern, bis ich mir ein paar brauchbare Sätze zurechtgelegt hatte. »Es ist nett, dass Sie uns hilft. Allerdings hätte ich das auch allein hinbekommen.«

»Aha«, gab Duncan trocken zurück. »Und wieso hast du sie dann gefragt, ob sie dir hilft?«

Ehrlich gesagt hatte ich gehofft, dass sie mit mir durchs Haus ging, ein paar Möbelstücke auswählte und mich zu Stoffen beriet, die das Zimmer behaglich machten. Wer hätte auch ahnen sollen, dass sie es in der kurzen Zeit fertigbrachte, mit Pinsel und Farbe die Seele der *Highlands* und der *Western Isles* einzufangen? Doch das durfte ich ebenfalls nicht laut aussprechen, oder ich hätte die Überraschung für meinen Dad verdorben.

Ich sagte es ihm: »Sie hat Malerei studiert. Ich dachte einfach, sie könnte mich vor dem Streichen ein bisschen zu den richtigen Farben beraten.«

»So, so«, er nickte, als hätte er etwas durchschaut, wo es nichts zu durchschauen gab. Denn tatsächlich hatte ich genau das im Sinn gehabt. »Du solltest Gott dafür danken, dass Aignéis weit weg ist und das nicht sieht. Sonst würde sie ein Gezeter anstimmen, das man bis nach Uist und Barra hört.«

Nun sah ich ihn fragend an. »Sag mal, es klingt, als würdest du sie viel besser kennen, als ich gedacht habe.«

Sein linker Mundwinkel hob sich. »Woher soll ich wissen, was du denkst? Außerdem wohne ich schon sehr, sehr lange in diesem Haus. Es hat Fenster. Aignéis wohnt gegenüber.« Er zuckte die Achseln und überließ es mir, meine eigenen Schlüsse zu ziehen.

8. KAPITEL

Cat

Verglichen mit den Wänden in unserer Londoner WG war die Arbeit im Speisezimmer nicht mehr als ein detailverliebtes Graffito. Trotzdem war ich stolz auf das, was ich in der Kürze der Zeit gezaubert hatte. Vor allem weil der Raum genau das war, was Duncan Mackay mochte. Die Weite der Highlands, die Felsklippen seiner geliebten Insel und die Jagd, mit der er so viele Erinnerungen verband.

Ich trug noch einen Hauch Burgunderrot für die Schatten-Akzente und den Faltenwurf der schweren, roten Samtvorhänge auf, die ich an die letzte Wand geworfen hatte. Sie betonten die hohen Sprossenfenster, als wären es Tore in eine andere Welt.

Als ich zufrieden war, trat ich ein paar Schritte zurück. Mehr ging nicht. Nicht mit so wenig Zeit.

Duncan Mackay brauchte endlich seinen Rückzugsort. Das konnte nicht warten, bis ich meine perfektionistische Ader ausgelebt hatte.

Eilig sammelte ich die letzten Töpfe mit gemischten Farben ein, stellte sie auf den Karton mit den eingesammelten Farbtuben und faltete die Planen zusammen. Das alles deponierte ich unter dem Gerüst, ehe ich mich auf die Suche nach Gavin und Duncan machte.

Langsam fühlte ich Nervosität und knetete meine Finger, als ich sie fand. »Wenn Sie es sich ansehen möchten, Mr Mackay. Ich bin fertig.«

Duncan, der sichtlich müde auf einem Küchenstuhl saß, zog seinen Rollator heran und erhob sich.

Dass er lieber selber lief, wunderte mich nicht. Als der Lieferant des Sanitätshauses am Nachmittag den Rollstuhl hereingebracht hatte, war Mr Mackay an die Decke gegangen, hatte herumgepoltert, er sei kein Invalide und auch kein Kleinkind, das man nach Gutdünken durch die Gegend schob.

Erst die Aussicht, mit mir rüber zu Aignéis zu kommen, hatte ihn umgestimmt und vom Sessel in den Rollstuhl wechseln lassen.

Irgendetwas war da, das ich nicht greifen konnte. Mir kam es vor, als würde Duncan Mackay, entgegen all seiner Beteuerungen, Aignéis sehr gut kennen.

Aber warum hatte Gavin in der Bar so getan, als wäre Aignéis lediglich eine Nachbarin, von der er nur wusste, dass sie gern herumschrie? Wenn seine Eltern mehr mit ihr zu tun gehabt hatten, musste er das doch wissen.

Nachdenklich sah ich ihn an. Just in dem Moment schaute er zu mir. Sein Blick war so intensiv, dass mein Herz einen Hüpfer tat. Aber dann setzte Duncan sich in Bewegung und beanspruchte Gavins Aufmerksamkeit.

Trotzdem, das aufgeregte Flattern in meiner Brust hallte nach, während wir in einer kleinen Prozession zum Speisezimmer liefen. Vorweg Duncan, der Mühe hatte, die Strecke zu bewältigen. Neben ihm Gavin, jederzeit bereit, ihn zu stützen. Und hintendrein ich, mit Silly auf dem Arm und einem dumm wummernden Herzen, weil ich Gavins Reaktion kaum erwarten konnte. Dabei sollte es Duncan sein, dessen Geschmack mich interessierte. Schließlich würde er seine letzten Tage in dem Raum verleben. Aber nein, meine Gedanken kreisten wieder nur um Gavin.

Als würden der Schlamassel mit Simon und die Jobsuche mich nicht genug aus der Bahn werfen. *Das muss echt aufhören. Am besten alberst du auch nicht mehr mit ihm herum. Heute Nacht setzt du dich an den Webstuhl, machst die verdammten tausend Knoten und nimmst den Stoff ab. Sobald morgen das Gerüst abgebaut ist, lasierst du noch den Boden und dann hältst du dich von den Mackay-Männern fern und probierst in Ruhe diesen Webstuhl aus, bevor Aignéis entlassen wird.*

Seit Claire davon geschwärmt hatte, wie es unserer Großtante gelang, die Farben der Natur in den Stoff zu weben, ließ mich die Idee nicht los, es selbst zu probieren. Aignéis musste das nicht erfahren. Ich konnte ein wenig herumprobieren, nach meinem kleinen Experiment neue Fäden anknüpfen und meinen – sicher stümperhaften Versuch – entsorgen, ehe ich Aignéis heimholte.

»Mein Gott, was ist das denn?« Gavin hatte das Speisezimmer erreicht, dessen Flügeltüren ich sperrangelweit aufgelassen hatte. Ihm war der Unterkiefer aufgeklappt und seine Arme zitterten vor Anstrengung, während er auf den Rollator gestützt in den Raum starrte.

Mist! Dreifach gequirlter, hundsverdammter Mist. Wie war ich auf die Idee gekommen, dass es ihm gefallen würde? Sicher durfte man in Schlössern mit historischen Tapeten von anno Tobak nicht einfach die Wände beschmieren. Und wenn doch, dann bitte mit einem hübsch neutralen Weißton.

Nervös trat ich vor und stellte mich neben ihn. »Mr Mackay, es ist ... ich kann es übermalen. Wenn es Ihnen nicht gefällt, weißele ich es morgen. Überhaupt kein Problem.«

Gavins Vater riss sich von dem Anblick los und sah zu mir auf. »Was für ein Blödsinn. Das ist ...« Er schob sein Gehwägelchen ein Stück vor und trippelte in das Zimmer. »Wie haben Sie das gemacht. Es ist phänomenal. Als würde ich auf einer Wiese stehen. Da ist mein Sechzehnender und er ist so viel imposanter, wenn man nicht nur das Geweih, sondern auch seine stolze Gestalt sieht. Und das Fenster, als hätte man in einem Theater den Vorhang zur Bühne geöffnet. Nur dass hinter diesem Fenster die ganze Welt liegt.«

Ich hatte nicht bemerkt, wie Gavin neben mir verschwunden war, aber plötzlich tauchte er mit dem Rollstuhl auf.

»Es gefällt Ihnen also?«, fragte ich schüchtern, weil der Schock mir immer noch in den Knochen steckte.

»Und wie. Gefallen ist gar kein Ausdruck. Stellt sich nur die Frage, wie wir mein Bett hier hereinbekommen.«

Gavin wartete, bis Duncan sicher saß. »Das lass nur meine Sorge sein.«

»Ähm, ich bin nicht ganz fertig. Ich wollte den Boden noch lasieren. Aber da vorher das Gerüst raus muss und mir eine Nachtschicht am Webstuhl bevorsteht, komme ich erst morgen dazu.«

Angeschliffen hatte ich die Dielen mit grobem Schmirgelpapier. Alles andere hätte zu viel Dreck gemacht. »Wenn ich das morgen früh in Angriff nehme und wir den Kamin anfeuern, sollte es am Nachmittag trocken sein.«

»Ich kann das übernehmen.« Bildete ich es mir ein, oder klang Gavin verstimmt?

»Alles okay?«

»Du meinst, abgesehen von der Tatsache, dass ihr mich konsequent ignoriert?« Nun stand ihm der Ärger deutlich ins Gesicht geschrieben.

»Tut mir leid. Ich habe das zu meiner Sache gemacht und in solchen Fällen neige ich dazu ...« Ich brach ab. Wer gab schon von sich zu, dass er sich schlecht im Griff hatte? Ich jedenfalls nicht. Und vor Gavin war es mir erst recht unangenehm. »Sag einfach, wenn du das selbst übernehmen willst, dann muss ich morgen nicht mehr herkommen.«

»Und ob du das musst. Du hast dem Zimmer eine Richtung verpasst. Also kannst du auch mit mir auf die Suche nach

Möbeln gehen.« Sein Zorn war merklich verraucht. »Es ist wirklich toll und mir ein Rätsel, wie du das in der Zeit hinbekommen hast. Wenn einer die richtigen Möbel findet, um den Raum behaglich einzurichten, dann du.«

Sein Lob freute mich dermaßen, dass ich rot anlief. Langsam sollte ich mir wirklich Gedanken machen, wieso ich in seiner Gegenwart ständig wie ein Teenie reagierte. Andererseits gefiel mir die Idee, hier im Schloss auf Entdeckungsreise zu gehen. Die wenigen Räume, die ich bisher gesehen hatte, waren mit kostbaren Antiquitäten vollgestopft – soweit ich das unter all den gestapelten Kisten beurteilen konnte.

»Also gut, du übernimmst den Boden und ich komme morgen vorbei und wir sehen uns nach Sitzgelegenheiten für Besucher, einer Kommode und einem Schrank um, damit dein Dad alles Wichtige in Reichweite hat.«

Die nächste Viertelstunde brachte ich damit zu, den beiden meine Arbeit zu erklären. Ich wollte gerade gehen, als Mr Mackay den Kopf in den Nacken legte und an die Wolken-Decke sah.

»Mein Gott, Sie haben wirklich an alles gedacht, Kindchen.« Versonnen lächelnd ließ er sich von Gavin unter dem funkelnden Kronleuchter im Kreis drehen. »Es ist perfekt. Einfach perfekt.« Urplötzlich verfinsterte sich sein Blick. »Nur Aignéis erzählen wir besser nichts davon.« Stirnrunzelnd sah ich Gavin an, der ebenso verwirrt schien wie ich.

Gut, sie war eine alte Meckerliese, aber deshalb musste man sie noch lange nicht anlügen. Wieder beschlich mich das Gefühl, dass da irgendetwas zwischen Duncan Mackay und Aignéis war. Und irgendwie glaubte ich langsam nicht mehr daran, dass es etwas Gutes war.

»Ich bringe dich noch rüber. Lassen wir Silly ein bisschen am Strand laufen.« Gavin schlug seinen Kommandoton nicht oft an. Aber das hier war er. Die schönste Herausforderung, ihm zu widersprechen.

Was ich auch liebend gern täte – würde die Aussicht auf einen Strandspaziergang mich nicht dermaßen begeistern. »Du könntest fragen, weißt du?«, wandte ich nur der Ordnung halber ein. Nicht, dass er noch dachte, er könnte mich jetzt immer herumkommandieren.

Gavin reagierte wie gewohnt mit einem Augenrollen und griff zwei Jacken von einem Kistenstapel im Flur. »Die kannst du überziehen. Ist auch nicht schlechter als die Neon-Zelte deiner Schwester.«

Widerspruchslos schlüpfte ich in die Barbour-Jacke, deren Ärmel mir fast bis zu den Kniekehlen reichten. Gavin war wirklich groß. Was mir aber noch viel mehr gefiel, war der Duft, der im weichen Futter der Wachsjacke hing. Wieder dieser Hauch seines erdig würzigen Aftershaves. Und Gavin. Frisch, herb und klar. Ganz so wie er.

»Bist du fertig?« Seine Stimme klang rau.

Ich zuckte zusammen. Das musste echt aufhören. Sonst schaffte ich mir am Ende noch ein Tagebuch an, in das ich Herzchen kritzelte. Die Vorzeichen waren jedenfalls da. Herzrasen, debiles Dauergrinsen und Tagträume.

Ich kniff die Augen leicht zusammen. »Klar bin ich fertig.« Mit der Leine in der Hand ging ich auf die Suche nach Silly. Wie so oft in den letzten Tagen hatte er es sich auf Duncans Füßen bequem gemacht.

»Sollen wir Sie rüber in den Salon schieben, Mr Mackay?«, bot ich an, während ich Silly anleinte.

Es war armselig, doch mir war tatsächlich alles recht, was mir einen Aufschub brachte, um mich zu sammeln, ehe ich mit Gavin loszog.

Duncan Mackays Blick traf mich so klar und analytisch, dass ich erneut rot anlief. Er wusste genau, was hier ablief. Und es unterhielt ihn anscheinend besser als jede Sitcom, denn seine Mundwinkel hoben sich und über seine Lippen schwappte ein leises Glucksen.

»Das ist ein sehr großzügiges Angebot, Kindchen. Aber nachdem Sie mich von dem Ballast auf meinen Füßen befreit haben, sollte es mir möglich sein, allein in den Salon zu rollen. Also gehen Sie, gehen Sie schon und trödeln sie nicht zu lang herum, damit sie fertig werden. Die Leute, die den Tartan holen, warten nicht gern.« Glucksend drehte er das rechte Rad des Rollstuhls, um sich abzuwenden und erneut die Wand mit dem Sechzehnender zu bestaunen.

Ich atmete einmal tief durch. Und noch einmal. Dann lief ich, den mürrischen Silly hinter mir herziehend, durch die Halle zur Tür, die bereits angelehnt war.

Gavin stand draußen und sah in den Nachthimmel.

»Du hast ihn mit deiner Arbeit sehr glücklich gemacht, Catlyn Dunn«, sagte er unvermittelt, bevor er mich unterhakte und mit sich die Stufen hinab zog.

»Dir schien es nicht recht zu sein. Du warst so ... verstimmt, als du ins Zimmer gekommen bist.«

Wir legten einige Schritte schweigend zurück. »Das hatte nichts mit dir zu tun.«

»Womit dann?«

»Mir ist klargeworden, wie viel du ihm geschenkt hast und wie glücklich ihn das macht.«

Wir überquerten die Straße und ich rechnete nicht damit, dass Gavin mehr sagen würde.

Bis er tief Luft holte. »Es gab eine Zeit, da war er ein wohlhabender Mann. Keine Ahnung, wie es jetzt um seine Finanzen bestellt ist, vermutlich schlecht, sonst hätte er das Schloss, an dem er sehr hängt, nicht so verkommen lassen. Aber das ist nicht der Punkt. Was ich dir sagen will: Er hätte um die ganze Welt reisen können, zu den schönsten Stränden, in die imposantesten Städte. All das hat er nicht getan. Das Ende der Welt liegt für meinen Dad in Edinburgh. Er weiß, dass es mehr gibt, aber das wollte er nie sehen. Die Inseln und die Highlands – das ist seine Welt. Und die hast du ihm mit deinem Talent geschenkt.« Wir erreichten den Strand und noch immer hielt er meinen Arm.

Ich schluckte gegen den Kloß in meinem Hals an, was nicht wirklich gelang. Rau und gleichzeitig unerklärlich quietschig hob ich an: »Das hast du ...«

Weiter kam ich nicht, denn Gavin baute sich vor mir auf und legte mir einen Finger auf die Lippen.

»Falls du gerade mal wieder den Wunsch verspürst, etwas Geistreiches zu sagen oder den Moment ins Lächerliche zu ziehen – lass es! Mir ist wichtig, dass du weißt, wie sehr du sein Leben mit diesem Geschenk bereicherst. Dafür bin ich dir wirklich dankbar. Und das solltest du annehmen, ohne rot zu werden oder dich hinter einer flapsigen Antwort zu verstecken.«

»Wow«, entfuhr es mir.

Gavin lachte rau.

Dabei stand er mir so nah, dass ich mich nur auf die Zehenspitzen hätte heben müssen, um ihn zu küssen. Schnell senkte ich den Blick und räusperte mich.

»Erklärst du mir noch, warum du so verstimmt warst? Denn falls das deine Erklärung war, kann ich nur sagen, dass ich jetzt noch ratloser bin.«

Anscheinend traf meine Frage einen Nerv. Gavin trat einen Schritt zurück und sah raus auf die sich kräuselnde See, die wie ein Sternenspiegel glänzte.

»Wir ... mein Dad und ich, wir ... wir waren uns nie sehr nah. Versteh mich nicht falsch, Duncan hat meinen Bruder und mich immer geliebt, daran gab es nie einen Zweifel. Aber er war nie ein emotionaler Mensch und schon recht alt, als wir geboren wurden. Ihm reichte es, zu wissen, dass es uns an nichts fehlt und wir gesund sind. Für die gefühligen Momente war unsere Mutter zuständig. Na ja, eigentlich hat sie als eine Art Übersetzerin fungiert und versucht, uns Dads Launen und sein undurchdringliches Minenspiel näherzubringen. Ihm hat sie umgekehrt klargemacht, dass wir Freiräume brauchen und die Zucht-und-Ordnung-Erziehungsmethoden aus seiner Jugend längst überholt sind. Darüber habe ich mir nie groß Gedanken gemacht. Wenn du so aufwächst, hältst du es für Normalität. Irgendwann bin ich dann ausgezogen und habe all die Jahre dieses Bild von ihm mit mir herumgetragen, ohne es je zu korrigieren. Und jetzt komme ich zurück und stelle fest, dass ich ihn aus tiefstem Herzen mag – aber im Grunde habe ich keine Ahnung, wer er ist. Zu sehen, wie du auf ihn zugehst, wie er sich dir öffnet, ist nicht leicht für mich. Abgesehen von meinem Uni-Abschluss habe ich nie etwas getan, das ihm so eine Begeisterung entlockt hätte, wie deine Überraschung.« Er schluckte.

Ich wagte nicht, den Mund aufzumachen, denn diesmal ahnte ich, dass er noch nicht fertig war.

»Ich weiß nicht, wie wir das schaffen sollen, Cat. Uns bleibt so wenig Zeit und ich habe keine Ahnung, wie unser Verhältnis am Ende aussehen wird. Alles, was ich sagen kann, ist, dass ich ihn kennen möchte. Dass etwas von ihm bleibt, weil ich es im Herzen trage.« Gavin schüttelte den Kopf und sah zum Horizont, der jetzt, in der sternenverklärten Düsternis, greifbar nahe schien. »Manchmal scheint es, als würden wir uns annähern. Dann bekommt er einen Hustenanfall und ich traue mich nicht, ihm den Rücken zu klopfen oder ein Glas Wasser zu bringen, aus Angst, dass ich Grenzen überschreite, ihm zu nahe trete oder ihn beschäme, indem ich ihm seine Krankheit, seine Unzulänglichkeit vor Augen führe.«

Nachdem all das, was in Gavin brodelte, endlich heraus war, atmete er tief durch.

Ich hob den Blick. »Ich kann dir nicht sagen, wie das geht.«

Gavin schnaubte frustriert. Ich hob die Hände, legte sie um seine Wangen und zwang ihn, mich im Schein des immer noch fast vollen Mondes anzusehen. »Hey, du machst dir zu viele Gedanken. Tu es doch einfach. Lass ihn sehen, wer du bist. Wie du dich um ihn sorgst und an ihm hängst. Wie ich deinen Dad kennengelernt habe, wird er dir sagen, wenn du zu weit gehst. Denn du hast Recht: Euch bleibt nicht viel Zeit. Du kannst jetzt handeln oder dich für den Rest deines Lebens fragen, wie es wohl gelaufen wäre, wenn du nicht gezögert hättest.« Ohne es zu wollen, fuhr ich mit den Fingern über die rauen Stoppeln auf seinen Wangen.

Es war verrückt. Ich sollte diesen Moment der Offenheit nicht ausnutzen. Doch ich konnte einfach nicht anders, hob mich auf die Zehenspitzen und kam ihm entgegen.

Als hätte Gavin nur darauf gewartet, beugte er sich die letzten Zentimeter herab. Warm und fest legten sich seine Lippen auf meine. Im gleichen Moment galoppierte mein Herz davon.

Gavin schlang die Arme um meine Taille, sein Atem streichelte meine vor Kälte starre Haut, während unsere Hände auf Wanderschaft gingen. Eine Hand in meinem Nacken, die andere unter der viel zu großen Jacke, wurden seine Küsse forscher, leidenschaftlicher.

Seufzend fuhr ich mit der Zunge die Kontur seiner Lippen nach und ließ eine Hand unter seinen Pulli gleiten. Warm, hart, zart – da war so viel. Hügel, Täler, ein Land aus Haut und Samt. Ich strich seinen Rücken hinauf, wieder herunter, schlang den anderen Arm um seinen Nacken und zog mich an ihm hoch, bis Gavin erzitterte.

»Ist dir kalt?«

Er lachte. Leise und rau. »Ein wenig. Außerdem fürchte ich, dass ich mehr will, wenn du so weiter machst.«

Ich hörte die ungestellte Frage: Wollte ich das? Ja! Mehr als alles andere. Aber es würde ein Morgen geben. Was, wenn es mir danach leidtat? Oder schlimmer: Wenn Gavin es bereute und mir nicht mehr in die Augen sehen konnte. Auf dieser Insel, noch dazu in zwei Häusern, die nur durch die Straße voneinander getrennt waren, konnten wir uns nicht aus dem Weg gehen.

»Können wir das ein andermal entscheiden?« Ich machte mich los. »Ich ... es ist nicht, als wollte ich dich nicht. Denn das will ich. Aber ich ... also«, herrje, ich stotterte mich um Kopf und Kragen. Wenn ich so weitermachte, würde Gavin einen Idiotentest verlangen, ehe er mit mir schlief. Wozu es, wenn ich selbstkritisch an die Sache heranging, nie kommen würde, weil mein Testergebnis bestimmt weit im oberen Bereich rangierte.

Zum Glück konnte er hier nicht sehen, wie rot ich wurde, während ich Silly auf den Arm hob. Noch so etwas, was total albern war. Wie früher, als Neila und ich bei Aignéis auf dem Klappsofa geschlafen und ein Kissen als Grenzlinie in der Mitte deponiert hatten.

Zärtlich strich Gavin mir eine Haarsträhne aus dem Gesicht. Die leichte Berührung reichte, um das Bauchflattern erneut aufleben zu lassen. Ich sah zu ihm auf.

»Falls es dich tröstet, ich bin froh, dass du die Notbremse ziehst.«

Was? Tat es ihm etwa leid? »Ich ... oh!« Mehr brachte ich nicht heraus.

Wieder lachte Gavin sein leises, raues, unwiderstehliches Lachen. »Hey, es ist alles okay. Ich will nur nichts überstürzen und vielleicht sollten wir uns Gedanken machen, ob so eine Sache auf Zeit für uns beide das Richtige ist.« Sein Daumen strich über meine Lippe, was mich seufzen ließ. »Ich will nur, dass du weißt, dass ich nicht eine Sekunde gezögert hätte, dich in Aignéis‘ Haus zu schleifen, hättest du zugestimmt. Und jetzt komm, deine Nachtschicht fängt an.«

Er brachte mich zum Schuppen, in dem es natürlich eisig war. Während ich mich auf die Weberbank setzte, feuerte Gavin den Ofen an.

»Soll ich dir helfen?«

»Knoten machen? Das schaffe ich gerade noch selbst. Es dauert halt einfach. Aber das ist schon okay. Schließlich bin ich hier, um Aignéis zu unterstützen.« Ich fühlte mich ganz kribbelig. Der nahende Abschied lag bleischwer zwischen uns. Nur wusste ich nicht, wie er ausfallen würde.

Noch ein atemloser Kuss, an dessen Ende wir uns wollüstig auf dem Boden wälzten? Ein unverbindlicher Händedruck oder würden wir ...

Gavin unterbrach meine Gedanken, indem er mir einen ziemlich züchtigen Kuss auf die Wange gab, seine Stirn kurz an meine lehnte und tief einatmete.

Bildete ich mir das nur ein, oder war ich nicht die Einzige, die den Duft des anderen brauchte?

Ich kam nicht dazu, ihn zu fragen, denn er ging. Aber nicht, ohne sich im Türrahmen noch einmal nach mir umzusehen.

Könnte ich sein Lächeln doch nur deuten.

9. KAPITEL

Cat

»Bekomme ich keine Quittung?«

Die beiden Männer, die gekommen waren, um den Tartan abzuholen, sahen mich an wie ein frisch geschlüpftes Alien. »Lady, wir holen immer die Tartans.«

»Also kennen Sie meine Tante.«

Sie sahen sich an, als hätte ich eine Fangfrage gestellt. Stirnrunzelnd verschränkte der ältere der beiden die Hände ineinander und ließ die Knöchel knacken. »Wer kennt Aignéis Dunn nicht?«

Ich nickte zufrieden. »Und jetzt malen wir uns aus, was passiert, wenn der Tartan bei dieser Qualitätssache verloren geht und ich nicht beweisen kann, dass Sie ihn mitgenommen haben.«

»Ach«, die Miene des Jüngeren hellte sich auf. »Das geht in Ordnung. Wir verlieren nichts.«

Sie schafften es tatsächlich, dass ich mir kleinkariert vorkam, weiter auf der Quittung zu bestehen, aber nach fünf Minuten hatte ich sie so weit, dass sie zumindest auf einem Papierfetzen den Empfang bestätigten.

Weil Gavin mir eine Notiz unter der Tür durchgeschoben hatte, dass ich nach meiner Nachtschicht nicht vor eins erscheinen müsste, nahm ich mir Zeit und sah die Kartons im Weberschuppen durch.

An diesem Morgen hätte ich auch willig Müll sortiert oder Linsen aus der Asche gepickt. Alles war mir recht, solange ich nicht über den gestrigen Abend nachdenken musste. Bisher war ich mäßig erfolgreich, aber das änderte sich, als ich Aignéis‘ Schätze fand.

Tweed war nie mein Ding gewesen. Erstens war er teuer. Und dann mochte ich diese altbackenen, braunen Sakkos mit den Flicken an den Ärmeln nicht sonderlich. Vor allem, weil der Chef meines Vaters sie gern trug. Er war ein widerliches Ekel mit einem Standesdünkel, wie man ihn im Mittelalter gelebt hatte. Dummerweise gehörten ihm die Felder rings um den Wald, den mein Vater als Förster hegte. Dann natürlich der Wald selbst. Und das kleine Forsthaus, in dem meine Eltern lebten. Ich gönnte es ihm. Was mir jedoch nicht gefiel, war die Tatsache, dass besagter Chef auch unsere Familie gern wie seinen Besitz behandelte. Als wäre die Leibeigenschaft kein Konzept aus grauen Vortagen, sondern noch sehr präsent. Dummerweise war dieser Mensch der einzige in meinem Kosmos, der auf braunen Tweed stand, was meinen Respekt vor Aignéis‘ Kundschaft leicht ... nun ja, es war mir peinlich, doch alle meine Vorurteilssensoren funkten wie wild.

Als ich aber nun die Kisten mit ihren Stoffmustern durchsah, war ich entzückt. Aignéis konnte nicht nur braun und beige. Sie webte wunderbare Muster in leuchtenden Farben. Viel komplexer als alles, was ich bisher in den Schaufenstern von Tarbert und Stornoway gesehen hatte. Es war die pure Perfektion. So etwas wollte ich können – und tragen.

Beschwingt ließ ich mich hinter dem Webstuhl nieder. Niemand sagte, dass ich etwas Braunes weben musste. Die Fäden, die ich angeknüpft hatte, waren grau. Dazu entschied ich mich für ein leuchtendes Blau, das so war wie die Sommerhimmel meiner Kindheit auf der Insel.

Damals hatten wir unsere Tage in der kleinen Bucht verbracht. Waren bei Ebbe auf die gestrandeten Boote geklettert und hatten uns so weit wie möglich von Aignéis entfernt gehalten. Ich lächelte, als ich mich erinnerte, wie sie hinter uns her gerannt war. Meist waren wir nur entkommen, weil wir in alle Richtungen gerannt waren und Aignéis sich nicht hatte entscheiden können, wen sie sich zuerst schnappen und durchschütteln sollte. Tja, in absehbarer Zeit würde sie keine Sprints unternehmen. Ich war sicher. Kaum hatte sich der Gedanke in meinem Kopf geformt, spürte ich das schlechte Gewissen.

Aignéis war, wie sie war. Daraus konnte man ihr keinen Vorwurf machen. Schließlich hatte sie nie darum gebeten, dass man die Tür zu ihrem Rückzugsort aufriss, drei Plagegeister hineinstopfte und sie erst nach vier Wochen wieder herausließ.

»Ich wüsste ja selbst nicht, wie ich damit klarkommen würde, wenn ich von jetzt auf gleich ein Eremitendasein gegen das einer alleinerziehenden Mutter tauschen müsste.« Ups, das war mir rausgerutscht. Wenn ich zu Hause in Selbstgespräche verfiel, lachten Fanny und Neila sich schlapp. Nun wünschte ich es mir fast, denn sie fehlten mir. Ich würde gern Neilas Meinung zu der Sache mit Gavin hören. Fanny würde mir raten, ins kalte Wasser zu springen. Meine Schwester war da zögerlicher. Sie witzelte zwar gern, dass man nie genug Sex haben konnte, tatsächlich war sie zurückhaltender.

Während ich mir das Hirn zermarterte, hatte ich eins der Weberschiffchen entdeckt und sah mir an, wie Aignéis den Faden eingelegt hatte. Als ich sicher war, dass ich das hinbekommen würde, nahm ich den alten Faden heraus, legte das leuchtende Blau ein und steckte das Schiffchen in seine Vorrichtung zurück.

Einfach geradeaus weben, keine großen Muster, das würde ich hinkriegen. Langsam trat ich das linke Pedal durch, das den Balken mit den Querfäden anhob, das Schiffchen flitzte unten durch, bevor ich Druck auf das rechte Pedal ausübte.

Es ging leichter als gedacht. Bei dem antiquierten Monstrum, das die Hälfte des Weberschuppens einnahm, hatte ich damit gerechnet, dass es so anstrengend sein würde, wie im höchsten Gang mit dem Fahrrad bergauf zu radeln.

Nichts da. Links, rechts, das Schiffchen flitzte wie verrückt. Schon war der erste Zentimeter geschafft. Ich hob die Füße von den Pedalen und sah ihn mir an. Der graue Längsfaden nahm dem Blau ein wenig Leuchtkraft. Ansonsten war es einfach ein fades Stück Stoff ohne Muster und Finessen.

Claire hatte etwas von Lochkarten gesagt, aber ich fand keine und selbst wenn, hätte ich nicht gewusst, wo ich sie einlegen musste. Also strampelte ich weiter und das Stoffstück wuchs. Nur sah es nicht halb so gleichmäßig aus wie der Tartan, den ich während meiner Nachtschicht vom Webstuhl genommen hatte.

Lag es an der Hektik, dem ungleichmäßigen Tritt? Ich verstand nicht, was ich falsch machte. Andererseits verstand ich auch nichts von der Weberei. Was hatte ich erwartet?

Trotzdem probierte ich es weiter und achtete auf den Takt, in dem ich trat. Und tatsächlich, der Stoff sah gleichmäßiger aus, war aber immer noch deutlich von Aignéis Ergebnis zu unterscheiden. Immerhin begriff ich nun, warum die Qualitätskontrollen so streng waren. Niemand zahlte für einen Maßschneider, damit er eine Jacke bekam, die an der einen Stelle schlampig, an der anderen zu fest gewebt war.

»Hat dich Aignéis dazu verdonnert?«

Gavin. Ich kippte beinahe von dem schmalen Bänkchen, weil ich ihn nicht hereinkommen gehört hatte.

Dummerweise war ich von null auf hundert so nervös, dass meine Wangen heiß glühten und mir die Finger zitterten. Debil grinste ich ihn an. »Was wird das? Spionierst du mir schon wieder hinterher?«

»Fast. Eigentlich bin ich hier, weil ich mich in Ruhe bedanken wollte. Wir können das nicht annehmen, Cat. Ich dachte, dass du ein paar Wände streichst, aber das ist so viel mehr ... ich würde mich gern erkenntlich zeigen.«

»Erstens habe ich das für deinen Vater getan. Und zweitens hat es mir viel Freude gemacht. Außerdem hast du ja schon eingewilligt, in den nächsten Wochen meinen Chauffeur zu spielen. Ich schätze, damit sind wir quitt.« Als ich aufstand, hatte ich alle Mühe, Gavin nicht anzustarren. Heute trug er einen dunklen Wollpulli, der seine muskulösen Schultern fast zu eng umspannte. Wie er im Türrahmen stand, wirkte es, als wollte er ihn sprengen. Gut, das war ein bisschen albern. Aber tatsächlich kam mir der Schuppen kleiner vor.

Dummerweise machte er keine Anstalten, zur Seite zu gehen. Dabei war ich nur noch zwei Schritte von ihm entfernt. Ich schluckte, weil durch die Tür nicht nur kalte Luft hereinwehte, sondern auch Gavins warmer, anziehender Duft.

»Was ist?«, fragte ich eine Spur zu ruppig. »Wollen wir uns auf die Möbelsuche machen? Wenn nicht, habe ich jede Menge zu tun.«

Die linke Braue, die immer nach oben wanderte, wenn Gavin spöttisch wurde, bewegte sich. »Na, da bin ich gespannt. Was zum Beispiel? Willst du mich küssen?«

»Ob ich ...?« Mir blieb die Spucke weg. Ob ich ihn küssen wollte? Das klang ja, als wäre der Wunsch total einseitig. Also, mal angenommen, ich hätte denn diesen Wunsch und ... »Gavin Mackay, du bist so ein Esel.«

Er grinste so breit, dass sich das hinreißende Grübchen in seiner Wange zeigte. Dank des gepflegten Fünf-Tagebarts wirkte es sogar ein wenig verwegen. »Hast du mich gerade einen Esel genannt?« Er lachte laut auf. »Wo hast du denn dieses antiquierte Schimpfwort her? Aus Grimms Märchen?« Wieder lachte er herrlich dunkel. »Das ist süß, richtig süß!«

Ohne Vorwarnung schloss Gavin mich in seine Arme und küsste mich. »Darauf habe ich mich den ganzen Morgen gefreut«, sagte er, wobei er mich weiter festhielt.

Ich antwortete mit einem knappen »Hm«.

Was ihn erneut auflachen ließ. »Ist das deine Art, mir zu sagen, dass du es ebenfalls kaum erwarten konntest, mich zu sehen?«

»Ja, das ist es. Ich war nur unsicher ...« Statt weiterzureden, biss ich mir auf die Lippe.

»Was? Ob es mir leidtut?« Plötzlich klang Gavin aufgebracht.

Weil ich daraufhin mal wieder den Blick senkte, hob er mein Kinn an.

»Hey, wenn es mir leidtäte, hätte ich es dir gesagt. Leider ist das Gegenteil der Fall.«

Etwas in mir gefror. »Leider?« Also bereute er es doch.

»Hey, sei nicht so misstrauisch. Es geht nicht um dich. Das Problem ist, dass wir nur ein paar gemeinsame Wochen auf der Insel haben. Uns darauf einzulassen wäre ...« Gavin fuhr sich durchs Haar. »Dein Leben spielt in London. Meins in die entgegengesetzte Richtung.« Ratlos sah er mich an. »Herrgott, Cat, was auch immer wir gerade tun, es macht alles kompliziert. Angesichts der Tatsache, dass wir beide schon genug Probleme haben, wirst du mir wohl zugestehen, dass ich nicht weiß, was ich davon halten soll.«

Er hatte Recht. Simon, mein Job – das alles fraß mich auf. Und was wusste ich schon von Gavin? Nichts. Ich konnte ja noch nicht einmal sagen, wo er lebte, wenn er nicht gerade hier war. Dafür war eine Sache sicher: Ich genoss die Zeit mit Gavin. Das konnte nicht falsch sein. Und wenn man nichts Falsches tat, fügte sich am Ende alles. So war es immer gewesen. Mit dieser entscheidenden Gewissheit war ich aufgewachsen.

Ich sah ihn an. »Okay.«

Und da war es wieder, dieses hinreißende Lächeln, das sein Gesicht strahlen ließ. »Mehr hast du nicht zu sagen? Einfach okay?«

Diesmal verdrehte ich die Augen. »Du hast das doch sehr gut zusammengefasst. Wir sind jetzt hier. Beide auf Zeit. Beide hin- und hergerissen. Der Rest wird sich zeigen.« Ich reckte mich hoch und gab Gavin einen Kuss, bevor ich die Hand gegen seine Brust stemmte, um ihn wegzuschieben.

Unter der flauschigen Wolle fühlte ich die definierten Erhebungen seiner Brustmuskeln. Seine Wärme ließ meine Hand kribbeln. Tatsächlich ertappte ich mich dabei, ihn streicheln zu wollen, aber ich tat es nicht.

»War der Techniker schon da?«, lenkte ich unser Gespräch zurück in seichtere Gewässer, während wir den Weberschuppen verließen.

»Ja, Duncans Bett steht. So ein modernes Hightech-Teil, das auch gut in die Krankenstation auf dem Raumschiff Enterprise passen würde.«

Gemeinsam liefen wir über die Straße zum Schloss, als das Handy in meiner Hosentasche die Titelmelodie aus Fluch der Karibik spielte. Augenblicklich blieb Gavin stehen. Dabei hätte ich den Anruf zu gern ignoriert. So blieb mir nichts anderes übrig. Ich fischte das Smartphone aus meiner Latzhose und hoffte inständig, dass es nicht Simon war.

Doch statt seines Namens blinkte *Big Boss* auf. Schlagartig wurden meine Handflächen feucht und ich räusperte mich wie verrückt.

»Du solltest rangehen, bevor er wieder auflegt«, riet Gavin mir.

Natürlich, er hatte auf mein Display geschaut. »Und du solltest nicht immer so neugierig sein.« Noch einen Räusperer gestatte ich mir, ehe ich das Gespräch annahm. »Catlyn Dunn. Hallo Mr King, schön, dass Sie sich meld...«

Wäre mein Leben ein Comic, hätte die Wucht seines Anschisses mir die Haare aus dem Gesicht geblasen. »Was bilden Sie sich eigentlich ein, diesen Schmierenkomödianten hier vorbeizuschicken? Denken Sie, ich lasse mich von so etwas einschüchtern? Kommt in mein Büro, gibt sich als Anwalt aus und ist frech wie Dreck. Aber bitte, klagen Sie ruhig. Wir werden darauf vorbereitet sein. Nur hätte ich wirklich gedacht, dass Sie klüger sind, *Miss Dunn.*« Er sprach meinen Namen so verächtlich aus, dass es mir fast körperlich wehtat. »Nun, Sie haben wohl nichts dazu zu sagen. Wollen wirklich diesen ... diesen ...« Ich hörte, wie er in irgendetwas blätterte. »Ah, da: Simon Ellerbrock, den wollen Sie vorschicken? Meinetwegen. Aber mit dem Argument, dass die Endkontrolle bei uns liegt, kommt er nicht durch. Sie, Miss Dunn, hatten zwei kleine Korrekturen zu machen, die haben wir nachträglich abgenommen. Niemand konnte ahnen, dass Sie ... völlig eskalieren und lachende Penisse auf einen Kinderbucheinband zeichnen. Und das auch noch so geschickt einarbeiten, dass es nicht offensichtlich ist, wir ins offene Messer laufen, das Buch ausliefern und zum Gespött von London, ach, was sage ich, der ganzen, verdammten, landesweiten Verlagsbranche werden.« Lawrence King holte tief, tief Luft.

Auch wenn ich bisher nie Ziel seiner verbalen Attacken geworden war, hatte ich einige Male miterlebt, wie er seinen Assistenten zusammengefaltet hatte. Dabei war Lawrence King jedes Mal so rot angelaufen, dass wir beinahe einen Krankenwagen gerufen hätten. Ich schätzte, dass er auch jetzt so aussah, als liefe seine Durchblutung auf Hochtouren.

»Hören Sie«, nutzte ich die Pause und schämte mich für meinen mickrigen Ton. »Ich habe Simon Ellerbrock mit nichts beauftragt. Er ... er muss die Initiative von sich aus ergriffen haben.«

»Ah, und warum sollte *Ihr* Mr Ellerbrock das tun? Das ergibt keinen Sinn. Welchen Vorteil könnte er davon haben, dass ich Sie wieder beschäftige? Dass er Anwalt ist, habe ich ihm jedenfalls nicht eine Minute abgekauft.« Lawrence King schnappte schon wieder nach Luft. »Ich hatte wirklich gehofft, nach all den unschönen Schlagzeilen könnte Gras über die Sache wachsen. Nur deshalb haben wir darauf verzichtet, Schadenersatz geltend zu machen. Aber Sie lassen uns keine andere Wahl, Miss Dunn.« Von seiner wütenden Tirade erschöpft, atmete er aus. »Guten Tag.« Es klickte und die Leitung war tot.

Ich stand da, als hätte mir jemand Nägel in die Füße geschlagen. Mir war bitterkalt, ich wollte wegrennen, konnte mich aber nicht rühren.

Erst als Gavin mir mit ernstem Blick das Handy aus der Hand nahm, wurde mir klar, dass er wahrscheinlich jedes Wort von Kings Gebrüll verstanden hatte.

Ich sah erst gar nicht zu ihm auf, weil ich nicht wissen wollte, was er davon hielt. Am liebsten hätte ich mich verkrochen. Aber Gavin kannte keine Gnade, legte einen Arm um meine Schultern und zog mich mit sich über die Straße zum Schloss.

Wie an Fäden gezogen stapfte ich die Stufen hinauf, ließ mich auf einen Stuhl in der Küche dirigieren und starrte vor mich hin. Entweder war Simon völlig durchgedreht und wollte mich endgültig zum Gespött der Branche machen. Oder er hatte den Blick für die Realität ganz verloren und tatsächlich geglaubt, mir zu helfen, indem er sich als Anwalt ausgab und Mr King drohte. Ich wusste nicht, welche Variante mir lieber war.

»Hier, trink das!« Gavin griff nach meiner Hand und drückte einen Whisky-Tumbler hinein. »Keine Sorge, das ist ein milder Tropfen. Nicht das Gesöff, das sie hier auf der Insel destillieren.«

»Es gibt eine Whisky-Destillerie auf Lewis?«

»Auf Harris. Na ja, eigentlich soll der Whisky dort ganz passabel sein, aber ich bevorzuge den hier. Runter damit. Und dann erzählst du mir, was passiert ist.«

Das Zeug fraß sich wie ätzende Lauge in meine Kehle. Trotzdem leerte ich das Glas, das zwei daumenbreit gefüllt gewesen war, mit einem Schluck, um gleich darauf einen Hustenanfall zu kriegen.

Mit besorgtem Blick rannte Gavin zum Kühlschrank und kam mit einer Flasche Wasser zurück. »Trink das. Kann ja niemand ahnen, dass du nichts verträgst.«

»Ich ... vertrage so ... so einiges«, krächzte ich wütend. »Nur habe ich nicht damit gerechnet, dass du mir Terpentin zu trinken gibst.«

Seine linke Braue wanderte gen Haaransatz. »Schön, du bist wieder voll da. Dann erzähl mal.«

»Ich muss dir gar nichts erzählen.«

»Stimmt. Aber du bist kreidebleich geworden und hast ausgesehen, als würdest du in Tränen ausbrechen. Außerdem bist du talentiert, arbeitslos und das nicht gern, wenn ich mir ansehe, wie du in den letzten Tagen geschuftet hast.« Sein Blick wurde so weich, wie ich es an ihm noch nicht gesehen hatte. »Du solltest das nicht in dich hineinfressen, sondern mit jemandem reden. Und wie ich es sehe, ist gerade niemand anderer hier.«

Es widerstrebte mir, die peinliche Sache auszubreiten. Andererseits hatte er Recht. Wenn ich jetzt ging, würde ich mich auf mein Schlafsofa verkrümeln und ebenso in Schwermut versinken, wie ich es in London getan hatte.

»Du versprichst mir, dass du mich nicht auslachst und mir keine Vorhaltungen machst, weil ich dumm und naiv war?«

Gavin rang sich ein Lächeln ab. »Könnte schwierig werden, aber wenn es dir wichtig ist ...« Er verstummte und tat, als müsste er hart mit sich ringen. »Also gut, du hast mein Wort. Es sei denn, du hast nackt auf dem Trafalgar Square getanzt oder Prinz Harry glühende Fan-Mails geschrieben und ihn angefleht, Meghan sitzen zu lassen und mit dir durchzubrennen.«

Ausnahmsweise taten mir seine blöden Scherze gut, weil sie mich von Kings Anruf ablenkten. Ich nickte. »Ich war ein paar Jahre mit jemandem zusammen, den ich von der Uni kannte. Simon ist als Comic-Zeichner ein Ass. Er hat sogar schon für ein paar digitale Comic-Produktionen in den Staaten gezeichnet. Das Problem ist seine Arbeitseinstellung. Er hat die Jobs nie lange und das nagt an ihm. Umso mehr, als ich Erfolg hatte und bei King einen festen Job hatte. Die meisten Illustratoren, musst du wissen, arbeiten als Freelancer. Tja, ich wollte nicht sehen, wie missgünstig er deswegen war. Er war eben Simon, der Mann, der nicht für einen Job mit Regeln und strengen Arbeitszeiten gemacht ist. Anfangs hat es mir ja auch gefallen, dass er alles leichtgenommen und sich über nichts den Kopf zerbrochen hat. Irgendwann wurde das anstrengend, aber ...«

»Aber ihr wart schon lange zusammen, du hattest dich daran gewöhnt und warst zu bequem, um etwas zu ändern«, half Gavin mir auf die Sprünge, als ich ins Stocken geriet.

Irgendetwas sagte mir, dass ihm dieser Zustand, in dem der Trott die Liebe ersetzt, nicht fremd war. Doch das war jetzt nicht das Thema. »Jedenfalls hat er immer häufiger über meine Arbeit gelästert. Er fand sie zu konventionell, meinte, ich sollte mehr wagen. Dann bekam ich den Auftrag für das Cover eines Jugendbuchs. Mr King hat große Hoffnungen in den Titel gesetzt und meinte, das könnte der nächste *Harry Potter* werden. Er hat ein irres Budget für das Marketing lockergemacht, Werbetafeln gebucht, Aufsteller für Buchhandlungen in Auftrag gegeben, jede Menge Merchandising-Kram von Tassen über Notizbücher bis hin zu Vampir-Capes waren geplant. Meine Grundidee für das Cover hat ihn sofort begeistert. Werwölfe im Nebel, Flaschen mit Zaubertränken, fies grinsende Gnome. Das alles war zu einem riesigen Bild verwoben mit vielen Schnörkeln am Rand und markanter Schrift, unter der eine Abbildung des Helden war. Ein leicht verpeilt guckender, draufgängerischer Vampirjunge, sechs Jahre, langes schwarzes Haar. An dem haben sich die Geister geschieden. Simon hat mich ständig bequatscht, er müsste blutrünstiger aussehen. Mir gefiel es sogar, ihn mit blitzenden Eckzähnen darzustellen. Die Marketing-Leute sind vor Begeisterung ausgerastet. Volle Zustimmung in der Zielgruppe der Sechs- bis Zwölfjährigen. Nur haben neunjährige Jungs wenig Geld. Also hat man die Eltern gefragt, die das Cover liebten – den Vampirjungen aber zu blutrünstig fanden. Ich habe es entschärft wie gewünscht, da war es den Kindern zu langweilig. Also haben wir weiter gefeilt. Es war dreimal abgenommen, bis doch wieder Änderungswünsche kamen. Die letzten Korrekturen sollte ich einen Tag vor Druckbeginn der Printausgabe machen: Mehr Eckzähne, weniger Blut. Ich habe das erledigt. Dann kam der Pizza-Bote und wir wollten uns in der WG einen Film ansehen. Es hätte mich stutzig machen sollen, dass Simon gar nicht mehr genörgelt hat. Jedenfalls muss er sich irgendwann an diesem Abend in mein Zimmer verzogen und an meinem Grafik-Tablet herumgepfuscht haben. Die Schnörkel und Girlanden an den Rändern hat er in Penisse verwandelt. Mit lachenden Gesichtern. Auf den ersten Blick fiel das nicht auf. Aber als das Buch in die Läden kam, waren die Buchhändler entsetzt. Dazu Tassen und Blöcke mit Penissen am Rand. Es war ein Drama. Die ganze Ausgabe wurde eingestampft, die Presse hat sich das Maul über *Lawrence King Publishing* zerrissen.« Ich wischte die Tränen, die meinem krampfhaften Blinzeln entkommen war, ärgerlich beiseite. »Jedenfalls stand mein Name im Impressum. Jeder konnte lesen, von wem das Cover stammte. Und King hatte natürlich nichts Eiligeres zu tun, als überall zu erzählen, wie subversiv ich seinen Verlag in die Sch... den Mist geritten hätte. Mir hat er mitgeteilt, dass sich unsere Wege trennen. Und dann hat er die Vorgängerversion des Covers in Druck gegeben. Natürlich war das Buch nach der Blamage in aller Munde. Die Leute haben es wie blöd gekauft in der Hoffnung, doch noch eins der Penis-Exemplare zu ergattern, weil die wenigen vor dem Rückruf verkauften Bücher inzwischen auf eBay zu Höchstpreisen gehandelt wurden.«

»Und was hat dein Freund unternommen?«

»Mein Ex-Freund!«, korrigierte ich spitz. »Gar nichts. Er fand es amüsant, Lawrence King ausgetrickst zu haben.«

»Aber du hättest das aufklären können«, beharrte Gavin.

Als wäre er der Erste, der mir das riet. »Es war meine Arbeit. Meine Verantwortung. Ich hätte mir alles noch mal ganz genau anschauen müssen, ehe ich die Druckdatei weggeschickt habe. Außerdem hätte ich es nicht beweisen können. Und dann wollte ich nicht wie die dumme Trulla dastehen, die sich von ihrem Ex-Freund hat verarschen lassen.« Dummerweise fühlte ich mich gerade jetzt genau so. Dumm und naiv und auf bedrückende Art allein. Am liebsten wäre ich vor Scham im Boden versunken. »Es ist ja nicht so, dass ich Simon für seriös gehalten habe. Er ist ein Draufgänger. Nur dachte ich, dass es selbst für ihn Grenzen gibt.«

Gavin, der ein wirklich guter Zuhörer war und mich nicht einmal unterbrochen hatte, schwieg einen Moment. »Wenn du mir jetzt noch sagst, warum er keine Ruhe gibt und was er mit diesem Auftritt bei deinem *Big Boss* bezweckt.«

Hielt er mich für eine Gedankenleserin? »Das weiß ich ehrlich gesagt nicht. Vielleicht wollte er es in Ordnung bringen, indem er King droht, damit der mich wieder einstellt.«

»Das würde noch nicht mal in einem Märchen funktionieren. Zumindest in keinem, das von Leuten handelt, die ungern erpresst werden.«

Ich schüttelte den Kopf und stand auf. Wie sollte ich ihm erklären, dass Simon das alles nur tat, um sich meine Aufmerksamkeit zu sichern? Das ging nicht. Es sei denn, ich wollte Gavin von den demütigenden Anekdoten erzählen, mit denen mein Ex mich in den letzten Wochen gepiesackt und von Freunden und Bekannten isoliert hatte. Dazu war ich definitiv nicht bereit.

»Können wir bitte das Thema wechseln? Es macht mich fertig, über diese Sache zu reden. Lawrence King ist niemand, mit dem man sich anlegen sollte, wenn man in der Branche noch mal Fuß fassen will«.

»Du lässt das einfach so auf sich beruhen?« Gavin wirkte fassungslos.

Ich überlegte, was Gavin an meiner Stelle in so einer Situation unternehmen würde, bis mir aufging, dass ich ihn zu wenig kannte, um das abzuschätzen.

»Ich muss in Ruhe darüber nachdenken. Dazu bin ich gerade zu wütend. Also lass uns bitte nach den Möbeln schauen. Wir brauchen eine Kommode, in der all die Pflegeutensilien für deinen Vater Platz haben, und einen Kleiderschrank. Dann wären ein Sofa, zwei Sessel und ein Tisch schön. Platz für Besucher schadet nicht. Außerdem ein Nachtschränkchen ... und Lampen, die warmes Licht machen.«

»Wart ihr so eingerichtet, als ihr deine Großmutter gepflegt habt?«, wollte Gavin wissen und deutete nach rechts in einen Gang. »Da hinten liegt der kleine Salon. Ich wette, die Kommoden dort werden dir gefallen.«

Das taten sie. Ich hatte keine Ahnung, aus welcher Zeit sie stammten, aber das Holz glänzte in dem gleichen, warmen Braunton, den auch die hüfthohe Vertäfelung im Speisezimmer hatte. Außerdem waren kunstvolle Intarsien eingelegt. Dank der Leinentücher, mit denen all die teuren Stück abgedeckt waren, hatten sie noch nicht mal Staub angesetzt.

Ich schaute unter zwei weitere Laken. »Perfekt. Die beiden Stehlampen sollten wir auch mitnehmen.«

Wir arbeiteten uns durch alle Zimmer. Es war, als beträte ich eine andere Welt. Im Souterrain war alles einfach gehalten. Hier unten hatte das Personal gewirtschaftet und gewohnt, als im Schloss noch Landlords und Ladys ein- und ausgegangen waren. Dann gab es die pompösen, repräsentativen Zimmer und weiter einfacher eingerichtete Räume, die zwar den Ansprüchen der Herrschaft genügten, aber nicht fein genug für Besucher waren.

»Es ist Wahnsinn, dass die Schränke und Schubladen alle randvoll sind. Ich könnte tagelang hier stöbern.«

»Tu dir keinen Zwang an. Wenn Aignéis dich nervt, kannst du jederzeit im Schloss auf Entdecker-Tour gehen. Du kannst hier auch übernachten.«

Vorsichtig nahm ich einen Stapel alter Fotografien aus der Schublade eines Sekretärs. Die obere Aufnahme zeigte eine junge Familie. Sie saßen steif vor der Kamera, der Blick des Kindes war seltsam entrückt und zugleich starr auf die Kamera geheftet. Es dauerte einen Moment, bis ich begriff, was ich in Händen hielt. »Das ist ein *Memento Mori*«, hauchte ich mit zittriger Hand.

»Ein was?«

»Siehst du das Kind? Es ist tot.«

»Klar, die Aufnahme muss an die 150 Jahre alt sein.«

Gavin verstand es nicht.

»Nein, ich meine, das Kind war schon tot, als die Aufnahme gemacht wurde.« Ich hatte das an der Uni gelernt. Früher waren Fotografien teuer gewesen, gemalte Porträts für die meisten Menschen sogar unerschwinglich. Ich erklärte es ihm. »Wenn ein Kind gestorben ist, hat man es hergerichtet und einen Fotografen kommen lassen. Meist war es die einzige Fotografie, die eine Familie von dem Kind besaß.«

Vorsichtig nahm Gavin mir das Bild aus der Hand und trat damit ans Fenster. »Das ist gruselig.«

»Ja und nein. Es ist Liebe. Diese Eltern wollten ihr Kind nicht vergessen.«

Vorsichtig legten wir das Bild zurück, schlossen den Sekretär und breiteten das Laken wieder darüber. Die Lust aufs Stöbern war mir vergangen.

»Lass uns zusehen, dass wir die restlichen Möbel zusammenkriegen«, schlug ich vor.

Gavin nahm meine Hand und führte mich weiter. In fast jedem Raum fielen wir leidenschaftlich übereinander her. Atemlose Küsse. Streichelnde Hände. Bis sich einer losriss und weiterlief.

Ich konnte mich nicht erinnern, für Simon je die Gier empfunden zu haben, mit der ich Gavin spüren wollte. Jede Berührung, jeden Satz, jedes Lächeln saugte ich in mich auf. Von Raum zu Raum wurde es schwieriger, mich aus seinen Armen zu lösen.

»Okay, hier sollten wir aufhören. Sonst falle ich gleich tatsächlich über dich her und das wäre ziemlich seltsam, während mein Vater da unten sitzt.«

Wieder mal hatte Gavin Recht. Aber das hieß nicht, dass ich es gut finden musste. Bedauernd wandte ich mich ab und durchsuchte mit ihm den nächsten Raum. Tatsächlich hievten wir alle nötigen Möbel allein die Treppen hinab. Nur beim Kleiderschrank, einem massiven, zweiflügeligen Monstrum aus der viktorianischen Ära, musste ich passen.

»Kein Problem, ich rufe ein paar Freunde an. Wie wäre es, wenn ich mich erkenntlich zeige, indem ich heute Abend deinen Uber-Fahrer spiele und dich in einen hübschen Pub in Stornoway einlade?«

»Es gibt hier in der Nähe wirklich keinen, richtig?«

»Ich dachte, das wäre dir klar. Du bist doch neulich selbst ins *The Anchorage* gefahren, um etwas zu trinken.«

»Na ja, ein paar Fischer haben mir den Weg gewiesen. Als ich losgefahren bin, wusste ich nicht, wie weit das ist. Und später dachte ich dann, dass sie sich einen Spaß mit mir erlaubt haben.«

Gavins Augenbraue hob sich auf Maximalniveau. »Wieso sollten sie dich verarschen?«

»Weil ... herrje, was weiß ich? Ist aber auch egal. Mir ist gerade nicht nach Gesellschaft. Schon gar nicht, wenn ich dafür eine Stunde im Auto sitzen muss.« Als Gavins Lächeln verblasste, fühlte ich mich augenblicklich mies. Da bot dieser attraktive Mann an, mich auszuführen, und ich wies ihn ab. »Hör mal, ich muss das, was King gerade erzählt hat, erst mal sacken lassen und mir in Ruhe Gedanken machen. Wenn du morgen Abend etwas unternehmen willst, bin ich dabei.«

Er brachte mich zur Tür. Von Duncan war nichts zu sehen. Gavin fing meinen Blick auf. »Er liegt im Salon, bis das Zimmer fertig ist. Heute geht es ihm nicht so gut. Deshalb meinte er, wir sollten das mit den Möbeln ohne ihn entscheiden.«

»Dann sag ihm gute Besserung von mir.«

Wieder traf mich dieser intensive Blick, dem ich mich einfach nicht entziehen konnte. Oder wollte ich es nicht? Jedenfalls flutete Wärme meine Magengegend und meine Knie wurden weich.

»Er wird sich freuen, wenn ich es ausrichte. Er mag dich.«

Der anschließende Moment, in dem wir stumm dastanden und uns ansahen, dauerte einen Hauch zu lange, als dass er meine Fantasie nicht beflügelt hätte. Aber ihn hier an der Tür zu küssen, kam nicht in Frage, weil Duncan uns hören könnte.

So widmete ich mich am Nachmittag mit großer Hingabe der Frage, was Gavin Mackay in mir sah. Falls er etwas in mir sah.

Als mir klar wurde, wie sehr ich mich da hineinsteigerte, war es bereits zu spät. Sein markant geschnittenes Gesicht mit den klugen Augen und vollen Lippen füllte vier Seiten in meinem Skizzenbuch. Und wenn ich nicht aufpasste, würde ich noch sehr viel mehr vollkritzeln.

So war ich schon als Kind gewesen. Ging mir das Papier aus, bemalte ich Servietten und machte vor Tischtüchern nicht halt. Andere Leute kauten an den Nägeln, wenn sie nervös waren oder nicht weiterwussten. Ich griff zum Stift und malte auf alles, was mir zwischen die Finger kam. Und ich war mir nicht sicher, ob ich mir Gavins Frotzeleien anhören wollte, wenn er das sah.

10. KAPITEL

Gavin

»Wieso kannst du Andrew sagen, dass du noch in England bleibst, und mir nicht?« Kellys anklagender Ton traf mich unvorbereitet, weil ich eigentlich mit Ians Rückruf gerechnet hatte, während ich über ellenlangen Excel-Tabellen mit den Zahlen des Ressorts brütete.

»Schön, deine Stimme zu hören. Guten Tag, Kelly«, begrüßte ich sie betont freundlich.

»Lass die Ironie. Du weißt, wie ich das hasse.«

Gab es etwas, das wir aneinander nicht hassten? Irgendetwas? Allem voran die Tatsache, dass Kelly noch immer nicht ausgezogen war, obwohl wir das schon vor Wochen entschieden hatten.

Die Augen geschlossen, lehnte ich mich zurück. »Das war keine Ironie. Ich hatte einfach die Idee, dass wir mal wieder ein normales Gespräch führen könnten. Eins, bei dem man nicht gleich aufeinander losgeht und sich zumindest auf die elementarsten Höflichkeitsfloskeln besinnt.«

Für einen herrlichen Moment schlug mir verblüffte Stille entgegen. Dann fing Kelly sich. »Sag mal, versuchst du gerade, mich zu erziehen? Ist es das? Oh mein Gott, das ist es. Du hängst wie ein selbstgefälliger Burgherr in deinem Schloss herum und denkst, du seist besser als wir.«

Ich zählte bis zehn und weil es mich kein bisschen beruhigte, fing ich gleich wieder von vorne an. Dabei war dieser Vorwurf nicht schlimmer als all der Kram, den sie mir seit Monaten an den Kopf warf. Ich wollte doch einfach nur, dass es aufhörte und wir uns wie zwei erwachsene Menschen trennten.

»Kelly, warum rufst du an?«

»Brauche ich jetzt schon einen Grund, um mit dir zu sprechen?« Sie klang müde.

Oder bildete ich mir das ein, weil es das war, was ich bei diesem Gespräch fühlte?

Gerade noch war ich wie im Rausch gewesen. Ich wollte alles von Cat. Ihren Körper entdecken, ihre Küsse genießen. Und ich hörte ihr lieber zu als jedem anderen Menschen in meinem Umfeld – selbst wenn sie mich mal wieder aufzog. Ich zwang mich, Cat aus meinen Gedanken zu verbannen und auf das Gespräch mit Kelly zu konzentrieren.

»Hatten wir das nicht alles schon?« Ich bemühte mich um einen ruhigen Ton, dabei klang ich wie ein verdammter Therapeut, der damit rechnete, dass der Patient auf seiner Couch im nächsten Moment ein Messer zog und jeden in seiner Nähe massakrierte. »Kelly, wir waren uns doch beide einig, dass du ausziehst. Was sollte es bringen, wenn ich jetzt zurückkomme und dir beim Kistenpacken zusehe?« Um ehrlich zu sein, war ich froh, diesen letzten Akt nicht miterleben zu müssen, weil ich mich beim besten Willen nicht an den ersten erinnern konnte.

Dabei musste es gute Zeiten gegeben haben. Bevor all die Vorwürfe angefangen hatten. Damals auf den Bahamas, als Kelly noch für die Gästebetreuung zuständig war in dem Hotel, das ich gemanagt hatte.

Sonne, Strand, ein angenehmes Arbeitsklima. Es war leicht gewesen mit genug Geld und ausreichend Zeit für das Privatleben. Natürlich hatte ich kein waghalsiges Projekt am

Hals gehabt, das mich ständig forderte. Nur liebte ich dummerweise besagtes Projekt und seine Herausforderungen.

Dabei war die größte Aufgabe jetzt geschafft: Die Lodge war fertig. Ich hatte wieder freie Zeit – um festzustellen, dass ich sie nicht mehr mit Kelly verbringen wollte. Mich nervte ihre Ziellosigkeit, die Fixierung auf ihren Instagram-Account, in den sie ständig und immerzu Selfies vor jedem erdenklichen Hintergrund postete.

Wir konnten das noch hundertmal diskutieren, ohne dass sich etwas ändern würde. Oder nein, etwas hatte sich verändert, denn ich wusste beim besten Willen nicht mehr, warum wir überhaupt zusammen gewesen waren.

»Kelly, bist du noch dran?«

»Ja, ich ... ich habe überlegt, ob wir darüber nicht reden sollten. Ich meine, es lief doch ganz okay zwischen uns. Du hast dich vielleicht ein bisschen in die Sache mit der Lodge reingesteigert. Aber jetzt ist die Anlage fertig, die Gäste sind begeistert. Andrew meinte, ihr seid ausgebucht. Wir könnten wegfahren, uns wieder näherkommen.« Ihre Stimme war vor Anspannung spröde und seltsam unmelodisch.

Aber im Grunde war es egal. Nichts von dem, was sie sagte, erreichte mich.

»Ich geb's ja zu«, fuhr sie fort, weil ich nicht redete. »Die letzten Monate waren ... schwierig?« Kelly ließ es wie eine Frage klingen.

Dabei war es tatsächlich eine nette Umschreibung dafür, dass sie über mich hergefallen war, kaum dass ich das Haus betreten hatte. Sie langweilte sich. Sie bekam zu wenig Aufmerksamkeit. Wir lebten zu einsam. Ihre Follower wünschten sich wieder Bilder mit mehr Meer.

Aus ihrer Sicht ergab all das Sinn. Nur hatte ich begriffen, dass mir das Leben so gefiel. Ich hatte viele Hotels geleitet, in Metropolen gelebt. Eine Weile war es spannend gewesen, neue Städte zu erkunden, bis ich nach längstens zwei Jahren gekündigt hatte und weitergezogen war. Großstädte, Strandhotels, Clubanlagen. Ich hatte nichts ausgelassen. Aber in Kanada hatte sich etwas verändert. Wenn ich nun wählen sollte zwischen New York und der Abgeschiedenheit unserer Lodge oder meinetwegen auch dem Schloss, würde ich mich nie wieder für das laute, schnelle Leben in einer Großstadt entscheiden. Abgesehen davon hatte ich die schlagsahnige Glücks-Kulisse von Strandhotels immer rasch sattgehabt.

Kelly hingegen brauchte Menschen um sich, Dinge, die sie ablenkten, auf die sie sich stürzen konnte. Nur würde sie die nicht in der Wildnis oder auf einer Insel wie Harris finden. Und selbst wenn, würde sie es ohne mich tun müssen.

»Seit wir von den Bahamas weg sind, war alles schwierig. Und das ist okay. Anfangs war es ein schleichender Prozess. Eine Spitze hier, ein sarkastischer Kommentar dort. Dabei ist es letztlich ganz einfach: Du willst etwas anderes vom Leben als ich. Also ist es besser, wenn unsere Wege sich trennen.« Ich fühlte mich wie eins von diesen Arschlöchern, die ihre Beziehung per SMS beendeten. Ein Gespräch wie dieses sollte man nicht am Telefon führen. Andererseits hatten wir es ja bereits Auge in Auge durchgekaut und waren uns einig gewesen. Und dann war da der Umstand, dass ich hier nicht wegkonnte.

»Das kannst du nicht wissen«, rief Kelly schrill.

»Wenn auf sechs gute Monate, die wir wohlgemerkt auf den Bahamas hatten, eineinhalb Jahre folgen, in denen es Woche für Woche zäher und hässlicher wird, lässt sich die Bilanz kaum als gut oder unvorhersehbar lesen.« Ich rang mit mir. Sie würde nicht lockerlassen, wenn ich ihr einen Ausweg ließ, also sagte ich es. »Es ist vorbei, Kelly. So, wie wir es vor Wochen schon festgestellt haben. Dass wir uns ein paar Tage nicht gestritten haben, liegt einfach daran, dass ich nicht da war. Daraus eine Zukunft für unsere Beziehung zu konstruieren, wäre ...« Ja was? Lächerlich? Wie dieses ganze Gespräch.

Das Schluchzen, auf das ich schon länger wartete, setzte ein. »Aber wo soll ich denn hin? Was soll ich jetzt tun?«

Das war ihr Problem? Ich war die bequemste Lösung.

Gott, damit würde ich mich nicht zufriedengeben. Niemand sollte sich damit zufriedengeben, mit jemandem zu leben, der ihn zwar nicht liebte, noch nicht mal seine Ansichten oder Vorlieben teilte, sondern bei dem er aus dem einfachen Grund blieb, dass er keine bessere Alternative hatte. »Geh zurück auf die Bahamas. George stellt dich sicher wieder ein.« Sofern der Mann, der meinen Job als Hotel-Manager übernommen hatte, gerade auf der Suche nach einer Gästebetreuerin war. »Wenn du willst, höre ich mich auch um, ob irgendwo anders etwas frei ist.«

»Das würdest du tun? Nur um mich loszuwerden, würdest du Klinken putzen?« Mittlerweile konnte ihre Stimme Glas zerspringen lassen.

»Ich würde es machen, um dir einen Gefallen zu tun.« Ich holte tief Luft und zwang mich, weiterzureden, obwohl ich wusste, dass sie ausflippen würde. »Im Prinzip ist es nicht mehr mein Problem. Dass du ausziehst, ist beschlossene Sache.«

Kelly schnappte nach Luft. »Oh nein, so nicht. Wann bist du zurück?«

Also hatte Andrew es ihr nicht gesagt, dass mein Aufenthalt sich über Monate ziehen konnte. Das wunderte mich nicht. Hätte Andrew umgekehrt eine zur Theatralik neigende Freundin, wäre ich genauso unlustig, mich mit ihr auseinanderzusetzen.

»Ich brauche hier mindestens acht Wochen, mit ein wenig Glück dauert es länger.«

»Glück? Das nennst du Glück? Weil du hoffst, dass ich weg bin, wenn du wiederkommst? Aber so leicht mache ich es dir nicht.« Ein lautes Fauchen klang aus dem Handy, ehe die Leitung unterbrochen war.

Kurz war ich in Versuchung, zurückzurufen. Aber wenn ich ihr erklärte, dass die letzte Bemerkung nichts mit ihr zu tun hatte, sondern mit meinem Vater, dass es das pure Glück wäre, wenn er noch zwölf Wochen durchhielt – was dann? Sie würde sofort wieder Hoffnung schöpfen. Außerdem hätte ich ihr den ganzen verfahrenen Schlamassel mit meinem Dad erzählen müssen. Dagegen sträubte sich alles in mir.

Stattdessen versuchte ich, mich auf die Tabellen zu konzentrieren. Doch mein Blick schweifte immer wieder zum Fenster.

Da drüben in Aignéis nicht sehr einladendem Cottage saß Cat. Wusste der Henker, wie sie die Zeit totschlug. Im Weberschuppen brannte jedenfalls kein Licht. Also arbeitete sie nicht an ihrer Mappe oder weiteren kläglichen Webversuchen.

Genervt schloss ich die Datei mit den Tabellen und wollte gerade nach meinem Dad sehen, als ein Wagen vorfuhr. Der schicke Land Rover gehörte unverkennbar Ian.

Er hatte den Türklopfer schon in der Hand, als ich unten ankam und ihm öffnete.

»Was ist das? Dein siebter Sinn? Oder wolltest du gerade gehen?«, fragte er grinsend.

»Weder noch, ich habe deinen Wagen gesehen. Komm rein.« Ich trat beiseite und zog die Tür weiter auf. Prompt fegte eine eisige Bö ins Haus.

»Also hängst du jetzt wie ein alter Mann mit einem Kissen in der Fensterbank und lauerst jedem auf, der draußen vorbeigeht?«

»Klingt nach einem seltsamen Hobby, gibt es das wirklich? Zumal ich vermutlich in Rente bin, ehe sich jemand hierher verirrt.«

»Auch wieder wahr.« Er hielt mir eine Tüte hin. »Das sind die neuen Schmerzmedikamente. Habe ich nur vorsorglich mitgebracht. Im Moment braucht er die nicht. Sein Körper hat genug mit dem Zeug zu tun, das er seit ein paar Tagen nimmt.

Aber wenn es so weit ist ...« Ian drückte die Tüte gegen meine Brust. »Du wirst noch froh sein, sie im Haus zu haben, also nimm sie.«

Ich stopfte die Tüte in den erstbesten Schrank, damit mein Vater sie nicht sah, und führte Ian in die Küche.

»Wow, du hast die Kisten ausgeräumt?«

»Nicht ganz. Sie stehen jetzt alle im Salon. Duncan ist in den Speisesaal umgezogen. So kann man sich hier wenigstens wieder bewegen und kochen. Setz dich. Ich hole dir ein Bier.«

»Und danach sagst du mir, was dir so schlechte Laune verursacht?«

»Das kann ich dir auch jetzt schon sagen: Meine Ex-Freundin hat die Idee, sich doch nicht trennen zu wollen.«

»Womit du nicht einverstanden bist?«

»Siehst du mich jubeln?«, gab ich gereizt zurück.

Ian hob die Hände. »Ist ja schon gut. Reden wir übers Wetter – oder die süße Cat ...« Er wackelte vielsagend mit den Brauen, was bei Frauen sicher gut ankam, an mich jedoch verschwendet war. Mehr noch, die anzügliche Geste ärgerte mich.

»Lass sie in Ruhe. Sie hat in letzter Zeit einiges mitgemacht.« Ich stellte das Bier auf den Tisch und sah ihn herausfordernd an.

Aber natürlich ließ Ian es damit nicht gut sein. »Sie hat dir also von dem Debakel mit diesem Buch erzählt?«

Verblüfft setzte ich mich an den Tisch. »Und woher weißt du davon?«

»Hab‘ mich an eine Meldung von vor ein paar Monaten erinnert. Da war ihr Bild dabei. Allerdings hatte sie die Locken da streng zurückgenommen und trug eine weiße Bluse. So Business-mäßig halt. Deshalb habe ich nicht gleich geschaltet.« Ian grinste breit. »War ein ziemlicher Aufruhr. Ein paar Leute haben sie sogar gefeiert, weil sie einem alteingesessenen Verlag dieses Ei ins Nest gelegt hat.«

An mir war das Drama vorübergegangen. Aber was interessierte die kanadischen Nachrichtenmacher auch ein Londoner Kinderbuchverlag? Da musste eine Sache schon höhere Wellen schlagen, damit sie auf einen anderen Kontinent schwappte.

Ians Hand wedelte vor meinen Augen und holte mich in die Gegenwart zurück. »Erde an Gavin! Hast du etwas Essbares im Haus? Ich habe keine Lust, bei dem Fettfinger in Tarbert zu halten, der seine Fritteuse nur alle paar Wochen reinigt.«

Erleichtert, dass Ian das Thema Cat offenbar abgehakt hatte, ging ich zum gut gefüllten Kühlschrank. Käse, Schinken, ein paar Gemüsesorten, alles da. »Wenn du den Teig knetest, spendiere ich ein Blech Pizza.«

»Ich habe Chirurgenhände. Die sind empfindlich.«

Ich verzog spöttisch den Mund. »Empfindlicher als dein Magen auf den Fettfinger reagiert?«

Ian seufzte übertrieben. »Also gut, was muss ich tun?«

»Knete einfach alles, was ich auf die Tischplatte häufe, zu einem glatten Teig.«

Während ich die Zutaten für den Belag kleinschnitt, gab Ian Anekdoten aus der Klinik zum Besten.

»Gibt es irgendeine Krankenschwester, mit der du nicht geschlafen hast?«

»Ich beschränke mich auf die Hübschen. Die habe ich in der Tat alle glücklich gemacht. Andererseits sind wir eine sehr kleine Klinik. Deshalb ist es halb so wild.«

»Nach allem, was du gerade erzählt hast, ist es immerhin wild genug, um einen Harem auf den Fersen zu haben. Aber wenigstens kannst du sie zusammenflicken, wenn sie sich gegenseitig die Augen auskratzen.«

»Falls es so weit kommt, gehe ich aufs Festland.«

»Wo die Frauen auch spitze Nägel haben und verdammt schnell rennen können.«

»Was wird das? Spielst du jetzt den Ältestenrat, der über mich zu Gericht sitzt?« Er wirkte tatsächlich ein wenig pikiert, weil ich seinem Casanovatum keinen Respekt zollte.

»Tut mir leid, Kumpel. Ich habe ein anstrengendes Gespräch hinter mir. Mit einer Frau, die kein Problem hat, zuzugeben, dass sie zwar keinen Grund sieht, bei mir zu bleiben, aber zu bequem ist, um zu gehen. Frag mich in einem Jahr noch mal. Dann sehe ich das sicher lockerer.«

»In einem Jahr bist du zurück in deiner Holzfäller-Bude und hofierst asphaltmüde Städter, damit sie dir eine gute Bewertung auf Google schreiben. Sag mir, ob diese Buckelei so viel besser ist als mein Leben.« Ian sah mich herausfordernd an, ehe er weitersprach. »Du bist nicht der Typ für diesen Adventure-Scheiß. Warst du nie.«

Ich verschränkte die Arme vor der Brust. »Und du wirst mir jetzt sicher sagen, was für ein Typ ich stattdessen bin.« Ich war wirklich gespannt, zu hören, wie er über mich dachte.

Und natürlich tat er mir den Gefallen. »Erinnerst du dich, als ich dich in dem Luxus-Schuppen in New York besucht habe?«

»Da ich den letzten Demenztest bestanden habe: Klar erinnere ich mich.«

»Okay, du hast dich zu Tode gelangweilt bis so ein Kongress – ich glaube, es waren Zahnärzte – über das Hotel hereinbrach. Danach bist du völlig abgegangen, hast Leute eingeteilt, mit angepackt und währenddessen praktisch den ganzen Tag am Telefon gehangen und mit irgendwelchen Caterern und Technikern verhandelt. Das ist dein Ding. Und jetzt sag mir nicht, dass du das in Kanada findest.«

Tat ich nicht. Da hatte er Recht. Outdoor-Touristen waren wesentlich pflegeleichter als Kongress-Besucher. Sie langten beim Frühstück zu, ließen sich Lunchpakete zusammenstellen und stromerten durch die Natur, bis sie abends todmüde ins Bett fielen.

Die eigentliche Herausforderung war die Renovierung der Lodge gewesen. Ein altersschwacher, abbruchreifer Schuppen. Andrew und ich hatten uns voll ausgetobt. Kein Stein war auf dem anderen geblieben.

Wo es vormals fünfzig Zimmer gegeben hatte, gab es nun zwanzig Suiten. Luxuriöse Badewannen mit Panoramablick über den *Cape Breton Highlands* Nationalpark. Wäsche aus ägyptischer Baumwolle, die Fliesen hatten wir von marokkanischen Manufakturen bezogen und das Holz für Böden und Wandvertäfelungen stammte von Eichen direkt aus dem Park.

Jetzt gab es dort für mich nichts mehr zu tun, außer Buchungen entgegenzunehmen und Dienstpläne zu schreiben, während Andrew die Buchhaltung am Laufen hielt. Das Hotel war zum Selbstläufer mutiert, noch bevor wir alle Zimmer fertiggestellt hatten. Dafür hatte Kelly mit ihrem Instagram-Account gesorgt. Für ihre Selfies hatte sie vor jedem einzelnen Bauabschnitt posiert, wofür wir sie gut honoriert hatten.

Es stimmte schon. Seit der Eröffnung vor einigen Wochen langweilte ich mich zu Tode. Tagsüber war in der Lodge weniger los als auf dem alten Friedhof von *Huisinish*.

Das Dumme war, dass ich nicht beides haben konnte – Ruhe und Stress schlossen sich gegenseitig aus. Und das war nicht der einzige Haken.

»Ian, ich kann mir nicht mehr vorstellen, in einer Metropole zu leben. Außerdem haben wir Kredite laufen, die wir die nächsten zehn Jahre abzahlen.«

Ian zuckte die Achseln, als wäre ein Millionenkredit nichts Beunruhigendes. »Du könntest stiller Teilhaber bleiben. Wenn du dir kein Gehalt mehr zahlst, geht die Tilgung umso schneller. Und falls es Probleme gibt, fliegst du einfach hin.«

»Steuern wir auf den Punkt zu, an dem du mir sagst, was ich nach deiner Meinung stattdessen mit meinem Leben anfangen soll?« Ich verbarg meine Gereiztheit nicht, denn Ian wusste, wie ich es hasste, um den heißen Brei zu reden.

Statt zu antworten, breitete er die Arme aus wie der gekreuzigte Jesus, was so gar nicht zu seinem unternehmungslustigen Blick passte.

»Was? Du willst zum Märtyrer werden und suchst jemanden, der mit dir springt?«

Unzufrieden schnalzte er mit der Zunge. »Stell dich nicht blöder, als du bist.«

Ich verdrehte die Augen. »Rede!«

»Großer Gott, hast du nie überlegt, was mit dem Schloss werden soll, wenn dein Vater stirbt?«

»Es fällt vermutlich ganz in sich zusammen. Falls es dir nicht aufgefallen ist: Das Haus ist eine schimmelige, zugige Bude, vor der man von Rechts wegen Warntafeln aufstellen sollte, weil Passanten jederzeit von herabstürzenden Ziegeln, Zinnen oder Stuck erschlagen werden könnten.«

»Du hast die Lodge aufgemöbelt.«

»Lass mich überlegen«, ich tippte mir mit dem Zeigefinger an die Stirn und tat, als müsste ich angestrengt nachdenken. »Ich hab's! Du meinst die, die nicht unter Denkmalschutz stand? Bei der wir einfach Wände versetzen und uns an der Fassade austoben durften?«

»Du liebst Herausforderungen.«

Das stimmte. »Aber ich mag keine Aufgaben, bei denen ich wie ein Idiot hinter Brandinspektoren und Denkmalschützern her renne, die mir aufbrummen, ein Plumpsklo im Garten zu bauen, weil das stilecht ist.«

»Du könntest Herzchen in die Türen schnitzen.« Ian schüttete sich aus vor Lachen und stand auf. »Gib mir fünf Minuten. Ich bin gleich wieder da.«

Genervt deckte ich den Teig ab und stellte ihn neben den warmen Ofen. Als ich aufsah, bemerkte ich Ian, der über die Straße lief, um anschließend in Aignéis Haus zu verschwinden.

Hatte ich mir vorhin ernsthaft eingebildet, dass er Cat von

seiner Liste potenzieller Eroberungen strich, weil ich ihn darum bat? Ja, hatte ich. Verärgert, dass er sie nicht einfach in Ruhe ließ, warf ich den Lappen, auf den Tisch und schrubbte das Mehl weg. Dann sah ich erneut nach meinem Dad, der gerade wieder munter wurde.

Ian hatte mir erklärt, dass sein übergroßes Schlafbedürfnis eine Nebenwirkung der neuen Medikamente war, sich aber legen würde, sobald der Körper sich daran gewöhnt hatte.

»Ian ist da. Hast du Lust, mit uns zu essen?«

»Was gibt es denn?«

»Pizza. Es müsste sogar für zwei Bleche reichen.«

Duncans Miene hellte sich auf. »Gib mir zwanzig Minuten. Dann bin ich da.«

»Soll ich dir beim Aufstehen helfen? Oder mit den Schuhen?«, platzte es aus mir heraus.

Duncan sah mich ebenso verblüfft an wie ich ihn. Ja, unser Verhältnis war in den letzten Tagen durchlässiger geworden. Instinktiv klopfte ich ihm auf den Rücken oder stützte ihn, ohne mich zu fragen, ob ich damit Grenzen überschritt. Trotzdem war da ein letzter Rest Distanz vor körperlicher Zuwendung geblieben, der sich nun anscheinend auch verflüchtigte.

Mein Vater, der noch immer tapfer versuchte, den Schein zu wahren, winkte unwirsch ab. »Blödsinn. Das schaffe ich. Sieh du lieber zu, dass deine Pizza nicht anbrennt.«

»Dad, die ist noch gar nicht im Ofen.«

»Umso besser, dann kann ich mir Zeit lassen. Und jetzt geh, mach dich nützlich, damit sie fertig wird. Oder soll ich verhungern?«

Unwillkürlich ließ ich den Blick über sein eingefallenes Gesicht wandern und musste schlucken. Als Kind war er mir so stark und vital erschienen.

Duncan war vielleicht kein Vater, der seine Kinder auf den Knien geschaukelt hatte. Dafür hatte es nie einen Zweifel gegeben, dass er uns vor allem Ärger bewahren würde.

Die Erkenntnis, dass es an der Zeit war, das zurückzugeben, traf mich mit unerwarteter Wucht.

Ich war kein Zuschauer, der mit ihm wartete, bis es zu Ende ging. Irgendwie hatte ich mich, ohne es zu merken, selbst eingewechselt und stillschweigend die Aufgabe des Beschützers übernommen. Ich nuschelte ein knappes »bis gleich« und verließ das Speisezimmer – oder sollte ich es ab jetzt sein Schlafzimmer nennen – just in dem Moment, in dem die Haustür aufflog.

Herein kam ein lachender Ian. »Jede Wette, dass du nie bessere Pizza gegessen hast. Schließlich habe ich den Teig geknetet«, proklamierte er in Bühnenlautstärke.

Cat, die offensichtlich nicht wusste, was sie davon halten sollte, kam mit Silly an der Leine ins Haus und schloss die Tür.

»Es duftet aber gar nicht nach Pizza«, war das Erste, was sie mit unverhohlenem Misstrauen von sich gab. Dann sah sie mich. Ihr Blick wurde weicher.

Mein Herz raste. »Hi!«

»Hi! Wieso hast du nicht vorhin schon gesagt, dass ich zum Abendessen eingeladen bin? Ich wollte gerade los, um etwas einzukaufen.«

»Weil ...« Ich bremste mich. Wollte ich ihr wirklich sagen, dass ich nicht vorgehabt hatte, für sie zu kochen? Das käme einem Rauswurf gleich. »Hab's vergessen. Aber wie du bemerkt hast, ist die Pizza noch nicht im Ofen. Also wasch dir die Hände, du kannst dich nützlich machen.«

Zu dritt belegten wir zwei Bleche mit verschiedenen Zusammenstellungen. Zuletzt zupfte Cat die Mozzarella-Kugeln klein und breitete die Streifen über die Böden.

»Soll ich mal nach deinem Dad sehen?«, bot sie an, nachdem die Bleche im Backofen waren.

»Er kommt schon«, hielt ich sie zurück. »Ihm ist es wichtig, das allein hinzukriegen.«

»Sicher?«

»Würde ich sonst mit euch in der Küche herumblödeln?« Tatsächlich hatte ich selbst kein gutes Gefühl. Er war so zittrig mit dem Rollator unterwegs, dass ich ihn am liebsten gar nicht allein gelassen hätte.

Andererseits brauchte ich ein bisschen Zeit, um über die neue Rollenverteilung zwischen uns nachzudenken.

Doch Cat und Ian hielten mich mit Fragen nach Besteck, Geschirr und Gläsern auf Trab. Mitten hinein platzte Duncan mit seinem Rollator. Er bewegte sich langsam, aber ich hatte ihn in den letzten Tagen schon wackliger erlebt.

»Hm, das duftet herrlich«, sagte er und nahm auf dem ausladenden Lehnstuhl am Kopfende des Tisches Platz.

»Haben Sie sich denn schon ein wenig in Ihrem neuen Zimmer eingelebt?«, wollte Cat wissen und zauberte damit ein Strahlen auf Duncans Gesicht.

»Sie können sich nicht vorstellen, wie ich mich an Ihrer Kunst erfreue, wenn ich im Bett liege. Ich komme kaum zum Schlafen, weil ich mich nicht sattsehen kann.«

Cat, deren Augen bei seinem Lob aufblitzten, machte eine wegwerfende Handbewegung. »Sie müssen aber zur Ruhe kommen und Kraft tanken. Wenn nicht, organisiere ich höchstpersönlich einen Eimer weißer Farbe und übermale alles.«

Mein Vater lachte begleitet von trockenem Husten.

Ian sah mich fragend an. »Worüber reden die beiden?«

Richtig, von Cats Geniestreich hatte ich ihm noch nichts erzählt. »Komm mit, um das zu begreifen, musst du es gesehen haben.«

Wie zuvor Dad und ich stand nun Ian unter dem funkelnden Kronleuchter und ließ die Wandmalereien und die luftig leichte Wolkendecke auf sich wirken. »Das ist der helle Wahnsinn. Sie hat sowas von Talent. Wieso findet sie keinen Job?«

»Die Penissache«, schlug ich trocken vor.

»Ach ja, richtig. Das wird sie so schnell nicht los.«

»Und sie hat es noch nicht mal selber gemacht. War ein blöder Streich, den ihr jemand gespielt hat«, erklärte ich knapp, weil es mir falsch vorkam, ihm zu berichten, was Cat mir im Vertrauen über ihren Ex-Freund erzählt hatte.

»Ein Jammer. Falls ich tatsächlich je eine eigene Praxis habe, lasse ich sie aus London einfliegen, damit sie mir das Wartezimmer bemalt. Da sitzen die Leute klaglos eine Stunde länger, weil sie nicht wissen, was sie sich zuerst ansehen sollen.

Bedächtig ging er auf die gemalten Samt-Vorhänge zu, studierte den Faltenwurf und die Fransen. »Und das alles in der kurzen Zeit.«

»Sag das ja nicht. Sie war nicht sehr zufrieden mit ihrer Leistung. Auch wenn ich nicht sehe, was es daran zu verbessern gäbe.«

Als wir in die Küche kamen, standen die dampfenden Bleche auf der Anrichte und Cat verteilte kleine Stücke mit den verschiedenen Toppings auf vier Teller. Dabei plauderte sie angeregt mit meinem Dad über das Leben auf der Insel.

»Und Sie hatten nie den Wunsch wegzugehen. Irgendwohin, wo Sie nicht jeder kennt?«

Mein Dad sah sie ratlos an. »Wieso hätte ich das tun sollen?«

»Um über die Stränge zu schlagen, ohne gleich zum Mittelpunkt des Dorfklatsches zu werden?«, schlug Cat vor.

Duncan winkte ab. »Ach das. Der hat mich nie gekümmert. Die alten Waschweiber zerfetzen sich sowieso das Maul. Zur Not erfinden sie halt etwas. Dafür verlasse ich doch nicht meine Insel.«

»Außer zur Jagd in den Highlands!«

Als er nun lächelte, zeigten sich so viele Lachfältchen um seine Augen, dass sie wie Sonnenstrahlen wirkten. »Sie sind ein kluges, kleines Fräulein, Miss Dunn. Man sollte nicht glauben, dass Sie die gleichen Gene wie Aignéis in sich tragen.« Duncan kratze sich am Kopf, ehe er wieder strahlte. »Zum Glück ist es eine recht entfernte Verwandtschaft. Da ist das Gift ein wenig verwässert.«

Cat sagte nichts dazu, aber sie schmunzelte, während sie die Teller verteilte und Platz nahm. »Es steht noch in den Sternen, ob sie überhaupt nach Hause kommt, bevor ich wieder weg bin. Heute Morgen am Telefon haben die Schwestern mir gesagt, dass die Physiotherapeuten sich ab sofort weigern, mit ihr zu arbeiten, weil sie ihnen mit einer Krücke Schläge angedroht hat.«

Ian, der eben noch herzlich gelacht hatte, wurde ernst. »Geht nur leider nicht. Die Schwestern meutern auch und die Krankenkasse zahlt nicht ewig für ihre Launen. Diese Woche können wir sie noch dabehalten. Wenn sie dann nicht lernt, mit den Krücken zu gehen und die Treppen zu bewältigen, verfrachten wir sie in den Krankentransport nach Hause. Da muss sie dann mit dem Leihrollstuhl im Erdgeschoss klarkommen.« Sein Zwinkern in Cats Richtung entging mir nicht. »Glück für dich. So darf sie unten auf dem ollen Klappsofa schlafen und du kriegst ihr Schlafzimmer im Obergeschoss.«

Ich wollte gerade fragen, woher er das mit dem Sofa wusste, als mir einfiel, dass er sie ja abgeholt hatte.

Schweigend griff ich nach einem neuen Stück Pizza und rief mir das Gespräch mit Kelly in Erinnerung. Die Erfahrung sollte doch für ein Leben reichen. Ich müsste verrückt sein, mich schon wieder mit einer Frau einzulassen. Außerdem hatten wir es besprochen. Was auch immer zwischen uns war – es mochte uns jetzt guttun, aber es führte nirgendwo hin. Wir waren freie Menschen und konnten tun und lassen, wonach uns der Sinn stand.

Trotzdem störte es mich, wie gut sie mit Ian zurechtkam. Zumindest lachte sie über seine Witze und wich seinen

Flirtattacken nicht aus. Dafür hatte er wirklich ein Händchen. Sogar mein Vater schien heute Abend blendender Laune und stimmte in das allgemeine Gelächter ein.

Nur ich musste mich zwingen, dem Gespräch überhaupt zu folgen. Ständig dachte ich an Kelly und das Drama, das mir nach meiner Rückkehr bevorstand. Davor graute mir so sehr, dass ich sogar erwog, ein Speditionsunternehmen zur Lodge zu schicken, das all ihren Kram zusammenpackte. Auch wenn ich wusste, dass ich es nicht übers Herz bringen würde, tat mir der Gedanke gut, sie einfach aus meinem Leben zu fegen.

»Wie wär's? Dank Cat und Gavin gibt es ein gemütliches Sofa in meinem Zimmer. Sie haben es am Nachmittag persönlich runtergeschleppt. Wollen wir eine Partie Whist spielen?« Duncan sah unternehmungslustig aus wie lange nicht.

Ian stimmte sofort zu.

Ich war ebenfalls dabei.

Nur Cat zögerte: »Tut mir leid, ich weiß nicht, wie das geht.«

Duncan tätschelte ihre Hand. »Da müssen Sie durch. Ohne einen vierten Spieler funktioniert es nicht.«

11. KAPITEL

Cat

Selbst nachdem ich kapiert hatte, was Whist und Bridge gemein hatten und was ich darüber hinaus beachten musste, kam ich nur leidlich klar. Dabei half es auch nicht, dass Gavin neben mir saß und immer dann mit seinem Knie an meins stieß, wenn er sich vorbeugte und eine Karte spielte.

Im Gegensatz zu Ian, der mich absolut kalt ließ, obwohl er munter mit mir flirtete, elektrisierte mich jede Berührung, jede Geste von Gavin. Ich konnte an nichts anderes denken als seine heißen Küsse. Herrje, ich wollte hier nicht wie ein Trottel Karten zählen und mich von Ian umgarnen lassen. Ich wollte mit Gavin allein sein, ihn beeindrucken. Er sollte mich ebenso toll finden, wie ich ihn. Umso mehr nervte es mich, dass ich auf seine zufälligen Berührungen abwechselnd mit rotglühenden Wangen und zittrigen Fingern reagierte. Es wurde mit jedem Whisky schlimmer – und der floss reichlich.

»Gibt es in Schottland eigentlich ein Gesetz, das es verbietet, Wasser zu trinken?«

Ian zwinkerte mir zu. »Es zeugt nicht von einer schnellen Auffassungsgabe, dass du seit fast einer Woche hier bist, ohne es zu merken.«

Ich sah genervt zur Decke, bevor ich ein klebrig süßes Lächeln auf meine Lippen zauberte. »Könnte daran liegen, dass ich die meiste Zeit zu angetrunken war, um überhaupt irgendetwas zu denken. Aber der Abend ist noch jung. Lass mir ein wenig Zeit und ich durchschaue euch alle.«

»Hört, hört. Wenn da nicht Aignéis Humor durchblitzt. Also, als sie jung war, meine ich natürlich.« Kaum war der Satz heraus, konzentrierte sich Duncan auf seine Karten, als hinge sein Leben davon ab.

Was sollte das schon wieder? Ständig machte er diese Anspielungen. Ich überschlug, wie alt Aignéis und er waren. Duncan war sechsundsiebzig, Aignéis vier Jahre jünger. Und da sie in dem kleinen Cottage geboren worden war, mussten sie und Duncan schon früh miteinander zu tun gehabt haben.

»Wie war sie denn als junge Frau?«, wollte ich wissen.

Duncan, der seinem Gesprächspartner beim Reden sonst immer ins Gesicht sah, hielt den Blick fest auf seine Karten geheftet, als er zögerlich hervorbrachte: »Ein ... wenig.«

Es war so offensichtlich, dass er das Thema nicht vertiefen wollte, dass ich mir die nächsten Fragen verkniff. Und davon hatte ich eine ganze Menge. Was war passiert, dass sie zum biestigen Besen mutiert war? Wieso machte er immer nur Andeutungen und zog sich dann zurück? Hatte er am Ende mit Aignéis seltsamer Wandlung zu tun? Waren sie zusammen gewesen?

Meine Omi konnte ich nicht mehr fragen. Und mein Vater hatte nie davon gesprochen, dass er Aignéis einmal anders als biestig erlebt hatte. Also wusste er wohl auch nichts über ihre Beziehung zu Duncan.

Ich konnte mir nicht helfen, aber ich zergrübelte mir das Hirn, obwohl es mich strenggenommen nichts anging. Mir fiel einer von Mums Lieblingssprüchen ein: Ihr müsst die Menschen nehmen, wie sie sind. Andere gibt es nicht. Meistens stimmte ich ihr da zu. Aber es konnte nicht falsch sein, zu verstehen, was einen Menschen auf seinem Lebensweg beeinflusst hatte.

Wer weiß, vielleicht bekam ich es ja aus Aignéis heraus, sobald sie wieder da war. Nach dem, was Ian gesagt hatte, konnte es nicht mehr lange dauern, bis sie die Klinik vor die Tür setzte. Wie sie nach einem Rauswurf wohl gelaunt war? Bei der Vorstellung sank augenblicklich auch mein Laune-Barometer.

Da Duncan in immer kürzeren Abständen gähnte und Ian schon mehrfach auf die Uhr gesehen hatte, gab ich mich geschlagen. »Ich kapituliere. Was haltet ihr davon, wenn ihr hier Klarschiff macht und ich kurz die Küche auf Vordermann bringe?«

»Ich helfe dir«, brach es so eilig aus Gavin hervor, dass ich mir das Schmunzeln verkneifen musste.

Den ganzen Abend über hatte er kaum die Zähne auseinanderbekommen und nun wurde er eifrig. Kein Wunder, für ihn musste es ebenso seltsam sein wie für mich, eng beieinander und doch unerreichbar für den anderen zu sein. Dieses Knistern zwischen uns bildete ich mir jedenfalls nicht ein.

Ian, der für zartere Stimmungsnuancen in seinem Umfeld völlig unempfänglich zu sein schien, lehnte sich zurück und verschränkte die Arme hinter dem Kopf. »Fein, ich rede noch kurz mit Mr M. und mache mich dann auf den Heimweg. Ihr kommt ja klar?«

»Als würdest du einen Lappen in die Hand nehmen, wenn ich dich darum bitte.«

Ian spielte den Gekränkten: »Hey, ich habe den Teig geknetet.«

»Weil du sonst in *Pete's Fish'n'Chips*-Bude gestrandet wärst. Wenn du mich fragst, war das der pure Selbsterhaltungstrieb.«

Duncan, der sich in seinem Stuhl zurückgelehnt und die Karten beiseitegelegt hatte, sah mich an. »So geht das, seit sie zusammen in der Schule waren. Eigentlich sollten sie längst begriffen haben, dass sie sich besser voneinander fernhalten.«

»Vielleicht gefällt es ihnen so. Manchmal ist ein kleines Wortgefecht wie das Salz in der Suppe.«

»Nehmen Sie es mir nicht übel, Kindchen, aber da muss ich widersprechen. So eine Suppe ist schnell versalzen.«

Weil Ian und Gavin sich weiter ihrem Schlagabtausch widmeten, beugte ich mich zu Mr Mackay herüber. »Geht es Ihnen wirklich gut?«

Seine zittrige Hand griff meine und ich fragte mich, wie ausgehungert er nach all den einsamen Jahren in diesem zugigen Haus nach Zuwendung und Körperkontakt sein mochte. Rasch verflocht ich meine Finger mit Mr Mackays, der mich nur ernst ansah.

Ich forschte in seiner Miene. War das ein Nein? Klar war es das. Aber dass es ihm schlecht ging, würde er nicht zugeben. Nicht, solange Gavin im Raum war. Ich nickte stumm, strich mit dem Daumen über seinen fleckigen Handrücken und stand auf. Mr Mackay brauchte Ruhe.

»Genug ihr beiden. Lasst uns loslegen. Sonst stehen wir um Mitternacht noch in der Küche.«

Ohne auf Gavin zu warten, wünschte ich Duncan Mackay eine gute Nacht und verließ das Zimmer. Diesmal waren es meine Hände, die flatterten wie verrückt, denn dieser kurze Blick hatte mich so sehr an meine Granny erinnert, dass mir ganz schwindelig war.

Es war jetzt fünf Jahre her, dass wir sie verloren hatten, aber ich wusste noch genau, wie sich ihre letzte Umarmung angefühlt hatte.

Neila und ich hatten die Sommerferien zu Hause verbracht, um Mum zu entlasten. Nach Wochen, in denen es stetig bergab gegangen war, hatte sie mich eines Nachmittags unerwartet kraftvoll und entschlossen an sich gedrückt. Für wenige Tage hatte ich in der Hoffnung gelebt, dass das ein Zeichen war und es ihr besser ging, weil die Therapie endlich anschlug. Bis ich letztlich einsehen musste, dass sie es gewusst hatte. Was ich in meiner törichten Naivität für einen Aufschub gehalten hatte, war ihr Abschied gewesen. Später, als sie längst begraben war, hatten wir zusammengesessen und ich hatte davon erzählt. Und jeder von ihnen, Matt, Neila, Mum und mein Dad, hatte berichtet, dass es für sie ähnliche Momente gegeben hatte. Lauter Abschiede, die niemand hatte sehen wollen.

Ob es bei Duncan auch so war? Ahnte er, wie wenig Zeit ihm blieb?

Die Erinnerung ließ mir die Tränen in die Augen steigen. Als Gavin die Küche betrat, blinzelte ich sie hektisch zurück.

»Hey, kümmert Prince Charming sich um deinen Dad?«

»Dad atmet, Ian lauscht. Zumindest glaube ich das, weil er sein Stethoskop herausgekramt hat.«

»Es ist gut, dass ihr befreundet seid. In London landest du eher einen Sechser im Lotto, als einen Arzt zu finden, der Hausbesuche macht.«

Gavin nickte und ich fragte mich, ob er es auch ahnte.

»Hast du an deiner Mappe gearbeitet?«, wechselte er das Thema.

Ich war ihm dankbar dafür, auch wenn er nicht wissen konnte, wie schmerzlich ich meine Granny gerade jetzt vermisste.

»Ich habe erst mal einen Plan gemacht. Was muss rein, wie kann ich möglichst viel Bandbreite in wenigen Bildern transportieren? Schließlich nehmen sich Verleger nicht ewig Zeit, um eine Mappe zu durchforsten.«

»Schick Ihnen Bilder von Dads Zimmer.«

»Falls ich mich mal als Dekorateurin bewerben will, komme ich auf das Angebot zurück.«

»Wäre das denn so furchtbar?«, wollte Gavin wissen, während das Wasser in die Spüle lief.

Es fiel mir leicht, mit ihm zu arbeiten. Er fragte nicht lang, beobachtete stattdessen aufmerksam, was ich tat, und klinkte sich dann ein. »Du meinst, ob ich mein Leben lang Zimmer verschönern will?« Ich dachte kurz nach. »Wie viele Leute glaubst du, können sich das leisten?«

Er sah mich verblüfft an. »Hotels, Firmenzentralen, Krankenhäuser, Kindergärten. Such dir eine Zielgruppe und marschier drauf los. Und wenn es nur eine Möglichkeit ist, dich über Wasser zu halten, bis die Penis-Gate-Sache vergessen ist.«

War es normal, dass er sich Gedanken um meine Zukunft machte? Oder war es so fürsorglich, wie es mir gerade vorkam?

Lächelnd sah ich zu Gavin auf.

Genau in dem Moment traf sein Blick meinen.

Ich öffnete den Mund, um etwas zu sagen, schloss ihn aber wieder, weil ich sah, dass Gavin tief Luft holte, um ebenfalls etwas loszuwerden.

Doch dazu kam er nicht. Ian erschien in der Tür und ruinierte den Moment, der mir ein so warmes Gefühl bescherte.

»Wie wäre es, wenn wir uns morgen gegen sechs wieder hier treffen und gemeinsam kochen? Der Kantinenfraß in der Klinik hängt mir zum Hals heraus und alleine essen macht keinen Spaß. Außerdem ist es um meine Kochkünste dürftig bestellt.«

»Und dabei siehst du mich an, weil du denkst, dass ich eine Frau bin, bedeutet, dass meine Mutter mir früher Kochbücher statt Geschichten vorgelesen hat?«

»Oh wow, da ist ja wieder die Biestigkeit vom ersten Abend.« Ein jungenhaftes Lächeln zeichnete sich auf Ians Gesicht ab. Ich hatte so eine Ahnung, dass seine Bewunderinnen bei dem Anblick dahinschmolzen.

Auf mich wirkte es ein wenig zu glatt. »Du hast meine Frage nicht beantwortet.«

»Und du beweist mir, dass ich Recht habe: Du bist biestig.«

Ich war viel zu perplex, um auszuweichen, als Ian näher kam und mir einen Nasenstüber verpasste.

Blinzelnd stand ich da und rieb mir die Nase. »Das hast du gerade nicht wirklich gemacht.«

»Natürlich habe ich. Und weißt du warum?«

»Äh ... nein!«

»Damit du so herrlich belämmert aus der Wäsche guckst wie eben jetzt. Und du bist auch überhaupt nicht mehr zickig.«

Ich konnte noch nicht mal widersprechen, weil ich keine Ahnung hatte, was ich denken sollte. War das nun witzig, übergriffig, am Ende sogar ein neuer Flirtversuch?

»Ian, merkst du, wenn du zu weit gehst?«, gute Frage, nur kam sie nicht von mir, sondern von Gavin.

Um zu unterstreichen, wie passend ich sie fand, nickte ich heftig.

»Ach kommt schon. Das war kein unsittliches Angebot und als angrapschen geht es auch nicht durch, weil die Nase beim besten Willen keine erogene Zone ist. Ich ... herrje, mir war einfach danach. Also macht nicht so eine Sache daraus.«

Gavin und ich sahen uns an, aber dieser zarte Funke, der gerade zwischen uns geglommen hatte, war fort. Und das störte mich weit mehr als Ians Sprüche.

Entnervt sammelte ich Silly ein, ging zur Tür und sprang die Stufen hinab. »Also morgen um sechs. Ich kaufe ein, ihr schnippelt«, rief ich, ohne mich noch einmal umzudrehen, und lief über die Straße zu Aignéis‘ Cottage.

Wenn man das kleine Häuschen am Ufer der malerischen Bucht von außen sah, besaß es durchaus Charme. Doch der verflüchtigte sich, sobald man Tante Aignéis Refugium betrat.

Kaum hatte ich das grelle Deckenlicht angeknipst, sprang mich die Trostlosigkeit an. Hier gab es nichts Persönliches. Erinnerungsstücke und Fotos, wie sie andere Menschen aufstellten, um sich an schöne Momente und seine Liebsten zu erinnern, fehlten völlig. Wenn man einmal von den dicken

Alben mit Webmustern in ihrem Regal absah, besaß Aignéis noch nicht mal Bücher.

Herrje, es juckte mich in den Fingern, ihrem Haus Behaglichkeit zu schenken. Die Möbel anders zu arrangieren, würde schon viel bringen. Und dann mussten die grellen Lampen weg und stattdessen hübsche Tischleuchten in die Fensterbank und ans Sofa. Außerdem ein paar Kissen und Läufer, die die hässlichen Bodendielen verschwinden ließen. Schon könnte man sich in dem Haus wohlfühlen.

Während ich im Bad stand, meine Zähne putzte und mich auszog, kamen mir noch ein paar Ideen. Doch nachdem ich das Licht gelöscht hatte, verflogen sie.

Da draußen in der kleinen Bucht tanzten unzählige Sterne auf dem seicht anlandenden Wasser. Das war es, was das Häuschen verdiente. Ein Innenleben, das die tausend Kostbarkeiten der Landschaft spiegelte. Das Grau der zerklüfteten Felsen, das überirdisch leuchtende Grün der Hügel. Dazu der warm-helle Beigeton des Strandes und natürlich das Türkis des Wassers, das einem Karibikstrand in nichts nachstand.

Es juckte mich in den Fingern, eine Skizze zu zeichnen. Aber wenn ich Tante Aignéis‘ Wartezimmer-Charme auflöste, würde sie es nicht gut aufnehmen. Nur wollte mir nicht in den Sinn, warum sie es nicht besser mit sich meinte und auf alles Behagliche verzichtete.

Ich dachte an Duncans neues Schlafzimmer –an Gavin.

Auch wenn ich mich da in etwas verrannte, ließ mich der Blick, den er mir vorhin zugeworfen hatte, nicht los. Ich gäbe viel darum, zu erfahren, was er hatte sagen wollen. Deshalb hatte mich Ians Unterbrechung ja so geärgert. Trotzdem war es rückblickend nicht okay von mir gewesen, Ian wegen seiner harmlosen Frage nach einem gemeinsam Kochabend so anzugehen.

Aber morgen war ein neuer Tag. Das hatte unsere Granny immer gesagt und ich glaubte fest daran. Um Mitternacht wurden die Karten neu gemischt und man bekam die Chance es anders zu machen. Besser. Ich versuchte, mir Ians Gesicht vorzustellen, wenn ich zum Nachtisch ein leckeres Trifle als Entschuldigung auf den Tisch stellte, und schlief mit einem Lächeln ein.

Eine Hupe, die gut zu einem Truck gepasst hätte, riss mich aus dem Schlaf. Müde rappelte ich mich vom Schlafsofa hoch, wankte zur Tür und ließ die kalte Luft herein. Heute hatte ich keinen Blick für den Seenebel über der Bucht, der mich in den letzten Tagen begeistert hatte. Stattdessen starrte ich mit offenem Mund zu dem weißen Ungetüm, das mit neongelben und blauen Karos verziert war, und aus dem eben meine Tante geholt wurde.

»*Nighean gòrach, na seas mun cuairt*«, rief Aignéis trotzig, als sie mich sah.

Obwohl ich Gälisch nicht verstand, war mir ziemlich klar, dass sie mir keinen guten Tag wünschte.

Zur Sicherheit legte sie aber noch mal nach. »Dummes Mädchen, jetzt guck nicht wie ein Schaf, wenn's donnert. Hilf mir lieber ins Haus. Oder denkst du, ich lasse mich wie ein Kindergartenkind von diesen Lümmeln durch die Gegend schieben?« Verschlafen rieb ich mir die Augen und überlegte, ob es Duncan amüsieren würde, dass Aignéis über Rollstühle exakt so dachte wie er.

Wenn ich ihm dazu die mürrischen Mienen der beiden Sanitäter schilderte, würde er laut lachen.

Im Gegensatz zu den *Red Cross*-Helfern, von denen einer Aignéis' Tasche trug und der andere den Rollstuhl über die lehmige Zufahrt schob. Sie machten Gesichter, als hätten sie in der vergangenen Nacht auf einen Schlag all ihre Liebsten verloren. Mein Gott, hatte Aignéis die beiden etwa auf der gesamten, einstündigen Fahrt von Stornoway nach Baile Tràghad beschimpft?

Bibbernd, die Arme vor dem Pyjama-Oberteil verschränkt, sank mein Mut mit jedem Meter, den sich die kleine Prozession dem Cottage näherte.

»Tante Aignéis, schön, dass du endlich wieder zu Hause bist«, log ich.

Was sie prompt durchschaute: »Papperlapapp, du lebst hier wie die Made im Speck in den Tag hinein. Also erzähl mir nicht, dass du mich vermisst hast.«

Ich beschloss, dass es besser war, erst mal einen Kaffee zu trinken, bevor ich mich dem Besen stellte.

»Können Sie sie ins Wohnzimmer bringen?«

»Klar, Ma'am, sagen Sie einfach, wo wir sie abstellen sollen.«

»Abstellen«, Aignéis fauchte wie ein vom Feuerspeien überhitzter Drache. »Ich bin doch kein Möbelstück.«

»Ganz sicher nicht, denn Möbel sind im Gegensatz zu dir wohltuend still«, entschlüpfte es mir so leise, dass es in dem Gezeter unterging, mit denen sie den *Red Cross*-Helfern zu verstehen gab, dass sie vor dem Betreten ihres Häuschens die Schuhe ausziehen sollten.

»Ma'am, das sind Sicherheitsschuhe. Die ziehen wir ganz bestimmt nicht aus. Es ist Vorschrift, dass wir die tragen.« Die Stimme des Älteren, er mochte zweiundzwanzig sein, hatte bestimmt geklungen, nur sah er nicht aus, als würde er sich dabei wohlfühlen.

»Soll ich Ihnen noch einen Kaffee für den Rückweg machen?«, bot ich an.

Die beiden guckten sehnsüchtig Richtung Küche, sahen dann zu Aignéis, die stocksteif im Rollstuhl saß und ihre Krücken auf dem Schoß hielt, als wären es lebensrettende Anker. Dabei zeterte sie noch immer über die Sache mit den Schuhen.

Ich konnte es den Sanitätern nicht verdenken, dass sie angesichts dieser geballten Übellaunigkeit den Kopf schüttelten und gar nicht schnell genug wegkommen konnten. Zu schade, denn die Kaffeemaschine, die Gavin mir aus Stornoway mitgebracht hatte, machte eine wunderbare Crema.

Hach, Gavin. Ich vermisste ihn mit jeder Minute. Was er jetzt wohl machte?

»Steh nicht dumm grinsend herum«, riss meine Großtante mich aus meinem Tagtraum.

»Möchtest du einen Kaffee, Aignéis«, zwang ich mich zu einem freundlichen Ton.

»Kaffee? In meiner Küche gibt es keinen Kaffee. In der zivilisierten Welt trinken wir eine anständige Tasse Tee. Oder hast du das in deinem London verlernt?«

Innerlich explodierte ich. Aber ich ballte die Hände zu Fäusten und tat, als prallten ihre Gemeinheiten an mir ab. Was sollte es auch bringen, wenn wir beide keiften?

Während das Wasser für ihren Tee zu brodeln begann, überlegte ich, wie freundlich die Leute mir bisher begegnet waren. Duncan und Gavin, Ian, der mit seinen Flirtversuchen übers Ziel hinausschoss, aber nie gehässig oder abweisend war. Claire natürlich und Hamish. Dabei hatte ich mit einer Insel voller eigenbrötlerischer Streithähne gerechnet. Doch die einzige Kampfhenne war Aignéis.

Aber was machte sie so mürrisch? Wieso das Misstrauen gegen alle und jeden? Mit jedem Tag gewöhnte ich mich mehr an die raue Weite von Harris und die Sanftheit der Landschaft auf Lewis. Eine Stunde auf der breiten Fensterbank mit Meerblick ließ mich ruhiger werden, als jedes Gespräch mit einem Therapeuten es vermocht hätte. Selbst meine Wut auf Simon war nach dem Anruf von Mr King erstaunlich schnell abgeklungen. Und inmitten dieses Kleinods thronte Aignéis und versprühte den Charme einer Schachtel Reißzwecken.

Es musste einen Grund dafür geben, dass sie so mürrisch war. Und ich hatte große Lust herauszufinden, woran es lag.

Ich goss ihren Tee auf und grübelte weiter. Vielleicht brauchte sie viel mehr als jemanden, der ihr zur Hand ging, während sie gehandicapt war. Ein netter Fischer. Ein offenes Ohr. Streicheleinheiten und Liebe. Was hatte ich schon zu verlieren? An dem dampfenden Kaffee nippend malte ich mir gerade aus, wie ich Aignéis verkuppeln würde, als mich ein Schlag in die Kniekehlen traf.

Ich wirbelte so hektisch herum, dass der heiße Kaffee über meine Pyjama-Jacke lief. Verdammt war das heiß. Es ziepte wie verrückt. Fluchend zupfte ich den Stoff weg vom Körper und funkelte Aignéis an. »Du hast mich gerade nicht mit deiner Krücke gehauen?«

»Du hast mir nicht zugehört«, überging sie meine Frage.

»Das lässt sich ändern. Sag etwas Nettes und ich bin an Bord.«

Sie schnappte nach Luft, als hätte ich ihr Geld für einen Striptease im Hafen von Tarbert geboten. Himmel, sie war keine Viertelstunde hier und ich steckte mittendrin in genau dem Debakel, vor dem ich mich gefürchtet hatte.

Aignéis Wangen färbten sich rot. »Das ist mein Haus. Da werde ich wohl sagen dürfen, was ich will.«

Nicht, solange du meine Hilfe möchtest. Was ich ihr nicht unter die Nase rieb. Wenn ich das tat, hätten wir ruckzuck wieder die alte Schieflage. Sie würde mit Gemeinheiten um sich werfen und ich hätte den lieben langen Tag damit zu tun, mir Retourkutschen auszudenken.

Dummerweise hatte ich da eine Sperre. Was mir als Erstes in den Sinn kam, konnte ich nicht aussprechen. Das verbot mir meine Erziehung. Dann kam lange nichts und wenn mir endlich, endlich eine salonfähige, schlagfertige Antwort einfiel, war der Moment längst verstrichen.

»Aignéis, wir brauchen Abstand. Deshalb gehe ich jetzt ins Bad und kühle die Verbrühung und du ... dein Tee zieht, das Sieb wirst du selbst herausnehmen können.«

Und das sicher viel besser, als ich es konnte. Wie sie ja überhaupt in allem perfekt war.

Plötzlich hatte ich tatsächlich ein schlechtes Gewissen, weil ich Hamish mit seinem Angebot, in der Not bei seiner Frau Unterschlupf zu suchen, für übergriffig gehalten hatte. Im Gegenteil würde ich in den nächsten Wochen für jeden netten Menschen dankbar sein.

Nachdem ich die Treppe hochgestapft war, warf ich die Badezimmertür hinter mir zu. Irgendetwas keifte Aignéis daraufhin, aber zum Glück dämpfte die Tür den wütenden Wortschwall.

Zum ersten Mal, seit ich auf der Insel war, nahm ich mir Zeit für ein Make-up und den lockeren, hohen Dutt, der mein Gesicht schmaler wirken ließ. Dann schlüpfte ich in die Klamotten vom Vortag, weil sie noch auf dem Wannenrand lagen und ich nicht wieder den mit Kaffee besprenkelten Pyjama überziehen wollte. Danach blieb mir nichts mehr zu tun.

Also hockte ich mich hin und versuchte zu ergründen, warum ich das Gezänk nicht einfach überhörte. Im Grunde konnte es mir egal sein. Dummerweise war ich harmoniesüchtig. Immer schon. Lief es nicht gut, brachte ich die Dinge ins Lot oder zog mich zurück. Was hier schwer möglich war.

Obwohl, wer sagte denn, dass ich Aignéis rund um die Uhr die Hand halten musste? Im Krankenhaus hatten sie doch diese Klingeln gehabt. Schließlich bestand bei Aignéis keine akute Lebensgefahr.

»Brauchst du noch etwas?«, fragte ich betont liebenswürdig, als ich wieder runterging.

»*Noch etwas*?«, wiederholte sie spitz. »Was soll das denn heißen?«

»Na, ich muss arbeiten. Also setze ich mich nebenan in den Schuppen. So störe ich dich nicht. Du kannst mich ja jederzeit auf dem Handy anrufen, dann komme ich rüber und helfe dir.«

Zum ersten Mal, seit ich sie kannte, sah ich Aignéis Dunn fassungslos. Sie schnappte regelrecht nach Luft wie ein gestrandeter Fisch.

Um ihr keine Gelegenheit zu geben, noch etwas Biestiges loszuwerden, schlüpfte ich ohne Jacke aus dem Haus.

Der Land Rover, von dem ich mittlerweile wusste, dass es Gavins Leihwagen war, stand vor dem Schloss. Außerdem war Ian da, der das gleiche Modell in einer anderen Farbe fuhr.

Ob er gekommen war, weil es Duncan schlechter ging? Am liebsten wäre ich rüber gelaufen. Aber falls es tatsächlich Probleme gab, störte ich nur.

Im Schuppen warf ich das Radio an und schnappte mir Papier. Wieder kaute ich die gleichen Fragen durch wie gestern. Was brauchte ich, um meine Bandbreite zu zeigen? Und wo wollte ich eigentlich hin? Wieder für einen Verlag arbeiten und mich um alles kümmern, was anfiel? Lieber Kinderbücher illustrieren und Buchcover gestalten? Ich hatte schon Designs für Kaffeebecher und Logos gestaltet. Gavins Vorschlag fiel mir ein: Die Sache mit dem Renovieren hatte mir immer gefallen. Vor allem, weil ich damit dem Umfeld, in dem sich jemand bewegte, eine völlig neue Richtung gab. Wände, die ihn inspirierten oder beruhigten, oder die einen Ort heraufbeschworen, an dem er gern war.

Tante Aignéis tristes Wohnzimmer erschien vor mir. Von dem ich natürlich die Finger lassen musste – es sei denn, ich wollte, dass sie sie mir im Schlaf amputierte.

»Hey, ist jemand da?«

Ich erkannte Claires fröhliche Stimme auf Anhieb und ging hinaus, um sie ins Haus zu lassen.

Aignéis hatte es allein aus dem Rollstuhl in einen Sessel geschafft, wo sie herzhaft schnarchte. Speichel floss ihr aus dem Mundwinkel und ihr üppiger Busen wogte mit jedem Schnorchler. Trotzdem entging mir nicht, wie friedlich sie schlief. Alles Verkniffene schien von ihr abgefallen.

»Gehen wir in den Schuppen«, wisperte Claire. »Wenn wir sie jetzt wecken, ist sie für zwei volle Monate ungenießbar.«

Leise schloss ich die Tür. »Wie wäre es, wenn wir uns ein nettes Café in der Nähe suchen?«

Claire kicherte. »Niemand, der dich so reden hört, käme auf die Idee, dass du dich hier auskennst.«

»Weil?« Ich tippte mich an die Stirn. »Lass mich raten: Das nächste Café liegt neben dem nächsten Pub – also etwa eine Stunde in nördlicher oder südlicher Richtung.«

»Na siehst du, langsam kommst du hier an.« Sie hakte mich unter und zog mich zum Schuppen. Kaum waren wir drinnen, fiel sie mit leuchtenden Augen über mich her: »Raus damit, gib Tante Claire alle schlüpfrigen Details. Obwohl, dafür ist es vielleicht noch etwas früh. Aber ich sauge auch die romantischen Infos in mich auf.«

Entgeistert nahm ich den Kopf zurück und musterte sie. »Wie kommst du nur darauf, dass ich überhaupt etwas zu erzählen habe? Außerdem hast du dich gerade nicht ernsthaft Tante Claire genannt?«

»Du darfst mich auch Tiffi oder Samson nennen, solange du ins Detail gehst. Denn natürlich hat Hamish‘ Frau nicht alles im Blick.« Sie deutete vage zu der Wand, hinter der der Torbogen und die schmalen Natursteinhäuser lagen.

»Das ist doch nicht wahr. Haben die nichts Besseres zu tun, als auf der Lauer zu liegen?«

»Äh ... hatten wir gerade nicht geklärt, wie es um die Infrastruktur auf Harris bestellt ist? Und jetzt das: Gavin ist zurück. Du hängst bis spät in die Nacht drüben bei ihm rum. Ihr lauft knutschend am Strand entlang. Nicht zu vergessen Ian, der dich abends besucht, ehe ihr ins Schloss gegangen seid.« Sie strahlte mich an. »Wenn ich es cineastisch ausdrücken sollte, seid ihr für die Leute eine Art Blockbuster.«

»Blockbuster?«, echote ich erschlagen.

Claire nickte entschieden. »Steht dir übrigens das Make-up. Nicht, dass du es nötig hättest. Aber neulich bist du noch ungeschminkt herumgelaufen.«

Ich hätte mir eher die Zunge abgebissen, als zuzugeben, dass ich nur so viel Zeit im Bad vertrödelt hatte, weil der Gedanke an Aignéis mir eine Heidenangst einjagte.

Also ging ich zum Angriff über: »Claire, kann es sein, dass du glücklich verheiratet bist und zwei entzückende Kinder hast?«

»Jep, das ist mein Leben und soll es auch bleiben. Trotzdem bin ich nicht blind. Und Gavin ... hach, irgendwie war er schon immer der Schwarm von halb Harris. Also sag mir: Wie küsst er? Oder hast du dich für Ian entschieden?« Bei dieser letzten Frage rümpfte sie die Nase.

»Du hältst nichts von Ian?«

»Er ist ein guter Arzt und ein netter Kerl. Aber wenn du dich in ihn verliebst und von so etwas wie Monogamie träumst, ist es nützlich zu wissen, dass ich die besten Trost-Muffins der Welt backe.«

»Pack den Zucker wieder weg. Ians Charme prallt an mir ab wie Öl von Teflon. Und was Gavin betrifft, ich habe ihm geholfen, ein Zimmer für Duncan herzurichten. Wir verstehen uns ganz gut und hatten am Strand einen schwachen Moment. Das ist alles.«

Claire beäugte mich, als wäre ihr eben aufgegangen, dass ich der dümmste Mensch auf Erden war. »Hast du ihn dir richtig angesehen?«

Ich nickte entschieden.

»Aber prinzipiell ...« Eine tiefe Röte legte sich auf ihre Wangen, was ihr bezaubernd stand. »Du ... du spielst schon im Team ... na, du weißt doch?«

»Fragst du mich gerade ernsthaft, ob ich lesbisch bin?« Ich senkte den Kopf und verbarg mein Schmunzeln.

»Ich weiß ja, dass man sowas heute nicht mehr fragt, wo ja jeder mit jedem ... du weißt schon. Aber eine bessere Erklärung fällt mir nicht ein. Sogar die Augen meiner Mum leuchten, wenn Gavin ins Dorf kommt.«

Ich verstand das nur zu gut. Mein Herz wummerte, sobald er mir nah war. Erst recht, wenn ich seinen wohltuenden Duft erschnupperte. Außerdem wurden meine Knie weich, wenn er mir den gewissen Blick schenkte. Diesen trägen, langsamen, bei dem er die Lider schloss, den Kopf in meine Richtung drehte und die Augen dann wieder öffnete und so durchdringend guckte, als könnte er jeden meiner Gedanken in meinen Augen ablesen.

Aber so sympathisch Claire mir auch war, wenn ich ihr das erzählte, konnte ich ebenso gut eine Anzeige in der *Stornoway Gazette* schalten. Oder es alternativ Hamishs Frau erzählen, damit sie es beim nächsten Besuch im Dorf brühwarm weitertratsche.

»Claire, da ist nichts. Das Zimmer ist fertig. Aignéis ist zu Hause, auf mich wartet jetzt eine andere Aufgabe. Und arbeiten muss ich auch noch ein bisschen.«

»Hm, ich seh's. Ist das dein erster Versuch?« Sie deutete auf den unregelmäßigen Lappen auf dem Webstuhl und grinste.

»Na ja, ich dachte, ich experimentiere mal ein wenig herum.«

»Nimm dich in Acht. Wenn es dich einmal packt, bleibst du hier hängen. Du ahnst nicht, wie viele Touristen sich in die Weberei verliebt haben und hergezogen sind.«

»Guck dir an, was ich zustande bringe. Das ist hoffnungslos. Außerdem habe ich schon einen Beruf.«

»Tja, ich war erst auch nicht begeistert von der Idee, Weberin zu werden. Aber als die großen Designer den Harris Tweed entdeckt haben, kam Bewegung in die Branche. Es war eine Möglichkeit, wieder auf der Insel zu leben, meiner Familie nahe zu sein und ein sicheres Einkommen zu haben. Und dann habe ich mich irgendwie in den Job verliebt. Es ist schön, etwas herzustellen, das man mit den Händen greifen kann. Außerdem gibt es mir ein gutes Gefühl, dass die Leute bereit sind, so viel Geld auszugeben, für etwas, das allein von uns stammt. Paddys Schafe, meine Tartans, und daraus werden piekfeine Gehröcke, Kilts und Blazer.« Ein Strahlen breitete sich über Claires Gesicht. »Ich weiß noch, wie stolz ich war, als Paddy zum ersten Mal beim *Hogmanay* einen Kilt getragen hat, den ich gewebt hatte. Mittlerweile habe ich die ganze Familie mit meinem eigenen Muster ausgestattet. Als wären wir einer der alten Clans aus den Highlands.«

Ich blinzelte. »Was ist ein *Hogmanay?* Eine Art Tanz?«

»Kaum zu fassen, dass du Familie in Schottland hast, und das nicht weißt. Touristen aus der ganzen Welt kommen her, um in den größeren Städten Silvester zu feiern.« Sie knuffte mich in die Seite. »Denk nicht, ich würde nicht merken, dass du ablenkst. Schade, dass es nichts über Gavin und dich zu tratschen gibt. Aber das kann ja noch werden.«

»Glaube ich kaum. Dafür würde ich gern mal dein Muster sehen.«

»Zeige ich dir heute Abend. Ah, bevor ich's vergesse. Ich habe mit Hamishs Frau gesprochen. Sie ist eine Heilige. Sie hat versprochen, nicht nur Duncan etwas von ihrem *Haggis* vorbeizubringen, sondern auch nach Aignéis zu sehen, wenn ihr heute Abend bei uns seid. Und das, obwohl Hamishs Frau regelrecht Angst vor deiner Tante hat.« Claire, die es sich neben mir auf dem langen Arbeitstisch bequem gemacht hatte, hüpfte auf den Boden.

Derweil grübelte ich, wovon sie redete. Heute Abend wollte ich mit Ian und Gavin kochen. Dann fiel mir ihre Einladung wieder ein. Mist, ich hatte den Geburtstag ihres Mannes ganz vergessen. Und Gavin offenbar auch. Aber drücken konnten wir uns wohl nicht, nachdem sie schon alles organisiert hatte.

»Wann sollen wir denn da sein?«

»Um acht. Auf keinen Fall früher. Bis sieben feiern wir den Kindergeburtstag von Luke nach. Dann räumen wir das

Muffins-Buffet ab und stellen Hochprozentigen auf die Tische.«

»Soll ich helfen?«

»Untersteh dich. Mein Schwiegervater macht übrigens den Sammeltransport zurück. Ihr könnt eure Autos bis morgen auf dem Hof lassen.« Claire verabschiedete sich mit einer Umarmung und lief ebenso stürmisch und beschwingt, wie sie in der ganzen letzten halben Stunde gewesen war, zurück zu ihrem Wagen.

Ich wartete, bis er außer Sichtweite war. Dann ging ich rüber zum Schloss, um mit Gavin zu reden. Ians Wagen war wieder weg. Aber Gavin konnte ihn anrufen. Außerdem musst er mir den Weg zu Claire erklären, weil ich vergessen hatte, sie danach zu fragen.

Doch als Gavin öffnete, war mein Kopf wie leergefegt. Er trug ein Hemd, das bis zu den Ellbogen aufgekrempelt war. Vorn standen die obersten vier Knöpfe offen und gaben den Blick frei auf seine Brust, die tatsächlich herrlich definiert war. Er hatte genau das richtige Maß an Brusthaar. Kein Pelz, aber auch weit entfernt von einer glatten Jünglingsbrust. Ich saugte mich regelrecht an seinem Anblick fest. Das zerstrubbelte Haar, der leichte Schweißfilm auf seiner Haut. Himmel, er könnte aus dem Stand den Typen aus der Werbung ersetzen, den Neila und ich eine Zeitlang angeschmachtet hatten.

»Hi!« Ich hob die Hand und wischte planlos durch die Luft, als wollte ich ein Fenster putzen.

Die Geste war so selten dämlich, dass der unerschütterliche Gavin die linke Braue hob. »Hi. Magst du reinkommen?«

»Äh ... nein.« Es war gar nicht leicht, zu sprechen, wenn man mit Magenflattern kämpfte und den anderen am liebsten angefasst hätte.

Zumal Gavin jetzt guckte, als wüsste er, wie durcheinander ich war. »Also bist du nur herzukommen, um den Türklopfer zu prüfen.«

»Ja ... äh, nein. Natürlich nicht. Claire war gerade da, um mich ... uns ... dich und mich an den Geburtstag zu erinnern. Leider weiß ich überhaupt nicht, was ich mitbringen könnte. Und Aignéis ist ja auch wieder da. Also kann ich nicht mal eben so weg. Aber dafür guckt Hamishs Frau nach ihr und ja, Duncan wollte sie ebenfalls besuchen. Die hat uns übrigens am Strand gesehen, also die Frau.« Ich stammelte einen Mist zusammen, dass ich am liebsten vor Scham im Boden versunken wäre. Daran war nur seine verdammt perfekt behaarte Brust schuld.

Dass Gavin mittlerweile breit grinste, machte es nicht besser. »Ganz ruhig. Mir ist das gestern Abend auch noch eingefallen, also habe ich Ian heute Morgen abgesagt. Eine brauchbare Flasche Single Malt als Geschenk für Paddy habe ich im Haus. Und wenn du um Viertel vor acht fertig bist, nehme ich dich sehr gerne mit.«

Wow! Sehr gerne? Die Worte hallten nach, während ich dümmlich lächelte und von einem Fuß auf den anderen tänzelte. Wäre ich als Teenie an Claires Stelle gewesen, hätte ich meine Schwärmerei für Gavin auch nicht unter Kontrolle gehabt. Obwohl – ich war siebenundzwanzig und mutierte jetzt noch zum Backfisch, wenn Gavin mich so ansah.

»Okay, dann ... dann sieht man sich.« Ich holte tief Luft und zwang mich, die Treppe herunterzusteigen, ehe ich ihn doch noch antatschte, als wäre er der Hauptgewinn der Männerlotterie.

Das Problem war, dass ich nie offensiv geflirtet hatte. Ich kam mir dabei lächerlich und schutzlos vor. Irgendwie riskierte man ja immer, dass der andere einen abblitzen ließ.

Mit den meisten meiner festen Freunde hatte ich eine lockere Freundschaft gepflegt, bevor mehr daraus geworden war. Waren meine Beziehungen dann in die Brüche gegangen, hatte es den Nachfolger in meinem Bekanntenkreis schon gegeben. So waren keine Kennenlern-Dates nötig gewesen, bei denen man sich herantastete, abwog, einen Schritt weiter ging und wenn das gut lief, den nächsten tat.

Dafür war mein Zwilling die geborene Draufgängerin. Ich beschloss, Neila anzurufen. Jetzt gleich. Doch als ich ins Haus zurückkam, war Aignéis wach.

Mein Blick huschte von ihrem Sessel zum Fenster und zurück. Natürlich hatte sie einen Logenplatz auf Gavin und mich gehabt. Und darüber wirkte sie *not amused.*

12. KAPITEL

Gavin

Wäre ich Archäologe, käme Cats seltsames Verhalten für mich gleich nach der Frage, womit die Ägypter die Steine auf die Pyramiden gehievt hatten.

Sie war hübsch, schlagfertig und talentiert. Manchmal machte sie mich mit ihrer großen Klappe sprachlos. Das waren alles keine Zutaten für einen handfesten Komplex. Trotzdem wirkte sie in Momenten eingeschüchtert und fahrig. Ich hatte mich die halbe Nacht gefragt, ob es an mir lag. War ich mit meiner Unentschlossenheit zu weit gegangen? Oder lag es an dem Fiasko, von dem sie mir nach dem Gespräch mit ihrem Ex-Chef erzählt hatte? Irgendetwas hemmte sie, und ich hatte keine Ahnung, was es war.

Menschen, die enttäuscht worden waren, reagierten oft über. Ich konnte ein Lied davon singen. Im letzten Jahr an der Highschool hatte ich mich mit Daisy eingelassen. Einem Mädchen aus meiner Stufe, das sich nach Trennung der Eltern und ständigen Stress mit ihrer Mutter nach einer Schulter zum Anlehnen und Bestätigung sehnte.

Die Sache zwischen uns hatte ein Jahr gedauert. Im Bett hatten wir uns verstanden, darüber hinaus nicht viel zu sagen gehabt. Wir waren schnell einig gewesen, eine lockere Freundschaft plus zu wollen. Bevor ich an die Uni von

Edinburgh gegangen war, hatte ich es beendet und nicht schlecht gestaunt, als sie wenige Wochen später bei Ian und mir auf der Matte gestanden hatte. Damals hatte sie mir erklärt, mit etwas Unverbindlichem auch weiterhin gut klarzukommen. Bis ich mich neu verliebt und endgültig die Reißleine gezogen hatte. Danach war sie für ein halbes Jahr zu einer unschönen Begleiterscheinung mutiert, die bei jeder Gelegenheit aufgetaucht war, bis ich den Abschluss in der Tasche hatte und den ersten Vertrag in London unterschrieb.

Aber so war Cat nicht. Oder doch? Ich ließ unsere bisherigen Begegnungen Revue passieren, während ich weiter Kisten ausräumte und all die Schätze, die mein Vater im Erdgeschoss zusammengetragen hatte, in Regale in seinem neuen Zimmer räumte. Derweil stromerte er mit seinem Rollator durchs Haus und tat, als suchte er etwas. Ich schätzte, dass er in Wahrheit nur unterwegs war, weil er keinen Moment, in dem er sich gut fühlte, im Bett verbringen wollte.

»Dad, ist es in Ordnung, wenn Hamishs Frau heute Abend nach dir sieht? Sie bringt dir etwas zu essen und kommt hin und wieder vorbei, um sicherzugehen, dass du alles hast.«

Langsam kam er auf mich zu. Seine Augen sprühten vor Zorn. »Ich habe es dir gesagt: Ich bin kein Kleinkind. Ich finde mein Bett und ich komme zurecht. Diese Frau schnüffelt nur und tratscht es anschließend überall herum.«

»Könntest du bitte mir zuliebe mit ihr auskommen? Bei mir wird es spät und ich wäre beruhigter, wenn ich wüsste, dass du im Notfall Hilfe hast.«

Sein verkniffenes Gesicht glättete sich. »Du gehst mit Catlyn aus?«

»Nicht ganz. Wir sind beide zu Paddys Geburtstag eingeladen. Wäre doch Quatsch, mit zwei Autos zu fahren.«

Er nickte, aber sein Blick sagte, dass er mir kein Wort glaubte. »Rede dir das ruhig ein Junge. Solange du dich nicht dumm anstellst, soll es mir recht sein.«

Dieses Gespräch war auf so viele Arten schräg, ich kam einfach nicht mehr mit: »Wo stelle ich mich dumm an?«

»Bei dem Mädel natürlich. Ich mag die Kleine. Hat viel von Aignéis. Also ... früher ...« Kopfschüttelnd brach er ab. »Cat hat das Herz am rechten Fleck. Wie deine Mutter. Mit so einer Frau kannst du Pferde stehlen.«

»Dad, dir ist aufgefallen, dass ich einen Führerschein und ein Auto habe? Was soll ich mit einem Gaul?«

»Spiel nicht den Schlaumeier, das passt nicht zu dir. Und lass dir gesagt sein, dass diese Frau vom Telefon nichts ist.«

Da sieh an, mir hatte er den Schlafenden vorgespielt. »Dad, du kennst Kelly nicht. Außerdem ist die Sache vorbei. Wir haben uns getrennt.«

Er schmunzelte listig. »Natürlich ist sie vorbei. Oder denkst du, ich hätte Dummköpfe in die Welt gesetzt? Es fehlt gerade noch, dass du dich von so einer einfangen lässt. Dein Bruder hat auch nichts anbrennen lassen. Aber er wusste, wann er die Notbremse ziehen musste.« Kaum war es heraus, fiel der verschmitzte Ausdruck von ihm ab und seine Sorgenfurchen kamen zum Vorschein.

Ich schluckte. Clemens‘ Tod war ein Thema, an dem wir nicht rührten. Deshalb überraschte es mich nicht, als mein Vater sich schwerfällig auf seinen Rollator stützte und die Küche verließ. Es wirkte, als wäre er im Zeitraffer um fünfzig Jahre gealtert.

»Ich lege mich etwas hin«, ließ er mich wissen, ohne sich umzudrehen.

Wozu auch? Ich musste ihn nicht sehen, die Tränen in seiner Stimme waren gut zu hören.

Duncan war nie ein gläubiger Mensch gewesen. Aber jetzt hoffte ich für ihn, dass er an den Himmel und ein Leben danach glaubte. Daran, dass er Clemens im Jenseits wieder treffen würde. Oder meine Mutter, nach der es für ihn keine andere Frau gegeben hatte.

Bei ihrer Hochzeit war meine Mum knapp fünfundzwanzig gewesen, er hatte die Vierzig weit überschritten. Als sie starb, war er über sechzig. Es hatte lange gedauert, bis er sich von dem Schock erholt hatte. Auch nach Jahren war nicht mehr als ein Abglanz seines alten Lebenshungers zurückgekehrt – bis Clemens verunglückte. Danach schien in Duncan jedes Interesse, neue Menschen an sich heranzulassen, erloschen.

Umso bemerkenswerter fand ich Dads Begeisterung für Cat. Zu schade, dass sie mit ihrer Malerei fertig war und keinen Grund mehr hatte, zu uns rüberzukommen. Die unvoreingenommene, herzliche Art, mit der sie ihm begegnete, tat Duncan gut.

Er war zwar auch auf der Insel beliebt, aber die Menschen hier wahrten Distanz. Die einen, weil sie seine Weiden für ihre Schafzucht gepachtet hatten und nicht riskieren wollten, Beruf und Privates zu vermischen. Die anderen, weil sie auf dem ein Stück entfernt gelegenen Gutshof arbeiteten, der seit Generationen den Herren auf Schloss Mackay gehörte, und sie Respekt vor ihm hatten.

Falls Cat es da drüben mit Aignéis aushielt, blieb sie uns noch einige Wochen erhalten. Ich könnte sie engagieren, um die Küche herzurichten und das Wohnzimmer. Das wäre eine Win-Win-Situation. Cat könnte malen und Fotos der Arbeiten in ihre Mappe legen. Und mein Dad hätte Gesellschaft.

Ich würde es ihr später vorschlagen. Gedankenverloren kramte ich mich auf der Suche nach meinem alten Kilt durch den Kleiderschrank und fand ihn in Seidenpapier gehüllt in einer Pappschachtel. Das musste Rosa gemacht haben, die Dad den Haushalt geführt hatte, bis sie zu alt geworden war.

Fein säuberlich lagen die handgestrickten Kniestrümpfe daneben und ebenso der *Sporran*, eine Ledertasche, die lässig auf der Hüfte getragen wurde. Cat würde sich ausschütten. Sollte sie. Ich mochte ihr ausgelassenes Lachen. Außerdem würde ich Paddy bestimmt nicht enttäuschen, sondern stilecht bei seiner Party erscheinen.

Als ich wieder herunterkam, saß mein Dad im Bett. Auf seiner Decke war ein Haufen Papiere ausgebreitet.

»Wir sollten uns darüber unterhalten, Junge.«

»Worüber?«

»Über dein Erbe.« Duncan sagte das ohne jede Theatralik.

Trotzdem richteten sich die Härchen auf meinen Unterarmen auf. Mir war schlagartig kalt. Von seinem Nachlass zu reden, machte seinen Tod entsetzlich greifbar.

Oder wollte er mir nur beichten, dass nichts mehr da war? Damit rechnete ich ohnehin. Dad liebte das Schloss, dass das von Salzwasser und Wind gebeutelte Gemäuer so heruntergekommen war, konnte nur eins bedeuten: Ihm fehlte das Geld für die Instandsetzung.

»Dad, es ist okay. Ich bin dein einziger, lebender Verwandter. Müssen wir tatsächlich darüber reden?«

»Oh, das müssen wir«, ein Lächeln huschte über sein Gesicht. »Du wirst feststellen, dass ich mein Geld zusammengehalten und keinen Cent verprasst habe. Es wird alles dir gehören. Die Ländereien, das Gut, das Schloss und sogar ein paar ertragreiche Felder und ein gut verpachteter Forst in den *Highlands* aus dem Erbe deiner Mutter.«

»Aber warum hast du das Schloss dann dermaßen ...« Beinahe wäre mir das Wort *verkommen* herausgerutscht. »Du hättest es instandhalten können.«

»Für wen?« Mein Dad sah mich aufmerksam an. »Dieses Haus ist zu groß für einen alten Mann. Und du und dein Bruder, ihr habt nie Interesse daran gezeigt, die Landwirtschaft zu übernehmen und hier einzuziehen. Jetzt jedoch ...« Sein Blick wurde noch schärfer. »Eigentlich wollte ich das Thema nicht anschneiden. Es ist dein Leben. Du entscheidest, was du damit anfängst. Andererseits ... dein Projekt in Kanada ist fertiggestellt. Du könntest hier ein Hotel aufbauen. Wir sind vielleicht nicht auf Lewis oder in den *Highlands*. Aber Schlösser stehen bei Touristen hoch im Kurs, habe ich mir sagen lassen.«

Die Gänsehaut kroch höher, erreichte meinen Nacken, wo sich alle Härchen aufstellten. In Kanada waren Andrew und ich für die nächsten zehn Jahre an Kredite gebunden. Danach konnte ich wieder frei entscheiden, was ich tun wollte.

Andererseits brauchte der Betrieb keine Doppelspitze, weil er zum Selbstläufer mutiert war. Bei dem Gespräch neulich hatte Ian Recht gehabt. Ich konnte stiller Teilhaber werden. Verzichtete ich auf mein Gehalt, waren Andrew und ich umso schneller aus den Schulden raus und ich konnte mich irgendwo in der Welt auf ein neues Projekt stürzten.

Aber wenn ich Dads Vorschlag annahm, wäre das etwas anderes. Dann band ich mich an das Schloss und konnte nicht wieder gehen, sondern würde mich an diesen ebenso gottverlassenen wie schönen Ort ketten.

Vor fünf Jahren hätte ich ohne zu zögern abgesagt. Jetzt war ich mir da nicht so sicher. Irgendetwas in meinem Unterbewusstsein rumorte, ohne dass ich es greifen konnte. Nur eins wusste ich: Entschied ich mich für Harris, dann nicht, weil ein Testament mich dazu berief, sondern weil ich es so wollte.

»Dad, nimm es mir nicht übel, aber das ist nichts, was ich spontan entscheide.«

»Aber spontan ablehnen tust du auch nicht?«

»Nein, tue ich nicht. Allerdings will das gut überlegt sein. Und ich kenne mich: Wenn du mich bedrängst, mache ich dicht und bin raus.«

»Ja, ich kenne dich.« Seine Augen leuchteten, er lachte leise. »Wir sind uns ähnlicher, als du denkst.« Duncan nickte, dann sank er in die Kissen zurück. »Mir ist es lieber, wenn du nichts übers Knie brichst. Du wirst eines schönen Morgens aufwachen, es macht Klick und du weißt, was du tun wirst. Den Besitz verkaufen, ihn sanieren, sesshaft werden und eine

Familie gründen. Ich war sehr lange ebenso hungrig auf neue Erfahrungen wie du. Bis deine Mutter gekommen ist. Ich habe sie gesehen und wusste, dass ich ein Narr sein müsste, sie nicht für immer festzuhalten, weil keine Bessere kommen würde, egal wie lange ich lebte.« Wehmütig sah er mich an, als suchte er in meinen Zügen die Ähnlichkeit mit meiner Mutter, die früher so auffällig gewesen war, bevor sie markanteren Gesichtszügen wich und ich mehr und mehr meinem Vater glich.

»Dad, was möchtest du mir zeigen?«

Er zuckte die Achseln. »Das hier natürlich.« Er deutete auf die verschiedenen Stapel. »Konto- und Depotauszüge. Liegenschaftsurkunden und Grundbuch-Einträge.« Er betete eine endlose Litanei herunter, die kein bisschen zu seinem schlichten Lebensstil passen wollte, bis er zum Punkt kam: Unter dem Strich stand ein siebenstelliger Betrag, bei dessen Anblick ich mir beinahe die Augen gerieben hätte.

»Dad, du haust hier in zwei Zimmern, obwohl du locker einen Treppenlift und eine Armee von Pflegekräften hättest bezahlen können.«

»Seit wann sind die Mackays Verschwender?« Er schüttelte den Kopf. »Vergiss das gleich wieder. Ich will keine Frau im Kittel, die mich wie einen Säugling pampert und morgens fragt, wie es *uns* denn geht, obwohl offensichtlich ist, dass sie die besten Jahre noch vor sich hat, während ich mitten im Endspurt stecke.«

»Dad, wie kannst du so darüber reden?«

»Wieso? Wie rede ich denn?«

»Als wäre dir der Krebs vollkommen gleichgültig.«

»Ist er nicht. Das kannst du mir glauben. Aber nachdem ich ein paar Schicksalsschläge mitgemacht habe, bin ich mir ziemlich sicher, dass jammern nicht hilft. Wozu auch? Ich würde damit nur meine letzten Tage vergiften, statt mich zu freuen, dass du nach Hause gekommen bist.« Als er meinen skeptischen Blick sah, hob er abwehrend die Hände. »Ist ja schon gut. Ich habe begriffen, dass du vielleicht nur auf der Durchreise bist.«

Alles drängte mich, ihm zu sagen, dass ich mich für das Schloss entschied. Doch das wäre eine Lüge und ich wollte nicht, dass unser gemeinsamer Weg damit endete.

»Gib mir ein wenig Bedenkzeit. Dir bleiben noch Monate.«

»Du willst mich tatsächlich zwingen durchzuhalten.« Duncan grinste.

In mir kroch schon wieder diese Kälte hoch. Er plante doch wohl nicht, sein Leben vor der Zeit zu beenden? Passen würde es zu ihm. Mein Dad hatte die Dinge immer lieber selbst in die Hand genommen, statt sie dem Zufall zu überlassen.

»Was hältst du davon, dich jetzt auszuruhen. Ich räume die Papiere weg und wenn du wieder wach bist, schnüffelt Moira hier herum, serviert dir dein geliebtes Haggis und nimmt dir beim Essen die Lebensbeichte ab.«

»Ich verstehe nicht, warum Hamish diese Frau geheiratet hat. Niemand braucht sie, wo es doch Zeitungen gibt.«

»Vielleicht will er seinen Klatsch mit persönlicher Note serviert bekommen.«

»Dann hätte er eine genommen, die nicht klingt wie ein Hundespielzeug, wenn man drauftritt.« Duncan schob ein paar Kissen beiseite und legte sich hin.

Als ich die Vorhänge schloss, sah ich Cat. In ein paar Decken gewickelt hockte sie draußen am Strand auf einem alten Liegestuhl und warf mit schnellen Bleistiftstrichen etwas aufs Papier.

»Ruh dich aus. Ich sehe noch mal nach dir, ehe wir zu Paddy fahren.« Als ich mich umdrehte, hatte Duncan längst die Augen geschlossen und war in tiefen Schlaf gefallen.

Momentan schien ihn alles anzustrengen. Ich hoffte, dass Ian Recht hatte und das nur an den Tabletten lag.

Aufgewühlt von unserem Gespräch betrat ich die Küche und sah raus auf die Bucht. Cat war völlig versunken in ihre Arbeit. Ich wüsste zu gern, was sie da malte. Aber ich wollte mein Glück nicht strapazieren.

Aignéis würde nicht begeistert sein, dass ihre Großnichte mit mir ausging. Selbst wenn Cat ihr sagte, dass ich nur eine Mitfahrgelegenheit war. Mich jetzt in der Bucht zu sehen, würde Aignéis‘ Stimmung unnötig anheizen.

Also tauschte ich die Jeans gegen eine Jogginghose, band mir die Schuhe und trabte los. Die Landschaft war wirklich einzigartig. Nirgendwo in der Welt gab es dieses Grün, das jeden Winkel zwischen den schroffen Felsen füllte. Saftig grüne Wiesen, die mit leuchtendem Moos auf dem Gestein konkurrierten.

Ich lief die Straße runter, durch den Torbogen, wo Hamish gerade aus seinem Wagen stieg.

»Bleibt es dabei, dass Moira später zu euch rüberkommt?«

»Ja, aber sie muss nicht bleiben«, ich trabte an ihm vorbei. »Hin und wieder bei Duncan vorbeizuschauen, reicht völlig.«

Die alten Pächterhäuser hatten sich kein bisschen verändert. Anders war es bei den kleinen Cottages, die links und rechts der ansteigenden Straße lagen. Denen setzte der Wind, der das salzige Wasser aus der Bucht über Land trieb, weit mehr zu. Putz bröckelte, die angebauten Bretterschuppen waren verwittert, die einst leuchtenden Farben kaum noch erkennbar.

Unter meinen Füßen klapperten die Gitter, die quer über der Straße lagen, um die freilaufenden Schafe aufzuhalten. Sie grasten wie in die Landschaft geworfene Wattewölkchen, teils waren sie mit Farben für die Schur markiert.

Soweit ich erkennen konnte, waren es mehr als in meiner Jugend. Was der Renaissance des Harris Tweed geschuldet sein musste. Ich nahm mir vor, Paddy später danach zu fragen, und rannte die Straße weiter hinauf.

In der Mitte des Anstiegs sah ich mich um. Das Meer lag jetzt bei Ebbe spiegelglatt wie ein See. Die sanften Hügel wirkten, als hätte der Wind sie rund geschliffen, ihnen alles Schartige und Markante genommen, damit nichts den Blick über den weiten Horizont trübte.

Man musste kein Empath sein, um zu verstehen, warum mein Vater dieses Land liebte. Heute sah ich das. Früher hatte ich es nicht gekonnt.

Mir war hier alles zu eng gewesen. Und dann war da die Erinnerung an meine Mutter, die mich im Schloss auf Schritt und Tritt verfolgt hatte. Bei späteren Besuchen hatte auch der Geist meines Bruders wie ein Bleigewicht auf meinen Schultern gelastet. Nicht, dass das die einzigen Gründe gewesen wären, wegzugehen.

Ich hatte mich auf Harris zu Tode gelangweilt. Jahre waren gekommen und gegangen. Immer gleich. Mit den immer gleichen Menschen und Festen. Auf mich hatte die Insel wie ein Hamsterrad gewirkt. Deshalb hatte ich nach der Uni keinen Gedanken daran verschwendet, hier sesshaft zu werden.

Und jetzt? Am höchsten Punkt des Hügels macht ich kurz Halt und sog den Anblick der urwüchsigen Landschaft in mich auf, bevor ich zurücklief.

Schon am Torbogen sah ich, dass Cat fort war. Der Liegestuhl stand verwaist im Sand. Vorfreude überkam mich bei dem Gedanken, sie gleich abzuholen.

Ich sprang unter die Dusche, schlüpfte in ein frisches Hemd und zog zum Kilt einen dunkelblauen Pullover über. Dann fuhr ich den Land Rovers ums Haus und parkte in Aignéis Zufahrt. Die Scheinwerfer hatten das kleine Häuschen noch nicht ganz erfasst, als Cat aus der Tür sprang.

»Bitte, fahr sofort los.«

»Aignéis?«

»Jep, zu viel Zeit im siebten Kreis der Hölle und du kannst dich nie mehr über irgendetwas freuen. Also bitte, erlöse mich von ihren Launen und tritt tüchtig aufs Gas. Wie geht es deinem Dad?«

»Unverändert«, erklärte ich knapp, bevor ich auf das Thema kam, das mich brennend interessierte. »Wie hat Aignéis denn reagiert, als sie gehört hat, dass du ausgehst?«

Cat runzelte die Stirn. »Frag differenzierter.«

»Okay. Wie gefiel es ihr, dass du zu Claire und Paddy fährst?«

»Das fand sie ganz prima. Sie meinte, nach den ganzen überdrehten Leuten in London könnten die Bewohner von Harris wie ein Exorzismus auf mich wirken. Einen Moment hatte ich Angst, dass sie mich testweise mit Weihwasser bespritzt. Nicht, dass ich am Ende in Flammen stehe und mein Besuch auf Claire wie eine Hexenverbrennung wirkt.« Cat ließ die Hände durch die Luft fahren und erzählte so lebhaft, dass ich mit ihr lachte.

»Also bist du aus dem Haus geflüchtet, weil ...?«

»Ich ihr gesagt habe, dass ich mit dir fahre. Das fand sie nicht so gut. Na ja, zumindest denke ich mir das. Wenn sie flucht, verfällt sie ins Gälische, aber dass dabei Speichel durch die Gegend spritzt und sie die Fäuste ballt, halte ich für ein handfestes Indiz.«

»Und das, obwohl ich seit Tagen keinen Ball in ihren Gemüsegarten geschossen habe.«

Cat grinste: »Entwarnung. Den gibt's nicht mehr.«

»Siehst du, von mir droht keine Gefahr.«

»Du betrachtest das zu rational, denn leider fürchte ich, dass Aignéis das Konzept der Sippenhaft nicht für überholt hält.«

»Das überrascht mich nicht wirklich. Hattest du vor dieser Offenbarung, denn wenigstens einen angenehmen Tag mit ihr?«

Cat hob die Hand und wedelte damit unbestimmt durch die Luft. Mir gefiel ihre humorvolle, lautmalerische Erzählweise.

Nur schien es Cat peinlich zu sein, denn wenn sie es merkte, schob sie die Hände meist unter ihre Schenkel.

»Erst mal hat es eine Strafpredigt gehagelt, weil sie mich beim Verlassen des Schlosses gesehen hat. Wenn es nach ihr geht, darf ich dich ohrfeigen, aber nicht mit dir reden. Dann haben wir zusammen gekocht – Flüche wie gehabt auf Gälisch – und ich habe den Nachtisch gemacht. Mit meinem magischen Trifle hatte ich sie dann.«

»Du kannst ein daseinsveränderndes Trifle?«

»Ich kann noch ganz andere lebensverändernde Dinge. Aber die kosten leider extra. Äh ... könntest du ...« Sie brach ab und wedelte in Richtung Windschutzscheibe.

Da sah ich es auch. Vor uns drängten sich ein paar Schafe, die am Wegesrand grasten. Ich trat auf die Bremse und schaffte es gerade so, den schweren Wagen rechtzeitig zu stoppen.

Cat atmete erleichtert aus. »Was sollte das denn? Willst du noch ein Stück Wild als Willkommensgeschenk für Paddy erlegen?«

»Das ist kein Wild«, gab ich den Schlaumeier zum Besten. Dabei steckte selbst mir der Schreck in den Gliedern.

»Wild oder halb so wild – ist doch egal. Solange du hinter dem Lenkrad sitzt, ist es todgeweiht.«

Junge, sie war ja wirklich wütend. »Hey, komm schon, du weißt, dass das keine Absicht war.«

»Ernsthaft? Ich bin seit knapp einer Woche auf der Insel und weiß, dass man jederzeit damit rechnen muss, dass einem Schafe vors Auto springen. Und du guckst seelenruhig in der Landschaft herum, als wären Tiere auf der Straße das Abwegigste überhaupt.«

»Cat, ich habe mich entschuldigt. Was ist los?«

Die Lippen gespitzt, sah sie zur Seite. »Ich will mir nicht vorstellen, wie es sein muss, wenn man aussteigt und so ein angefahrenes, hilfloses Wesen vor sich hat.« Erneut sah sie mich an. »Tu das nie wieder! Und jetzt fahr, sie sind weg. Nicht dass am Ende ihre Verwandten kommen und sich zu einem Fünf-Gänge-Menü am Wegesrand niederlassen.«

»Aye, Ma'am!«

Schmunzelnd schüttelte Cat den Kopf. »Das ist auch so eine Sache. In London hat mich seit Jahren niemand Ma'am genannt. Was gut ist, denn dabei komme ich mir jedes Mal steinalt vor.«

»Okay, ich sehe nach vorn, nenne dich nicht Ma'am ... sonst irgendwelche Wünsche? Und was ist eigentlich in dem Paket da?« Ich deutete auf das rechteckige, in Packpapier eingeschlagene Geschenk.

»Musst du nicht wissen. Es sei denn, du feierst heute ebenfalls deinen Geburtstag.« Sie hob die Hand und schnippte mit den Fingern. »Falls ich es gerade nicht deutlich gesagt habe. Es ist grün, der Stau hat sich aufgelöst. Wenn du jetzt nicht Gas gibst, werden wir als rollende Straßensperre eingestuft.«

Ich gab Gas und ließ den Rover in gemächlichem Tempo in Richtung Tarbert rollen, um mir keine weitere Standpauke einzuhandeln.

Als ich schließlich auf Paddys und Claires Hof fuhr und die Fahrertür öffnete, klang eine *Fiddle* zu uns herüber.

»Wow, es gibt Live-Musik?« Vor Begeisterung leuchteten Cats Augen, als sie aus dem Rover hüpfte – bis sie mich vor sich stehen sah.

»Was?«, knurrte ich gespielt genervt. Im Grunde wusste ich, was mich erwartete – und freute mich auf den Schlagabtausch.

»Du ... hast ja ... tatsächlich Waden.« Ihre Mundwinkel zuckten.

»Und darauf bist du nicht gekommen, solange ich Hosen anhatte? Was hast du gedacht, wie ich mich vorwärtsbewege? Schwebend?«

»Äh ... nein!« Ein Kichern entrang sich ihrer Kehle.

Ich verdrehte die Augen. »Dir ist schon klar, dass so ziemlich alle Männer, die heute hier aufschlagen, einen Kilt tragen werden? Wenn du bei jedem Einzelnen einen Heiterkeitsausbruch kriegst, riskierst du einen Zwerchfellbruch.«

Cats Lächeln wurde breiter. »Du weißt schon, dass ich praktisch ständig in Gefahr schwebe, weil ich gern lache?«

»Ist nichts gegen einzuwenden, solange du dich nicht über die Leute hier lustig machst.«

»Oh, das tue ich nicht. Ich nehme mir immer den Erstbesten vor und ignoriere danach die anderen. Ich lache nämlich nicht nur gern, ich bin auch gern beliebt.« Ihr Grinsen wurde breiter. »Ist ja schon gut. Für mich ist der Anblick einfach ein wenig fremd. Aber jetzt, wo ich mich dran gewöhne – steht dir gut. Sogar dieses Herrentäschchen.«

»Herrentäschchen?«

»Na, dieses Ding an deinem Gürtel.«

»Ich weiß, was du meinst. Aber wir nennen es einen *Sporran*, um zumindest einen Rest Würde zu behalten.«

»Hm«, Cat legte den Kopf schief, wobei eine Kaskade kastanienbrauner Locken über ihre Schulter fiel. »Funktioniert nicht.«

»Wie bitte?«

»Nimm diese Sado-Maso-Bilder von den Kerlen in den Latexanzügen, die alberne Kapuzen tragen, irgendwo festgebunden sind und ...«

»Ich habe ein Bild: weiter!«, fiel ich Cat ins Wort.

»Meinst du, dass die würdevoller aussehen, wenn sie ihr Latex-Ding einen Anzug nennen?«

»Das ist nicht das Gleiche.«

»Weil dein Herrentäschchen aus Leder ist – schon klar.« Ihr aufgesetzt blasierter Blick wich einem verschmitzten Lächeln. »Ach komm, ich nehme dich nur hoch. Nach einem Tag mit der Großinquisitorin hatte ich einen Lacher dringend nötig. Du siehst toll aus«, lenkte sie ein.

Dabei wäre mir fast rausgerutscht, dass sie in ihrem langen, weich fließenden Rock, zu dem sie Ballerinas und ein kurzes Oberteil trug, ebenfalls toll aussah. Gerade noch rechtzeitig bremste ich mich und wurde ernst. »Wenn es dir mit Aignéis zu viel wird, finden wir im Schloss ein Zimmer für dich. Ich hoffe, das ist dir klar?«

»Damit Aignéis mit der Flinte auf mich zielt, sobald ich das Haus verlasse, weil ich zum Feind übergelaufen bin? Vergiss es. Ich weiß zwar nicht, wieso sie so einen Hass auf euch hat, aber ich finde es heraus.« Unternehmungslustig hakte sie mich unter und zog mich Richtung, wo der *Fiddle*-Spieler sein Instrument in ansteigendem Rhythmus traktierte.

»Wie willst du das anstellen?«

»Ganz einfach: Ich nerve sie mit Freundlichkeit. Das ist, wie ich vorhin herausgefunden habe, das Einzige, was ihr den Wind aus den Segeln nimmt. Lächle sie an, sei zuckersüß und sie kommt sich mit ihren Tiraden dämlich vor. Eigentlich hätte ich schon als Kind darauf kommen können. Hätte sie mich damals nicht so verdammt eingeschüchtert.«

»Wenn du weißt, was ihr die Laune so dauerhaft verhagelt hat, brenne ich darauf, es zu erfahren.« Das tat ich wirklich. Schon seit ich ein Junge war.

»Du wirst der Erste sein, dem ich's erzähle. Und jetzt lass uns reingehen. Mein Outfit ist nicht für diese Temperaturen gemacht.«

An der Tür wartete Claire bereits und begrüßte Cat voller Überschwang. »Endlich. Ich habe schon gedacht, ich bleibe allein mit dieser männlichen Übermacht.«

Wie üblich war das Geschlechterverhältnis nicht annähernd ausgeglichen. Im weitläufigen Wohnzimmer der Familie tummelten sich eindeutig mehr Männer als Frauen.

Ich erkannte Colin und Finley, die mit mir zur Schule gegangen waren. Von ihren besseren Hälften war allerdings nichts zu sehen. »Wo ist Fiona? Und Vika?«

»Zu Hause. Sie waren am Nachmittag zu Lukes Geburtstagsfeier hier und bringen jetzt die Kinder zu Bett. Es ist wie verhext. Als könnten Eltern nicht gemeinsam ausgehen. Mittags die Frauen, abends die Männer.« Claire wandte sich an Cat. »Komm mit, ich stelle dir Paddy vor. Er ist ganz gespannt, weil ich so viel von dir erzählt habe. Außerdem sind natürlich alle neugierig zu hören, wie es mit Aignéis läuft.«

Wie ein bockiges Muli stemmte Cat die Fersen in den Boden. »Ich lerne gern deinen Mann kennen. Aber ich will heute Abend nicht an sie denken, sondern mich amüsieren. Außerdem redet Aignéis in den höchsten Tönen von dir. Wahrscheinlich kennst du sie besser als ich.«

»Ach das«, Claire machte eine wegwerfende Handbewegung. »Das solltest du nicht zu ernst nehmen. Die Leute auf Harris freuen sich über jeden, der auf die Insel zurückkehrt. Deshalb habe ich bei ihr ein winzig kleines Steinchen im Brett. Und jetzt komm mit. Erst vorstellen, dann tanzen.«

Cat und Claire entfernten sich. Ich gesellte mich zu Colin und Finley. Sie waren in die Klasse meines Bruders gegangen, aber beide nicht übermäßig klatschsüchtig, so dass sie mich kaum auf Clemens‘ Unfall ansprechen würden.

Nach dreißig Minuten wusste ich, dass nicht nur sie Land von meinem Dad gepachtet hatten, sondern so ziemlich jeder, der heute anwesend war. Noch eine Stunde und ich war im Bilde über Tweed-Preise, die Whisky-Destillerie und die herabgesetzten Fangquoten, unter denen die Fischer litten.

Immer wieder erklang Cats helles Lachen und ich musste dem Drang widerstehen, mich nach ihr umzusehen.

Als ich mich losriss, um mir ein weiteres Ale zu genehmigen, entdeckte ich sie auf der improvisierten Tanzfläche. Inmitten der Tänzer, die eine Gasse bildeten, aus der sich wechselnde Paare lösten, um ihre Mittänzer zu umrunden, ehe sie sich wieder einfügten, hüpfte Cat mit hochroten Wangen und gab ihr Bestes, um die Formation nicht zu sprengen.

Gott, sie war anbetungswürdig. Fünf Minuten länger mit ihr im Auto und ich wäre über sie hergefallen. Ich war süchtig nach ihren Küssen und diesen süßen Seufzern, die sie ausstieß, sobald ich sie berührte.

Aber das Gespräch neulich hatte etwas in Bewegung gebracht. Wir wussten beide, dass wir nicht von Dauer sein konnten. Sie musste selbst entscheiden, ob ihr eine Affäre in unserer knappen Zeit auf der Insel reichte. Ich würde sie zu nichts drängen, das sie später bereute. Dazu ging sie mir viel zu sehr unter die Haut.

»Möchtest du auch etwas trinken?«, bot ich an, als das Lied zu Ende war und sie mit leuchtenden Augen auf mich zukam.

»Oh ja, bitte. Ein schönes Glas kühles Ale. Ich komme mir vor, als hätte ich Hochleistungssport gemacht.«

»Du siehst auch so aus«, gab ich beim Blick in ihr erhitztes Gesicht zurück.

Die Locken bauschten sich darum, außerdem hob und senkte sich ihre Brust schnell. Nur schien sie keine Ahnung zu haben, wie verführerisch sie gerade wirkte, den sie warf den Kopf zurück und brach in Gelächter aus. »Hättest du mir nicht vorher sagen können, wie anstrengend das wird?«

»Was hättest du dann getan?«

»Mir Aignéis Krücken geliehen und allen gesagt, dass ich zwar liebend gern das Tanzbein schwingen würde, aber leider, leider verhindert bin.«

»Lügnerin. Du hast doch einen Mordsspaß!« Ich stützte die Hand neben ihrem Kopf an die Wand, als hätte ich Angst, sie könnte entwischen.

»Ja und nein. Für Sport bin ich einfach nicht geschaffen. Aber das hier ist wirklich nett. Nur stehe ich es keinen ganzen Abend durch.«

»Dann lass‘ uns ein ruhiges Plätzchen suchen, an dem du eine Pause einlegen kannst. So wie der *Fiddle*-Spieler aussieht, hält er auch nicht mehr lange durch.« Bewaffnet mit zwei Gläsern Ale kämpfte ich mich durch das Gedränge. Mittlerweile waren noch andere Frauen dazugekommen.

Zu meinem Leidwesen entdeckte ich Daisy, den Fluch meiner Schul- und Studienzeit.

Die begehrlichen Blicke, mit denen sie mich taxierte, entgingen mir nicht. Ebenso ihr übertriebenes Augen-Make-up, der freizügige Ausschnitt ihres hoch geschlitzten Kleides und der beinahe greifbare Widerwille, mit dem Paddys und Claires Freunde sie auf Abstand hielten. Würden sie mich fragen, könnte ich ihnen verraten, dass das klug war.

»Halt mir den Platz frei. Ich bin mal kurz verschwunden«, ließ ich Cat wissen, nachdem wir ein freies Eckchen auf einem Sofa ergattert hatten.

Lächelnd sah sie zu mir auf und nickte.

Herrgott, wenn sie so weiter machte, wären mir die Klatschmäuler egal und ich würde gleich über Cat herfallen, um sie zu küssen. Besser, ich drehte mich nicht nach ihr um und nahm mir eine Auszeit, um einen klaren Kopf zu kriegen. Oder?

13. KAPITEL

Cat

»Ist hier noch frei?«

Claire hatte mir viele ihrer Freundinnen vorgestellt. Aber die Frau, die sich jetzt neben mir aufs Sofa plumpsen ließ, kannte ich nicht. Dennoch sagte mir die Art, auf die sie mich ansah, dass sie mich nicht mochte – und trotzdem etwas von mir wollte.

Deshalb, und weil sie meine Antwort nicht abgewartet hatte, gab ich pikiert zurück: »Eigentlich ist der Platz besetzt.«

»Gavin?« Sie lächelte listig.

Ich nickte langsam. Irgendetwas lief hier. Und ich hatte keine Ahnung was. »Ja, Gavin.«

»Darauf kannst du lange warten. Wahrscheinlich macht er draußen gerade die nächste klar.« Ihr fieses Grinsen wurde noch breiter. »Nur für den Fall, dass er sich mit dir langweilen sollte.«

Okay, ich war im Bilde. Ab hier konnte ich wählen: Übler *Party-Bitch-Fight* oder ein fieses Geplänkel mit gespielter Ahnungslosigkeit. Da mir Plan A nicht lag und ich außerdem Paddys Feier nicht verderben wollte, lächelte ich klebrig süß. »Du Arme, hat er das mit dir gemacht?«

Sie schürzte die blutrot angemalten Lippen. »Willst du damit sagen, dass ich nicht gut genug für Gavin bin?«

Mein Gott, sie hatte aber auch mit ihrem Selbstbewusstsein zu kämpfen. »Überhaupt nicht. Ich kenne dich ja kaum. Aber irgendwie klingst du ... du magst ihn nicht«, rettete ich mich in letzter Sekunde, weil mir fast das Wörtchen *verbittert* entschlüpft wäre.

»So würde ich das nicht sagen. Aber ich kenne ihn. Besser, als du denkst.« Das süffisante Lächeln wirkte so abgedreht, dass ich begann, nach einer Ausrede zu suchen, um mich in Luft aufzulösen.

»Daisy.« Gavin sah sie an, als wäre sie etwas lästig Müffelndes unter seiner Schuhsohle.

Sie ignorierte es völlig und begann zu strahlen.

Mein Gott war das schräg. »Ich gehe vor die Tür frische Luft schnappen«, sagte ich und stand auf.

Doch bevor ich mich unters Volk mischen konnte, erwischte Gavin meinen Arm und raunte: »Jetzt lauf nicht weg. Das ist ewig vorbei. Sie will es nur nicht wahrhaben. Lass mich das kurz klären.«

Obwohl ich ziemlich angefressen war, wurde mir warm ums Herz. So, wie Gavin das sagte, klang es, als wären wir mehr als Bekannte mit ungeklärtem Status, sondern als hätten wir ein Date.

Lächelnd sah ich zu ihm auf. »Ich bin gespannt.« Noch während ich sprach, verhakte sich mein Blick mit seinem und ich stieß deutlich hörbar die Luft aus, als hätte sie mir jemand abgedrückt.

Fast war ich dankbar für Daisys wenig diskreten Hustenanfall, der den Bann zwischen Gavin und mir brach. Eine Minute länger mit diesem Schmachtblick und Claire würde morgen vor dem ersten Hahnenschrei vor Aignéis Cottage stehen, um aus mir herauszukitzeln, ob zwischen uns nicht doch etwas war.

Mittlerweile war es in dem kleinen Häuschen so eng, dass man sich durchquetschen musste, weil das Zentrum des

Wohnzimmers noch immer als Tanzfläche herhielt. Nur schallten jetzt Ed Sheeran-Songs aus den Boxen, zu denen ich leise mitsang.

»Du willst doch nicht schon gehen?«

»Nein, ganz bestimmt nicht.« Es war Ian, der plötzlich auftauchte und Claire antwortete, als hätte ich überhaupt kein Mitspracherecht.

»Handelt ihr zwei das unter euch aus, während ich frische Luft schnappe. Wenn ihr fertig seid, kommt einfach raus und sagt mir, was ich tun soll.«

Kaum war es heraus, schlang Ian den Arm um mich. »Ich begleite dich. Nicht, dass du da draußen angefallen wirst?«

»Von tollwütigen Schafen?«, neckte ich ihn.

»Oder von ausgehungerten Schotten. Wie du vielleicht gemerkt hast, hat das Geschlechterverhältnis hier auf der Insel ein wenig Schlagseite.« Er intensivierte den Griff.

Ich wollte es als kameradschaftliche Geste abtun, aber plötzlich strichen seine Finger über meine nackte Taille. Klar konnte das Zufall sein, weil mein Oberteil recht kurz war. Hob ich die Arme, sah man einen Streifen nackter Haut. Trotzdem warf ich ihm einen bösen Blick zu. »Ich bin kein Freiwild.«

Augenblicklich lockerte Ian den Griff und legte die Hand artig auf den Stoff. »Wo ist denn Gavin?«

Ich sah über meine Schulter, wo Daisy nun hektisch auf ihn einredete. »Beschäftigt.«

Ich lief so abrupt los, dass Ians Hand abrutschte, kam aber keine drei Schritte weit, schon parkte er sie wieder um meine Taille – auf dem Stoff.

»Ich kann allein laufen.«

»Das macht dich ja so interessant. Ich mag selbstständige Frauen.«

Widerwillig konnte ich mir das Lachen nicht verkneifen. »Du gibst wohl nie auf?«

»Du meinst, wenn es sich lohnt? Nein!«

»Und wer sagt dir, dass du umgekehrt ein ebenso lohnenswertes Objekt bist?«

Wir erreichten die Haustür und fanden uns inmitten der Raucher in einer Qualmwolke wieder.

Ian dirigierte mich durch die plaudernden Männer zur Hausecke. »Es gab da die ein oder andere, die mir Bestnoten bescheinigt.«

»Schön für dich. Aber ich habe es nicht so mit gebrauchten Dingen.«

»Ich bin kein Ding.«

»Und ich keine Resteverwerterin.« Was gelogen war, denn ich liebte Trödelmärkte und hortete gern Sachen, an denen vor mir schon andere Menschen Freude gehabt hatten.

»Cat, Cat, wieso bist du heute so grantig? Schlägt die Zeit mit Aignéis dir aufs Gemüt?«

Nicht wirklich. Es war anstrengend mit ihr, aber ihre Sticheleien taten längst nicht mehr so weh wie in meiner Kindheit. Mittlerweile akzeptierte ich, dass das ihre Form des Umgangs war. Sie meinte es nicht persönlich.

Was mich dafür sehr persönlich interessierte, war, was zwischen Gavin und dieser Daisy lief. War sie ebenso verrückt wie Simon, der auch nicht wahrhaben wollte, dass es vorbei war? Oder lief da noch etwas? Die Frage wurmte mich.

Umso mehr, als ich den ganzen Tag am Fenster gelauert hatte, um Gavin zu sehen. Dass er joggen gegangen war, hatte ich zu spät bemerkt. Er war bereits ein gutes Stück die Straße runter gewesen, als ich mich umgesehen hatte. Kraftvolle, große Schritte mit langen Beinen. Dazu hatte sein Oberkörper in einem nicht allzu lässig geschnittenen Longsleeve gesteckt, so dass ich neben seinen breiten Schultern und den schmalen Hüften auch seinen knackigen Po bewundert hatte.

Kaum war er außer Sicht gewesen, war ich ins Haus gestürmt und hatte mich am Fenster auf die Lauer legen wollen. Doch das hatte Aignéis mit ein paar gut platzierten Spitzen vereitelt und mich mit dem Unausweichlichen auf Trab gehalten.

Sie kam die Treppen beim besten Willen nicht hoch. Deshalb wollte sie das Schlafsofa. Ich war in ihr Schlafzimmer gezogen. Was bedeutete, dass ich heute Nacht an ihr vorbei musste. Schwebend. Mit angehaltenem Atem und barfuß, um sie nicht zu wecken. Ein Albtraum. War es das wert?

Ich sah zu Ian auf. »Sag mal, wie viel hast du getrunken?«

»Den Kaffee mitgerechnet?«

Sein Welpenblick ließ mich weich werden. Ich lächelte ihn an. »Könntest du so lieb sein, mich nach Hause zu fahren?«, bat ich.

»Darauf willst du hinaus?«

Sein enttäuschter Blick ließ mich endgültig auftauen. »War nur eine Frage.«

»Sorry, aber ich hatte schon vier Gläser Single Malt und zwei Bier, bevor ich dich fand.«

»Warst du zu dieser Party eigentlich eingeladen?«

»Ich habe mich eingeladen, nachdem Gavin mir für das Abendessen abgesagt hatte. Und da Paddy ein gutmütiger Typ ist, freut er sich über jeden, der ihn hochleben lässt. Ich bediene mich also hoch-offiziell an seinem Whisky-Vorrat.«

Das war ja klar. In absehbarer Zeit würde Ian sich allein kein Pseudo-Uber rufen. »Wie gesagt: Kein Problem. War nur so ein Gedanke, eher zu gehen, um es mir mit Aignéis nicht gleich am ersten Abend verderben.«

Ian griff sich zwei Whisky-Gläser von einem Tablett, dass jemand herumtrug. Einen kippte er auf Ex, stellte das leere Glas zurück und griff sich die dritte Portion, ehe er weitersprach. »Ach, und ich habe befürchtet, Daisy hätte dir die Laune verhagelt. Die Wirkung hat sie auf die meisten Menschen. Oder zumindest auf die, mit denen sie redet.«

Jetzt wurde es interessant. »Ich hatte eigentlich den Eindruck, dass Gavin sich freut, sie zu sehen«, gab ich betont harmlos zurück, während die Kälte langsam durch die Sohlen meiner Ballerinas drang.

»Ebenso gut könntest du einen Hinrichtungskandidaten fragen, ob er glücklich über die Ankunft des Henkers ist. Die Antwort lautet: Sie ist die Pest. Und das darfst du wörtlich nehmen. Lässt du dich einmal infizieren, überlebst du es nur mit viel Glück.«

Langsam gefiel mir seine angeheiterte Plauderlaune. So war es echt nicht schwer, ihn auszuquetschen. »Hast du dich mal bei ihr angesteckt?«

»Richtig müsste es heißen, *mit* ihr angesteckt, denn die Frau hat keine Krankheit, sie ist eine. Allerdings war ich bei der Sache nur Zuschauer in der ersten Reihe. Gavin war eine Weile mit ihr zusammen. Dann sind wir nach Edinburgh und der Terror ging los. Sie hat unser Apartment belagert, den Nachbarn abwechselnd die Ohren vollgeheult oder sie mit ihren hysterischen Attacken im Hausflur genervt. Gavin war heilfroh, als er den ersten Job weit weg gefunden hat. Tja, nun ist er zurück und es sieht aus, als hätte sich nichts geändert.« Er kippte den nächsten Drink.

»Er ist wirklich umschwärmt. Schön für ihn.«

»Na ja, in ein paar Wochen ist er zurück in Kanada. Schätze, dann nervt Daisy ein anderes Opfer.« Ian, der nun auch den letzten, großzügig bemessenen Whisky geleert hatte, stellt das Glas außen auf die Fensterbank.«

»War das Nummer sieben?«

»Aye! Wenn ich schon mal keine Bereitschaft habe und es jemanden gibt, der mich nach Hause fährt, muss ich das ausnutzen.«

»Soll ich dir noch einen bringen?« Es war mies, aber ich wollte, dass er weitersprach. In den letzten fünf Minuten hatte ich mehr über Gavin erfahren als in der ganzen Woche davor. Klar wusste ich, dass er nicht auf der Insel lebte und als Hotelmanager arbeitete. Nur hatte ich ihn mir in Edinburgh oder meinetwegen Liverpool oder London vorgestellt. »Was tut er denn in Kanada?«

»Schätzchen, du machst seltsame Schlenker. Gerade wolltest du mir einen Drink organisieren und im nächsten Moment ... ach«, Ian machte eine wegwerfende Handbewegung. Besonders viel vertrug er nicht. Oder er hatte falsch gezählt. »Gavin hat da ein Hotel. Hat er selbst renoviert zusammen mit einem Freund. Schickes Teil. Ein Haupthaus und eine Handvoll nobler Blockhäuser mit Blick über ein traumhaftes Tal. Solltest du mal hinfahren.«

Nach Kanada? Wohl kaum. Zugegeben, ich verliebte mich langsam in die wildromantische Landschaft von Harris, aber für Abenteuer in der Wildnis würde ich mich nie begeistern.

»Worüber redet ihr?« Gavins großgewachsene Gestalt tauchte so unerwartet auf, dass ich zusammenzuckte.

»Cat wollte wissen, was du in Kanada so machst und was es mit Daisy auf sich hat.«

Gavins Miene verdüsterte sich. »Und du hast es dir natürlich nicht nehmen lassen, ihr alles zu erzählen?«

Der Alkohol entfaltete bei Ian zusehends seine Wirkung. Er grinste bierselig und hob abwehrend die Hände. »Hey, ich habe keine Geheimnisse ausgeplaudert und von deinem Stress mit Kelly hab‘ ich ihr auch nichts erzählt.«

Zur Antwort guckte Gavin so finster, dass Ian die Schultern hochnahm, als wollte er in Deckung gehen. »Ist ja schon gut. Ich gehe wieder rein und sehe, ob ich noch etwas zu trinken finde.«

»Hältst du das wirklich für eine gute Idee?« Ich legte meine Hand auf seinen Arm, um ihn zurückzuhalten, doch Ian beachtete mich gar nicht und stolperte feuchtfröhlich über die Schwelle.

»Wenn er getrunken hat, ist er ... redselig.«

»Hm, war ganz aufschlussreich. Kanada also. Warum hast du nichts gesagt?«

»Weil es ein Thema ist, das meinem Vater zusetzt. Deshalb verdränge ich den Gedanken an meine Rückkehr gerade ganz gern.«

»Verstehe, er möchte, dass du bleibst und das Schloss übernimmst.« Gavin hatte ein Plaid mit rausgebracht, das er mir jetzt um die Schultern hängte.

»Wieso ist das für dich so offensichtlich?«

»Es ist kaum zu übersehen, wie sehr er das Schloss liebt.«

»Findest du? Ich war ehrlich gesagt entsetzt, als ich es gesehen habe.«

Wir entfernten uns langsam vom Haus, bis plötzlich der Nebel, der über den sumpfigen Wiesen aufstieg, um unsere Knöchel waberte und der Szenerie etwas Mystisches gab.

»Wieso entsetzt?«

»Ich bin vor über zehn Jahren an die Uni gegangen und war danach immer nur kurz hier. Dabei ist mir ehrlich gesagt nie aufgefallen, wie baufällig es ist. Und da ich seit drei Jahren überhaupt nicht mehr nach Harris gekommen bin, war der Anblick jetzt ein Schock für mich. Aber das ist es nicht, was ich mit dir besprechen wollte. Du wirktest ...« Er suchte nach Worten, was mir Gelegenheit gab, sein markantes Profil im Mondlicht zu bewundern. »Ich hatte den Eindruck, dass Daisy dich überfahren hat. Was nicht das erste Mal wäre. Sie hat eine ziemlich verletzende Art, sich in meinem Leben breitzumachen, obwohl sie darin schon lange keinen Platz mehr hat.«

Eigentlich ging es mich nichts an und das wollte ich Gavin auch sagen. Aber heraus kam etwas ganz anderes. »Weil diese Kelly darin jetzt eine Rolle spielt?«

Tief einatmend fuhr er sich durchs Haar. »Was hältst du davon, wenn wir uns drinnen ein ruhiges Plätzchen suchen. Du zitterst?«

Ich wollte cool tun und abblocken. Doch dafür mochte ich ihn zu sehr und brachte es nicht übers Herz. »Du weißt, dass du mir keine Erklärung schuldest.«

Gavin lächelte, während ich seinen wunderbaren Duft genoss. »Glaub mir, hätte ich das Gefühl, dass du von mir Rechenschaft erwartest, wäre ich schon weg.«

Wir betraten das Haus. Wie vorhin Ian legte nun Gavin den Arm um meine Taille und dirigierte mich durch die Menge. In der Küche fanden wir ein ruhiges Eckchen und Gavin organisierte zwei Gläser Ale. »Im Prinzip ist es ganz einfach. Ich gerate immer an Frauen, die mich für die Lösung halten. Daisy hasst die Insel und dachte, wenn sie sich an mich klammert, sieht sie etwas von der Welt. Bei Kelly ist es umgekehrt. Sie ist jobbedingt viel herumgekommen. Begegnet sind wir uns in einer Clubanlage auf den Bahamas, die ich eine Weile geleitet habe.

Als mein Freund Andrew und ich das Resort gekauft haben, war mir im Grunde längst klar, dass in Kanada nicht das Leben wartete, das Kelly vorschwebte. Trotzdem wollte sie mitkommen. Zu dem Zeitpunkt haben wir uns gut verstanden. Es war okay. Dann sind eineinhalb Jahre daraus geworden, in denen wir uns immer weiter entfernt haben. Wir sind getrennt, aber ihr Problem ist das Gleiche wie Daisys: Sie hält mich für ihre Lösung.«

Wir saßen so dicht beieinander, dass ich seine wunderbare Wärme spürte. Irgendetwas verschob sich gerade zwischen uns, ohne dass ich es greifen konnte. »Wieso erzählst du mir das?«

»Das weißt du. Ich mag dich, verbringe gern Zeit mit dir und würde dich liebend gern näher kennenlernen – aber ich bin nicht die Lösung deiner Probleme und kann dir nicht versprechen, wie lange ich noch hier sein werde. Das Resort ist fertig, ich könnte dort die nächsten Jahre eine ruhige Kugel schieben oder weiterziehen und einen anderen Job annehmen. Mein Dad hätte wie gesagt gern, dass ich das Schloss und die Ländereien übernehme. Vielleicht sind das zu viele Möglichkeiten, denn ich kann mich nicht entscheiden.«

Mein Herz hüpfte, weil ich hingerissen war. Dass er mich kennenlernen wolle, war der Jackpot. Nur konnte ich mir leider problemlos vorstellen, mich zu verlieben. Wie ich ihn dann wieder loslassen sollte, wusste ich nicht. »Gavin, was willst du mir sagen?«

»Dass ich verrückt sein müsste, wenn ich nicht versuche, bei dir zu landen, und auf der anderen Seite keine Chance sehe, wie es nach diesen paar Wochen auf der Insel mit uns weitergehen soll. Du wirst wieder nach London gehen. Mich zieht es ...« Gavin breitete die Arme aus. »Wohin auch immer. Aber das hatten wir schon mal. Es ändert sich nicht, wenn wir es nochmal aufzählen.«

Ich verstand ihn. Verstand ihn so gut. Denn auch ich wollte alles von ihm wissen. Ihn riechen, fühlen und schmecken, mich an ihn schmiegen und ihn necken. Aber dann? Offenbar hatte er das ja schon mehrere Male gemacht und sich ohne große Probleme getrennt.

Konnte ich das? Vielleicht.

Wollte ich das? Ja.

»Es gibt Bedingungen.«

Gavin zwinkerte mir zu, aber hinter seinem Lächeln erkannte ich die gleiche nervöse Anspannung, die ich fühlte. »Schieß los. Oder wird das eine solche Litanei, dass ich es aufschreiben muss?«

Ich seufzte. »Wir erzählen keinem davon. Ich weiß nicht, wie das funktioniert, ohne dass Aignéis und dein Vater es mitkriegen, aber du musst mir versprechen, dass das eine Sache zwischen dir und mir bleibt.«

Gavin legte die Hand um meine Wange. Ich schmiegte mein Gesicht hinein und verlangte gleichzeitig: »Lass das!«

Er schloss die Augen, lachte, zog die Hand aber nicht zurück, sondern strich mit dem Daumen über meine Lippen. »Können wir den Punkt ›unbedingt eindeutige Signale senden‹ auf die Liste setzen?«

»Hör mit den Scherzen auf. Ich muss mich schützen, das ist dir doch klar? Sonst lande ich am Ende im Club deiner Stalkerinnen.«

»Okay, bisher haben wir das Geheim-Ding und die Signal-Sache. Was noch?«

»Wenn wir die Insel verlassen, ist es vorbei. Du rufst nicht an. Ich verspreche dir, kein Ticket zu buchen und nicht nach Kanada zu kommen, um mich mit der Frau zusammenzutun, die sich in deiner Wohnung verschanzt hat.«

»Es ist ein Haus.«

»Das ich nie sehen werde! Mir ist das wichtig. Ich muss wissen, dass es endgültig ist, wenn wir auseinandergehen. Ich will nicht in die Hoffnungsfalle tappen, denn ich kenne mich: Ich bin nicht der Typ für *One-Night-Stands* oder belanglose Affären.«

»Stimmt, du bist der Typ zum Pferdestehlen.«

»Was soll ich in London mit einem Pferd?«

»Sorry, war ein Zitat. Mein Vater hat dich so beschrieben.«

Ich wusste nicht, ob ich lachen oder eine Träne verdrücken sollte, weil ich mir vorstellte, wie Duncan überschwänglich Werbung für mich machte. Dass er gern noch erleben wollte, wie sein Sohn vor den Traualtar trat, konnte ich ihm nicht verdenken.

Als ich mich beruhigt hatte, fuhr ich fort. »Mir ist das ernst. Je weiter du mir die Tür zu deinem Leben öffnest, umso emotionaler wird es für mich. Ich brauche etwas, an dem ich mich orientieren kann, falls ich einen Romantik-Anfall kricgc.«

»Gegen Romantik ist nichts einzuwenden.«

»Doch! Denn das Romantik-Verbot ist Punkt vier unserer kleinen Liste.«

»Bist du fertig?«

Ich überlegte, wobei meine Hand sich verselbstständigte. Langsam fuhr ich Gavins Arms hinauf, genoss seine Wärme, das Spiel seiner Muskeln, als er sich unter der Berührung verspannte.

»Tu das nicht. Nicht hier, wo jederzeit jemand hereinkommen kann.«

Ich nickte, zog die Hand jedoch nicht zurück. »Da ist noch ein Punkt.«

»Du legst jetzt aber nicht fest, wer im Restaurant bezahlt und wer von uns die Kondome besorgt.«

»Schlimmer.«

»Du bist pleite«, er sah mich mitfühlend an. »Sorry, ich habe deinen beruflichen Gau völlig ausgeblendet.«

Ich grinste. »Noch schlimmer!«

»Du beabsichtigst, jungfräulich in die Ehe zu gehen, und willst mir beibringen, dass wir gerade ein rein platonisches Kennenlernen verhandeln?«

»Noch schlimmer!«

»Ich passe.«

»Kein Wunder, denn die Realität ist so grausam, dass du nicht drauf kommst. Aignéis schläft ab sofort unten. Was bedeutet, dass ich mich dematerialisieren müsste, um das Haus unbemerkt zu verlassen.«

Gavin war so perplex, dass er blinzelte. »Das ist ja schlimmer als jede Anstandsdame. Okay, ich rede mit Ian. Der soll schnellmöglich einen Physiotherapeuten finden, der Aignéis besucht und mit ihr das Treppensteigen übt. Wenn sie sich querstellt, darfst du dem Therapeuten auf meine Rechnung einen Monatsvorrat Oropax bestellen. Noch etwas?«

»Nein«, ich ertrank in seinem Blick, »das ... das war alles.« Mein Atem ging gepresst, meine Wangen fühlten sich mit einem Mal sehr gut durchblutet an. Dabei kam mir Gavin immer näher. Seine Lippen streichelten meine und sein Atem kitzelte meine Haut.

Wie oft hatte ich diesen Moment seit dem letzten Kuss herbeigesehnt. Ich schloss die Augen, fuhr mit der Zunge über seine Lippen und genoss die starken Arme, die mich hielten.

Aber das Glück währte nicht lange. Als Gavins Lippen endlich mit meinen verschmolzen, erklang im Gang lautes Gepolter. Hektisch, wie zwei ertappte Teenager, wichen wir auseinander.

»Hier bist du, Cat. Mensch, das nenne ich ein Geschenk.« Paddy kam mit großen Schritten auf uns zu. In der Hand hielt er das Packpapier, in dem das Bild eingeschlagen gewesen war, das ich am Nachmittag von der Bucht gezeichnet hatte.

»Es gefällt dir?«

Er ging vor mir in die Knie und drückte mich. »Gefallen ist gar kein Ausdruck. Claire hat erzählt, dass du Malerin bist. Aber ich hätte nie erwartet, dass du dir für mich so viel Mühe machst.« Er freute sich so aufrichtig, dass ich gerührt war.

»Wo ist dieses Bild?«, fragte Gavin neugierig.

»Irgendwo im Wohnzimmer. Es macht die Runde. Alle sind total aus dem Häuschen.«

Langsam wurde es mir fast peinlich. Klar hatte ich mir Mühe gegeben. Die Malerei war schließlich meine große Liebe. Trotzdem hatte ich in der Kürze der Zeit nichts technisch Anspruchsvolles zustande gebracht. Eine Zeichnung mit schwarzem Fineliner, die ich anschließend mit leuchtend bunten Aquarellfarben koloriert hatte. Ich winkte ab.

Dennoch stand Gavin auf, um sich das Bild anzusehen. Hinter seinem Rücken, verborgen vor Paddy, streckte er die Hand nach mir aus.

Ich ergriff sie und ließ mich hochziehen, wobei Gavin mit dem Daumen meinen Handrücken streichelte. Augenblicklich setzte in meiner Magengrube wieder das Flattern ein.

Den Rest des Abends verbrachte ich wie im Rausch. Ständig musste ich darauf achten, Gavin nicht anzustarren, während ich mich mit wechselnden Grüppchen unterhielt und gefühlt tausend und eine Frage über London beantwortete.

War es wirklich so aufregend, dort zu leben?

Die Stadt war laut, lag im Sommer unter einer Dunstglocke, so dass es nach Essen und Müll müffelte, was die nie enden wollenden Touristenhorden nicht zu stören schien. Aber ja!

Ging ich jeden Abend aus?

Vielleicht, wenn ich im Lotto gewann. Eine Antwort, die enttäuschte Gesichter zur Folge hatte. Als erwarteten sie, dass ich von wilden Partys und Ausschweifungen schwärmte.

Wartete dort jemand auf mich? Ich machte nicht den Fehler, von Simon zu erzählen, und schüttelte vehement den Kopf.

Im Gegenzug wurde ich tausend und eine Frage über die Weberei los, die es mir angetan hatte.

»Komm doch morgen einfach her. Dann erkläre ich dir die grundsätzlichen Dinge. Es ist ganz leicht, wenn man den Dreh einmal raus hat. Zumindest solange man Lochkarten verwendet«, bot Claire an.

Spontan wollte ich zusagen. Durch ihre freundlich unkomplizierte Art hatte ich sie in Rekordzeit ins Herz geschlossen.

Dann fiel mir Aignéis ein. Ich war nicht hier, um Ferien zu machen und konnte Hamishs Frau schlecht bitten, ständig nach meiner Großtante zu sehen.

Außerdem war das Weben die eine Sache, die Aignéis und ich gemeinsam haben könnten. Vielleicht gefiel es ihr, mir das näher zu bringen, was ihr so sehr am Herzen lag. Ein anderer Eisbrecher, mit dem ich unser Zusammenleben auf Zeit erträglich gestalten konnte, fiel mir nach dem verfahrenen Tag nicht ein.

Ich erklärte es Claire, die enttäuscht wirkte, aber mir zustimmte. »Wenn du sie packen willst, dann bei ihrem Talent. Praktisch ihr ganzes Leben dreht sich um den Tweed.«

»Wie das? Sie muss doch einen Ausgleich haben. Andere Interessen?«

Paddy schlang den Arm um seine Frau. »Aignéis anderes

Interesse ist die Schikane. Sie grast die Schäfer ab, begutachtet die Tiere und doziert dann stundenlang, was wir ändern sollen, damit die Wolle ihren unmöglichen Qualitätsanforderungen entspricht.

»Dann schick sie doch weg«, warf ich verständnislos ein. Der Mann war schließlich selbstständiger Schafzüchter. Weber, die seine Wolle brauchten, gab es auf der Insel genug.

Doch Paddy schüttelte seufzend den Kopf. »Aignéis ist auf Harris eine Instanz. Will sie die Wolle nicht, macht es die Runde und dann ist Claire bald meine einzige Abnehmerin. Das reicht nicht zum Überleben. Zumindest nicht, wenn du zwei Kinder durchbringen musst.«

»Ernsthaft? Ihr unterhaltet euch an diesem schönen Tag über die Hexe?« Ian tauchte zwischen Gavin und mir auf und schlang seine Arme um unsere Schultern. Er roch, wie ich mir eine Destillerie mit lecken Fässern vorstellte. War es besser, wenn wir ihn nach Hause schafften?

Vorsichtig sah ich an ihm vorbei zu Gavin, der breit grinste.

»Du wirst morgen sowas von leiden, mein Freund.«

»Ist Cats schuld«, erklärte er schleppend.

»Das ist mir neu. Und was habe ich getan, um dich so abzuschießen? Dir den Whisky intravenös verabreicht?«, amüsierte ich mich.

»Nope! Du hast mich abbitz ... blizz ... blitzen lassen.« Als Ian das Wort endlich meisterte, strahlte er wie ein glücklicher Welpe.

»Sprich mir mal nach: Fischers Fritz fischt frische Fische«, bat ich.

»Was soll das?«, Ian spielte den Verzweifelten. »Verbringst du so viel Zeit mit Aignéis, dass sie auf dich abfärbt? Wenn das so ist, wirst du eine böse, böse Frau sein, bevor sie wieder laufen kann.« Für die paar Sätze brauchte er ewig. Einen Teil musste man sich zusammenreimen, weil die Worte sinnfrei ineinander übergingen. Außerdem kicherte er wie ein kleines Mädchen.

»Habt ihr eine Schlafmöglichkeit für ihn?«

»Aye!«, Paddy grinste gutmütig. »Im Weberschuppen hat Claire ein paar Feldbetten aufgestellt.«

Diesmal war es Gavin, der an Ian vorbei meinen Blick suchte. »Schaffst du es, ihn mit mir da rüber zu bringen?«

Ian überragte mich um mehr als einen Kopf und war kein Fliegengewicht. Aber da war etwas so Unternehmungslustiges in Gavins Blick, dass ich nickte.

»Also dann«, Gavin packte Ians Arm fester, so dass er mich entlastete.

Gemeinsam bahnten wir uns einen Weg vorbei an grinsenden Gesichtern, wobei immer wieder gefrotzelt wurde, ob wir für den Herrn Doktor nicht besser einen Arzt rufen sollten. Ian kicherte wie ein Kind, bis wir ihn nach endloser Schlepperei auf das Feldbett bugsierten.

Irritiert sah er sich um, bis ihm klar wurde, dass die Party für ihn gelaufen war. Ian schnaubte. »Ich will weiter feiern.«

»Weiß ich doch, Mann«, Gavin ging in die Knie und zog ihm die Schuhe aus. »Aber der Whisky ist alle. Also ruh dich aus, bis der Nachschub da ist. Dann mischst du wieder mit.«

Ian schien darüber nachzudenken, bis ein freudiges Strahlen seine Züge erhellte. »Mach'n wir so«, war das Letzte, was er herausbrachte, ehe ihm die Augen zufielen.

»An dir ist ein Top-Krankenpfleger verlorengegangen.« Ich schmiegte mich an Gavins Brust.

Im gleichen Moment schlang er die Arme um meine Taille. Dank des kurzen Oberteils fühlte ich seine Hände auf meiner nackten Haut. »Erinnerst du dich, wo Paddy uns vorhin unterbrochen hat?« Gavins Stimme klang rau. Seine Finger strichen meinen Rücken hinauf.

Ich hob mich auf die Zehenspitzen und genoss Gavins Wärme, seine streichelnden Berührungen und die schiere

Kraft, die sein athletischer Körper verhieß. Meine Haut prickelte.

»Sag mal, Cat Dunn, bin ich jetzt dein schmutziges, kleines Geheimnis?«, fragte Gavin und war mir dabei so nah, dass seine Lippen meine streichelten.

»Schmutzig?« Ich hauchte einen Kuss auf seinen Mund und mein Herz begann zu rasen. »Das muss sich erst herausstellen. Klein bist du jedenfalls nicht.«

Sein Lachen war so warm, dass mir noch heißer wurde. Ich schloss die Augen, atmete Gavins Duft und ergab mich dem Moment. Stürmisch trafen sich unsere Lippen und verschmolzen zu einem Kuss, von dem ich wünschte, er möge nie enden.

Die Hände in seinem Haar vergraben, drängte ich mich an ihn und ignorierte den störenden Stoff zwischen uns. Wie aus dem Nichts keimte in meiner Brust ein Glücksfunken, der sich erst sacht, dann immer schneller ausbreitete, als wäre Gavin ein Licht in mir.

Sein Herz raste – wie meins.

Seine Hände gingen ebenso rastlos auf Wanderschaft wie meine.

Mit jedem hektischen Atemzug, für den wir uns trennten, mit jedem Seufzer und jedem wohligen Brummen verlor die Welt mehr und mehr an Kontur. Ich wollte ihn packen, zum Auto ziehen und weg. Nur weg.

Doch auch diesmal holte die Wirklichkeit uns ein. Genauer gesagt war es ein Kichern vom Schuppeneingang her.

Ich musste die Augen nicht öffnen, um zu wissen, wer dort stand.

Wie um meine Vermutung zu bestätigen, seufzte Gavin resigniert: »Daisy.«

»Dachte ich's mir doch, dass ihr den draufgängerischen Herrn Doktor nicht aus reiner Nächstenliebe rausgeschafft habt.« Ihr abschätziger Blick huschte zu Ian, der mit einem debilen Grinsen auf den Lippen dalag.

Ich wollte mich von Gavin losmachen, doch er hielt mich fest und warf mir einen warnenden Blick zu, bevor er wieder Daisy ansah.

»Warum bist du hier?«

»Weil ...« Sie schloss den Mund und öffnete ihn im gleichen Takt wie ihre Fäuste. Dabei huschte ihr Blick immer wieder zu mir. Anscheinend lagen ihr tausend Dinge auf der Seele, die sie in meiner Gegenwart nicht rausbrachte.

Instinktiv wollte ich flüchten. Das hier ging mich nichts an. Dann fiel mir Simon ein. Wenn er mir in London aufgelauert hatte, war ich über jeden froh gewesen, der mir zu Seite stand. Also blieb ich und ignorierte das ungute Rumoren in meinem Bauch.

»Können wir in Ruhe reden? Unter vier Augen?«

Gavin klang unendlich müde. »Wir haben uns doch vorhin unterhalten. Was soll ich dir noch sagen? Wir haben das vor Jahren schon geklärt.«

Hätte ich den Eindruck gehabt, dass Daisy mit den Tränen kämpfte, ich wäre gegangen. Doch alles, was ich in ihren Augen sah, war der Trotz eines Kindes, das seinen Willen nicht bekam. Als sie diesmal den Mund öffnete, rechnete ich mit wüsten Flüchen. Stattdessen machte sie kehrt, warf die Tür hinter sich ins Schloss und stapfte davon.

Langsam zog Gavin mich wieder enger an sich. »Es tut mir leid, dass du das miterleben musst.«

»Für sie tut es mir leid.«

»Wieso?«, brauste er unvermittelt auf und fuhr sich durchs Haar. »Ich kapiere es nicht. Unser Vermieter in Edinburgh hat uns die Hölle heißgemacht. Dass unsere Nachbarin Ian und mich nicht angespuckt hat, war alles. Wie schafft sie es, dass die Leute Mitleid mit ihr haben, obwohl sich das alles nur in ihrem Kopf abspielt? Wir hatten nie eine große Liebesgeschichte und ich habe ihr auch nicht vorgemacht, sie heiraten zu wollen. Also bitte«, Gavin griff mit eindringlichem Blick meine Hände, »lass nicht zu, dass sie mit dieser Masche durchkommt und dich verunsichert.«

Ich fühlte mich ertappt, nickte aber. »Schon klar, wir haben einen Deal und der wird knallhart durchgezogen.«

»Hart?« Ein Lächeln legte sich um seine Lippen, während er einen Finger unter mein Kinn legte, damit ich ihm in die Augen sah. »Oder zart?«

Schmunzelnd hauchte ich einen Kuss auf seine Lippen und machte mich los. »Wir brauchen einen Plan. Hier können wir jedenfalls nicht bleiben, sonst sind wir morgen das Gespräch von ganz Harris und Aignéis erteilt mir Hausarrest.«

»Du weißt, dass du mit dieser Geheim-Sache einiges von mir verlangst?«

Ich schüttelte den Kopf, griff Gavins Hand und zog ihn mit mir zur Tür. »Es ist besser so. Stell dir vor, dein Vater macht sich Hoffnungen, dich doch noch kurzfristig unter die Haube zu bringen? Willst du ihn enttäuschen?«

Gavin schluckte. »Ist ja schon gut. Ich denke mir etwas aus. Es gibt so viele leerstehende Häuser auf der Insel, da sollte sich ein Plätzchen finden lassen, an dem wir ungestört sind.«

Als wir aus dem Schuppen traten, schlug uns die kühle Nachtluft entgegen. Das *Fiddle*-Spiel hatte wieder begonnen und wir hörten die Menge bis hierher stampfen. »Glaubst du, wir können uns fortschleichen?«

»Könnten wir, wenn ich noch fahren könnte.«

Daran hatte ich nicht gedacht. Also trennten wir uns. Ich schlüpfte ins Haus. Gavin blieb draußen bei den Rauchern stehen.

Als könnte diese harmlose Finte Claire täuschen. »Ich habe gesehen, wie Daisy abgerauscht ist. Nicht, dass ich ihren frühen Abgang bedaure. Aber ich glaube, sie weiß etwas, das ich liebend gern erfahren würde.« Sie grinste so anzüglich, dass ich tatsächlich rot wurde.

Irgendetwas machte diese Insel mit mir. Ich wurde öfter rot als zu meiner Teenie-Zeit. »Können wir das mal in Ruhe bei einem Kaffee besprechen.«

Ein überlegenes Lächeln breitete sich auf ihrem hübschen Gesicht aus. »Ich bitte darum. Damit ich dich in Ruhe ausquetschen kann. Jede von uns war scharf auf Gavin. Er hat so etwas ...« Sie suchte nach den richtigen Worten. »Es lässt sich schlecht beschreiben. Abgesehen davon, dass er heiß ist, erweckt er den Eindruck, dass ihn keine halten kann. Das ist die pure Herausforderung. Versteh mich nicht falsch, ich mag Daisy nicht sonderlich, weil es sie herzlich wenig kümmert, ob ein Kerl vergeben ist, solange er zahlt und ihr ein bequemes Leben bietet. Sie hat schon zwei Ehen auf dem Gewissen. Doch was Gavin angeht, kann ich sie verstehen. Er ist übrigens der einzige Mann, dem sie je hinterhergelaufen ist.«

Grrr, was sollte das jetzt wieder heißen? Dass ich mich darauf einstellen musste, dass sie ständig irgendwo aufkreuzen würde?

»Hey, jetzt guck nicht so. Falls es dir nicht aufgefallen ist, ich hatte euch den ganzen Abend im Blick und wenn du mich fragst, ist er verrückt nach dir.« Claire drückte meinen Arm.

Ich rang mir ein Lächeln ab.

»Na komm, lass uns tanzen. Wer weiß, wann du das nächste Mal Ausgang hast.«

Als ich eine Stunde später neben Gavin auf die Rückbank des improvisierten Sammeltaxis schlüpfte, war ich fix und fertig. Verstohlen griff ich nach seiner Hand.

»Du scheinst dich amüsiert zu haben.«

»Jaa!« Ausgelassen rutschte ich auf dem Sitz herum. »Wer hätte gedacht, dass Volkstänze so viel Spaß machen?«

Er beugte sich zu mir herab. »Wenn du willst, übe ich in den nächsten Wochen mit dir.«

Verstohlen sah ich nach den beiden anderen Fahrgästen. Der neben Gavin schlief mit der Wange an der Scheibe.

Wohingegen der Mann auf dem Beifahrersitz kein bisschen schläfrig wirkte. Neugierig sah er im Rückspiegel zu uns.

Lächelnd zischte ich Gavin zu: »Wir werden beobachtet.«

»Seit wir eingestiegen sind.«

»Und was tun wir dagegen?«

»Hättest du ein Problem mit einer Geschlechtsumwandlung? Dass ich nicht schwul bin, hat sich herumgesprochen.«

Langsam taten mir die Mundwinkel vom künstlichen Lächeln weh. »Sonst ein Vorschlag?«

Gavin lachte verhalten, sagte aber während der restlichen Fahrt nichts mehr.

Ich schaute hinaus, als der Wagen gerade den Torbogen passierte. »Können Sie mich hier rauslassen, bitte?«, rutschte es mir spontan heraus. »Ich würde die letzten Meter gern laufen.«

»Aye!«, kam es wortkarg von vorn. Ob Paddys Vater sauer war, weil er hatte nüchtern bleiben müssen, um den Chauffeur zu spielen?

Gavin seufzte demonstrativ. »Also werde ich wohl auch laufen müssen.« Er fing den Blick von Paddys Vater im Spiegel auf. »Aignéis dreht mir den Hals um, wenn ich sie nachts allein herumstreunen lasse.«

»Aye!«, ertönte es diesmal zweistimmig, weil der Mann auf dem Beifahrersitz wohl ebenfalls Respekt vor Aignéis hatte.

»Das war eine sehr gute Idee«, raunte Gavin, während wir den Rücklichtern des Wagens nachsahen. Kaum war er bei der Biegung hinter dem Schloss verschwunden, drängte er mich gegen den Torbogen.

Augenblicklich überfiel mich wieder das elektrisierende Kribbeln. Wäre es nur nicht so bitterkalt. Zitternd blendete ich die lausigen Temperaturen aus und schlang die Arme um Gavin, der mich gierig küsste. Als ich mich immer lüsterner an ihn drückte, schob er mich weg.

Ich hatte alle Mühe, meine Enttäuschung zu verbergen.

»Hey, ich wäre auch gern mit dir allein. Aber niemandem ist damit gedient, wenn du morgen eine Lungenentzündung hast. Außerdem brennt bei Aignéis noch Licht. Ich schätze, sie will sich davon überzeugen, dass es dir gut geht.

Die Angst, zurückgewiesen worden zu sein, verpuffte. Hand in Hand schlenderten wir die Straße entlang bis zu dem lehmigen Weg, der zu Aignéis Cottage führte.

»Was hältst du davon, wenn wir uns morgen Mittag ...«

»Hast du mal auf die Uhr gesehen? Du meinst heute Mittag«, warf Gavin ein.

»Also okay, Mr Besserwisser, dann treffen wir uns eben heute um eins hier. Ich sage Aignéis, dass ich dich zu deinem Wagen fahre und wir Claire ein bisschen beim Aufräumen helfen und eine Hunderunde mit Silly machen. Anschließend zwacken wir ganz unauffällig eine Stunde für uns ab.«

Wortlos legte Gavin die Hände um meine Wangen, sah kurz zum Cottage, wo Aignéis hinter dem erleuchteten Fenster nicht auszumachen war, und gab mir einen schnellen Kuss, ehe er einen Schritt zurücktrat.

Das war ebenso süß wie frustrierend. Doch was sollte ich sagen? Ich selbst hatte gewollt, dass Aignéis nichts mitbekam. Ein letztes Mal streichelte ich über seinen Arm, dann lief ich ins Haus.

13. KAPITEL

Cat

»Du warst an meinem Webstuhl!«

Ich musste nicht fragen, woher Aignéis das wusste. Die lehmverschmierten Reifen des Rollis neben dem Schlafsofa waren Antwort genug.

»Dir auch einen guten Abend, Tante Aignéis. Hätte ich gewusst, dass du wach bleibst, hätte ich dir ein paar Häppchen vom Buffet stibitzt.«

»Buffet«, sie schnaubte, als wäre ein hübsch dekorierter Tisch mit Speisen die Antwort auf alle Übel des Abendlandes.

Das herrlich aufgeregte Flattern in meiner Brust erstarb. »Es war ein nett gemeintes Angebot.«

»Das ich nicht brauche. Du hast den Kühlschrank mit mehr als genug überflüssigem Kram vollgestopft.« Die Augen leicht zusammengekniffen, presste sie nun auch noch die Lippen aufeinander. Ihre Hände hatte sie in das Deckbett gekrallt.

Plötzlich war mir ganz beklommen zumute. Wüsste ich es nicht besser, würde ich denken, dass sie Angst vor mir hatte. Aber das konnte nicht sein. Ich tat niemandem etwas zuleide. Noch nicht mal Simon hatte ich die Ohrfeige verabreicht, die ihm gebührte. Wieder rang ich mir ein Lächeln ab. Langsam wurde es zur Marotte. »Schlaf gut. Wir sehen uns morgen früh. Ruf einfach, wenn ich dir aus dem Bett helfen soll.«

»Du warst an meinem Webstuhl!«

Himmel, wollte sie tatsächlich jetzt darüber reden? »Als ich die neuen Fäden angeknüpft hatte, habe ich es ausprobiert. Ich schneide es morgen ab und werfe es weg. Okay?«

»Hm«, grummelte Aignéis und zog die Decke bis unters Kinn. »Hm.«

Ich nickte, auch wenn ich keine Ahnung hatte, was die Brummlaute bedeuten sollten. Wieder nahm ich Anlauf, nach oben zu gehen, aber Aignéis schien jetzt hellwach.

»Nur Dummköpfe trampeln einfach auf den Pedalen herum. Wie die Weiber in den Weinbergen, die Trauben in einem Holzbottich zerstampfen.«

Wieso war ich auch so blöd und hatte meinen kläglichen Webversuch nicht gleich entsorgt? Ich griff gerade nach dem Geländer, als Aignéis weitersprach.

»Aber du hast schnell gemerkt, woran es hapert.«

Verwirrt sah ich über meine Schulter. Dass sie etwas Nettes sagte, war verwirrender als all die Meckerei am Nachmittag.

»Na ja, es war total ungleichmäßig. Man muss nicht Einstein sein, um drauf zu kommen, dass man langsam und rhythmisch treten muss, damit es besser wird.«

»Aye, das stimmt. Wer sich auf den Stoff einlässt und Respekt vor seiner Arbeit hat, macht es so.« Sie räusperte sich und schaute dabei ganz verwundert, als könnte sie selbst kaum glauben, dass sie gerade freundlich gewesen war. »Ich habe lange eine Nachfolgerin gesucht. Claire ist geschickt ... nun ja, sie kann nicht hier arbeiten, weil sie nebenher die Kinder beaufsichtigt.« Nun drehte Aignéis auf. Mit einem Augenrollen ging es los. Dann keifte sie unvermittelt auf mich ein. »Du glaubst nicht, was für unverschämte, dumme Dinger sich gemeldet haben. Meinten, ich würde mir viel zu viel Stress machen. Dass es mit Lochkarten und Standardmustern genau so gut geht.« Sie setzte sich auf, ließ die Decke aber nicht los.

»Stress. Wenn ich das schon höre. Früher hatten wir einfach zu tun. Aber nein, heute muss es für alles ein Wort geben und wenn es ein Wort dafür gibt, taugt es auch als Krankheit. Jeder jammert darüber, statt froh zu sein, sich nützlich machen zu können.« Sie schnappte nach Luft. »Wollten genau so gut verdienen wie ich. Für Lochkartenmuster«. Aignéis höhnisches Lachen hallte durch das triste Wohnzimmer.

»Schwierig«, gab ich zurück. »Was hast du ihnen geantwortet?«

»Dass sie sich zum Teufel scheren und ihre Lochkartenmuster in einer verdammten Fabrik weben sollen.«

»Aber das war nicht die Lösung deines Nachfolge-Problems, nicht wahr?«, fragte ich mit einer Sanftheit, die mich selbst überraschte.

Aignéis ließ die Hände mit der Decke ein wenig sinken. »Nein, das war es nicht. Und es ist schon sehr lange niemand mehr gekommen, um sich den Webstuhl anzusehen.« Sie sprach von dem riesigen Trum wie über einen guten Freund.

»Vielleicht überlegen wir gemeinsam, wie du jemanden finden kannst. Claire hat gesagt, dass sogar Leute aus London kommen, um sich als Weber selbstständig zu machen.«

Diesmal bekam ich eine ganze Menge »Hm's« am Stück, bevor Aignéis mit der Sprache rausrückte. »Du könntest es.«

Ich hatte mich wohl verhört. »Tante Aignéis, ich habe Malerei und Illustration studiert und in dem Job würde ich gern weiter arbeiten.« Dieses Gespräch brauchte ein Ende. Ganz dringend, bevor ich mich aus lauter Mitleid breitschlagen ließ, den Rest meines Lebens auf dieser Insel in die Pedale zu treten. »Schlaf gut. Morgen unterhalten wir uns in Ruhe.«

»Heute, wir reden heute«, gab sie rechthaberisch zurück. Fast konnte man meinen, dass sie es nicht übers Herz brachte, ein Gespräch versöhnlich zu beenden.

Aber hatte Gavin vorhin nicht etwas Ähnliches gesagt? Richtig. Heute. Ich würde ihn heute wiedersehen.

Lächelnd sah ich Aignéis an, ging neben ihr in die Knie und drückte meiner völlig verdutzten Tante einen Kuss auf die faltige Wange. »Wir gehen jetzt beide schlafen, sonst komme ich morgen nicht aus dem Bett und du liegst bis zum Mittag auf dem Sofa.«

Ich strahlte sie dermaßen fröhlich an, dass sie nur einen weiteren Brummer herausbrachte, bevor ich im Sturmschritt die steile Stiege hinaufeilte.

Begrüßt wurde ich am nächsten Morgen mit dem denkwürdig liebenswerten Satz: »Du bist arbeitslos!«

Ich blieb stehen, atmete einmal tief ein und ging wieder nach oben.

»Cat? Catlyn? Du dummes, dummes Mädchen, bist du über Nacht völlig durchgedreht?«

Wer weiß, wie ich reagiert hätte, befänden sich meine Hormone nicht im Aufruhr. Ohne die Aussicht, gleich Gavin zu treffen, wäre ich sicher gekränkt oder wütend oder beides. So stand ich ein wenig schadenfroh im oberen Flur und wartete, dass die Tirade aufhörte.

Beschwingt lief ich zum zweiten Mal nach unten und wünschte Aignéis einen strahlend schönen guten Morgen.

Sie sah mich, holte Luft und: »Ich wusste es, deine nichtsnutzige Familie um Hilfe zu bitten, war ein Fehler. Ich hätte gleich darauf bestehen ...«

Als sie sah, dass ich wieder nach oben ging, verebbte das Gespött. Trotzdem wartete ich ein paar Minuten im oberen Flur, bevor ich den dritten Anlauf wagte. »Guten Morgen, Tante Aignéis. Hast du gut geschlafen?«

»Ob ich gut geschlafen habe? Dummes Mädchen, das kann unmöglich dein Ernst sein? Weißt du, wie hart dieses Sofa ist? Ein Fakir liegt bequemer als ich ...«

Den Rest der Litanei verstand ich nicht, denn ich war längst wieder im oberen Flur, wo ich überlegte, Wetten anzunehmen. Wie viele Anläufe würde es brauchen, bis sie begriff, dass ich ab jetzt nicht mehr so mit mir umspringen ließ? Ich tippte auf fünf, es konnten auch sechs werden.

Tatsächlich brauchte ich sieben Auftritte, um ihr ein schmallippiges »Guten Morgen!« zu entlocken, auf das weder ein dummes Mädchen, noch irgendeine Jammerei folgte.

Viel länger hätte sie auch nicht durchgehalten. Kaum saß sie im Rollstuhl, musste sie zur Toilette, wo sie in rasender Geschwindigkeit von einem Sitz auf den anderen wechselte. Sie musste kurz vor dem Platzen gewesen sein.

Gut so, ich konnte jedes Argument brauchen, das sie dazu brachte, mit den Krücken zu üben.

Dass das nicht nur für ihre Muskulatur, sondern auch für Aignéis‘ Kreislauf wichtig war, hatten die Sanitäter mir vom Krankenhauspersonal ausgerichtet. Schwer zu verstehen war das nicht – es durchzusetzen hingegen schon. Falls ich die Nummer mit der Treppe auch hierbei durchzog, hatte ich bis zum Abend Muskelkater.

Ich beschloss, erst einmal Frühstück zu machen, und war gerade dabei, den Kaffee aufzubrühen, als Aignéis in die Küche gerollt kam.

»Darf ich in meinem Haus jetzt nichts mehr sagen, ohne dass du an die Decke gehst?«

»Du kannst alles sagen, solange es respektvoll ist. Kommentare wie nichtsnutzige Familie, dummes Mädchen und Ähnliches, was ich als negativ interpretieren könnte, stehen auf dem Index. Dazu gehört auch der Kaffee, den ich morgens intravenös brauche.« Als kleines Friedensangebot reichte ich Aignéis ihren Tee, bevor ich mich zwang, weiterzureden. Das hier musste jetzt geklärt werden, oder ich würde jeden Morgen Treppen steigen, bis ich ebenso viele Höhenmeter wie Reinhold Messner auf dem Tacho hatte.

»Ich habe lange überlegt, ob ich es aushalte, vier bis sechs Wochen mit dir unter einem Dach zu schlafen. Die Antwort ist: Es war klar, dass es schwierig wird. Auf der anderen Seite geht es Mum nicht gut. Dad hat jede Menge Arbeit, die liegenbleibt, wenn sie sich um dich kümmern. Die beiden scheiden als Helfer aus. Also bleibe ich. Es ist deine Entscheidung, ob ich mir ein Zimmer in einer Pension nehme und alle zwei, drei Stunden reinkomme und nachsehe, ob du etwas brauchst – oder ob wir uns zusammenraufen und freundlich miteinander umgehen.«

Unsicher, ob ich zu weit gegangen war, huschte ich aus der Küche und ging ins Bad, wo ich mir eine schöne Dusche genehmigte. Dann ließ ich den Hund vor die Tür, der sicher auch kurz vor dem Überlaufen stand. Als ich zurückkam, war der Frühstückstisch gedeckt.

Aignéis brütete in ihrem Rollstuhl vor sich hin, sagte aber nichts. Andererseits gab sie auch keine Biestigkeiten von sich, was ich als Fortschritt wertete.

Also erzählte ich ihr von Paddys Party und wie tollpatschig ich mich bei den Tänzen angestellt hatte. Letzteres sorgte immerhin dafür, dass sich ihre Mundwinkel kräuselten. Aber ich hatte sie tatsächlich noch nie lachen sehen.

»Worauf wolltest du vorhin hinaus?«

Ihre Augen verengten sich. Da war wieder dieses Misstrauen, das ich nicht verstand. »Was meinst du?«

»Na, als du gesagt hast, ich sei arbeitslos. Das weißt du doch. Sonst hätte ich nicht herkommen können.«

Tatsächlich setzte sie sich aufrechter hin. »Wir ... wir könnten es miteinander probieren.« Sie sagte es so zaghaft, so ernst, wie ich sie noch nie gehört hatte. Da schwang ehrliche Angst vor meiner Reaktion mit.

»Aignéis, ich habe mich an den Webstuhl gesetzt, weil mich ein Satz von Claire fasziniert hat. Dass du die Farben der Natur in Stoff übersetzt. Als ich das einmal begriffen hatte, habe ich deine Arbeit mit anderen Augen gesehen. Nur fürchte ich, dass mir Pinsel mehr liegen.«

»Du hast es noch nicht probiert«, sagte Aignéis beinahe schüchtern.

»Ich würde es gern lernen. Doch das ändert nichts. Mein Leben spielt in London. Hier kann ich kaum Geld verdienen.«

Ebenso eilig, wie ihr Mund sich öffnete, schloss sie ihn wieder.

Langsam tat sie mir leid. »Aignéis, du kannst mir wirklich alles sagen. Solange du mich nicht beleidigst, höre ich dir gern zu. Du musst nicht meiner Meinung sein. Wie gesagt: Solange wir respektvoll miteinander umgehen, komme ich klar.«

»Du könntest hier sogar eine ganze Menge verdienen. Das Wichtigste bringst du mit. Ein Gefühl fürs Weben und einen guten Farbsinn.« Sie hob die Achseln und wirkte ein wenig verloren.

Noch nie hatte ich einen Menschen erlebt, der sich so unwohl damit fühlte, etwas Nettes zu sagen. Was dachte sie von mir? Dass ich über sie herfiel, wenn sie mir entgegenkam, statt mich mit Spott und Bosheit auf Abstand zu halten? Oder hatte das längst ein anderer erledigt und Aignéis hatte ihre Lehren gezogen und diese unüberwindliche Deckung aufgebaut?

Ich wusste, dass es nicht richtig war, ihre Notsituation auszunutzen, um ihr das auszutreiben. Andererseits hatten die Kündigung und das Aus mit Simon mein Selbstbewusstsein gehörig zusammengestaucht. Ich würde es nicht so einfach wegstecken, wenn sie wochenlang auf mir herumtrampelte. Also musste ich beim eingeschlagenen Kurs bleiben.

Den dampfenden Kaffeebecher in Händen, stützte ich die Ellbogen auf. »Nehmen wir mal an, du bringst mir das Weben bei. Damit würde ich zulassen, dass du dir Hoffnungen auf etwas machst, das wahrscheinlich nie eintrifft.«

»Das wäre dann mein Risiko.«

Ich nickte. »Und es wäre ungefähr so hoch, wie im *Inner Ring* von London zur *Rushhour* mit verbundenen Augen herumzulaufen. Wenn du dabei nicht über den Haufen gefahren wirst, ist es ein Wunder. Denn selbst wenn die Weberei mir gefällt – ich habe in London Freunde, ein Leben. Ich wohne gern mit Neila und unserer Freundin Fanny zusammen. Das alles aufzugeben ...« Nun zuckte ich die Achseln.

Doch davon ließ Aignéis sich nicht beirren. »Du räumst den Tisch ab. Ich suche ein einfaches Muster aus. In einer halben Stunde treffen wir uns im Schuppen.«

Es tat mir leid, ihrer Unternehmungslust einen Dämpfer zu versetzen. »Aignéis, ich fürchte, daraus wird nichts.« Wir hatten beide lange geschlafen. »Es ist schon halb zwölf. Wir müssen mit den Krücken üben und gegen eins fahre ich Gavin zu Claire. Er muss sein Auto abholen und Claire kann beim Aufräumen jede Hilfe brauchen. Ich fürchte, Paddy wird heute seinen Kopf pflegen und kann nicht mit anpacken. Und dann steht auch noch die Gassirunde mit Silly an.«

Aignéis musterte mich misstrauisch, so als wollte sie prüfen, ob ich eine Ausrede erfand, um sie zurückzuweisen. Schließlich nickte sie, was reichlich resigniert wirkte.

»Ich bin vielleicht zwei Stunden weg, höchstens drei. Was hältst du davon, wenn wir uns zum Tee treffen und anschließend in den Schuppen gehen?«

Wieder dieser Argwohn, doch diesmal zeigte sich am Ende ihrer Musterung so etwas wie ein verirrtes Lächeln auf ihrem Gesicht. »Von mir aus. Aber hetz mir ja nicht nochmal dieses Wei... äh, Hamishs Frau auf den Hals. Moira schnüffelt in allem herum und tratscht es anschließend weiter.«

»Sie hat dir ins Bett geholfen. Und nach dem Abendbrot die Küche aufgeräumt.«

»Nein, ins Bett schaffe ich es allein. Nur raus nicht. Und dazu, ein paar Teller abzuspülen, brauche ich auch keinen.« Aignéis presste die Lippen aufeinander, wie um mir pantomimisch mitzuteilen, dass sie in diesem Punkt nicht mit sich reden lassen würde. Auf keinen Fall! Hamishs Frau war die Pest und würde es bleiben.

»Also gut, du gehst zur Toilette, ehe wir fahren, damit ich sicher sein kann, dass du wieder gut in deinem Rollstuhl landest. Alles, was du brauchst, stelle ich dir auf den Tisch. Und wenn du nicht klarkommst, rufst du an und ich fahre sofort zurück.«

Der Waffenstillstand dauerte exakt bis zu unserer Übungseinheit mit den Krücken. Nicht, dass Aignéis keine Kraft hatte. Was ihr im Weg stand, war der pure Widerwille, mit dem sie die Übungen ausführte.

»Was stört dich an den Gehstützen?«

»Das fragst du nicht ernsthaft?«

»Wenn du willst, kann ich dabei auch lachen – solange du mir hilfst, es zu verstehen.«

»Sie sind instabil.«

»Weiter.«

»Reicht das nicht?«

»Als Argument? Kaum. Was auch immer du zur Hilfe nimmst, ist stabiler, als auf einem Bein durch die Gegend zu hüpfen. Den Rollstuhl nehme ich dir jedenfalls bald weg. Der sorgt nur dafür, dass du die Muskulatur in deinem gesunden Bein auch noch verlierst.«

Ich staunte selbst, wie hart ich Aignéis gegenüber plötzlich war, wo sie mich doch gestern noch total heruntergezogen hatte. Dann dachte ich an Gavin und es dämmerte mir, wie gut er mir tat.

Dass er mich wollte, war die eine Sache. Aber das Lob, dass Gavin, Duncan und sogar Ian für meine Arbeit gefunden hatten, war Balsam für meine Seele und tat meinem Ego mächtig gut.

Es war verrückt. Trotz des Rauswurfs hatte Lawrence King meine Kompetenz nie in Frage gestellt. Dennoch hatte die Kündigung mich an meinem Können zweifeln lassen. Gavin mochte keinen Job für mich haben, aber er hatte mir etwas viel Wichtiges zurückgegeben – den Glauben an mein Talent.

Während ich mit Aignéis im Schneckentempo Runden um die Möbel drehte, sah ich immer wieder zur Uhr. Ein wenig Mascara könnte nicht schaden und einen hübscheren Pulli wollte ich auch anziehen. Immerhin war es mein erstes Date mit Gavin. Mein Herz raste, wenn ich an seine Küsse dachte. Und seine kraftvollen Hände, die meine Haut erkundeten.

»Cat, so pass doch auf. Du dummes, dummes ...« Sie verstummte schlagartig.

»Sag es ruhig. Diesmal habe ich es verdient.« Immerhin hatte ich sie wegen meiner Tagträumerei zielgenau auf eine Stolperkante zu geführt.

Doch Aignéis sprach nicht weiter, sondern sah begehrlich rüber zum Rollstuhl.

War es okay, die Übung abzubrechen, weil ich mich aufhübschen wollte? Eigentlich nicht. Andererseits hatten wir ein paar Meter geschafft. Das war mehr, als die Physiotherapeuten von sich behaupten konnten. Und sollte man nicht sowieso immer mit etwas Positivem aufhören und nicht erst dann, wenn man überanstrengst war und alles schieflief?

Klammheimlich nickte ich meine Ausrede ab. »Setz dich und ruh dich aus. Ich mache mich fertig. Danach kümmern wir uns um dich.«

Ich flog die Stufen förmlich hinauf und hetzte ins Bad.

Ganze drei Minuten hielt Aignéis es aus. Dann kam ihr alter Mecker-Ton durch: »Was tust du so lange da oben?«

Gute Frage. Ich könnte runterrufen, dass ich mir das Haar bürstete, bis die Locken seidig glänzten, dass ich ein wenig Lippenstift auflegte und mir die Wimpern tuschte. Aber das würde die chronisch misstrauische Aignéis auf unsere Fährte setzen.

»Komme gleich. Ich suche noch etwas Warmes zum Anziehen zusammen.« Dabei zog ich aus dem Haufen mit Neilas farbenfrohen Winterklamotten den Steppdecken-Mantel. Wenn ich mit Gavin allein sein wollte, ging das nur draußen.

Also zog ich mich besser warm an. Dazu schlüpfte ich in meine Lieblingsjeans, die einen runden Knackpo zauberte, und den himmlisch weichen Kaschmir-Pulli, den meine Schwester mir mitgegeben hatte.

Nach rekordverdächtigen dreizehn Minuten stolperte ich die Treppe hinunter und strahlte Aignéis an. »Hast du die Zeit gestoppt?«

»Wie kommst du denn auf sowas?«, grantelte sie.

Ich glaubte ihr kein Wort und hielt jede Wette, dass sie die Wanduhr über dem Ofen nicht aus den Augen gelassen hatte.

Aber wozu diskutieren? Lieber fuhr ich sie zum Bad, legte alles Notwendige bereit, während sie sich erleichterte, und half ihr in den Sessel, bevor ich ging.

»Du kannst mich jederzeit anrufen. Ich brauche maximal eine ...«

»Ja, ja«, grummelte sie. »Ich weiß, wo Claires Hof ist.«

Kurz überlegte ich, ob ich sie an unser Gespräch vom Morgen erinnern sollte, doch dann erschien es mir kleinlich.

»Längstens drei Stunden und ich bin wieder da.«

»Klar, wo sollst du auf der Insel sonst auch hin?«

Fast hätte ich gelacht. »Stimmt, hier ist man schnell erfroren.«

Aignéis schnappte sofort ein, als hätte ich sie persönlich für das Inselwetter verantwortlich gemacht. »In deinem London ist es bestimmt nicht wärmer!«

Sie konnte nicht aus ihrer Haut. Das war okay. Ich erwartete nicht, aus ihr einen Sonnenschein zu machen, solange sie mich nicht beschimpfte und beleidigte.

Beschwingt drückte ich ihr einen Kuss auf die Wange und lief zur Tür. »Ruf an. Lieber einmal zu viel als zu wenig.«

Ich riss die Tür auf und ließ den schneidend kalten Wind herein, was Aignéis Selbstbeherrschung dann doch überstieg. Sie fluchte zünftig, was ich ignorierte. Mit einem Knall zog ich die Tür ins Schloss.

An mein Auto gelehnt stand Gavin. Das Haar vom Wind zerzaust, trug er wieder seinen Schottenrock. Als er mich sah, strahlte er und stieß sich von der Motorhaube ab.

Am liebsten wäre ich ihm um den Hals gefallen. Aber leider konnte man nie wissen, wer im Schloss oder im Cottage hinter dem Fenster lauerte. Schottland war wirklich kompliziert.

»Interessanter Aufzug.« Ich wackelte mit den Brauen, während ich auf Gavins handgestrickte Kniestrümpfe sah.

»Spott aus deinem Mund? Damit hätte ich nie gerechnet. Andererseits lernst du bei der Besten.«

Unauffällig streichelte ich über Gavins Hand, bevor ich den Wagen aufschloss und leiser hinzufügte. »Schön, dich zu sehen. Du warst heute Morgen mein Lichtblick.«

Gavins Lächeln bekam zweideutige Züge. »Du wirkst gar nicht, als hättet ihr gezankt.«

»Haben wir auch nicht. Sagen wir, ich habe mich durchgesetzt. Streckenweise mit ein wenig Magengrummeln, weil ich schon ziemlich hart war. Aber es hat funktioniert. Sie hat sich ehrlich Mühe gegeben, ihren Spott für sich zu behalten.«

Gavin, der mit seltsam verrenkten Gliedern auf dem Beifahrersitz klemmte, legte die Hand auf mein Knie. »Wenn du es wirklich schaffst, ihr das auszutreiben, wird dir zu Ehren in Rekordzeit ein Denkmal auf Harris errichtet. Das ist dir klar?«

Ich kicherte, doch das fühlte sich nicht gut an. »Lass uns nicht darüber lustig machen. Für sie ist es schwierig. Ich habe ihr damit gedroht, mir ein Zimmer in einer Pension zu nehmen, und nur noch alle paar Stunden nach ihr zu sehen.«

»Das klingt, als wärst du sehr wütend gewesen. Was musste sie sagen, um dich so weit zu bringen?«

»Nicht viel. Es war die Summe. Die Erinnerung an Sommerwochen mit meinen Geschwistern, die wunderschön hätten sein können, wäre sie nicht gewesen. Die kleinen Nickeligkeiten, die sie mir im Krankenhaus und in der kurzen Zeit daheim an den Kopf geworfen hat. Heute Morgen bin ich die Treppe runtergekommen und sie hat mich sofort überfallen. Plötzlich war das alles wieder so präsent, dass ich dachte, ich kann so nicht weitermachen. Und wenn ich einer alten, hilflosen Frau dazu die Pistole auf die Brust setzen muss – es gibt Grenzen.« Die Karma-Reden von meinem Dad fielen mir ein. Wenn ihn jemand besonders nervte, wünschte er sich immer, er könnte der Schicksalsbote sein, der es der nervigen Person heimzahlte. Tja, heute war ich wohl dran.

»Mach dir keinen Kopf. Du bist nicht die Erste, die ihr die Meinung sagt. Sie steckt das weg. Möchtest du hören, wie ich den Vormittag verbracht habe?«

»Nur immer raus damit. Ich brenne dafür.«

»Da mein Name auf der Insel bekannt ist, habe ich meinen Kumpel Andrew in Kanada aus dem Bett geworfen und ihn gebeten, für mich ein Ferienhaus zu mieten. Übergabefrei. Wir müssen nur hinfahren, die PIN-Nummer in das Kästchen mit dem Haustürschlüssel eingeben und haben endlich unsere Ruhe.«

»Wahnsinn. Du hast echt Talent, deine Spuren zu verwischen.«

»Ist das alles, was du dazu zu sagen hast?« Er wirkte enttäuscht.

»Hey, ich habe keine Erfahrung mit sowas.«

»Sowas?«

Kopfschüttelnd sah ich kurz rüber zu ihm. »Jetzt mach es mir nicht so schwer. Ich bin nicht der Typ, der sich in Hotelzimmern mit vergebenen Typen trifft. Das ist Neuland für mich. Wenn du wissen willst, was ich denke. Es fühlt sich ein wenig verrucht an. Trotzdem freue ich mich wahnsinnig.«

»So geht es mir. Ich kann es kaum erwarten, dich für mich zu haben. Fahr hier ran.«

Das musste Gavin mir nicht zweimal sagen. Der Wagen stand kaum, da fiel ich ihm schon um den Hals, was nicht leicht war. Seine Knie waren mir im Weg und er musste seine Gliedmaßen noch weiter zusammenfalten, um sich zu mir zu beugen. Trotzdem hielt er mich, streichelte meinen Rücken, fuhr mit der Zunge die Kontur meiner Lippen nach und ächzte bei jeder Bewegung.

»Lass uns weiterfahren, deinen Wagen holen und Claire kurz mit dem Aufräumen helfen. Dann haben wir Zeit für uns.«

»Falls ich je wieder aus dieser Blechbüchse komme.«

»Wenn alle Stricke reißen, rufe ich beim chinesischen Staatszirkus an. Die haben haufenweise Schlangenmenschen und werden wissen, wie man sie entheddert.«

»Nicht witzig, Catlyn Dunn!«

Ich gluckste. »Finde ich schon. Vor allem, wenn du mich mit vollem Namen ansprichst. Tut mein Vater auch immer, wenn er der Verzweiflung nahe ist.«

»Hat er dazu oft Grund?« Gavin spielte den Miesepeter, aber seine strahlenden Augen verrieten ihn.

Grinsend ließ ich den Motor an. »Ständig. Und jetzt fahren wir zu Claire und erlösen dich. Je schneller wir mit dem Aufräumen fertig sind, je eher kann ich deine Lasterhöhle besichtigen.« Etwas nagte an mir. »Sag mal, wollte dein Freund gar nicht wissen, wieso du auf einer Insel, auf der du praktisch ein Schloss besitzt, eine Ferienwohnung brauchst?«

Er seufzte – diesmal war er tatsächlich genervt. »Falls sich dahinter die Frage verbirgt, ob so etwas öfter vorkommt? Nein, tut es nicht. Und Andrew ist nicht der Typ, der viele Fragen stellt. Ich habe ihn gebeten. Er hat zugestimmt. Ende der Geschichte.«

»Ich möchte halt gern wissen, woran ich bin. Ist das so schwer zu verstehen?«

»Erinnerst du dich an deinen kleinen Katalog mit Bedingungen? Du wolltest, dass wir es geheimhalten. Obwohl wir in ein paar Wochen vermutlich beide hier weg sein werden und es uns nicht kümmern muss, was die Leute denken. Findest du nicht auch?«

»Nein, ganz und gar nicht. Es ist nicht falsch, Rücksicht zu nehmen. Und ja, du bist süß. Danke, dass du das für uns eingefädelt hast. Ich dachte schon, ich muss dich mit deinem Röckchen in meinen Steppmantel wickeln, damit dir die Beine nicht abfrieren.«

Gavin knurrte theatralisch. »Nenn ihn nicht Rock. Es ist ein Kilt. Mit mir kannst du das machen, aber wenn du Paddy damit kommst, reißt er dir den Kopf ab.«

»Glaube ich nicht. Bei ihm habe ich einen Stein im Brett. Schon vergessen? Ich habe magische Hände.«

»Darauf bin ich gespannt. Die darfst du mir später gern vorführen.«

Gott, ich hätte ihn so gern noch einmal geküsst, aber auf dem Hof herrschte mächtig Betrieb. Einige Männer schleppten die Feldbetten aus dem Weberschuppen. Die Kinder spielten Fangen und mittendrin wuselte Claire herum und hielt alle auf Trab.

Ich stieg aus und umarmte sie. »Das war so ein schöner Abend. Ich kann dir gar nicht genug danken.«

»Warte ab, wenn wir nächstes Wochenende zum Konzert fahren. Die Kinder schlafen bei meinen Eltern und Paddy ist wild entschlossen, uns danach in einen Tanzschuppen zu schleppen, um dir ein paar schottische Tänze beizubringen.«

»Du meinst, ich soll mich vor Wildfremden blamieren?«, fragte ich skeptisch.

Claire sah mich an, als wären mir über Nacht ein paar Synapsen verkümmert. »Wie viele Leute kanntest du denn gestern Abend?«

»Schon okay, ich hab's kapiert. Ich komme aus dieser Nummer nicht raus.«

»Und du auch nicht!« Claire stupste Gavin, der es mittlerweile aus dem Auto geschafft hatte und neben mir stand, einen

Finger in die Brust. »Wag es nicht, meinen Mann zu enttäuschen, indem du absagst. Er war so glücklich, dass du gestern da warst, dass er sich wie mit siebzehn aufgeführt hat«

Gavin hob fragend die Braue. »Siebzehn? Was soll daran gut sein?«

Claire errötete. »Das musst du nicht wissen.« Eilig stolzierte sie davon.

Wir blieben zurück. »Sag mal, hat sie uns gerade erklärt, dass du für ihre Beziehung eine Art Aphrodisiakum bist?«

Würde Gavin dazu neigen, sich bei Ratlosigkeit am Kopf zu kratzen, hätte er es jetzt getan. »Scheint so. Obwohl es mich überfordert, mir den guten, alten, feurigen Paddy bei der Ausübung seiner ehelichen Pflichten vorzustellen.«

Ich gluckste. »Demnächst schenken wir ihnen ein Album mit Jugendfotos. Wetten, dass neun Monate später ein kleiner Gavin das Licht der Welt erblickt?«

Gavin schüttelte sich und kniff mir unauffällig in die Seite. »Hör auf damit, sonst kann ich Paddy nicht ernst gegenübertreten.«

Just in diesem Moment erschien Paddy gut gelaunt im Hauseingang. Unter einem Arm trug er ein johlendes Kind, das zweite saß auf seinen mächtigen Schultern, weswegen es einiger Verrenkungen bedurfte, bis sie aus der Tür waren.

Ich grinste. »Los, lass uns sehen, ob wir uns im Schuppen nützlich machen können, bevor ich Claires feurigen *Highlander* mit einem Lachanfall begrüße.«

Der Schuppen war fast leer. Nur das Bett an der Wand stand noch. Darauf lag Ian. Und er schnarchte lauter als ein kanadischer Holzfäller – zumindest behauptete Gavin das.

»Ich rüttle ihn wach. Du schaust, ob du Wasser und einen starken Kaffee auftreiben kannst.« Ich sah rasch zur Tür, wo niemand war, und drückte Gavin einen Kuss auf die Lippen.

»Wenn du mich so für meine Dienste entlohnst, kannst du mich gern öfter schicken.«

Ich verdrehte die Augen. »Quatschkopf!«

»Nein, das bist du.«

Er verpasste mir einen Nasenstüber. Das war mir seit zwanzig Jahren nicht passiert und hier auf der Insel gleich zweimal.

»Sag es nicht, Cat. Ich gehe ja schon.« Sein Blick traf mich ins Mark. Wie man in diese eine Sekunde einen solchen Ausdruck von Begehren und Zuneigung legen konnte, war mir ein Rätsel.

Ich begann, an Ians Arm zu rütteln, und erntete ein herzhaftes Grunzen.

»Jetzt komm schon. Du kannst hier nicht ewig liegen bleiben. Sonst bauen sie dir das Bett unter dem Hintern ab.« Wieder zog ich ihn am Arm, als wollte ich eine Tonne Äpfel vom Baum schütteln. »Wird' endlich wach. Sonst helfe ich mit einem Eimer Wasser nach.«

Ian schmatzte. »Wag es nicht.«

»Hey, herzlich willkommen unter den Lebenden. Ich habe schon nicht mehr damit gerechnet, dass du dein Koma aufgibst.«

»Du hast mir keine Wahl gelassen.« Seine Stimme klang, als hätte er mit Scherben gegurgelt. Gierig trank er das Wasser, mit dem Gavin zwischenzeitlich aufgetaucht war. »Wahrscheinlich habe ich von deiner Rüttelei ein Schleudertrauma.«

»Für jemanden, dem es so schlecht geht, hast du ein echt großes Mundwerk«, befand ich.

Auch darauf hatte Ian eine Antwort: »Liegt an den separaten Schaltkreisen.«

Okay, jetzt kam ich nicht mehr mit: »Den ... was?«

»Schaltkreisen. Sagt meine Mum.« Und weil ich immer noch irritiert guckte, erklärte er es mir. »Sie behauptet, meine große Klappe würde unabhängig von meinem Hirn funktionieren.« Er zuckte die Achseln, was anscheinend schon zu viel für seinen Kopf war, denn es entlockte Ian ein leises Zischen.

Mitfühlend sah ich ihn an. »Kommst du allein hoch, oder sollen wir helfen?«

»Wir«, murmelte er selbstvergessen und es dauerte einige Minuten, ehe er aufsah und Gavin bemerkte.

»Er hat dir gerade ein Glas Wasser gereicht. Du kannst ihn unmöglich vergessen haben.«

»Doch ... doch, doch, doch«, stammelte er, was sich nun überhaupt nicht mehr mit den Antworten von vorhin in Einklang bringen ließ.

»Wenn du mich fragst, hat er einen Kater gemischt mit einem ziemlich imposanten Restalkoholgehalt.«

»Und was machen wir dagegen?« Kaum sah ich zu Gavin auf, zupfte ein Lächeln an meinen Mundwinkeln.

»Wir? Nichts! Du nimmst das Navi an deinem Handy und fährst zu dieser Adresse.« Er reichte mir einen handbeschriebenen Zettel. »Die PIN-Nummer für den Schlüssel steht drauf. Ich bringe Ian nach Hause, stelle ihn unter die Dusche und verfrachte ihn mit ein paar Aspirin ins Bett.«

Als müsste jeder, der den Zettel sah, ahnen, was wir vorhatten, schob ich ihn in meine Hosentasche.

Gavin beugte sich herab. »Du bist hinreißend, wenn du rot wirst«, raunte er in mein Ohr.

Meine Wangen wurden noch heißer, ich knuffte Gavin in die Seite. Es war peinlich genug, dass ich regelmäßig anlief wie ein frisch geohrfeigtes Kind. Aber musste er mir das unter die Nase reiben?

»Gut dann ... ich sehe mal, ob ich mich noch irgendwo nützlich machen kann.« Damit floh ich aus der Scheune, bevor Ian auf die Idee kam, unser seltsames Verhalten zu hinterfragen.

15. KAPITEL

Gavin

Ians Kopf hing aus dem Beifahrerfenster, weil ich ihm Gewalt angedroht hatte, falls er sich in den Leihwagen erbrach. »Also hast du das Rennen gemacht.«

»Was hast du gesagt?«

»Wie laut muss ich gegen den Fahrtwind anbrüllen, damit du mit der Sprache rausrückst?« Er lachte. Dabei musste sein Kopf höllisch schmerzen.

»Ich weiß nicht, wovon du redest.«

»Und ob«, brüllte Ian.

Es widerstrebte mir, ihn anzulügen. Aber mindestens ebenso sehr ging es mir gegen den Strich, an dem Versprechen, das ich Cat gegeben hatte, zu rütteln.

Genervt zog ich an Ians Jacke, damit er den Kopf wieder hereinnahm. Fünfmaliges Ausatmen reichte, um dem Inneren des Wagens den Charme einer Brauerei zu verleihen. Vor allem, nachdem Ian das Beifahrerfenster wieder hochgefahren hatte.

»Was auch immer du meinst, gestern Nacht gehört zu haben, ich will, dass du es für dich behältst. Kein Klatsch. Und du wirst Duncan nichts davon erzählen.«

»Ah, das ist es. Du willst nicht, dass er sich falsche Hoffnungen macht.«

»So in etwa«, gab ich knapp zurück. Jeder noch so dämliche Trottel von der Straße hätte kapiert, dass das Thema für mich durch war.

Ian nicht: »In etwa? Was ist da noch?«, fragte mein bester Freund und rieb sich die Schläfen.

»Ian, kannst du einmal respektieren, dass es Grenzen gibt?«

»Ich erzähle dir alles!«

»Das ist genau das Problem. Du erzählst jedem alles, weil deine Beziehungen immer oberflächlich sind und du es nicht für nötig hältst, einer Frau gegenüber loyal zu sein. Wozu auch, wenn du am nächsten Tag einer anderen hinterher steigst?«

»Also steigst du Cat hinterher.« Ian ließ es nicht wie eine Frage klingen, sondern wie eine Gewissheit, die aber definitiv eine Menge Fragen nach sich zog.

Ich seufzte. »Hör auf damit! Wir sind Freunde, trotzdem gibt es Grenzen, die du respektieren wirst.«

»Oh«, Ian stieß den Atem aus, was die ohnehin miese Luftqualität im Wagen weiter nachhaltig beeinflusste. »Es ist dir ernst mit ihr?«

Clevere Frage. Stritt ich es ab, wurde ich dem, was Cat mir trotz unserer kurzen Bekanntschaft bedeutete, nicht gerecht. Ganz zu schweigen davon, dass es eine faustdicke Lüge wäre. Stimmte ich hingegen zu, würde Ian mich noch in zehn Jahren damit aufziehen. Nicht weil es Cat war, sondern weil es in seinem kleinen Komik-Kosmos für einen Knüller taugte, dass ausgerechnet ich etwas mit der Großnichte der amtierenden Inselhexe anfing.

»Ian, ich kommentiere das nicht. Falls dir unsere Freundschaft wichtig ist, gibst du dich damit zufrieden.«

»Ah, und wenn nicht?«

»Steigst du hier aus und läufst die letzten fünf Meilen zu Fuß.« Mir war nicht wohl bei der Drohung. Aber ich würde

Cat nicht verraten, ehe zwischen uns überhaupt etwas passiert war.

Einen langen Moment, der sich bleiern ausbreitete, blieb es still, ehe Ian absolut unbekümmert sagte: »Okay.«

Ich traute ihm nicht. Er war neugierig. Immer schon. Und verwöhnt durch seine Patienten, die ihm unter dem Deckmantel der Schweigepflicht die abgedrehtesten Geheimnisse anvertrauten. »Will meinen?«

Wieder blies Ian genervt die Luft aus. Mittlerweile hatte ich das Gefühl, allein vom Einatmen seiner Alkoholausdünstungen betrunken zu werden.

»Es bedeutet, dass ich kapiert habe, dass es dir wichtig ist. Außerdem sehe ich das nicht ganz uneigennützig.«

»Wie denn sonst?« Ich kam bei dem, was sich in Ians alkoholbenebeltem Kopf abspielte, nicht mehr mit.

»Falls ihr tatsächlich zusammenkommt, überlegst du es dir vielleicht und bleibst hier. Nicht unbedingt auf der Insel. Aber ein Flug nach London kostet mich bedeutend weniger als die Strecke nach Toronto. Außerdem mag ich die Kleine. Spricht zwar nicht für sie, dass sie sich gegen mich entschieden hat. Aber was nicht ist ...«

»Wird Cat hoffentlich für alle Ewigkeit erspart bleiben. Und was meinen Aufenthaltsstatus angeht: Du selbst hast mir gesagt, wie knapp bemessen Duncans Zeit ist. Falls ich mich dennoch gegen Kanada entscheide, glaube ich nicht, dass ich im Schloss leben will und erst recht nicht in London. Das hatte ich schon. Es scheidet aus.«

Weil Ian ausnahmsweise die Klappe hielt, sah ich zu ihm rüber – genauer gesagt in sein ziemlich selbstgefällig grinsendes Gesicht. Mit den Augenringen, seinen Bartstoppeln und den wirr abstehenden Haaren wirkte er wie die groteske, menschliche Entsprechung eines Smileys.

»Solltest du morgen früh auf die Idee kommen, Brötchen zu holen, wäre ich dir verbunden, wenn du einen Schlenker machst, mich abholst und zu meinem Auto fährst. Sonst muss ich Roan mit seinem Quasi-Uber bemühen und der knöpft mir nicht nur dreißig Pfund für die Strecke ab, sondern nervt mich auch mit den Krampfadern seiner Mutter.«

»Vielleicht versuchst du es selbst mal mit London«, schlug ich vor. »Ich kann dich mir richtig gut in einer hübschen Praxis in *The City* vorstellen mit lauter Privatpatienten, die dir ihre Anti-Aging-Wehwehchen präsentieren. Kein Familienanschluss, du bist die Nachtschichten in der Klinik los und musst dir beim Bier in der Kneipe auch nicht mehr ungefragt irgendwelche Furunkel vorführen lassen.«

Ian lachte. Er lachte immer noch, als ich endlich vor seinem abgelegenen Haus hielt. »Mann, du tust tatsächlich alles, um von Cat abzulenken. Viel Spaß mit ihr. Und keine Sorge. Ich betrachte diese Fahrt wie ein Angehörigengespräch. Immerhin ist dein Dad mein Patient. Also sind meine Lippen versiegelt.« Er stieg aus, klopfte aufs Dach und lief los.

Kaum war er im Haus, fuhr ich derart rasant an, dass der Kies in der Auffahrt spritzte.

Den Rückweg durch Tarbert und über die malerische, einspurige Küstenstraße nach Baile Tràghad schaffte ich in Rekordzeit. Trotzdem war es bereits halb vier, als ich den Leihwagen hinter einem halb verfallenen Herrenhaus parkte, damit man ihn von der Straße aus nicht sah.

Das alte Gehöft, das Andrew in meinem Auftrag gebucht hatte, lag nicht weit von Baile Tràghad entfernt. Cat konnte sich bei Aignéis für einen Hundespaziergang mit Silly entschuldigen und wäre zu Fuß in zehn Minuten dort. Ich würde mich aus dem Schloss fortstehlen, indem ich zum Joggen ging. Es war die Lösung.

Auch wenn das Haupthaus des Gutes nicht gerade vertrauenerweckend war. Irgendwer hatte die Scheiben eingeworfen, die Haustür hing schief in den Angeln, Dachpfannen waren heruntergekommen. Ein Geisterhaus, in das sich selbst

Landstreicher nicht verirren würden. Soweit ich wusste, gehörte es einer Erbengemeinschaft, die es verfallen ließ, während sie darüber stritt, was mit dem einst herrschaftlichen Gut in Traumlage geschehen sollte. Vermutlich würden sie noch zanken, wenn das Haus mitsamt den riesigen Stallanlagen einstürzte, um sich anschließend in die Haare zu kriegen, wer die Schuld daran trug.

Hergerichtet hatte man nur das kleine Häuschen, in dem früher das Personal des Gutshofs gelebt hatte. Ein weiß getünchtes Cottage mit dunklen Schindeln und Holzfenstern. Er frische Anstrich konnte nicht darüber hinwegtäuschen, wie alt sie waren. Trotzdem wirkte es heimelig, denn dahinter brannte Licht. Rauch stieg aus dem Kamin auf. Eilig lief ich hinüber und klopfte. Meine Hand hing noch in der Luft, da riss Cat bereits die Tür auf.

»Das ist so gruselig hier. Weißt du, wie erschrocken ich bin, als ich einen Wagen gehört, dich aber nicht gesehen habe? Hier könnte wer weiß was passieren, ohne dass irgendjemand es mitkriegt.«

»Hey, ich bin ja da.« Ich schloss Cat in meine Arme und genoss es, wie nachgiebig ihr zierlicher Körper sich an mich schmiegte.

Wie immer verströmte sie diesen schwachen Vanilleduft mit einem Hauch Orange.

»Tut mir leid, ich wusste nur, dass sie hier ein Ferienhaus vermieten. Dass die Erben das Gut so verkommen lassen, während sie sich streiten, war mir nicht bewusst. Sonst hätte ich Andrew gebeten, im Internet nach etwas anderem zu schauen.«

»Schon gut. Hauptsache wir können ungestört zusammen sein.« Cat lehnte sich ein wenig zurück, um mir in die Augen zu sehen. »Das Häuschen ist eigentlich ganz nett. Sehr gemütlich eingerichtet. Es gibt genug Feuerholz und man hat uns sogar eine Dose Tee und ein wenig Gebäck zur Begrüßung bereitgestellt.« Ohne ein weiteres Wort stellte sie sich auf die Zehenspitzen und hauchte einen Kuss auf meine Lippen, der all meine Sinne berührte.

Gott, ich hatte noch keine Frau so begehrt wie Catlyn Dunn. Ich mochte ihre Quirligkeit, die Herzlichkeit, mit der sie alle in ihrer Umgebung aufnahm. Selbst die strenge Seite, die hervorbrach, wenn man über ihre farbenfrohen Klamotten und das alberne, kleine Auto lästerte. Sie war einfach perfekt. Klug, humorvoll und so sinnlich, dass ich – sobald sie einen Raum betrat – an nichts denken konnte, als daran, endlich ihren nackten Körper zu liebkosen.

Ohne einen Blick an die Einrichtung zu verschwenden, hob ich Cat auf meine Arme und trug sie zum Sofa. Mein Herz raste, während unsere Zungen miteinander verschmolzen und mein Schwanz hart wurde.

Genüsslich erkundete ich ihre Haut. Jeder Zentimeter warm, zart und betörend. Ich streichelte ihren Rücken hinauf, wollte eben die Häkchen ihres BHs öffnen, als Cat mich von sich wegschob.

»Das geht jetzt nicht. Ich muss zurück.«

»Du musst ... jetzt?« Es verlangte mir eine Menge Selbstbeherrschung ab, nicht zu schreien.

»Ja, jetzt! Ich habe Aignéis gesagt, dass ich drei Stunden weg bin. Die sind um. Außerdem war ich so durcheinander, dass ich aus dem Haus gestürmt bin und Silly vergessen habe. Sie dreht mir den Hals um, wenn der Hund sein Bein am Küchentisch hebt.«

»Kann sie sich nicht einen Moment länger gedulden? Eine halbe Stunde?«

Cat schüttelte den Kopf und legte die Hände um meine Wangen. »Tut mir leid, aber wir haben bei Claire zu viel Zeit vertrödelt. Dann noch die Fahrerei.« Entschuldigend zuckte sie die Achseln und hauchte zarte Küsse auf meinen Mund. »Ich mache das wieder gut, versprochen. Morgen rede ich mit

Claire, damit ich sie Aignéis gegenüber als Alibi benutzen kann. Claire hat uns gestern eh zusammen gesehen und mir ihr Wort gegeben, dass sie dichthält.«

»Du verlangst mir viel ab mit deiner Geheimhaltungsklausel.«

»Wäre es dir lieber, wenn Duncan sich Hoffnungen macht?«

Sie hatte ja Recht. Aber das dämpfte meine Enttäuschung kein bisschen. »Das hier fühlt sich an, als wäre ich wieder ein fünfzehnjähriger Teenager, der nicht weiß, wohin er mit seiner Freundin gehen soll.«

»Fünfzehn? Wow, du hast zeitig angefangen.« Cat lachte leise. »Glaub nicht, dass es für mich weniger frustrierend ist. Aber ich will den Waffenstillstand mit Aignéis nicht überstrapazieren.« Als sie sich endgültig losmachte, rumorte es in mir.

Es war nicht nur der Wunsch, sie auszuziehen und ihren herrlich weiblichen Körper endlich zu erkunden und mit ihr zu schlafen. Mehr als alles andere wollte ich Zeit mit Cat verbringen. Keine Frau hatte mich je so für sich eingenommen, wie sie es praktisch ab der ersten Minute getan hatte.

Widerwillig folgte ich ihr zur Tür, wo sie mich noch einmal hungrig küsste. Plötzlich zählte nichts, außer sie zu spüren, zu berühren, ihren süßen Duft zu atmen.

»Versprich mir, dass du schnell mit Claire redest«, bat ich.

»Sonst kann ich immer noch den Hund Gassi führen oder einkaufen. Uns wird etwas einfallen, vertrau mir. Nur dieser Nachmittag gehört Aignéis. Sie wollte mir schon am Vormittag ihren Webstuhl erklären. Du kannst dir denken, wie ungeduldig sie jetzt mit den Hufen scharrt. Zumal ich dumme Nuss wie gesagt den Hund vergessen habe. Sie kann ihn zwar auf den Hof rauslassen. Aber das ersetzt keinen Spaziergang.« Sie gab mir einen sanften Kuss. »Sieh dich hier um. Das Häuschen ist wirklich hübsch eingerichtet. Der Kamin wird noch ein Weilchen brennen. Dein Tee zieht in der Küche.«

Cat wand sich aus meinen Armen und schlüpfte durch die Tür. Wenig später hörte ich das Tuckern ihres winzigen Wagens, der vom Hof fuhr.

Frustriert ließ ich mich auf das samtbezogene Chesterfield-Sofa sinken und starrte in die Flammen. Wieso musste es so kompliziert sein? Und warum ausgerechnet mit einer Frau, die ein völlig anderes Leben führte als ich?

Die Hände hinter dem Kopf verschränkt, ließ ich den Blick durch den Raum schweifen. Die Einrichtung war heimelig. Ein bisschen Landhaus, eine Prise Vintage und viele maritime Elemente. Das ging besser. Zumal ich aus leidvoller Erfahrung wusste, wie gern Touristen Deko-Kram als Souvenirs mitgehen ließen. Hotels gaben ein Vermögen aus, um gestohlene Bilder, Kleiderbügel und Handtücher regelmäßig zu ersetzen.

Schob ich jedoch in Bezug auf die Einrichtung meine professionellen Bedenken beiseite, war dies ein behagliches Liebesnest. Zumindest für Cat und mich. Touristen, die Trubel suchten und eine Zeit in angenehmer Umgebung verbringen wollten, würde die Nähe zu dem riesigen Geisterhaus nebenan hingegen abschrecken. Zumal die nächsten Nachbarn tatsächlich einige Minuten weit weg wohnten, was im Notfall zum Problem werden konnte.

Ich stand auf, holte mir den Tee, den Cat aufgegossen hatte, und sah mir auch die restlichen Räume an.

Heimlich gratulierte ich mir zur Wahl des Häuschens. All das passte zu Cat. Es war wild zusammengewürfelt und doch – oder gerade deshalb – gemütlich. Wäre ich nicht so enttäuscht über ihren Abgang, ich hätte mich auf die nächsten Wochen und Tage mit ihr hier gefreut.

Stattdessen erstickte ich die Flammen im Kamin mit dem bereitstehenden Sand, wusch die Tasse aus und lief zum Eingang. Duncan war lange genug allein gewesen. Es war Zeit, mich um ihn zu kümmern.

Ich wollte gerade die Hand auf den Türknauf legen, als das Handy in meinem *Sporran* zu vibrieren begann. Instinktiv wollte ich es ignorieren. Aber es konnte mein Vater sein, also fischte ich es heraus – und sah Kellys Namen aufblinken.

Ich hatte den Daumen schon über das Symbol mit dem X gelegt, gab mir aber einen Ruck. Kelly war nicht der Typ, der aufgab. Wenn sie mich sprechen wollte, würde sie es schaffen. Und wenn sie dazu die eingetragene Festnetznummer meines Vaters anrief.

Seufzend schaltete ich das Licht wieder ein und ging zurück zum Sofa. »Kelly, was kann ich diesmal für dich tun?«

»Was du für mich ...« Sie schnappte nach Luft. »Weißt du eigentlich, wie großkotzig das klingt, Gavin? Als wäre dir das Leben in deinem Schloss gründlich zu Kopf gestiegen.«

»Tja, dann solltest du froh darüber sein, dass ich gar nicht mit dir sprechen will, denn ich fürchte, gnädiger gestimmt wirst du mich heute nicht erleben.« Shit, ich hörte mich tatsächlich größenwahnsinnig an. »Tut mir leid, das war kein guter Start. Also: Wieso rufst du an?«

»Ich habe mir etwas überlegt.« Sie sagte das so euphorisch und gleichzeitig effekthascherisch, als erwartete sie für eine simple Überlegung Applaus.

Beim Gedanken daran, die letzten Jahre mit einer Frau verbracht zu haben, die mir plötzlich wie eine Karikatur erschien, bildete sich ein Kloß in meinem Hals. Ich musste es ihr sagen. Keine ihrer Ideen und kein Geistesblitz würden unsere Beziehung reanimieren und mich zurückbringen. Vielleicht würde ich wieder nach Kanada gehen. Aber niemals zurück zu ihr.

»Kelly, bevor du weiterredest, solltest du etwas wissen. Ich habe jemanden kennengelernt. Es ist kompliziert. Es hat höchstwahrscheinlich keine Zukunft. Aber ich ...« *Ja was?* »Ich ... müsste verrückt sein, wenn ich es nicht probiere.«

Am anderen Ende der Welt blieb es lange still. »Das kommt ... wieso? Ich meine ... ich dachte, wir ...«

»Kelly«, ging ich ebenso ruhig wie bestimmt dazwischen. »Es gibt kein wir. Nicht für uns. Wenn ich in den letzten Tagen eins begriffen habe, dann, dass wir schon sehr lange nichts mehr gemein haben. Ich hätte gern, dass wir es so machen, wie wir es vor Wochen beschlossen haben.«

»Also ist es vorbei?«

»Wieso klingt es bei dir wie eine Frage?«

»Weil ich dachte, dass uns der Abstand vielleicht guttut.«

»Ändert der etwas daran, dass du an einem Ort lebst, den du im Prinzip hasst?«

Wieder sagte sie sehr lange nichts. »Nein. Du hast Recht.«

Hatte sie erleichtert geklungen, dass eine unwiderrufliche Entscheidung gefallen war? Oder bildete ich mir das ein, weil ich wollte, dass es so war? Dass sie ebenso froh war wie ich, mit einem blauen Auge aus dieser Sache herauszukommen, bevor Teller flogen und wir uns gegenseitig an die Gurgel gingen?

»Hör zu, ich habe hier noch mindestens acht Wochen zu tun. Eher länger. Nimm dir die Zeit, um einen neuen Job zu suchen und deinen Auszug vorzubereiten. Wie gesagt: Wenn du magst, höre ich mich bei meinen Kontakten für dich um. Vielleicht sucht ja jemand eine Gästebetreuerin. Und am Umzug beteilige ich mich auch.« Wir hatten nie darüber gesprochen, was Kelly mit ihrem Instagram-Account verdiente, deshalb hatte ich keine Ahnung, ob sie Rücklagen besaß.

»Dann ...« Sie atmete tief durch. »Dann sehen wir uns nicht mehr, bevor ich ausziehe?«

Wie bei unserem letzten Telefonat war ich versucht, ihr die Sache mit meinem Vater zu erklären, ihr zu sagen, warum sich mein Aufenthalt so in die Länge zog. Ich ließ es bleiben, ehe sie daraus wieder etwas konstruierte, das ihr Anlass zur Hoffnung gab. »Nein, das tun wir nicht. Und falls du dich erinnerst, haben wir uns auch schon verabschiedet, als ich geflogen bin.«

Als sie weitersprach, klang sie ratlos und weich. »Gavin ... ich ... ich weiß nicht, was mit uns passiert ist. Auf den Bahamas war das Leben so leicht und dann ...« Obwohl uns ein riesiger Ozean trennte, hörte ich, wie sie schluckte.

»Dann ist uns das Leben dazwischengekommen«, spann ich ihren Satz weiter. »Ich habe festgestellt, dass mir das Leben ohne Glamour und Fünf-Sterne-Touristen besser gefällt. Und vor allem habe ich die Arbeit an der Lodge geliebt.« Tatsächlich hatte ich noch nie so viel Befriedigung bei meiner Arbeit empfunden. »Etwas mit eigenen Händen aufzubauen und ans Laufen zu bringen, ist so erfüllend, dass ich nie verstanden habe, wie du all das miterleben konntest, ohne es zu spüren.«

Kelly lachte bitter auf. »Natürlich habe ich es gefühlt. Nur hat es mich nicht glücklich gemacht. Du ahnst nicht, wie es ist, mit einem Haufen Nägel und ein paar Brettern zu konkurrieren und den Kürzeren zu ziehen.«

So war es nicht gewesen. Aber die Zeit für Rechtfertigungen war vorbei. »Ruf mich an, wenn du weißt, wo du unterkommst.« Ich verabschiedete mich und als Kelly nicht reagierte, legte ich auf.

Während des Gesprächs war die Kälte langsam ins Zimmer gekrochen. Draußen hatte Regen eingesetzt und rauschte so laut, dass ich ihn durch die zugigen, alten Holzfenster hörte, da half auch keine Lackschicht.

Zehn Minuten saß ich nur da und wartete darauf, dass Kelly es noch einmal probierte. Mangelnde Beharrlichkeit war nicht ihr Problem. Aber anscheinend hatte sie mich endlich verstanden, denn es kam kein weiterer Anruf.

Langsam verließ ich das kleine Häuschen, umrundete die Ruine und stieg in den Land Rover. Doch statt den Motor anzulassen, dachte ich an Cat. An die ruhige, konzentrierte Art, mit der sie sich auf ihre Projekte einließ. Meist legte sie den Kopf leicht schief, nagte an ihrer Unterlippe und lächelte versonnen, wenn ihr die Arbeit gut von der Hand ging. Zumindest war es so, wenn sie in ihre Malerei vertieft war. Ob sie jetzt ebenso neben Aignéis hinter dem Webstuhl hockte? Das Donnerwetter, das sie wegen des vergessenen Hundes erwartet hatte, malte ich mir lieber nicht aus.

Dafür begriff ich etwas anderes: Ich hatte Kelly nicht angelogen. Da war etwas zwischen Cat und mir, das weit über Sympathie und körperliche Anziehung hinausging. Sie tat mir gut. Und ich müsste verrückt sein, wenn ich es nicht bis zu unserer letzten gemeinsamen Sekunde auf der Insel auskostete. Endlich fuhr ich vom Hof.

Der Weg zum Schloss dauerte mit dem Wagen keine drei Minuten. Als ich ankam, war nicht nur Aignéis' Schuppen hell erleuchtet. Auch bei meinem Dad brannte im gesamten Untergeschoss das Licht. Letzteres war extrem ungewöhnlich, weil Duncan wirklich kein Verschwender war und seit meiner Ankunft nur dort den Strom eingeschaltet hatte, wo er sich gerade aufhielt.

»Dad?«, rief ich beim Hereinkommen und erhielt keine Antwort. In der Küche war er nicht. Fehlanzeige auch in seinem Zimmer und im Salon. Ich lief weiter durch die verwinkelten Flügel des Untergeschosses, in denen es eisig kalt und zugig war.

Tief versunken fand ich ihn schließlich im allerletzten Raum. Er saß zusammengesunken im Rollstuhl und schaute blicklos auf ein Fotoalbum in seinem Schoß.

Um ihn nicht zu erschrecken, näherte ich mich behutsam und ging vor ihm in die Knie. »Hallo, Dad, was hast du da?«

Er lächelte wie ein verlorenes Kind. »Mein Leben.«

Seltsam, er hatte doch bereits all seine Schätze in den Kisten um sich gehortet. Soweit ich es beim Einräumen der Regale in seinem neuen Zimmer gesehen hatte, waren auch die Familienalben dabei. »Was sind das für Bilder?«

»Aus meiner Jugend.«

»Hm, das sehe ich.« Es waren Fotografien aus den 1960er und 70er Jahren. Die Farben wirkten seltsam leuchtend und zugleich verblichen. »Sag mal, ist das Aignéis?« Ich wagte nicht, die Hand nach dem ledergebundenen Buch auszustrecken, weil ich nicht wusste, ob ihm das recht war. Dass er das Album hier in einem der hinteren Räume aufbewahrte, die nie wirklich genutzt worden waren, musste einen Grund haben.

»Sie war hübsch. Cat hat viel von ihr. Das Haar ist wie das von Aignéis.« Als würde ihm erst jetzt klar, dass zwischen der Fotografie und diesem trist verregneten Abend im Februar gut und gern fünfzig Jahre lagen, schüttelte er den Kopf. »Jetzt ist sie grau. Und ruppig. Ein richtiger Besen. Aber damals ...« Duncan lächelte. »Cat hat wirklich viel von ihr.«

Bezog sich das jetzt auf Aignéis‘ Charakter oder ihr Aussehen als junge Frau? »Dad, ich komme da nicht mit. Wovon reden wir gerade?«

Ruckartig hob er den Kopf und sah mich an. »Von Aignéis. Von wem sonst?« Energisch klappte er das Album zu und warf es auf den Sekretär, in dem Cat vor einigen Tagen das *Memento Mori* gefunden hatte.

»Dad, du hast in den letzten Wochen so viele Andeutungen gemacht. Willst du mir nicht endlich sagen, was es mit Aignéis und dir auf sich hat?«

Duncan verspannte sich, sein Blick wurde wachsam. »Was soll es da zu erzählen geben?«

Eine ganze Menge schätzte ich. »Wie gesagt, du redest immer wieder von ihr. So oft hast du Aignéis in meiner gesamten Kindheit und Jugend nicht erwähnt. Also wenn du mich fragst, verbindet euch mehr als der gelegentliche Blick über die Straße.«

Ich konnte dabei zusehen, wie seine ohnehin schmal gewordenen Schultern herabsanken und sein verhärmtes Gesicht weiter einfiel. Langsam nahm ich das Leinentuch von einem Sessel und ließ mich hineinsinken, während ich wartete.

»Ich habe das noch nie jemandem erzählt. Und Aignéis hat es auch nicht getan.« Es war, als tauchte er ab in eine lang vergangene Zeit. Plötzlich klang seine Stimme spröde. »Früher hat sie viel gelacht. Aber wir waren jung. Da lacht man und amüsiert sich und denkt nicht daran, dass irgendetwas, das man tut, Folgen haben könnte, die über den Kater am nächsten Morgen hinausgehen.«

»Ihr ward zusammen?«, sprach ich die Vermutung aus, die ich schon länger hatte. Genauer gesagt, seit vor zwei Wochen diese nebulösen Andeutungen angefangen hatten, die ihm immer wieder entschlüpft waren.

»So würde ich es nicht nennen. Heute würde man Affäre dazu sagen. Die Wahrheit ist, dass Aignéis mich geliebt hat und ich grausam genug war, um das auszunutzen.« Er schluckte, vielleicht weil es ihm jetzt, da er es aussprach, erst wirklich bewusst wurde. »Damals zählte es noch etwas, in einem Schloss zu leben und Ländereien zu besitzen. Meine Familie galt als unermesslich reich. Viele Mädchen im Dorf, die sich mit der Weberei mehr schlecht als recht über Wasser hielten und von ihren Eltern dazu bestimmt waren, einen Schäfer oder Fischer zu heiraten, träumten davon, mich einzufangen. Aignéis war die Hübscheste von ihnen. Die Lebenshungrigste. Das hat mir gefallen. Vor allem ... nun, du kannst es dir denken.«

Ich nickte, auch wenn mir keine Vorstellung abwegiger erschien, als die von Duncan und Aignéis, die sich schwer atmend zwischen den Laken wälzten.

»Es ging über ein Jahr, bis mein Vater uns erwischte. Er hatte mir bei unseren Jagdausflügen in den Highlands einige passende Ehe-Kandidatinnen vorgestellt und erwartete, dass ich mich für eine entschied. Das mit Aignéis fand er einerseits unpassend. Andererseits meinte er, es sei normal, dass ich mir die Hörner abstieß – solange es dabei blieb.«

»Wusste Aignéis davon?«

»Der Teil von Aignéis, den du nie kennenlernen wirst, ihr unerschütterlicher Optimismus, ihr Glaube, dass am Ende alles gut ausgeht, hat darüber gelacht.«

Wie Cat es belächeln würde, dachte ich still.

»Bis sie ... bis sie ein Kind ...« Duncans Stimme brach.

Meine Gedanken begannen zu rasen. Aber Aignéis hatte nie ein Kind gehabt. Wäre es so, wüsste ich davon, denn es wäre mein Bruder oder meine Schwester gewesen. »Was ist passiert, Dad?«

Zittrig verschränkte er die Finger ineinander. »Es war ein Drama. Aignéis war immer davon ausgegangen, dass ich sie liebte und es nur nicht aussprach. Und ich hatte sie in dem Glauben gelassen. Als sie ... das Kind ... sie, sie wollte es kriegen. Für sie war klar, dass wir heiraten. Sie war ja schon im vierten Monat und es war nicht so wie heute. In Edinburgh oder in London, da hätte sie das Kind bekommen und allein aufziehen können, aber hier auf der Insel.« Duncan schüttelte vehement den Kopf.

Plötzlich wusste ich nicht mehr, ob ich den Rest der Geschichte hören wollte. Trotzdem blieb ich, wo ich war, und hielt den Blick auf die sonnenverblichenen Bodendielen geheftet.

»Ich habe ihr gesagt, dass wir unmöglich heiraten können, wenn sie schwanger ist. Dass man es sehen wird.«

»Du hast ihr tatsächlich vorgemacht, dass alles, was eurer gemeinsamen Zukunft im Wege steht, die Schwangerschaft ist?«, fragte ich scharf.

Duncan sah mich voller Verzweiflung an. »Was hätte ich denn sagen sollen? Dass es aus ist? Dass ich das Kind nicht will? Du kanntest sie nicht. Nicht so, wie ich sie kannte. Sie hätte das Baby ohne mich gekriegt und immer weiter gehofft, dass ich mich zu ihr bekannte. Ich musste dem ein Ende machen. Damit sie eine Zukunft hatte.«

So selbstlos, wie es klang, war es sicher nicht gewesen.

»Was passierte dann?«

»Ich habe sie überredet, zu einem Arzt in Ullapool zu gehen. Aignéis hatte riesige Angst. Kein Wunder, denn dieser Kurpfuscher war noch nicht mal ein Doktor. Aber das habe ich erst hinterher erfahren. Nach dem Eingriff ging es ihr miserabel. Sie war schwach, ihr Kreislauf spielte verrückt und sie blutete entsetzlich. Trotzdem setzte ich sie einfach zu Hause bei ihren Eltern ab. Einen Tag später kam sie in die Klinik. Dieser ... Pfuscher ... er hatte irgendetwas ... Gott, ich weiß nicht, was passiert ist. Als Aignéis entlassen wurde, war ich bereits in Edinburgh, um mich mit der favorisierten Heiratskandidatin deines Großvaters zu treffen.«

Alles, was ich über Duncan zu wissen geglaubt hatte, geriet ins Wanken. »Du hast sie damit allein gelassen?«

»Was sollte ich denn tun? Sie hat noch nicht mal ihren Eltern gegenüber zugegeben, wer der Vater war.« Fast trotzig fügte er hinzu. »Und ich wollte, dass es so bleibt. Verstehst du nicht? Es war vorbei. Wieso allen erzählen, was passiert war? Niemand wusste, weswegen Aignéis im Krankenhaus war. Dafür hat ihre Mutter gesorgt. Schließlich hat sie dort gearbeitet. Das Problem war ... na ja, Aignéis konnte danach keine Kinder mehr kriegen. Nachdem man sie entlassen hatte, hat sie kaum gesprochen, ist nicht ausgegangen, hat niemandem vertraut. Als hätte man mit dem Baby alles, was leicht und unbeschwert war, aus ihr herausgeschnitten.«

»Woher willst du das wissen, du warst doch in Edinburgh?« Ich spie die Worte förmlich aus, so dass Duncan zusammenzuckte. So elend es ihm ging, ich empfand kein Bedauern.

»Mein Vater hat sie besucht. Er hat ihr Geld angeboten, damit sie von hier wegkonnte, um sich irgendwo etwas Neues aufzubauen.«

Meinen Großvater hatte ich kaum gekannt. Er war gestorben, als ich acht gewesen war. Aber ich erinnerte mich an ihn als an einen kalten, hartherzigen Mann. Aignéis musste es wie ein Schlag ins Gesicht erschienen sein, dass er aufgetaucht war, um seinen Sohn von ihrem Elend loszukaufen.

Ich stand auf. »Dad ich ... ich muss darüber nachdenken.«

Duncan wurde ärgerlich. »Du hast doch keine Ahnung, wie das damals war. Das Kind wäre ein Bastard gewesen. Mich hätten vielleicht alle für einen tollen Hecht gehalten, aber Aignéis? Die Leute hätten ihr das Leben zur Hölle gemacht.«

Nicht, wenn du Verantwortung übernommen hättest. Aber lieber hatte er Aignéis Glück und ein unschuldiges Kind seinem Freiheitsdrang geopfert. Zum ersten Mal begriff ich auch, warum er für die damalige Zeit untypisch spät geheiratet hatte: Duncan hatte seinen Spaß haben wollen.

Mir kam eine Frage in den Sinn, die ich mir schon früher gestellt hatte. »Wie ist Aignéis an das Cottage gekommen? Soweit ich weiß, hat es früher zum Schloss gehört.«

»Es gehört immer noch uns. Aber mein Vater ... er war zu gewissen Zugeständnissen bereit. Aignéis‘ Eltern haben für ihn gearbeitet. Eigentlich hätten sie ausziehen müssen, als sie sich zur Ruhe gesetzt haben. Aber mein Vater hat ihnen unter dem Deckmantel der Großzügigkeit ein Wohnrecht auf Lebenszeit eingetragen, das auch Aignéis einschließt. Wahrscheinlich konnten ihre Eltern sich danach denken, dass ich Aignéis damals in Schwierigkeiten gebracht hatte. Nur haben sie nichts gesagt, um ihr Heim nicht zu verlieren.«

»Der Preis für ihr Schweigen«, schloss ich freudlos und verließ kopfschüttelnd den Raum.

Strenggenommen wusste ich, dass ich Duncan nicht verurteilen sollte. Ihm war klar, dass er Aignéis Unrecht getan hatte. Die Reue hatte ihm deutlich ins Gesicht geschrieben gestanden. Vielleicht hatte es deshalb herausgemusst. Seine Lebensbeichte, denn schlussendlich musste ihm klargeworden sein, wie er Aignéis‘ Leben verändert hatte. Und was wusste ich schon, wie es damals gewesen war, ein uneheliches Kind großzuziehen?

Trotzdem konnte ich nicht aus meiner Haut, stieg in den ersten Stock, tauschte den Kilt gegen eine Jogginghose und schlüpfte in meine Schuhe, um mir den Frust von der Seele zu laufen.

16. KAPITEL

Cat

Aignéis dabei zuzusehen, wie sie mir Tipps gab, mich korrigierte und mir immer wieder ängstliche Seitenblicke zuwarf, aus Angst, ich könnte ihre Kritik falsch auffassen oder mich gekränkt fühlen, war schwierig. Schwerer noch als ihre verbalen Attacken auszuhalten, auf die ich zumindest reagieren konnte.

Ich fasste mir ein Herz und sprach es aus: »Aignéis, du musst mich nicht wie eine heiße Kartoffel behandeln. Es reicht völlig, wenn du mich nicht beschimpfst.« Langsam kam ich mir vor wie ein Papagei.

Mit zusammengekniffenen Augen sah sie mich an, wie um zu prüfen, ob es mir damit ernst war, oder ich sie bei der erstbesten Gelegenheit am Webstuhl sitzen lassen würde.

»Ehrlich, es ist okay. Wie soll ich etwas lernen, wenn du mich nicht korrigierst?« Und bei Gott, das wollte ich. Seit Stunden saßen wir im Schuppen und der Tartan, den ich allein gewebt hatte, wuchs und wuchs. Vor Stolz hätte ich platzen mögen.

Bei der Farbwahl hatte Aignéis sich durchgesetzt und ich musste schon sagen, das war ein Glück, weil das cremige Grau die Leuchtkraft des von mir gewünschten pinkfarbenen Garns wohltuend brach. Außerdem hatte ich Querfäden eingewebt und gelernt, dass meine Längsfäden leider alle den gleichen Farbton hatten, weswegen aus dem Karomuster nichts werden würde.

»Du machst den gleichen Fehler wie alle Anfänger. Rechts ist dein dominantes Bein, deswegen trittst du damit härter. Die Folge ist, dass der Kamm zu fest anschlägt und du jede zweite Reihe wie mit dem Schraubstock auf die andere presst. Am Ende wird es ein besserer Putzlappen.«

Ich gab mir ja schon Mühe, langsam und gleichmäßig zu treten. Aber dann tat Aignéis wieder irgendetwas, wechselte die Fadenspule im Schiffchen oder änderte die Anordnung der Fäden, die sich gleichzeitig hoben. Prompt veränderte sich der Stoff und ich war viel zu fasziniert, als dass ich mich noch auf meinen Tritt konzentriert hätte.

»Sehr gut«, lobte sie, nachdem ich schon über einen Meter geschafft hatte.

»Du musst mir nicht schmeicheln. Ich sehe auch so, dass ich mit deiner Qualität nicht mithalten kann«, wiegelte ich ab, obwohl Aignéis Anerkennung mich wahnsinnig freute.

Stirnrunzelnd musterte sie mich. »Du hältst mich für unaufrichtig.«

»Ach komm, so war das nicht gemeint und das solltest du auch wissen.«

»Ich wäre froh, hätte ich dein Talent gehabt. Damals, als ich mit der Weberei angefangen habe, dachte ich, dass ich den Dreh niemals rauskriege.« Ächzend zog sie den Rollstuhl heran, erhob sich auf ihr gesundes Bein und ließ sich dann in den Stuhl sinken. »Genug für heute. Silly muss noch eine Runde drehen. In der Zwischenzeit mache ich etwas zu essen.«

Himmel, sie meinte doch nicht die Fertiggerichte, die sich in allen Schränken stapelten.

»Was hältst du davon, wenn ich eine schnelle Runde mit ihm drehe? In einer Stunde bin ich zurück und koche etwas.«

Aignéis presste die Lippen aufeinander. Keine Frage. Die Webstunde war beendet, ihr Wohlwollen aufgebraucht und ich bewegte mich auf dem üblichen Minenfeld.

»Passt dir etwas an meinem Essen nicht?«

Ja, dass es aus Konservierungsstoffen und Geschmacksverstärkern und lauter anderen Zutaten besteht, die mit einem E beginnen und hinten eine dreistellige Ziffer haben, und dass ich nicht ausschließen kann, auch ein Sauertopf zu werden, wenn ich zu viel davon in mich hineinstopfe. Aber sie gab sich Mühe. Verdammt, so konnte ich ihr das nicht zurückzahlen.

Schweigend brachte ich sie hinein. »Mach einfach, wie du meinst. Ich werde es schon mögen.« Ich schob das Handy in meine Jeanstasche, griff mir den Steppmantel und verließ das Cottage. Kaum war ich außer Sichtweite, rief ich Gavin an.

Er war sofort dran, keuchte aber in den Hörer, als hätte ich ihn bei etwas gestört, das ich mir lieber nicht vorstellte. Oder sagen wir – ich wollte mir nicht vorstellen, dass er es mit jemand anderem tat als mit mir. »Störe ich«, fragte ich spitz.

»Nein, du erlöst mich. Ich hatte die dämliche Idee, beim Querfeldeinlauf einen klaren Kopf zu kriegen.«

Ich sah förmlich vor mir, wie er über die schroffen Felsen hüpfte. »Dann dreh halt um und komm zum Häuschen. Ich habe eine Stunde Zeit. Na ja, jetzt nur noch fünfzig Minuten, denn ich bin fast da.« Mir kam ein entsetzlicher Gedanke. »Sag nicht, du bist am anderen Ende der Insel.«

»Nein, bin ich nicht.« Gavin musste angehalten haben, das Rauschen im Hintergrund war verklungen. »Tut mir leid, aber ich kann nicht. Duncan ist schon eine Weile allein und wir ... wir sind vorhin nicht gut auseinandergegangen. Eigentlich wollte ich nur laufen, um Dampf abzulassen.«

Ich verstand ihn, verstand ihn so gut. Dennoch krampfte sich mein Herz zusammen, weil es sich anfühlte wie eine Abfuhr. Dabei war ich am Nachmittag nicht besser gewesen und hatte ihn stehenlassen wegen Aignéis.

»Schon gut, wir sind halt gerade nicht sonderlich spontan.«

»Nein, es ist nicht gut. Normalerweise hätte ich alles stehen und liegen lassen und wäre zu dir gekommen. Das Problem ist, dass das schlechte Gewissen an mir nagt, seit ich losgelaufen bin. Ihn noch länger zappeln zu lassen, ist nicht fair.«

»Sagst du mir irgendwann, worum es bei eurem Streit ging?«

»Es war kein Streit. Er hat mir etwas erzählt, das mich ... erschüttert hat. Etwas, das ich dir nicht sagen kann, auch wenn ich das gern würde. Aber es ist seine Wahrheit und sein Recht, zu entscheiden, mit wem er sie teilt.«

»Das klingt sehr feierlich.«

Gavin lachte verdrossen. »Glaub mir, es war alles andere als das. Aber wo ich dich schon mal am Telefon habe – wie wäre es morgen früh mit einer ausgedehnten Hunderunde. Ich könnte mich zum Einkaufen aus dem Haus schleichen.«

Unwillkürlich hoben sich meine Mundwinkel. Ich strahlte. »Ich kann es kaum erwarten, dich zu sehen. Bring Zeit mit. Claire kommt vorbei und lenkt sie ab. Sie wollte sich sowieso helfen lassen, die Querfäden für ein kompliziertes Muster auf eine Rolle zu ziehen, weil ... was erzähle ich dir das eigentlich? Du hast doch bestimmt keine Lust, dir über die Weberei den Kopf zu zerbrechen. Jedenfalls wird Claire zwei bis drei Stunden hier sein und ich kann mich ohne schlechtes Gewissen abseilen.«

»Wann wolltest du mir das sagen?«

»Na, jetzt! Dass ich noch mal mit dem Hund raus muss, war doch wohl klar.« Ich lachte unbeschwert. »So viel Zeit – ich freue mich wahnsinnig auf dich.«

»Und ich mich auf dich.« Das unruhige Rauschen hatte wieder eingesetzt, also lief Gavin vermutlich weiter.

»Ich gehe dann jetzt runter an den Strand. Schlaf gut.«

»Du auch. Und Cat?«

»Hm?«, raunte ich und lauschte auf seine Erwiderung.

»Ich vermisse dich!«

»Wie ich dich.«

Nachdem ich das Handy verstaut hatte, machte ich kehrt. Den besten Zugang zum Strand hatte man in Aignéis Bucht. Als ich an den Pächterhäusern vorbei kam, hielt ein roter Kleintransporter und ich wusste, ich würde nicht um ein Gespräch herumkommen.

Sichtlich erfreut stiegen Hamish und seine Frau aus.

»Catlyn, ich freue mich, Sie zu sehen.« Hamishs Frau war ebenso breit wie hoch und wuselte mit schnellen Schritten auf mich zu. »Da habe ich schon so viel von Ihnen gehört.« Sie riss mich an ihre gut gepolsterte Mitte, was Silly prompt animierte, sie anzuknurren.

Pikiert ließ sich mich los. »Es ist seltsam mit dem Tier. Anscheinend braucht er eine Familie nur für sich. Als er bei uns war, war er der bravste Hund und hat jeden verbellt, der es gewagt hat, uns auch nur zu grüßen. Jetzt ist er bei Ihnen und wir sind abgeschrieben.«

»Ich glaube, er hat viel mitgemacht.« Dafür sprachen zumindest seine Narben.

»Sicher hat er das«, Hamishs Frau, deren Namen ich immer wieder vergaß, schüttelte den Kopf. »Aignéis musste ja partout ein Tier aus dem Heim aufnehmen. Dabei weiß doch jeder, wie unberechenbar die sind. Haben es halt nie gutgehabt, diese Hundchen.« Sie redete und redete, bis sie nach zehn Minuten die Nase voll hatte von der Kälte. »Wie ist es? Wollen Sie mit reinkommen? Sind sicher geflüchtet vor Aignéis. Wir verstehen das. Uns traktiert sie ja seit Jahren.«

Selbst wenn ich den falschen Unterton nicht herausgehört hätte, der sensationslüsterne Blick von Hamishs Frau sprach Bände. Sie wollte Details. Sie wollte sie sofort. Und sie würde mich mit Tee abfüllen, bis sie sie hatte. Also hatte Aignéis sich mit ihrer Vermutung, die Frau habe ihre Küchenschränke durchsucht, wohl doch nicht geirrt. Dass sie etwas gegen

Heimtiere hatte, sprach auch nicht für Hamishs Frau, um die ich künftig einen Bogen machen würde.

Ich setzte mein süßlichstes Lächeln auf. »So schlimm finde ich es gar nicht. Wir haben uns ausgesprochen. Seither ist sie ganz reizend.«

Ihr gespielt mitfühlender Blick geriet ins Wanken, als sie schrill kicherte. »Reizend? Aignéis?«

Diese fiese falsche Schlange. »Ja! Sehr sogar! Ich muss dann auch weiter. Sie wissen doch, wie hilflos sie ist.« In diesem Moment fiel mir ihr Name ein. »Schönen Abend noch, Hamish. Und danke nochmal fürs Einspringen neulich, Moira.«

Ich drehte mich weg und gab Fersengeld. Selbst Silly, der für ausgedehnte Spaziergänge kein Faible hegte, flitzte erstaunlich quirlig neben mir her. »Kann man sich so in einer Person täuschen?«

Silly, der gerade den perfekten Komplizen abgab, wuffte neben mir und legte noch einen Zahn zu.

Als ich auf dem Weg zum Strand an Aignéis‘ Häuschen vorbei kam, schnappte mir der Mund auf. Ich blieb stehen wie vom Donner gerührt, während ich durchs Fenster spähte.

Aignéis stützte sich mit dem rechten Arm auf die Krücke, den linken hatte sie aufs Geländer gelegt. Dabei starrte sie auf die Treppe wie ein Darts-Spieler auf das *Bullseye*, ehe sie hektisch die unterste Stufe hochhüpfte.

Ich war so stolz, dass ich am liebsten in Jubel ausgebrochen wäre. Zwei weitere Stufen schaffte sie, ehe sie kehrtmachte und langsam wieder heruntersprang. Am Fuß der Treppe ließ sie sich sichtlich erschöpft in den Rollstuhl sinken.

»Sie wird schon ihren Grund haben, dass sie heimlich übt. Besser, sie kriegt nicht mit, dass wir spioniert haben.«

Silly, der sich in der letzten Woche als gutmütiger Charakter erwiesen und mich kein einziges Mal mehr angeknurrt hatte, legte den Kopf auf die Seite. Es sah drollig aus, weil sein angenagtes Schlappohr beinahe bis in eine Matschpfütze hing.

»Komm schon, gehen wir lieber an den Strand und tun so, als ob ich glauben würde, dass du irgendwann einen Stock zurückbringst.«

Silly wirkte, als wüsste er nicht, was er von meinen Selbstgesprächen halten sollte, trabte aber brav neben mir her. Als wir zwanzig Minuten später ins Haus kamen, rotierte ein abgedeckter Teller in der Mikrowelle.

»Ich gehe mir eben die Hände waschen, dann helfe ich dir, den Tisch zu decken.«

Aignéis nickte. Sie wirkte völlig erschöpft.

»Das magst du gern?«, rutschte es mir heraus, als ich das Schweigen am Tisch, das nur vom Besteckklappern unterbrochen wurde, nicht länger aushielt.

Unwirsch stieß sie die Luft aus und das auf eine Art, die mich nichts Gutes ahnen ließ.

»Dummes Mädchen, was ist das für eine Frage? Hast du schon mal jemanden erlebt, der für sich allein Aufhebens macht? Was denkst du, dass ich fünf Gänge koche, das gute Geschirr herauskrame und Blumen auf den Tisch stelle?« Sie schüttelte den Kopf. »Ich komme seit Jahren sehr gut für mich allein damit zurecht. Es ist nahrhaft, macht satt und kostet nicht viel.« Ärgerlich vergrub sie die Gabel in einem karamellfarbenen Brei, der laut der Aufschrift der Fertigmenü-Verpackung ein Püree darstellen sollte.

Wie vom Donner gerührt sah ich sie die Gabel heben, sie zum Mund führen und plötzlich stoppen. Aignéis hob den Blick und blinzelte mich an.

»Du hast gar nicht gemerkt, dass du es wieder getan hast, richtig? Dir fällt nicht auf, wenn du ausfallend wirst und andere beschimpfst?« Einerseits fand ich es schlimm, weil es respektlos war. Aber noch viel heftiger traf mich die

Erkenntnis, dass Aignéis so wenig Kontakt zu Menschen pflegte, dass ihr die simpelsten Höflichkeitsregeln abhandengekommen waren. Und es war niemand in Sicht, der sie beiseite nahm, kein guter Freund, der ihr erklärte, wenn sie übers Ziel hinaus schoss.

Dass sie den Kopf schüttelte, als wäre sie von sich selbst erschrocken, tat mir in der Seele weh. Und der Witz war, dass sie Recht hatte. Was erwartete ich denn? Für eine Person zu kochen, war nicht die helle Freude. Deshalb gab es Essen auf Rädern.

»Ist nicht schlimm, Aignéis. Die Frage war blöd. Ich hätte das anders angehen sollen. Eigentlich wollte ich vorschlagen, dass ich in den nächsten Wochen das Kochen übernehme. Was hältst du davon? Schließlich bin ich hergekommen, um dir zu helfen.«

»Würdest du das denn?«

»Sonst hätte ich es nicht angeboten.« Ich stand auf, holte Pfeffer und Salz und gab so viel davon über mein zerkochtes Gemüse und den pampigen Kartoffelberg, dass ich hinterher eine ganze Flasche Wasser brauchen würde.

Aignéis beobachtete mich verblüfft. »Okay, dann ... dann übernimmst du das.«

Ich nickte, weil mir nichts mehr einfiel. Der Abend war ruiniert, wir wussten es beide. Deshalb war ich froh, als Aignéis schon bei den Nachrichten gähnte und ich mich nach oben verabschieden konnte.

Kaum saß ich auf dem Bett, zückte ich mein Handy und schrieb an Gavin: *Freue mich auf morgen – und dich!*

Die Antwort kam prompt: *Und ich mich. Du fehlst hier. Ich sehe zu, dass ich vor dir da bin und Feuer mache. Kuss*

Allein daran zu denken, wie ich mich nackt mit Gavin in dem frisch bezogenen Bett wälzte, während der Kamin behagliche Wärme verströmte, besserte meine Laune um hundert Prozent. Und hieß es nicht, dass Vorfreude die schönste

Freude war? Aber warum fühlte es sich nicht so an? Ich war fahrig, nervös, konnte mich weder auf mein Buch, noch auf meine Skizzen konzentrieren, weil ich mit den Gedanken ständig bei Gavin war. Wie musste es sich erst anfühlen, eine Affäre mit einem verheirateten Mann zu haben? Mir fortwährend den Kopf darüber zu zerbrechen, ob er gerade mit einer anderen im Bett lag, würde mich wahnsinnig machen.

So traurig es auch war, dass sein Leben weit weg von meinem spielte und es für uns keine gemeinsame Zukunft geben konnte, es hatte etwas Tröstliches, dass uns nur wenige Wochen vergönnt waren. Wir hatten unser Versteckspiel gerade erst begonnen und ich war jetzt schon völlig durch den Wind. Wenn ich das über Jahre mitmachte, wäre ich ein nervliches Wrack.

Wieder öffnete ich die Nachrichten-App und schrieb: *Ich freue mich auf dich. Kuss!*

Aber auch nach fünf Minuten waren noch keine Häkchen neben dem kurzen Text, die anzeigten, dass Gavin ihn gelesen hatte. Vermutlich war er mit Duncan beschäftigt. Also legte ich das Handy weg, rollte mich auf dem Bett zusammen und schlief auf der Stelle ein.

»Was tust du so lange da oben? Claire kommt gleich.« Aignéis rief seit fünf Minuten nach mir.

In der Zeit hatte ich das dritte Outfit probiert. Dummerweise hatte ich bei meiner Abreise nur daran gedacht, mich gegen die eisige Februarkälte am Meer zu vermummen – einen heißen Schotten zu verführen, hatte nicht auf meiner Packliste gestanden. Dafür ein Haufen praktischer Baumwoll-Slips, die selbst bei 90 Grad unkaputtbar waren. Ich hatte sogar schon überlegt, heute ganz auf Unterwäsche zu verzichten. Aber bei meinem Glück hatte ich danach nicht nur eine Blasenentzündung, sondern Gavin würde sich über meine verruchte Idee schlapp lachen.

Mürrisch zog ich die Hose über den keuschen Slip und schlüpfte in Neilas flauschigen Kaschmirpulli. Dank der Jeans war mein Po knackig, der Pulli betonte meine Kurven vorteilhaft. Niemand würde auf die Idee kommen, dass ich darunter verklemmt wie eine Betschwester war. »Ich muss nur das Licht ausmachen oder ihm die Augen verbinden«, sprach ich meinem Spiegelbild Mut zu und hüpfte die Treppe hinab.

»Dein Porridge steht auf dem Tisch«, ließ Aignéis mich knapp wissen. Mir gegenüber tat sie verschnupft wie immer.

Silly hingegen bekam Streicheleinheiten und einen Zipfel Wurst. Gut zu wissen. Wenn ich sie milde stimmen wollte, wusste ich nur beim ersten Pfiff erscheinen – oder mich alternativ wie Silly auf den Rücken werfen und mir den Bauch kraulen lassen.

Wie auch immer, ich wünschte Aignéis einen guten Morgen, gab drei dicke Kleckse Kirschkonfitüre über die Haferpampe und schlang sie mit Todesverachtung in mich hinein.

Dabei dachte ich pausenlos an Gavin. Wenn ich mir etwas wünschen durfte, dann, dass er den Rock trug, damit ich endlich das Geheimnis lüften konnte. Allerdings würde ich ihn auch in einer Jeans nehmen. Oder nackt. Bei dem Gedanken, wie er mit seinen perfekt gemeißelten Muskeln auf einem Bärenfell vor dem Kamin lag, musste ich schmunzeln. Obwohl, vielleicht nahmen sie hier auf der Insel Schafsfelle, die gab es schließlich im Überfluss. Ich lachte leicht irre auf.

Prompt rollte Aignéis zu mir herüber. »Was ist, geht es dir nicht gut?« Sie hob die Hand, um meine Stirn zu fühlen.

Ich wich instinktiv aus. Selbst mit vierzig Grad Fieber würden mich keine zehn Pferde von diesem Date mit Gavin abhalten.

Nur an das Treffen zu denken, bescherte mir ein lustvolles Ziepen im Unterleib. Vielleicht sollte ich doch erst zum Häuschen fahren und danach zum Einkaufen. Selbstvergessen rührte ich in den Resten des Haferbreis herum.

Was Aignéis‘ Misstrauen weiter schürte. »Was grinst du denn so, Kind?«

»Ach ... ich weiß auch nicht«, log ich. Dabei lag es mir auf der Zunge, Aignéis reinen Wein einzuschenken. Ich war zu alt, um herumzuflunkern, wenn ich jemanden treffen wollte. Zumal Aignéis und ich uns gerade auf eine ziemlich verschrobene Weise annäherten. Und genau das war ja das Problem. Missfielen ihr meine Verabredungen mit Gavin, wären wir ratzfatz wieder beim alten Grabenkrieg.

Zum Glück kam Claire und unterbrach mein Gedankenspiel. Sie grüße Aignéis mit Respekt, dann fiel sie mir um den Hals und wisperte: »Ich bin gerne euer Alibi. Aber dafür schuldest du mit tatsächlich Details.«

Ich grinste verkrampft und sah zu, dass ich loskam. Allerdings war ich so früh dran, dass ich wirklich zuerst einkaufen konnte. Als ich schließlich auf das Grundstück rollte und diesmal hinter dem halb verfallenen Gutshaus parkte, stand Gavins Leihwagen bereits dort.

Kaum war ich ausgestiegen, steckte er den Kopf aus einem Fenster in der oberen Etage des Geisterhauses.

»Falls du Todessehnsucht hast, bist du genau am richtigen Fleck«, begrüßte ich ihn.

Er lächelte warm. »Ist halb so wild, wie es aussieht. Wahrscheinlich ist es sogar in besserem Zustand als das Schloss.«

»Du meinst, wenn man davon absieht, dass es keine Fenster gibt und das halbe Dach fehlt?«

»Ach«, Gavin lachte unbekümmert. »Was kümmern mich Lappalien?«

Einen Moment sahen wir uns nur an, dann kam Leben in ihn. »Bleib so da stehen und gib mir zwanzig Sekunden.« Sein Lockenkopf verschwand, Schritte hallten durch das leere Gemäuer, gefolgt von einem Poltern, das nahelegte, dass eine Hundertschaft die Treppe herab stürmte.

Endlich trat er durch die Hintertür und schloss mich in die

Arme. Mir lag ein Scherz auf den Lippen, aber dann konnte ich nicht widerstehen und küsste ihn lieber gierig.

Gavin ging leicht in die Hocke, schlang die Arme um meine Schenkel und hob mich an sich hoch. Augenblicklich war da wieder dieses wohlige Kribbeln, das mir warm werden ließ.

»Hey, lass mich runter, wir haben nicht ewig Zeit«, sagte ich sanft, als er sich kurz von mir löste.

»Das hatte ich gerade so schön verdrängt.«

Ich strich liebevoll durch sein Haar. »Nützt ja nichts. Wir können die beiden nicht ewig allein lassen.« Sein Nicken erinnerte mich so sehr an das eines tapferen, kleinen Jungen, dass ich hinzufügte: »Dafür gibt es in den Momenten, die wir teilen, nur dich und mich. Keine ungebetenen Besucher. Keine Handys. Niemanden, der weiß, wo wir sind. Wir verschwinden einfach von der Welt und tauchen unter.«

»Du meinst, als wären wir Komplizen auf der Flucht.«

»Und wir laufen allen davon!«, sagte ich so inbrünstig, dass ich nicht sicher war, ob es wie ein Witz wirkte.

Aber er lachte nicht, sondern sah mich nur an.

»Wenn du mich runterlässt, können wir reingehen.«

»Du meinst, auf Tauchstation? Bin dabei.« Er setzte mich derart sanft ab, als müsste er fürchten, dass ich umkippte, sobald er mich losließ. »Wer geht zuerst?«

»Wir gehen zusammen«, entschied ich, weil ich die Nase von meinem selbst auferlegten Versteckspiel schon jetzt voll hatte. »Ich bin zwar für Diskretion, aber es muss Grenzen geben. Wenn man uns sieht, ist das vielleicht auch ein Zeichen.«

Gavin ergriff meine Hand und lief los. »Ein Zeichen für was?«

»Dass Heimlichkeiten nie gut enden«, schlug ich vor. »Außerdem ist es ja nicht so, als würden die Leute freiwillig zu Aignéis gehen, um es ihr zu erzählen. Und mit Duncans beklagenswertem Zustand haben sie sicher ein Einsehen.«

Endlich erreichten wir die Tür und zogen gleichzeitig unsere Hausschlüssel aus der Tasche. Ich ließ ihm den Vortritt, schlang die Arme um seine Mitte und schmiegte mich an Gavins Rücken, während er öffnete.

Im Haus war es eisig. »Das mit dem Feuermachen hat ja prima geklappt«, neckte ich ihn, wobei mein Herz immer heftiger schlug.

Hektisch ließen wir die Jacken zu Boden fallen, ehe die Tür ins Schloss gefallen war. Eng aneinandergeschmiegt, die Lippen im Kuss verbunden, wankten und tänzelten wir durchs Haus. Ich streifte Gavin den Pulli über den Kopf. Er knöpfte meine Jeans auf. Es war wie ein sinnlicher Reigen, bei dem wir uns bemühten so viel Körperkontakt wie möglich zu halten.

Atemlos erreichten wir das Bett im ebenfalls eisigen Schlafzimmer.

»Soll ich rasch ein Feuer anmachen?« Er klang, als gäbe es nichts auf der Welt, auf das er gerade mehr verzichten konnte.

Das traf sich. »Mir ist es lieber, wenn du mich wärmst.« Ich grinste herausfordernd.

Dann fielen die letzten Hüllen. »Zu schade, dass du deinen Rock nicht trägst. Sonst hätte ich vor meinen Freundinnen damit prahlen können, dass ich weiß, was ihr drunter tragt.«

Gavin knurrte. »Hör auf damit.«

Ich biss mir auf die Lippe. »Was, wenn ich dir sage, dass ich nervös bin?«, rutschte es mir heraus.

Ich rechnete mit einem Lacher. Stattdessen nickte Gavin ernst. »Ich auch. Und glaub mir, das ist das Letzte, womit ich gerechnet hätte.«

»Weil ...?« Mit wummerndem Herzen stand ich da und strich über seine nackte Brust.

»Weil du mir wichtig bist. Ich dachte, das wäre klar. Natürlich sage ich mir, dass es nicht für die Ewigkeit ist und dass das ... du und ich, ins Nichts führt. Trotzdem fühlt es sich richtig an.«

Bis er es aussprach, hatte ich nicht gewusst, wie sehr ich es brauchte, das zu hören. Alle Unsicherheit und Scheu fielen von mir ab. Ich streifte Gavins Hose herunter, dann die eng anliegende Shorts. Sein Schwanz wippte in der Luft, ich legte die Hand um den Schaft, während Gavin meinen BH aufhakte und ihn mir abstreifte.

Bewundernd sah er mich an, ehe er mir einen leichten Stoß versetzte, so dass ich rittlings aufs Bett plumpste.

Er stand nur da und sah mich an, als wäre ich ein vom Himmel gefallenes Wunder. Dann kam er endlich zu mir, kletterte geschmeidig auf das Bett, schloss die Arme um mich und zog mich auf sich.

Eng umschlungen, so eng, dass sich unmöglich sagen ließ, wo sein Körper anfing und meiner endete, verschmolzen wir miteinander. Seine Lippen kosteten meine Haut. Meine Finger tasteten sich über seine straffen Muskeln, den sehnigen Rücken, krallten sich in seine Schultern. Mein Denken, mein Fühlen waren so völlig erfüllt von ihm und es war trotzdem nicht genug.

Immer wieder breiteten wir die Decke über uns und ebenso oft verloren wir sie. Mal lag ich auf Gavin, leckte über die warme, weiche Haut seiner Halsbeuge, streichelte seine Brust, den flachen, von Muskeln geprägten Bauch hinab bis zu dem sexy V, das mir den Weg zu seiner Erektion wies.

Dann wieder lag er halb über mir, knetete meine Brüste, wurde wieder sanfter, rollte die harten, rosigen Knospen mit den Fingern und saugte daran. Das verlangende Kribbeln in meinem Unterleib war kaum noch zu ertragen. Ich wimmerte. Dennoch spielte er seelenruhig weiter mit mir, neckte mich, liebkoste mich, ließ die Finger zwischen meine gespreizten Schenkel gleiten, rieb über meine Perle, ehe er in die cremige Nässe meiner Lust tauchte.

Als er endlich in mich eindrang, schrie ich auf. Die Flut der Empfindungen riss mir den Boden unter den Füßen weg. Mir war, als würde ein Licht in mir pulsieren. Immer heller, immer strahlender leuchtete es. Etwas derart Schönes, Erfüllendes hatte ich nie zuvor gefühlt. Nicht mit Simon und mit keinem Mann vor ihm. In diesem Moment zählten nur Gavin und ich und der Rhythmus, in dem unsere Leiber miteinander harmonierten, als wäre dieses Liebesspiel ein Tanz. Immer schneller, fast schon ungestüm, bewegten wir uns, rangen mit dem anderen, bis ich das köstliche Ziehen spürte, das in meiner Mitte anfing und sich wie ein Lauffeuer ausbreitete. Meine Zehen kribbelten, meine Lippen brannten unter Gavins ungezügeltem Kuss. Und endlich, endlich erreichte ich den höchsten Punkt, verschränkte meine Rechte mit Gavins Linker, verwob die Finger ganz fest mit seinen und sprang über die Klippe.

Als er sich nach einer Ewigkeit von mir löste, um nach der Decke zu angeln, kam ich endlich wieder zu Atem.

»Wow, das war ...«

Gavin nickte. »War es.« Dabei sah er mich so zärtlich und voller Zuneigung an, dass mir auch ohne die Decke warm geworden wäre.

Danach sprach keiner ein Wort. Wir lagen da, Arme und Beine miteinander verwoben, und streichelten über erhitzte, verschwitzte Haut. Es dauerte nicht lange, und das Nachspiel ging in ein neuerliches Vorspiel über. Diesmal liebten wir uns langsamer, zärtlicher, ließen uns Zeit, den anderen ausgiebig zu erforschen.

Endlich wusste ich, was es hieß, im siebten Himmel zu schweben – bis der Handytimer bimmelte und mich daran erinnerte, dass ich sehr irdische Pflichten hatte.

»Du weißt schon, dass ich noch lange nicht genug von dir habe?« Gavin strich mir eine schweißnasse Locke aus der Stirn. »Heute Nachmittag bringe ich einen Föhn und Duschgel her. Sonst denkt Aignéis doch, du hättest im Supermarkt einen Dauerlauf gemacht.«

»Mit ein bisschen Glück sieht sie gar nicht, wie ich aussteige. Sie ist mit Claire im Schuppen.«

Gavin seufzte. »Für Claire lasse ich mir eine Überraschung einfallen. Sie bringt da echt ein Opfer, um uns zu helfen.«

Ich schüttelte den Kopf. »Sieh das nicht so negativ. Ich glaube zwar, dass Claire einen Heidenrespekt vor Aignéis hat, aber sie mag sie auch. Und sie ist begierig darauf, etwas von ihr zu lernen. Seit Aignéis mit mir webt, begreife ich erst, wie viel Arbeit und Können in ihren Tartans stecken.«

»Du würdest auch gut über sie denken, wenn sie mit einer Machete auf dich losgeht, stimmt's?«

»Sie hat keine, deshalb erübrigt sich die Frage.«

Gavin konnte es nicht wissen, aber ich mochte es nicht, wenn Leute so taten, als wäre ich gutmütig bis zur Blödheit. Ich hatte sehr wohl Grenzen. Doch das hieß ja nicht, dass man blind sein musste für die Nöte der anderen. »Ich kann dir zwar nicht sagen, was sie so aus der Bahn geworfen hat, aber irgendetwas muss passiert sein. Manchmal ist sie mir gegenüber ganz offen. Dann sieht sie mich an, als hätte sie Angst, dass ich ihr im nächsten Moment fürchterlich wehtun könnte. So reagiert doch niemand aus heiterem Himmel.«

Ich hatte noch nicht ausgesprochen, als Gavin zum Fenster sah und dabei die Stirn runzelte, als wäre er weit weg.

Sein offener, entspannter Blick verhärtete sich, bevor er mir gänzlich den Rücken zuwandte und seine Sachen vom Boden sammelte.

»Was ist? Habe ich etwas Falsches gesagt?«

Er zögerte, ich sah es daran, wie seine Schultern sich verspannten. »Es ist alles okay.« Dabei war ihm deutlich anzuhören, dass es das nicht war.

Prompt schwamm ich wieder im Trüben. Woher sollte ich wissen, wie viel man sich in einer Freundschaft Plus anvertraute? Blieb man oberflächlich und seicht und ging auseinander, ehe man Gefahr lief, zu persönlich zu werden? Ich hatte keine Ahnung. Dafür wusste ich sehr genau, dass es mir weh tat, wie er mich jetzt ausschloss.

Ich wollte mir gerade ein Herz fassen, und ihn darauf ansprechen, als er sich lächelnd umdrehte. »Na komm, ich bringe dich noch zum Auto.« Zärtlich strich er über meine Wange und half mir, meine Sachen einzusammeln.

Wieso hatte ich mir gleich Sorgen über meine peplose Wäsche gemacht? Ihn schien sie jedenfalls nicht zu stören. Im Gegenteil sah Gavin mich nun wieder an, als könnte ich ebenso gut, in einem Müllsack kommen, solange ich überhaupt da war.

Ich schüttelte das flaue Gefühl ab. Vielleicht war er einfach ebenso ratlos wie ich. Händchenhaltend verließen wir das Haus.

»Morgen im Laufe des Vormittags schaut Ian bei Duncan vorbei, um die Schmerzmittel neu zu dosieren. Er wusste noch nicht genau, wann er von der Nachtschicht loskommt, weil zwei seiner Kollegen krank sind.«

»Willst du mir damit sagen, dass du morgen keine Zeit hast?«, fragte ich und hauchte einen Kuss auf Gavins Mund.

»Nicht vormittags. Aber ich könnte gegen drei hier sein und den Kamin anheizen. Wie klingt das?«

Der leichte Anflug von Enttäuschung, der mich bei der Aussicht, ihn nicht zu sehen, gepackt hatte, verflog. »Sehr verführerisch. Vor allem, wenn du diesmal Wort hältst und tatsächlich zündelst. «

Wir erreichten meinen Wagen. Es war nicht leicht, mich von ihm zu trennen. Auch wenn es nur bis morgen war. Statt mein Verlangen zu stillen, hatte er es weiter angefacht.

Plötzlich wollte ich alles. Die kleinen Dinge, die eine Beziehung ausmachten. Gemeinsam kochen, über seine Sorgen reden, eng an Gavin geschmiegt einschlafen. Aber ich verbot mir, davon anzufangen. Ja, ich sollte nicht einmal daran denken. Man musste nur auf die Karte gucken, um zu wissen, dass daraus nie etwas werden würde. Hier Schottland – dort das kanadische Naturschutzgebiet, für das er sich entschieden hatte. Hätte ich sein Weltenbummler-Gen, könnte es klappen. Doch ich wusste, dass ich nie auswandern würde. Es musste nicht London sein. Sogar mit Harris könnte ich mich arrangieren. Aber nie mit einem Land, das einen Ozean weit von all den Menschen entfernt war, die mir am Herzen lagen.

»Jetzt steig schon ein. Sonst liegen wir gleich wieder im Bett und du gerätst in Erklärungsnot.«

Ich nickte und kletterte hinters Lenkrad.

Neben mir ging Gavin in die Knie und gab mir noch einen Kuss. »Bis morgen. Ich kann es kaum erwarten.«

»Ich auch nicht.«

Er stand auf, schloss die Tür und trat einen Schritt zurück. Das Lächeln, mit dem er mich betrachtete, tat mir gut.

Ob sein Herz raste wie meins? Ob er das gleiche Bedauern spürte, dass uns nicht mehr Zeit vergönnt war? Nachdenklich trat ich aufs Gas, sah ich in den Rückspiegel und entdeckte Gavin im Eingang der Ruine. Er lehnte lässig an dem zerborstenen Türrahmen, hob die Hand und winkte mir nach.

17. KAPITEL

Cat

»Gavin kann hinten neben dir sitzen«, begrüßte Claire uns und wackelte dabei anzüglich mit den Augenbrauen. »Es wäre übrigens nett, wenn ihr daran denkt, dass ihr in unserer Familienkutsche mitfahrt. Das da hinten ist das Reich meiner Jungs. Also bitte, lasst die Hände über der Kleidung und seid sparsam mit …« Ihre forsche Ansprache geriet ins Stocken, ehe sie sich rettete: »Na, ihr wisst schon.«

Falls ihre Indiskretion Gavin nervte, ließ er es sich nicht anmerken. »Nein, weiß ich nicht. Ich fürchte, du wirst deutlicher werden müssen.«

Hinter dem Steuer gluckste Paddy.

Claire lief rot an, was im Schein der Innenbeleuchtung bestens zur Geltung kam. »Du hast mich schon verstanden, Gavin Mackay. Und jetzt steig ein, oder wir fahren ohne dich zum Konzert.«

Gavin rührte sich nicht. »Die Vorband ist grauenvoll. Wir haben also alle Zeit der Welt, das zu klären. Und jetzt sag mir Claire, lautet das Wort, das in deinen Lückentext gehört, *Körperflüssigkeiten*? Denn wenn es so ist, habe ich Klärungsbedarf.«

Claires gerötete Wangen wurden eine Nuance dunkler. »Klärungsbedarf?«, fragte sie matt.

»Aye! Diese Unterstellung verletzt meine Gefühle. Außerdem hast du eine wirklich schmutzige Fantasie. Ich weiß nicht, ob wir zusammen fahren sollten. Nicht, dass wir in Stornoway ankommen und Cat ebenso verdorben daherredet. Eine Stunde kann lang sein und ein schlechter Einfluss ist bekanntlich ansteckend.«

Nun kicherten Paddy und ich im Duett.

Claire blies die Backen auf und knuffte ihre Faust in Gavins Seite. »Du bist so ein Spinner. Fast noch schlimmer als früher in der Schule.«

»Aye, weil du immer den gleichen Fehler machst. Du preschst vor, um mich hochzunehmen, und lässt dir dabei anmerken, dass es dir im Grunde peinlich ist. Echt jetzt, Claire, du hast zwei Kinder. Was kann dich da an einem Wort wie Körperflüssigkeiten noch aus dem Takt bringen?« Er legte den Kopf schief und grinste sie auf diese jungenhafte Weise an, die mir jedes Mal das Herz aufgehen ließ.

Überhaupt war Gavin wie ausgewechselt, seit vor zwei Tagen eine Pflegekraft im Schloss angefangen hatte. Normalerweise kam sie dreimal täglich. Das tat auch Gavin gut, weil die Verantwortung nicht mehr allein auf ihm lastete. Außerdem hatte sie sich bereiterklärt, heute Abend dazubleiben und Duncan Gesellschaft zu leisten, so dass wir ohne schlechtes Gewissen ausgehen konnten.

»Sagt mal, was ist mit diesen gut eingespeichelten Gummibärchen? Ich meine ja nur, denn die pappen dank der Körperflüssigkeiten eures Nachwuchses am Sitz? Hebt ihr die für später auf, oder soll ich sie aus dem Fenster werfen.«

Claire fluchte so leise, dass ich sie nicht verstand.

Doch nun reichte es Paddy. »Komm schon, sie war ein wenig forsch und hat die Pointe verdorben, aber jetzt muss Schluss sein. Ich habe mich auf einen ruhigen Abend gefreut.«

»Die *Celtic Men* nennst du ruhig?«, frotzelte Gavin munter weiter. Dabei nahm er meine Hand.

Ich verschränkte die Finger mit seinen und drückte leicht zu, bis er mich ansah. Kopfschüttelnd legte ich mir den Zeigefinger auf die Lippen.

Dass er gute Laune hatte, weil er mit seiner Last endlich nicht mehr allein dastand, war eine Sache. Claire die Stimmung zu verhageln, eine andere.

»Hat es eigentlich mit dem Muster geklappt, das Aignéis dir neulich gezeigt hat?«, wechselte ich das Thema.

Sie stöhnte. »Falls du mich damit ablenken willst, vergiss es. Ich kapiere die Wechsel einfach nicht. Manchmal denke ich, dass es passt, und dann kann ich doch wieder meterweise Tweed ausmustern.«

»Du wirfst ihn aber nicht weg?«

»Nein. Dazu ist Paddys Wolle zu schade. Also sammle ich die Musterstücke und hoffe, dass mir irgendwann einfällt, was ich daraus machen könnte.«

»Frag mich mal. Kaum habe ich ein Muster kapiert, lässt Aignéis mich ein Neues probieren. Ein Meter hiervon, fünf andere davon. Wenn sie nach zwei, drei Stunden mit mir fertig ist, raucht mir der Kopf.«

»Mir hat sie gesagt, dass du unfassbar talentiert bist und das locker hinkriegst.«

»Tja, wenn sie das behauptet, lügt sie.« Die Wahrheit war, dass ich unsagbar stolz auf meine selbstgewebten Tweed-Muster war. Sie strotzten nur so vor Farbe, was sie lebendiger und moderner wirken ließ, als die traditionellen Sachen, die Aignéis herstellte. Mit ihrer Perfektion konnte ich allerdings nicht mithalten.

Trotzdem hatten sich ein paar Stoffstücke angesammelt, bei denen ich genau wusste, was ich daraus gern geschneidert hätte. Ich hatte Neila sogar schon ein Muster geschickt und postwendend das Foto von einer Skizze zurückbekommen, das einen leuchtenden pinkfarbenen Gehrock zeigte. Schlicht und doch pfiffig.

Vielleicht fiel Neila ja auch etwas ein, um Claires Reste zu verwerten. »Schick mir bei Gelegenheit bitte mal Fotos von deinem Sammelsurium aufs Handy.«

Skeptisch sah sie mich über ihre Schulter hinweg an, bevor sie nickte.

Mittlerweile waren wir seit einer Viertelstunde unterwegs. Im Wagen war es mollig warm, so dass ich die Jacke auszog. Als ich mich wieder festschnallen wollte, zog Gavin mich auf den mittleren Sitz und zurrte den Gurt über mir fest, ehe er grinsend den Arm um mein Schultern legte.

»Es ist so schön normal, wenn wir uns mal nicht verstecken müssen. Ich genieße das richtig«, raunte er in mein Ohr und streichelte dabei über meinen Arm, was mir wie üblich dieses warme Prickeln bescherte.

Ich sah zu ihm auf, denn selbst im Sitzen war er mehr als einen halben Kopf größer als ich. »Bitte nicht. Fang nicht wieder damit an«, bat ich Gavin, der seit Tagen über unser Versteckspiel nörgelte.

Wir trafen uns im Häuschen, liebten uns – und führten die immer gleiche Diskussion.

»Unter einer Bedingung!«

»Und die wäre?«, fragte ich zögerlich.

»Du hast mir doch erzählt, dass du Aignéis am Montag gegen Mittag zu dieser Versammlung der Weber in Tarbert fährst und anschließend bis zum Abend frei hast ...«

Ich nickte. Die Wahrheit war, dass ich es ihm nicht nur gesagt hatte, sondern bei der Aussicht auf die viele freie Zeit mit Gavin vor Freude fast ausgerastet war.

»Fein, dann machen wir am Montag einen Ausflug. Bisher hast du nämlich außer dem Bau- und dem Supermarkt so gut wie nichts von der Insel gesehen.«

»Ich kenne den Strand und war mit euch in ... wie hieß der Ort gleich, in dem wir an unserem ersten Abend mit Ian gegessen haben?«

»Vergiss den, wir zwei machen uns auf den Weg nach Callanish und lösen ein über siebentausend Jahre altes Rätsel.«

Ich rang mir ein Lächeln ab. »Wir stellen uns aber nicht an den Rand einer Grube, in der irgendwelche Forscher eine steinzeitliche Müllkippe gefunden haben wollen, und freuen uns über versteinertes Ungeziefer?«

»Besser! Du kriegst Stonehenge von mir. Die Lewis-Variante. Und ich werde ausnahmsweise nicht die Augen verdrehen, wenn du deiner blühenden Fantasie freien Lauf lässt und dir ausmalst, wer diese Steine zu welchem Zweck da hingeschleppt hat. Bisher konnte das Rätsel nämlich noch niemand knacken.«

Es war albern, aber mein Herz flatterte bei der Vorstellung, dass Gavin und ich wie ein ganz normales Paar etwas unternehmen würden. Dazu sah ich mir auch gern einen Haufen Kiesel auf einer Wiese an. »Wie groß sind denn deine Stonehenge-Imitate?«

Gavin schnaubte. »Diese *Imitate*«, er betonte das Wort so, dass ich mich fragte, wie man in nur sieben Buchstaben derart viel Ironie verpacken konnte, »sind aus Granit und fast fünf Meter hoch. Die Tafel an der Kultstätte datiert sie auf fünftausend vor Christus. Übermorgen wirst du es sehen.«

Irrte ich mich, oder störte ihn meine mangelnde Begeisterung? Ich beugte mich zu ihm rüber und küsste ihn auf den Mund. »Hey, mir ist egal, wohin wir gehen. Das Wichtige ist, dass wir Zeit haben. So viel Zeit.«

Ich machte mir keine Illusionen. Sein Projekt in Kanada hatte ihn nicht nur Unsummen gekostet, sondern auch jede Menge Schweiß und Herzblut. Er liebte dieses Resort. Und ganz gleich, was ich mir ausmalte – ich wusste, er würde dorthin zurückkehren.

Ich beneidete ihn um diesen Ort. Gut, für mich wäre das nichts. Stundenlang durch irgendwelche Wälder zu kurven, um zum nächsten Supermarkt zu kommen, würde mich wahnsinnig machen. Ich musste wissen, dass nicht nur ein Arzt in Reichweite war, sondern auch ein Starbucks und ein Laden mit Süßkram. So abgelegen würde ich mich nicht wohlfühlen.

Andererseits wuchsen mir die Inseln ans Herz. Ja, ich war richtig verliebt in die ursprüngliche Landschaft mit ihren leuchtenden Farben. Außerdem hing ich mit jedem Tag mehr an der Weberei. Ich erinnerte mich an Claires Erzählung, dass sie den Beruf anfangs eher als Mittel zum Zweck gesehen hatte, um wieder bei Ihrer Familie auf der Insel zu sein – bis die Weberei sie gepackt hatte.

Es stimmte, auch ich fand es großartig, etwas mit meinen eigenen Händen herzustellen, das greifbar war, Menschen kleidete und als wunderbare Dreingabe die Farben der Natur einfing. Wenn der Stoff wuchs und die ersten fertigen Zentimeter über die vordere Kante hingen, bekam ich nicht genug davon, mit den Fingerspitzen darüber zu streichen, um zu prüfen, ob es Unregelmäßigkeiten im Fadenlauf gab.

Hinzu kam, dass die Wolle der Cheviot-Schafe herrlich weich war. Paddy hatte mir erklärt, dass man früher andere Rassen gezüchtet hatte, die aber lange keine so herausragende Wolle geliefert hatten.

Mein Problem war Aignéis. Wir hatten uns zwar im wahrsten Sinne des Wortes zusammengerauft und kamen gut klar. Aber ich wollte nicht, dass sie sich Hoffnungen machte, dass ich bleiben würde. In einer Woche würde die Stellschraube an ihrem Sprunggelenk entfernt. Vierzehn weitere Tage und sie konnte das Bein langsam belasten und mit ersten Gehübungen beginnen.

Danach würde mein Leben wieder in London spielen. Denn so sehr ich die Weberei auch mochte, ich wollte wieder in meinem Beruf arbeiten. Hier auf den Inseln war kein Verlag ansässig. Also hatte ich nicht die Wahl, zu bleiben – ich musste zurück.

»Hey, träumst du?«, raunte Gavin, strich eine meiner Haarsträhnen über die Schulter zurück und küsste die empfindliche Stelle hinter meinem Ohr. »Wir sind gleich da.«

»Das ging ja schnell.«

»Kein Wunder«, er senkte die Stimme weiter. »Paddy fährt, als käme er gerade von einem Whisky-Tasting.«

»Das ist doch hoffentlich ein Scherz«, entfuhr es mir.

»Aye, sonst hätte ich dich nicht einsteigen lassen.« Zärtlich streichelte er über meine Hand, wobei sein schön geschnittenes Gesicht wehmütige Züge annahm.

Natürlich wusste ich, woran er dachte. Nachdem sein Bruder Clemens mit dem Motorrad verunglückt war, hatte man 1,5 Promille Blutalkohol bei ihm festgestellt. Gavin würde eher freiwillig von einem Hochhaus springen, als sich bei einem angetrunkenen Fahrer auf den Rücksitz zu setzen.

»Bitte streich die Frage«, sagte ich leise und streichelte über seine Wange. »Das war unsensibel von mir.«

Gavins Gesichtszüge entspannten sich. Wie ich es liebte, ihn so zu sehen. Ausgeglichen und ruhig war er das genaue Gegenteil von Simon, der ständig unter Strom gestanden hatte.

Innezuhalten und den Moment zu genießen, war Simon ebenso verhasst gewesen wie Pärchenabende. Meist waren wir mit seinen Freunden losgezogen, einer Bande von Spaßvögeln, die so hibbelig wie Simon waren. Ständig auf der Suche nach einem Kick oder Lacher. Peinlich bedacht, keinen Trend zu verschlafen und bei allem ganz vorn mitzulaufen.

Als mir klar wurde, was ich da tat, fühlte ich einen Anflug von schlechtem Gewissen. So zu denken, wurde Si nicht gerecht. Wir hatten gute Zeiten gehabt. Es war falsch, das zu vergessen, nur weil das letzte Jahr schwierig gewesen war und unsere Geschichte nicht gut geendet hatte.

Trotzdem, nach dem Debakel mit Lawrence King und der Trennung von Simon brauchte ich etwas anderes als Kneipen-

und Partyrummel. Gavins ruhige, zupackende Art tat mir gut. An seiner Seite hatte ich auf wundersame Weise die Gewissheit, dass alles gut werden würde. Mehr noch, das Gefühl, begehrt zu werden und in Gavins Augen perfekt zu sein, bescherte mir eine nie gekannte Kraft. Wenn dieser fabelhafte Mann verrückt nach mir war, war ich vielleicht doch nicht so verkehrt, wie ich seit dem Rauswurf und der Trennung befürchtet hatte.

»Ich gebe nicht nur einen Penny für deine Gedanken, sondern du bekommst diese funkelnagelneue fünf Pfund-Note.« Gavin wedelte mit Winston Churchills Konterfei vor meiner Nase herum.

Claire gluckste. »Was wird das? Ein Ausverkauf von Cats Geheimnissen? Da biete ich mit: zehn Mäuse, aber dafür bekomme ich Details.«

Gavin schnalzte mit der Zunge. »Claire, Claire, fängt das schon wieder an? Erst redest du von Körperflüssigkeiten. Jetzt zahlst du für schlüpfrige Einzelheiten.« Gavin lachte rau.

Paddy stimmte ein.

Was Claire vor sich hin grummelte, während sie eingeschnappt nach vorn stierte und die Arme vor der Brust verschränkte, ließ sich mal wieder nicht verstehen. Aber da Paddy gerade auf dem Parkplatz vom Pub geparkt hatte, übernahm er es, sie wieder gnädig zu stimmen.

Gavin grinste unternehmungslustig, als er meinen Gurt löste und mich auf seinen Schoß zog.

»Womit habe ich das denn verdient?«, wollte ich wissen, als Gavin auch schon meine Lippen mit seinen verschloss.

»Wir haben die Wahl: Entweder wir sitzen hier hinten wie die Spanner in der ersten Reihe und sehen zu. Oder wir sorgen für unsere eigene Unterhaltung«, raunte er in einer Atempause.

»Definitiv Variante B«, sagte ich entschieden. Eng aneinander gekuschelt versanken wir erneut in einem innigen

Kuss. Vermutlich wären wir den ganzen Abend so sitzen geblieben, hätte nicht irgendwann jemand links und rechts von uns die Türen aufgerissen.

Paddy und Claire feixten. »Tut uns leid, aber wir sind schon ein bisschen länger im Geschäft. Da fallen die Knutscheinheiten kürzer aus«, erklärte Claire gut gelaunt.

Gavin räusperte sich: »Wenn du ein drittes Kind willst, solltest du das überdenken.«

»Falsch gedacht«, antwortete Paddy. »Wir sind mit der Familienplanung durch. Aber wenn du willst, erkläre ich dir, wie es geht, denn dabei ist Küssen nicht zwingend erforderlich.«

Verflixt, das war ja wie beim Pingpong, ständig musste ich von einer Tür zur anderen schauen, denn jetzt kicherte Claire an Gavins Seite.

»Los, wir steigen aus, sonst verrenke ich mir den Nacken.« Ich kletterte von Gavins Schoß ins Freie und erntete einen leichten Klaps auf den Hintern.

»Das kriegst du zurück«, drohte ich gespielt ernst.

Was Gavin natürlich kein bisschen beeindruckte: »Ich bitte darum. Wenn möglich ohne Publikum.«

Als wir den Pub betraten, baute die Vorband ihre Instrumente bereits ab. »Schade, die hätte ich gern gehört«, sagte ich und nahm den Weißwein in Empfang, den Claire organisiert hatte.

»Ach, um zu hören, was die von sich geben, brauchst du keine Band. Tritt einfach auf eine Katze, dann hast du den gleichen Effekt«, verkündete Paddy, was ihm ein paar böse Blicke der dicht an dicht stehenden Kneipengäste einbrachte.

»Nicht clever, im Fanblock zu lästern. Außerdem finde ich die Idee reichlich barbarisch. Du hast das doch nicht getestet?«

»Ich nicht, aber mein Bruder. War ein Versehen.« Paddy zuckte die Achseln. Es beruhigte mich, zu sehen, dass Claire ihm eine Limo reichte.

Wir plauderten ein wenig, bis die *Celtic Men* endlich mit dem Umbau fertig waren. Den Rest des Abends verbrachte ich grölend und hüpfend. Ich hätte nie gedacht, diese Musik so zu mögen, aber ich war wirklich enttäuscht, als das Konzert vorbei war. Wäre es nach mir gegangen, hätte die Band hundert Zugaben spielen können.

»Tut mir leid, dass ich die Spaßbremse bin. Aber ich habe einen Pferch voller Tiere, die morgen früh versorgt werden müssen«, Paddy klimperte mit den Autoschlüsseln und ich eiste mich los.

Auf der Rückfahrt machte ich es mir gleich auf dem mittleren Sitz bequem und genoss die Nähe zu Gavin, während Claire auf dem Beifahrersitz einnickte.

Es war schon zwei Uhr, als Paddy Gavin und mich an unseren Autos absetzte, damit wir getrennt zurückfahren konnten.

Strahlend sah ich Paddys Familienkutsche nach und bedankte mich überschwänglich bei Gavin für den tollen Abend. »Ich dumme Nuss wollte gar nicht mitgehen, weil ich dachte, das wäre irgendetwas Folkloristisches. Und jetzt bin ich enttäuscht, weil wir nicht zum Tanzen gegangen sind, wie Claire und Paddy es eigentlich wollten.«

Gavin hob die Brauen. »Gälischer Folk ist sowas von Folklore, mehr geht kaum«, klärte er mich auf. »Aber es ist kein Verbrechen, das zu mögen. Wenn du magst, führe ich dich nächstes Wochenende zum Tanzen aus.«

Zärtlich küssten wir uns zum Abschied, ehe ich auf den Fahrersitz glitt und den Motor startete. Summend fuhr ich zurück. Selbst als ich an Aignéis Klappsofa vorbei zur Treppe schlich, klingelte mir noch das schnelle Spiel der Fiddle in den Ohren.

Am Montag weckte mich ein lautes Scheppern, gefolgt von einem saftigen Fluch. Mit halb geschlossenen Lidern tastete ich nach meinem Handy und sah auf die Uhr.

»Viertel vor sechs? Was zum Teufel ...« Ich quälte mich aus dem Bett, tapste die Treppe hinab und fand Aignéis neben der Schlafcouch am Boden. Augenblicklich war ich hellwach und stürzte zu ihr.

»Um Himmels willen. Bist du etwa aus dem Bett gefallen? Hast du dir wehgetan?«, fragte ich und erntete einen giftigen Blick.

»Dummes Kind. Bist du nur heruntergekommen, um dumme Fragen zu stellen?«

»Eigentlich bin ich hier, weil ich dachte, dir wäre etwas passiert. Aber so, wie du klingst, geht es dir bestens. Also lege ich mich noch ein Stündchen aufs Ohr.« Ich wandte mich ab, blieb aber stehen, weil ich nicht vorhatte, Aignéis tatsächlich auf dem Boden liegen zu lassen. Doch erst mal war eine Entschuldigung fällig.

»Bleib«, rief Aignéis auch eilig. »Ich ... ich wollte aufstehen und mich in den Rollstuhl setzen. Nur geht es rein nicht so leicht wie raus.«

Ich drehte mich nicht um. »Ich warte.«

Hinter mir hörte ich sie scharf Luft holen. »Also gut: Es tut mir leid.«

»Weil?«

»Ich dich nicht so anfahren wollte. Bist du nun zufrieden?«

Dass diese Frage die ganze Entschuldigung zunichtemachte, überhörte ich. Mehr würde ich von Aignéis nicht kriegen.

Mit vereinten Kräften schafften wir es, sie erst zurück auf die Liegefläche und dann in den Rollstuhl zu verfrachten.

»Sagst du mir auch, warum du heute so früh auf bist?«

»Weil ich nicht vorhabe, wie eine Vogelscheuche zu diesem Treffen zu gehen.«

Na da sieh an. Normalerweise war es ihr egal, wie sie herumlief. Aignéis wusch ihr Haar über dem Waschbecken und rubbelte es grob trocken, ehe sie es auf höchster Stufe föhnte, womit sie meist aussah wie eine Pusteblume. Kämme waren für Aignéis kein Thema. Ebenso wenig Frisöre, denn sie kürzte ihr Haar selbst. Die Vorstellung, sie könnte sich schminken, war absurd.

»Was hast du denn geplant?«, fragte ich zaghaft.

»Mein Tweedkostüm muss gelüftet werden. Und ich will meine gute Bluse bügeln. Dann müsstest du mir von oben mein Schmuckkästchen holen.« Sie fing meinen Blick auf und ging gleich an die Decke. »Glaub nicht, ich wüsste nicht, wie die Leute sich das Maul über mich zerreißen. Ich muss ihnen ja nicht Recht geben, indem ich wie eine Vogelscheuche bei diesem Treffen aufkreuze.« Ein seltenes, selbstzufriedenes Lächeln legte sich um ihre faltigen Lippen. »Sieh dir mein Kostüm an. So einen Tartan bringt keiner von diesen Stümpern zustande. Allein dafür lohnt es sich, zu diesen seltsamen Treffen zu gehen, bei denen die Leute sich nur selbst reden hören wollen.«

Als ich fünf Stunden später an der Gemeindehalle vorfuhr, war Aignéis glücklich. Das Haar hatte ich ihr auf Wickler gedreht und dann ausgekämmt. Außerdem hatte ich mit zart getönter Tagescreme und einem Hauch Rouge nachgeholfen. Lippenstift und Mascara waren nichts für sie. Aber schon die paar Veränderungen ließen ihr Gesicht weicher und weniger ernst wirken.

»Du glaubst es nicht, aber sie hat gelächelt, als ich sie reingeschoben habe.«

Gavin guckte tatsächlich, als hielte er das für ein hanebüchenes Gerücht. »Und Claire hat wirklich versprochen, dass sie sie zurückbringt?«

»Aye«, imitierte ich Gavin, »in ihrer Familienkutsche ist genug Platz für den Rollstuhl und sie bleibt sowieso bis zum

Ende. Also können wir im Prinzip los.« Wir standen hinter dem Geisterhaus. Nur dass ich heute mit Aignéis' klapprigem Transporter gekommen war, weil der einen großen Kofferraum besaß.

Strahlend zog Gavin mich an sich. »Also haben wir tatsächlich Zeit für uns.« Er küsste mich, bevor er mich zu seinem Land Rover schob und die Beifahrertür öffnete.

Als wir eine halbe Stunde später an einem traumhaft schönen, weiten Strand ausstiegen, verschlug es mir tatsächlich die Sprache. Das Wasser hatte den gleichen, einladenden Türkiston wie in der Bucht beim Schloss. Aber hier war der weiße Sandstreifen breiter und schien endlos zu sein, während das schmale Stück hinter Aignéis' Häuschen von schroffen Felsen gesäumt war.

Eng umschlungen nahmen wir den Weg durch die Dünen. Der Ort war so magisch, dass ich anfangs nicht mitbekam, was Gavin mit sich herumschleppte. »Noch ein Geheimnis?«, fragte ich, als er einen großen Bastkorb auf den Sand stellte.

Er grinste, wie ein Junge, dem sein Streich gelungen war. »Ob es magisch ist, weiß ich nicht. Dafür kann ich dir versprechen, dass wir uns den Hintern abfrieren werden.« Damit klappte er den Deckel auf und enthüllte einen kompletten Satz Picknick-Geschirr.

Das feine, weiße Porzellan mit dem karierten Fries hätte sicher jeden Antiquitätenhändler in Entzücken versetzt. Zumal ich ein paar Pfund darauf verwettet hätte, dass die glänzenden Fäden zwischen den verschiedenen Grüntönen aus Blattgold waren. Ebenso die Ränder der geschliffenen Kristallgläser. Als Gavin eine Decke mit dem zu den Tellern passenden Muster auf den Sand breitete, hätte ich zu gern ein Foto geschossen.

»Lange werden wir es nicht aushalten. Also habe ich mich aufs Wesentliche konzentriert.« Er reichte mir ein Sandwich, das in Wachspapier gewickelt war, und eins der Gläser, das er aus einer kleinen Champagner-Flasche füllte. »Auf uns und auf diesen Tag.«

Mir war richtig feierlich zumute, während wir anstießen. Dabei mussten wir ein seltsam albernes Bild abgeben. Ich in einem übergroßen Steppmantel mit lammfellgefütterten Glitzer-Stiefeln. Gavin in Boots, Jeans und einem Tweed-Jackett, das wie maßgeschneidert saß. Dazu dieser Korb, dessen Inhalt so makellos war, »sag mal, hast du das alles poliert?«

Er nickte, wobei er den Blick eines tragischen Helden aufsetzte. »Du ahnst nicht, wie schwierig es ist, einen Bastkorb von Staub zu befreien. Aber ich wusste, du wirst dieses kitschige, alte Ding lieben.«

»So redet nur jemand, der inmitten von Antiquitäten groß geworden ist und sie im Grunde nicht zu schätzen weiß.« Ich kuschelte mich an seine Schulter, weil der Wind unbarmherzig vom Meer herüberwehte. Da halfen auch die paillettenbesetzten Stiefel und der Steppmantel nicht. Die Kälte kroch uns in die Knochen. Achtlos schlangen wir die Sandwiches herunter, packten wieder ein und gingen zurück zum Wagen.

»Nächste Station: Stonehenge.«

Ich hielt das immer noch für einen Witz. Umso erstaunter war ich, als wir in Callanish ankamen, das der berühmten Steinformation in Amesbury tatsächlich in nichts nachstand. Die Steine waren riesig. Hand in Hand schlenderten wir durch das Gewirr aufrecht stehender Menhire.

»Und es weiß wirklich niemand, wozu dieser Ort angelegt wurde?«

»Nein. Sie waren lange Zeit von Torf gedeckt. Etwa um 1860 hat man sie entdeckt und ausgegraben. Aber es gibt natürlich Mutmaßungen.«

»Die du mir vorenthältst, weil ...«

»Weil ich viel lieber deine Theorie hören würde.«

»Meine? Gut, dann tippe ich, dass euch diese Highland-Games, bei denen ihr Baumstämme durch die Gegend werft und wie die Wahnsinnigen Holz hackt, irgendwann nicht mehr gereicht haben. Also habt ihr wie Obelix Steine durch die Gegend geschleppt und sie hier abgesetzt.«

Gavin lachte. »Kann es sein, dass du etwas gegen unsere Traditionen hast?«

»Im Gegenteil, ich würde meilenweit gehen, um zu sehen, wie du mit nichts als einem Rock bekleidet und verschwitztem Oberkörper Holz hackst ... oder Steine schleppst.«

Unvermittelt blieb Gavin stehen, nahm mein Gesicht in beide Hände und sah mich ernst an, ehe er unendlich langsam den Kopf senkte und mich küsste. »Du bist hier nicht die Einzige, die schmutzige Fantasien hat. Das ist dir klar?«

»Ich brenne darauf, deine zu hören. Allerdings erst, wenn wir wieder im Häuschen sind. Langsam macht mich die Kälte wirklich fertig.«

Gavin seufzte dramatisch. »Ich biete dir hier Jahrtausende alte Kultur und du kommst mir mit deinem Gejammer.« Wieder küsste er mich, ehe er den Arm um meine Schultern legte und mich weiterzog. »Also gut, hör zu: Es gibt eine Theorie, die mir persönlich sehr gut gefällt. Sieht du die Hügel, die die Formation umgeben?«

»Ich müsste blind sein, wenn nicht.«

Ein weiterer Seufzer und er klang noch dramatischer: »Fein. Stell dir vor, dass der Mond inmitten der Hügel steht. Wenn er weiterwandert, sieht es aus, als würde er der Formation der Steine folgen. Manche behaupten sogar, dass es wirkt, als würden die Steine mit dem Mond tanzen.«

»Hast du das je gesehen?«

»Hm, habe ich. Allerdings kommt es nur sehr selten vor.«

»Wie selten?«

»Alle 18,6 Jahre.«

»Wie ... wer macht denn sowas?« Ich fasste es nicht. »Haben die Leute hier jahrhundertelang auf der Lauer gelegen und das protokolliert, bis feststand, dass alle 18,6 Jahre der Mond in einer bestimmten Konstellation zu den Hügeln steht? Und dann was? Haben Sie sich gedacht, wir schaffen ein paar Riesensteine her und gucken, wie sich das macht? Nur für den Fall, dass der Mond in exakt 18,6 Jahren wieder vorbeikommt?« Ich schüttelte den Kopf. »Du nimmst mich doch hoch.« Der Mond hätte über unserem Forsthaus explodieren können – niemand aus meiner Familie wäre auf die Idee gekommen, deshalb auch nur ein paar Kiesel aufzutürmen.

Gavin lachte so unbeschwert, dass ich ein warmes Kribbeln fühlte. Ob er wusste, wie kostbar diese Momente der Offenheit für mich waren? Dass ich ahnte, mich noch in Monaten und sogar Jahren, daran zu erinnern, wenn er längst weg war.

»Leider ist niemand mehr da, den wir fragen können. Wie es aussieht, wurden derartige Anlagen schon in der Bronzezeit aufgegeben.« Er stupste mir in die Seite. »Na komm, du Frostbeule, fahren wir weiter und wärmen dich auf.«

Während wir zur nächsten Station unserer Besichtigungstour fuhren, einer Ansiedlung alter Natursteinhäuser, die von ihren Bewohnern verlassen worden waren, griff ich bei jeder Gelegenheit nach seiner Hand oder seinem Knie, und lauschte Gavin hingerissen.

Dabei wollte mir nicht in den Kopf, wieso jemand eine Insel, an der er so offensichtlich hing, verlassen hatte. Doch ich fragte ihn nicht. Diesen unbeschwerten Nachmittag voller Normalität und Zuneigung würde uns niemand nehmen können, wenn wir in wenigen Wochen auseinandergingen. Ich wollte ihn nicht zerstören, indem ich Gavins Motive hinterfragte. Viel lieber genoss ich die Leichtigkeit. Heute waren wir einfach nur ein Paar, das sich ein wenig Zeit freigeschaufelt hatte und etwas unternahm. Auch wenn irgendwo in meinem Hinterkopf ein Stimmchen aufmuckte und mahnte, dass es gerade diese Normalität war, die wir nicht haben konnten – und die ich umso schmerzlicher vermissen würde, wenn es vorbei war. Weil sie mir zeigte, dass es klappen könnte. Dass wir ähnlich tickten, ähnlich lachten und dachten. Und dass dieser riesige Ozean, der Gavins Leben von meinem trennte, alles war, was wirklich zwischen uns stand – und er war unüberbrückbar.

18. KAPITEL

Gavin

»Ist es wirklich in Ordnung, wenn ich dich allein lasse?« Mein Dad saß zusammengesunken in seinem Rollstuhl. Mit dem Rollator hatte ich ihn seit Tagen nicht gesehen. Immer, wenn ich ihn verließ, zerriss es mich. Ich bekam nicht genug von Cat. Noch nie war ich so verrückt nach einer Frau gewesen, wie nach ihr. Doch der Sex allein war es nicht. Ich mochte ihre klugen, flapsigen, frechen Bemerkungen. Ihren Humor, die Herzenswärme, die mich tief im Innern berührten. Aber da war mehr.

Die Rastlosigkeit, die ich seit meinem Weggang von der Insel stets empfunden hatte, war wie weggeblasen. Zum ersten Mal hatte ich das Gefühl, nicht nur auf Zeit angekommen zu sein, sondern Wurzeln schlagen zu wollen. Nur hatte in meiner Vorstellung die Sesshaftigkeit auf der Insel nichts mit dem Schloss zu tun. Es war Cat, mit all ihrer Lebhaftigkeit, Kraft und Begeisterungsfähigkeit, die mich inspirierte. Die Sache hatte nur einen Schönheitsfehler: Für sie gab es auf der Isle of Harris and Lewis keine Zukunft.

Dass sie die Weberei liebte, war offensichtlich. Seit zwei Wochen verbrachte sie Tag für Tag Stunden mit Aignéis im Weberschuppen und saugte all das Wissen der alten Frau in sich auf. Gleichzeitig wusste ich, wie sehr ihr die Malerei fehlte. Sie hatte mir ihre Mappe gezeigt, die immer dicker wurde und von all den Hoffnungen erzählte, die sie in ihre Bewerbungen setzte. Ich würde ihr das nicht kaputtmachen, indem ich sie drängte, hierzubleiben, wo sie keine Zukunft hatte.

»Wo bist du schon wieder mit deinen Gedanken?«

»Tut mir leid, Dad«

»Muss es nicht. Oder denkst du, ich wüsste nicht mehr, wie es war, als mir deine Mutter den Kopf verdreht hat?«

»Ich ... was soll das jetzt heißen?«

Duncan lachte. Es endete in einem Hustenanfall. Sie wurden von Tag zu Tag schlimmer. Seine Kurzatmigkeit nahm zu. Außerdem war er blass wie eine Wand. Hinzu kam ein schleichender Rückzug. Irgendwo tief in sich hatte er ein Plätzchen gefunden, an dem er sich wohl zu fühlen schien. Manchmal saß er Stunden nur da, lauschte in sich und reagierte auf nichts.

Die Tage, an denen wir abends mit Ian vor dem Kamin geplaudert hatten, waren vorbei. Seit letzter Woche kam Duncan auch nicht mehr in die Küche, um uns beim Kochen Gesellschaft zu leisten. Lieber war er in seinem Zimmer und starrte versonnen auf die Wände. Cat – was sie ihm geschenkt hatte, konnte ich ihr nie zurückgeben.

»Jetzt geh schon und lass das Mädel nicht warten.«

Reflexhaft wollte ich fragen, was diese Anspielung sollte. Aber seine klugen Augen, die trotz des schleichenden Verfalls so klar wie eh und je wirkten, sagten mir, dass ich das besser ließ. Es sei denn, ich wollte seine Intelligenz beleidigen.

»Sie hat mich gebeten, dir nichts zu sagen, weil sie dir keine falschen Hoffnungen machen möchte.«

»Was denn für Hoffnungen? Darauf, dass du verrückt nach ihr sein könntest? Da muss ich nicht mehr hoffen, das sieht ja ein Blinder, dass es so ist. Oder darauf, dass sie hierbleibt? Dafür sehe ich allerdings schwarz. Sie mag die Insel, das ist nicht zu übersehen. Sie hat sogar Aignéis in ihr großes Herz geschlossen. Aber wenn ich mich so umsehe«, Duncans Blick wanderte zu dem Sechsender auf der Lichtung, »ist ihr Talent auf den Inseln vergeudet. Daran hängt ihr Herz.« Seine Stimme begann zu zittern. »Die Hoffnung, dass sie bleiben könnte, habe ich in dem Moment aufgegeben, in dem ich das gesehen habe.« Eine Träne stahl sich aus seinem Augenwinkel und rann Duncans faltige Wange hinab.

Ohne zu zögern, ging ich in die Knie und schloss ihn in die Arme. »Hey, das ist nicht das Ende der Welt. Du hast nach Aignéis unsere Mum kennengelernt und warst mit ihr glücklich.«

Ein trockenes Lachen schüttelte seinen mageren Körper. Er hustete, lachte, bekam einen noch größeren Hustenanfall und wurde dann ernst. »Wenn du mich fragst, ist Cat Dunn für dich diese Frau. Die Frau, die nach Aignéis kam. Die, die du festhalten solltest.«

Ich hob eine Braue. »Hast du nicht gerade selbst festgestellt, dass wir keine Zukunft haben.«

Duncan sah weg, ließ den Blick aus dem Fenster schweifen und atmete tief ein. Ohne mich anzusehen, sprach er weiter. »Ich habe mir überlegt, wie ich es für dich leichter machen kann. Wenn du nicht hierbleiben möchtest ... es gibt einen Käufer für das Schloss. Eine Hotelkette. Die haben mir schon vor Monaten ein Angebot gemacht. Aber wie du weißt, habe ich lange gehofft, du könntest dich doch für Mackay Castle entscheiden. Nun, du musst dich nicht an den alten Kasten binden. Diese Leute haben zumindest einen Plan, um ihn zu erhalten.« Er wedelte ungeduldig mit der Hand durch die Luft. »Es ist nicht das erste Schloss, das sie kaufen. Anscheinend sind die Leute ganz verrückt nach dem Quatsch, den sie anbieten. Irgendeinen Romantik-Kram mit Hochzeitsarrangements und Limousinen-Service. Alberner Schnickschnack, aber sie bieten einen guten Preis.«

»*Highland Love*?« Natürlich kannte ich den Veranstalter. Sie restaurierten alte Schlösser und veranstalteten einen Rummel wie in Vegas. Nur dass nicht Elvis zur Trauung erschien, sondern ein Haufen Dudelsack- und Fiddle-Spieler.

»Ja, ich glaube, so heißen sie.« Wieder ließ mein Dad eine Pause, als hoffte er, dass ich Einspruch erhob. Da ich es nicht tat, fasste er sich ein Herz. »Sie würden das Schloss wieder herrichten. Das Haus meiner Vorväter ... es würde erhalten bleiben.«

»Dad, wann hast du mit ihnen gesprochen?«

»Bisher habe ich sie immer abgewiesen. Aber vor ein paar Tagen war jemand hier.«

»Wann?«

»Nachdem ich begriffen hatte, dass deine Treffen mit Catlyn nicht ganz zufällig sind. Jeden zweiten Morgen fährt sie zum Einkaufen. Dann ist sie nachmittags weg. Immer abwechselnd. Man muss nicht Sherlock Holmes sein, um vorher zu sehen, wann du das Haus verlässt.« Ein leises, keckerndes Lachen entrang sich seiner Kehle. »Der Geschäftsführer war ganz begeistert von meinem Zimmer. Wenn Catlyn Lust hat, die Eingangshalle und den großen und kleinen Salon ebenso zu gestalten, erteilen Sie ihr mit Kaufabschluss den Auftrag.«

Ich freute mich für Cat, das tat ich wirklich. Aber das würde sie nicht mehr als ein paar Wochen länger hier halten. Bestenfalls zwei Monate. Und überhaupt – das war jetzt nicht das Thema, also zwang ich mich, den Gedanken beiseite zu schieben.

»Was ist aus deinem Wunsch geworden, mir das Schloss zu übertragen?«

»Es war mein Wunsch, weil ich gehofft hatte, dass du es irgendwann auch wollen würdest. Aber so ist es nicht. Das ist mir klargeworden, als du mir die Bilder von deiner Lodge gezeigt hast. Was du da geschaffen hast, ist fantastisch. Ich könnte nicht stolzer auf dich sein, mein Junge.« Unbeholfen tätschelte er meine Schulter. »Aber es hat mir auch gezeigt, dass du mit dem alten Kasten nicht glücklich würdest. Es gibt zu viele Auflagen, zu viele Beschränkungen, die dich einengen. Also bitte: Wir verkaufen es. Du bezahlst den Kredit in Kanada ab und suchst dir ein neues Projekt, auf das du dich mit ebenso viel Herzblut stürzen kannst. Dir bleiben immer noch meine Ländereien, die bringen gutes Geld. Das hält dir den Rücken frei. Vielleicht findest du ja etwas in London – bei Catlyn.«

Ich schluckte. Er sah so hoffnungsvoll aus, so sicher, dass er mir mit seiner Entscheidung eine Zukunft ebnete, da brachte ich es nicht übers Herz, ihm zu sagen, dass ich für ein Leben genug Metropolen wie London gesehen hatte.

»Du hast mich gerade gefragt, ob es für mich in Ordnung ist, wenn du mich ein Weilchen allein lässt. Die Antwort lautet: Ja!« Er lächelte warm.

»Gut, dann kaufe ich später auf dem Heimweg ein und frage Ian, ob er zum Essen kommen möchte – ist dir das recht?«

»Dass der Quacksalber mich den halben Abend mit Blicken seziert, ehe ich in der Pathologie bin?« Duncan seufzte. »Langsam gewöhne ich mich daran. Sag ihm, er soll noch welche von diesen neuen Tabletten bringen. Die in der blauen Schachtel.«

Zögerlich nickte ich. Seit die Pflegekraft ins Haus kam, hatte sie die Medikamentengabe übernommen. Wieso sagte sie nichts, wenn ein neues Rezept gebraucht wurde?

Ich versprach Duncan, mich darum zu kümmern, und verließ das Haus. Cats Wagen stand gegenüber in der Einfahrt. Also blieb genügend Zeit, um den Kamin anzufachen und Tee zu kochen. Heute früh war ich schon beim Haus gewesen, um frische Blumen auf den Tisch zu stellen und den Kühlschrank aufzufüllen. Außerdem hatte ich in Stornoway ein paar Kissen und eine Decke für das Sofa besorgt. Langsam wurde das

Häuschen wohnlich. Zumal die hässlichen Kunstdrucke verschwunden waren, weil Cat mit Tesafilm ein paar ihrer Arbeiten auf die Rahmen gepappt hatte.

Nach einem Umweg über Tarbert, wo ich alles Nötige für das Abendessen bekam, rollte ich auf das Gelände des Gutshofs. Cats leuchtend gelber Mini war nicht zu sehen. Dafür standen ein Geländewagen und zwei Kombis vor dem alten Gehöft. Gut ein halbes Dutzend Menschen hatte sich dazwischen versammelt, und diskutierte lebhaft.

Als ich anhielt, wandten sie sich zu mir um. Eine Frau mittleren Alters löste sich aus dem Grüppchen und kam auf mich zu. »Sie haben sicher das Häuschen gemietet?«

»Stimmt. Für diesen und den nächsten Monat.«

»Das freut mich. Viele Gäste verirren sich um diese Jahreszeit nicht hierher. Aber lassen Sie sich durch uns nicht stören. Wir sind gleich wieder weg. In den kommenden Tagen werden ein paar Arbeiter hier sein, um die Fenster und Türen des Gutes zu vernageln. Ich hoffe, die belästigen Sie nicht.«

So sehr ich auch in meinem Hirn kramte, ich kannte die Frau nicht. Genauer gesagt war mir keiner dieser Leute je begegnet. »Sie stammen nicht von den Inseln?«

Sie lächelte schwach. »Wir sind nur hier, weil das Bauamt sich querstellt. Entweder wir vermieten das Häuschen nicht mehr, oder wir sichern das Haus so ab, dass niemand zu Schaden kommen kann. Da wir die Kosten für die Absicherung tragen müssen, bis klar ist, was mit dem Gutshaus geschieht, wollte es sich keiner nehmen lassen, bei der Besprechung dabei zu sein, aus Angst, übervorteilt zu werden.«

Bei ihr klang es, als redete sie von einer Gruppe Aasgeier. Ob ihr klar war, dass sie auch dazugehörte? »Mir soll es recht sein, solange sich der Lärm in Grenzen hält.«

»Wir könnten ihnen für ein paar Tage mit der Miete entgegenkommen. Ich würde sagen, wir erstatten Ihnen während der Bauzeit die Hälfte. Das klingt doch fair?« Sie kramte in ihrer Tasche und reichte mir eine Karte. »Rufen Sie mich an, wenn es Probleme gibt.«

Achtlos steckte ich die Visitenkarte ein. Es brachte nichts, das zu diskutieren. Gegen das Bauamt waren diese Leute machtlos. Trotzdem kochte ich innerlich.

Cat und mir waren nur wenige gemeinsame Tage vergönnt. Ich wollte sie für mich. Jede Minute war kostbar. Baulärm war das letzte, was ich dabei brauchen konnte.

Ärgerlich stapfte ich auf das Häuschen zu und ging hinein. Cats Duft hing in den Räumen. Ich schloss die Augen und sog ihn tief in mich auf.

Augenblicklich spürte ich, wie meine Mundwinkel sich zu einem Lächeln hoben, und ging zum Kamin.

Als der Tee zog und langsam Wärme durch das kleine Häuschen waberte, sah ich zur Uhr. Sie hätte vor einer Viertelstunde hier sein wollen. Ob die Autos sie abgeschreckt hatten? War sie einfach weitergefahren, damit unser Geheimnis nicht aufflog?

Ich ging zum Fenster, aber die Wagen waren weg. Dann erst zückte ich mein Handy. Es war stummgestellt. Als ich das Display antippte, fand ich drei neue Nachrichten.

»Ich kann nicht.« »Erkläre es dir morgen.« »Du fehlst. Kuss!«

Enttäuschung machte sich in mir breit. Dabei war bisher alles glattgegangen. Zu glatt vielleicht. Es war nur eine Frage der Zeit gewesen, bis auch Aignéis begriff, mit welcher Regelmäßigkeit Cat das Haus verließ.

Andererseits hatte ich nach dem schwer verdaulichen Gespräch mit meinem Vater nun Zeit, mir in Ruhe Gedanken zu machen. Ich schnappte mir den Tee und ließ mich vor dem Kamin nieder. Dass ich so schnell eine Entscheidung treffen musste, damit hatte ich nicht gerechnet. Und jetzt? Wollte ich das Schloss behalten? Es hingen Erinnerungen daran, klar. Aber wäre ich direkt nach dem Schulabschluss so Hals über

Kopf von der Insel geflüchtet, wenn ich mich in dem alten Schuppen zu Hause gefühlt hätte? Wohl kaum.

Nicht, dass ich prinzipiell etwas gegen Altbauten hatte. Im Gegenteil liebte ich sie. Aber bitte so, dass sie zeitgemäß waren. Ich mochte offene Raumkonzepte und klare Linien. Das alles ließ sich in dem verwinkelten Kasten nicht realisieren, ohne dass dem Denkmalschutz die Haare zu Berge standen. Und dann stellte sich ja die Frage, was ich damit sollte. Klar konnte man ein Hotel daraus machen, aber auch da setzten mir die Auflagen Grenzen. Zusätzliche Fenster und Bäder, die an die Zimmer angeschlossen waren, ließen sich den Denkmalhütern kaum schmackhaft machen. Und dass ich eine separate Wohnung abteilte, um meine Privatsphäre zu haben, wäre auch unmöglich.

Insgeheim hatte ich es immer gewusst. Das war nicht meine Welt. Duncan hatte Recht. Und obwohl er mich mit der Idee überfahren hatte, war ich ihm dankbar, dass er mir einen Ausweg bot.

Als die ersten Scheite heruntergebrannt waren, löschte ich das Feuer und fuhr zurück. Gleich sprang mir das Auto ins Auge, das vor Aignéis Häuschen stand. Ein rotes, angejahrtes MG Cabriolet mit Londoner Kennzeichen. Also war Cats Schwester zu Besuch? Ihre Eltern lebten auf dem Land und hätten ein anderes Kennzeichen. Ihr Bruder wohnte in Bournemouth, damit schied er auch aus. Aber es konnte natürlich auch eine Freundin zu Gast sein.

Ich hätte zu gern bei Aignéis geklopft, Cat nur für einen Augenblick in die Arme geschlossen – doch dafür würde mich mindestens eine der beiden lynchen.

Als ich ins Haus kam, hatte Duncan es sich auf dem Sofa in seinem Zimmer bequem gemacht.

»Kommst du mit in die Küche? Ian müsste auch bald hier sein.« Mein Blick fiel auf das Album mit den Bildern, die Aignéis zeigten. Mein Dad wirkte bekümmert. Doch als er sah, dass ich das Fotoalbum bemerkt hatte, legte er ein Kissen darüber.

»Aignéis hat noch mehr Besuch bekommen. Cats Schwester ist da.« Duncan schürzte die Lippen. »Und ein junger Mann.« Fragend hob er die Brauen.

Ich winkte ab. »Cat hat mir eine Nachricht geschrieben. Wir reden morgen.«

»Hm, tut mir leid für dich. Aber ich nehme an, so hattest du Zeit, dir Gedanken zu machen ...?«

Die Frage hing bleischwer in der Luft. Ich wollte diesen Klotz am Bein nicht. Und ebenso wenig wollte ich meinen Dad enttäuschen.

»Raus mit der Sprache. Du musst mich nicht schonen. Oder denkst du, dass ich so alt geworden bin, ohne zu begreifen, dass ich meine Wünsche nicht einfach einem anderen überstülpen kann?«

Ich ging auf ihn zu, doch auf den letzten Metern hob Duncan die Hand.

»Glaub mir, ich kann die Wahrheit verkraften. Du musst mich nicht umarmen, als wäre ich ein hilfloses Kind.«

Tja, das war der Moment, um Farbe zu bekennen. Es dem vitalen, kraftvollen Mann aus meiner Jugend zu erzählen, wäre mir deutlich leichter gefallen. Mein Herz schlug bis hinauf in den Hals, als ich tief Luft holte. »Ich schätze, dass die Leute von *Highland Love* die Richtigen sind, um das Haus zu übernehmen.«

»Sicher?«

Ich nickte schwach. »Ganz sicher.« Ich zog einen Sessel ans Sofa und ließ mich Duncan gegenüber nieder. Selten war es mir so wichtig gewesen, dass er mich verstand. »Bei einem Hotel, wie es mir vorschwebt, macht der Denkmalschutz nicht mit. Ich kann keine separaten Einheiten schaffen, keine modernen Räume für Veranstaltungen. Ein Spa und ein Pool scheiden aus, weil ich dazu den Fels hinter dem Schloss wegsprengen müsste. *Highland Love* arbeitet mit einem anderen Konzept. Sie setzen darauf, dass die Familien und Freunde der Brautleute anreisen. Für die ist es okay, wenn sie sich arrangieren und ein Bad teilen müssen. Diese Art Gäste will Zeit miteinander verbringen und dazu bietet das Haus tolle Möglichkeiten. Außerdem ...« Was ich als Nächstes sagen wollte, war so verklärt und banal, dass ich es vor Wochen nicht über die Lippen gebracht hätte. Auch jetzt fiel es mir nicht leicht: »Dad, ich würde hier nicht glücklich, weil zu viele Erinnerungen zwischen diesen Mauern leben. Mum, Clemens ... Aber stell dir vor, das Schloss wird eine Hochzeitslocation. Es würde zu einem guten Ort werden, hell, freundlich, voller Liebe.« In meinen Ohren klang es immer noch wie die schmalzige Idee eines hoffnungslosen Romantikers. Aber es war die Wahrheit. So empfand ich es.

Duncan nickte. »Stimmt, das hätte deiner Mutter gefallen.«

»Sehr sogar.« Ich legte meine Hand auf seine Rechte.

Ergriffen hob er die Linke, um sie wiederum auf meine Hand zu legen. »Ich hoffe, mir bleibt genug Zeit, um zu hören, für was du dich stattdessen entscheidest. Ich wäre gern sicher, dass du ein Ziel hast und glücklich bist, bevor ich dich allein lasse.«

Mein Herz raste, als mir die Tränen kamen. »Du hast noch Zeit.«

Er sah mich nur an, drückte meine Hand für einen quälend langen Moment ganz fest.

Dann hallte der Klang des Türklopfers wie ein Donnerhall durchs Schloss und der nie gekannte, kostbare Moment der Nähe zu meinem Dad zerbrach.

»Komm einfach rein. Die Tür ist offen«, rief ich auf dem Weg in die Küche.

Aber herein kam nicht Ian, wie ich erwartet hatte. Catlyn stand da, sie trug ihre albernen Neon-Klamotten und kam kaum hinterher, weil der tropfnasse Silly so schnell ins Haus hechelte.

»Du machst den ganzen Boden nass«, schalt sie ihn übellaunig. Überhaupt wirkte Cat, als hätte ihr etwas gewaltig den Tag verhagelt.

»Was ist los?«

Sie sah mich missmutig an, drückte mir Sillys Leine in die Hand und wurde die Jacke los.

»Danke, ich hatte schon Angst um mein Augenlicht«, kommentierte ich trocken.

Was sie mit weiterem, zurückhaltendem Stirnrunzeln quittierte. Stumm hängte sie die Jacke an die Tür, nahm mir die Leine ab und band Silly an der Klinke fest. »Sonst tropfen wir dir alles voll.«

»Ich könnte ein Handtuch holen und Silly abrubbeln. Dann kann der Hund herumlaufen.«

Cat wirkte, als hätte ich sie bei irgendetwas ertappt. »Schön wär's, aber ich muss gleich wieder los. Meine Schwester steht draußen im Regen und wartet.«

»Und du bittest sie nicht rein, weil ...«

»Es ist kompliziert.«

Das war mir klar, umsonst hätte sie nicht so bekümmert ausgesehen. Wortlos ging ich auf sie zu, zog sie an mich und küsste sie.

»Hey, was wenn Duncan uns sieht?«, blieb ihr gewisperter Protest nicht aus.

»Er hat es sich sowieso zusammengereimt. Also können wir das Versteckspiel lassen.«

Cat schloss die Augen. »Na toll, als Komplizen sind wir wirklich lausig. Aignéis weiß es auch. Allerdings tippe ich in ihrem Fall, dass irgendwer sich verquatscht hat. Hamish wahrscheinlich.« Sie seufzte. »Ich weiß ja nicht, wie dein Dad es aufgenommen hat, aber Aignéis ist auf hundertachtzig. Seit Stunden nörgelt sie herum. Falls du es nicht weißt, du bist ein mieser, mieser Einfluss, der nur Unglück bringt. Wenn sie dich sieht und die Krücken dabei hat, solltest du in Deckung gehen.«

Ich konnte mir das Lachen nicht verkneifen. »Du bist hier, um mich vor einer über siebzigjährigen Frau im Rollstuhl zu warnen? Süß.« Ich zog sie noch enger an mich, atmete Cats süßen Duft und küsste sie wieder.

Nur erwiderte sie den Kuss kaum und drückte mich weg. »Es gibt da noch etwas ...« Cat biss sich auf die Lippe, was kein gutes Zeichen war, denn dass sie das nur tat, wenn sie sich genierte oder unsicher war, hatte ich längst begriffen.

»Lass uns in die Küche gehen. Dann höre ich dir zu. Du weißt doch, dass du mir alles sagen kannst.«

Sie nickte, hielt die Zähne aber immer noch in der Unterlippe vergraben, bis es endlich aus ihr herausbrach. »Neila ist gekommen, um mich abzulösen. Ich fahre in drei Tagen zurück nach London.«

»Du ...« Die Nachricht traf mich mit solcher Wucht, dass ich blinzelte. Ungläubig sah ich Cat an, aber ihr schuldbewusster Gesichtsausdruck blieb. »Da ist doch noch etwas?«

Sie nickte. So zögerlich, dass es aussah, als würde sie es gegen ihren Willen tun.

»Cat, was ist los? Dass du mir die Wahrheit in Raten präsentierst, macht sie auch nicht schöner.«

Einen langen Moment, in dem die Zeit zwischen uns zu gefrieren schien, sagte sie nichts. »Simon ist hier. Na ja, genauer gesagt hat er Neila und unsere Mitbewohnerin Fanny in den letzten Wochen belagert und sogar in unserem Treppenhaus geschlafen, weil sie ihm nicht sagen wollten, wo ich bin. Eigentlich haben sie sogar kein Wort mit ihm geredet. Dann habe ich Neila von Lawrence Kings Anruf erzählt. Wie wütend er auf mich war und dass er seine Anwälte auf mich hetzen will ....« Sie brach ab.

»Ich erinnere mich. Ich war bei dem Anruf dabei.«

»Okay, dann also ... als ich es Neila erzählt habe, war sie so sauer, dass sie raus in den Flur gestürmt ist und Simon gesagt hat, was sie von seinem miesen Terror hält. Dass er mich immer tiefer in die Klemme reitet. Nach der Standpauke hat er sich zwei volle Wochen nicht blicken lassen, bis er wieder aufgetaucht ist und erzählt hat, dass er bei King war, um ihm die Wahrheit zu sagen. Dass er angetrunken war und neidisch auf die vielen Aufträge, die ich hatte. Wie leicht es gewesen ist, mit dem Grafik-Stift auf dem Tablet an meinem Entwurf herumzupfuschen. Erst wollte King ihm nicht zuhören, weil er wohl dachte, dass ich Simon vorschicke. Aber als Simon ihm haarklein die einzelnen Schritte erklärt hat, war er baff und hat eingelenkt. Wenn ich will, kann ich wieder für King arbeiten.« Unglücklich zuckte sie die Schultern.

Die Träne, die in ihren Wimpern glitzerte, schnürte mir die Kehle zu.

Cat schluckte, blinzelte, weil ihre Augen in neuen Tränen schwammen. »Neila hat ihren Job bei *Ladies Bazaar* hingeworfen. Das war schon lange fällig, weil die sie schikaniert und ausgenutzt haben ... und da ich am Montag in London bei King sein soll und sie jetzt Zeit hat ...« Ihre Stimme brach. Dicke Tränen rannen über Cats Wangen. »Sie löst mich ab. Ich fahre am Sonntag mit Simon zurück.«

»Mit Simon zurück, heißt das ... er ist immer noch hier?«

»Ja, er hat sie hergefahren und bleibt, bis ich gepackt habe. Neila braucht *Betsy* hier und ich ...« Ihre Stimme wurde tonlos. »Ich habe kein Geld für ein Ticket.«

Dass sie sich dafür genierte, obwohl sie überhaupt nichts dafür konnte, dass sie pleite war, machte mich rasend. »Wartet er draußen mit deiner Schwester?«

Cat nickte und schaute dabei so verloren drein, dass mir das Herz bis in den Hals schlug. Sie so hilflos und zerrissen zu sehen, ließ Wut in mir hochwallen und gleichzeitig raubte es mir jede Kraft.

»Ich zeige ihm den Weg zu einem Hotel in Tarbert. Tante Aignéis hat schon angerufen. Sie haben Zimmer frei.«

»Hey, das ist okay«, zwang ich mich zu sagen. »Wir wussten doch von Anfang an, dass wir nicht für die Ewigkeit sind.« Ich schluckte schwer. Das alles fühlte sich so falsch an,

Dabei hatte ich doch, was ich wollte. Andrew hatte mir vor zwei Tagen die aktuellen Zahlen für das Resort in Kanada geschickt und beiläufig erwähnt, dass Kelly in zwei Wochen ausziehen würde. Das war toll. Aber alles, was ich denken konnte, war, wie anders es hier sein würde, ohne Cat. Wie leer und trist die Tage sein würden, während ich darauf wartete, dass Duncan mich für immer verließ. Die Vorstellung war kaum auszuhalten. Trotzdem zwang ich mich, zu lächeln.

»Hey, du wirst ihn mit deiner neuen Mappe umhauen.«

Cat zuckte zusammen, als hätte ich sie geschlagen. Dann sah sie hinaus in die Halle, wo Silly zum Herzerweichen fiepte. Als sie zu ihm ging, um ihn zu trösten, kam es mir vor wie eine Flucht.

Was, wenn es so war? Herrgott, heute stürmte aber auch alles auf mich ein. Wenn bitte jemand die Zeit anhalten könnte, damit ich mein Leben ordnen und mir klarwerden konnte, was ich wirklich wollte. Ich blickte nicht mehr durch.

War sie ebenso enttäuscht wie ich, dass unsere gemeinsame Zeit so schnell zu Ende ging?

Erwartete sie, dass ich sie zurückhielt?

Und dann? Hier konnten wir nicht bleiben. Ihr Job war in London – wohin ich nicht zurückgehen würde.

Andererseits hatte auch meine Liebe zu Kanada merklich nachgelassen. Mir gefiel der Einklang mit der Natur, das Projekt hatte mich begeistert. Aber letztlich war das Resort nur eine Station auf meinen Weg und nicht das Ziel. Das spürte ich mit jedem Tag deutlicher.

Dass ich mit dem Verkauf des Schlosses meinen Teil des Kredites tilgen konnte, schenkte mir die Freiheit. Wo sie mich letztlich hintrug, musste sich zeigen. Aber konnte ich Cat das zumuten? Sie bitten, den Job in London sausen zu lassen, an dem ihr soviel lag, ohne ihr im Gegenzug eine Perspektive zu bieten? Ich wollte es – aber ich tat es nicht.

Wortlos sah ich zu, wie sie die tropfnasse Jacke überstreifte und mit Silly das Haus verließ.

Als ich mich umwandte, stand mein Dad mit seinem Rollstuhl im Türrahmen zum Speisezimmer. Er sah völlig erschöpft aus. Diesmal lag es nicht an seiner Krankheit. Das wusste ich nicht nur, ich verstand es auch. Weil ich exakt das Gleiche fühlte. Eine Endgültigkeit, die mir das Herz zerriss.

19. KAPITEL

Cat

»Du verdienst wirklich einen Orden. Wie hast du es mit der alten Schachtel so lange ausgehalten?« Simon ließ sich auf das Bett seines Hotelzimmers plumpsen. Das Draufgängerlächeln, das ich kein bisschen vermisst hatte, spielte um seine Lippen, während er einladend neben sich auf die Matratze klopfte.

Wie immer trug er die angesagtesten Sneakers, dazu eine stylisch zerfetzte Jeans und seinen albernen Hoodie, auf den eine Zielscheibe gemalt war und darunter der Schriftzug: Ich bin der Volltreffer, Baby.

Hatte ich das tatsächlich mal geglaubt? Sicher. Simon machte es einem nicht schwer, ihn zu mögen. Er war unkompliziert, enthusiastisch und hatte mich so stürmisch in seinem Leben willkommen geheißen, dass es mir kleinlich erschienen wäre, keinen Platz darin einzunehmen. Na ja, damals zumindest. Jetzt sah ich es anders – wie so manches.

Während er mir pausenlos unter die Nase hielt, wie selbstlos und heldenhaft er in das Büro von Lawrence King marschiert war, um die Schuld auf sich zu nehmen, fand ich ihn mit jeder Minute schräger.

Auf dieser ursprünglichen Insel mit ihren geradlinigen Menschen wirkte er wie ein verzogenes Kind. Mir kam er auch kein bisschen heldenhaft vor. Er hatte den Bockmist verzapft, es war das Mindeste, dass er ihn in Ordnung brachte.

Während ich beobachtete, wie er sich ausstreckte und die matschverschmierten Boots auf der weißen Bettwäsche parkte, lehnte ich mich an den Türpfosten. Innerlich brodelte ich. Zumal er mich schon wieder pantomimisch einlud, indem er neben sich auf das Bett klopfte.

»Simon, ich werde hier nicht übernachten.«

Er guckte wie Silly im Regen. »Babe, du hast von King nichts mehr zu befürchten. Wenn du mich fragst, war er froh, dass er dich zurückbekommt. Kein Illustrator, der etwas auf sich hält, würde ihm fünfmal am Tag Kaffee holen und sich durch halb London schicken lassen, um seine bescheuerten Hemden aus der Reinigung zu holen.«

Entgeistert sah ich ihn an. Ich meine, akustisch verstand ich, was er sagte, aber ich begriff es nicht. Oder war Simon derjenige, der ein paar grundlegende Dinge nicht kapierte? »Hörst du dir eigentlich manchmal zu?«

Er breitete die Arme aus und seufzte gottergeben. »Ich sag's doch, du warst zu lange allein mit diesem alten Drachen. Ich glaube, meine Mutter hat in dreißig Jahren nicht so viel an mir herumkritisiert wie diese Hexe in einer halben Stunde.«

Ich verschränkte die Arme vor der Brust und reckte angriffslustig das Kinn vor. »Sie hat einen Namen. Und sie ist mehr als siebzig Jahre alt. Wenn du ihr mit ein wenig Respekt begegnet wärst und dich nicht über ihr Haus lustig gemacht hättest, hätte sie wahrscheinlich auch über die Löcher in deiner Hose hinweggesehen. Leben und leben lassen.« Du lieber Gott, ich klang schon wie mein Dad, trotzdem konnte ich nicht aufhören. »Und was du über Lawrence King gesagt hast – da hast du etwas gründlich missverstanden. Er hat mich nie gezwungen, Kaffee zu holen, aber ich hätte es kleinlich gefunden, abzulehnen. Das Gleiche gilt für seine Hemden. Für mich war es kein großer Umweg zur Reinigung«, verteidigte ich meinen Chef, auch wenn es nicht stimmte. Er hatte mich bei Wind und Wetter für Botengänge eingeteilt. Falls ihm gerade nicht der Sinn danach gestanden hatte, in meinen Ausschnitt zu glotzen. Aber das war mein Problem. Und ich würde es bestimmt nicht lösen, indem ich Simon mein Herz ausschüttete, damit der gleich wieder losrannte und einen verbalen Amoklauf hinlegte. Und außerdem: »Seit wann ist etwas dagegen einzuwenden, wenn man nett ist? Herrgott, das kann doch nicht so schwer zu verstehen sein.«

Simon war ehrlich platt. Er sah mich an, als wäre mir soeben ein zweiter Kopf gewachsen. Dazu schnaufte er wie ein Allergiker bei Frühlingserwachen. »Seit wann bist du so verdammt kleinlich, Babe?«

Wie bitte? Hatte er mir nicht gerade penibel vorgezählt, was ihm an King missfiel. Und jetzt war ich die Erbsenzählerin? Ich sah rot, stieß mich vom Türrahmen ab und marschierte im Stechschritt auf ihn zu.

Simon wich zurück, als hätte er Angst, dass ich ihm endlich die Ohrfeige verabreichte, die er verdiente.

»Du willst wissen, seit wann ich die Dinge kleinkariert aufrechne? Hm, lass mich überlegen, denn das lässt sich sehr schwer eingrenzen. Könnte sein, dass es mit mir durchgegangen ist, als du alles, was ich dir je anvertraut habe, brühwarm weitergetratscht hast. Obwohl, vielleicht hatte ich auch nicht die nötige Offenheit für deine Selbstverwirklichungsversuche an meinen Entwürfen. Denn egal wie oft ich das letzte Jahr Revue passieren lasse – du hast ständig an mir herumgenörgelt und mein Vertrauen in dich mit Füßen getreten. Also nimm es mir nicht übel, aber ich fahre nicht mit dir zurück.« Gott, es tat so gut, das alles endlich nicht mehr mit mir selbst auszumachen, sondern es dem Menschen ins Gesicht zu schleudern, der es verdiente.

Simon kniff die Augen zusammen und richtete sich auf. Seine Fassungslosigkeit bestätigte mir, dass er tatsächlich damit gerechnet hatte, alles sei vergessen. »Willst du sagen, dass ich umsonst auf diese beschissene Insel gekommen bin?«

»Simon, du bist hier, weil du Mist gebaut hast. Riesenmist. Und wie ich es verstehe, ist es das Mindeste, dass du es in Ordnung bringst. Nur verpflichtet mich das zu nichts.«

Er rieb sich hitzig über das Gesicht, fuhr durch seine stets kunstvoll zerzausten Haare. In London, wo sich alles ums Vornesein drehte und die Leute sich ein Bein ausrissen, um hip und cool zu wirken, hatte mich sein lässiger Männer-Model-Look fasziniert. Doch hier, wo Menschen wie Aignéis all ihre Liebe in ihre Arbeit fließen ließen, um die perfekte Verbindung von Tradition und Natur zu schaffen – tja, hier wirkte er lächerlich oberflächlich.

»Si, ich schätze, es ist alles gesagt. Ich rufe mir ein Uber und fahre zurück zu Aignéis.« Ich ging zur Tür, konnte es mir aber nicht verkneifen, mich noch einmal umzudrehen, um in sein völlig verdattertes Gesicht zu sehen. »Ich danke dir. Das tue ich wirklich. Ich weiß, dass es nicht leicht für dich war, vor Lawrence King zu Kreuze zu kriechen.« Als ich ging, musste ich mich noch nicht einmal zusammenreißen, um die Tür leise zu schließen. Mein Zorn war verraucht.

Stattdessen fühlte ich mich unendlich müde. Mir war kalt, ich war seelenwund und wollte einfach nur heim zu Aignéis. Selbst wenn mich dort das Donnerwetter meines Lebens erwartete, weil sie die Sache mit Gavin herausgefunden hatte.

»Hey, Lady, suchen Sie eine Mitfahrgelegenheit?«

Ich wirbelte herum. »Was tust du denn hier?«

»Na ja, Tante Aignéis meinte, es gäbe keine Busverbindung vom Hotel zum Cottage. Und dass du Probleme haben würdest, zurückzukommen.«

Ich zwang ein Lächeln auf meine Lippen. »Sie haben hier so eine Art Quasi-Uber.«

»Quasi-Uber?« Neila sah mich an, als spräche ich Chinesisch.

»Komm mit, ich erkläre es dir unterwegs.« Mir war alles recht, solange ich weg war, falls Simon es sich überlegte und mir nachkam. Man konnte nie wissen, welche drolligen Dinge er den Menschen über mich erzählen würde.

»Jetzt guck nicht so. Ich habe auf dem ganzen Weg von London hierher auf ihn eingeredet, um seine Erwartungen zu dämpfen. Aber er war besessen von der Idee, dass du ihn zurücknimmst.«

Wir traten durch die Tür des schicken Hotels. Heute Abend wehte ein milder Wind.

Ich sah Neila an. »Ich weiß nicht, wie er auf die Idee kommt.«

»Tatsächlich nicht?«

»Na, hör mal. Natürlich will ich ihn nicht zurück.«

»Und wie wäre es gelaufen, bevor du deinen heißen Schotten getroffen hast?«

Die Erwähnung Gavins versetzte mir einen Stich. »Er hat damit nichts zu tun.«

»Doch«, beharrte Neila, »hat er. Du musst es gar nicht abstreiten. Soll ich dich erinnern, wie viel Bockmist sich Simon in den letzten Jahren erlaubt hat, ohne dass du Konsequenzen gezogen hättest?«

Wir erreichten Betsy. Ich überließ das Steuer Neila, froh, einfach nur dasitzen und Nichtstun zu können.

»Falls es dir entgangen ist: Ich habe Simon rausgeworfen. Und zwar lange bevor ich an Gavin auch nur gedacht habe.«

»Stimmt, aber bisher hast du ihn nach jedem Streit zurückgenommen. Du hast ihm alles durchgehen lassen.«

Sie würde nicht aufhören. So war es immer schon gewesen. »Was erwartest du jetzt von mir? Soll ich mir selbst eine runterhauen und dreimal laut sagen, dass ich dumm bin?«

»So war es nicht gemeint.«

»Dann hör auf. Hör verdammt noch mal auf damit, mir jeden meiner Fehler unter die Nase zu reiben. Falls du es nicht gemerkt hast: Es geht mir nicht gut und dass du mich wie eine naive Pute dastehen lässt, macht es nicht besser.«

Neila war gerade losgefahren. Jetzt latschte sie auf die Bremse, so hart, dass es mich mit der Stirn vor die Scheibe warf.

»Oh Mist! Ich habe nicht gesehen, dass du nicht angeschnallt warst.« Sie beugte sich zu mir.

Ich schüttelte sie ab und brach in Tränen aus. Seit wir die Runde mit Silly gedreht hatten und ich mit Simon ins Hotel gefahren war, hatte ich keine ruhige Minute gehabt. Jetzt traf mich die Erkenntnis mit Wucht: Gavin hatte mich gehen lassen. Einfach gehen lassen. Er hatte nicht mal versucht, mit mir in Kontakt zu bleiben.

Ich schluchzte hemmungslos, was Neila völlig hilflos machte.

»Soll ich dich zum Krankenhaus fahren? Ist es so schlimm?«

»Deshalb heule ich doch nicht.« Dankbar, dass sie da war, plapperte ich einfach drauf los. Von den viel zu kurzen Wochen Glücks, die Gavin mir geschenkt hatte. »Verstehst du, ich wusste, dass es nicht für immer ist. Aber so oft ich mir das auch vorgesagt habe, ich habe mich trotzdem in ihn verliebt.«

Neila hielt meine Hand und unterbrach mich nicht einmal. Als ich endlich fertig war und die Tränen versiegten, sah sie mich traurig an. »Erinnerst du dich, wie es mit mir und Daniel war? Ich weiß, dass er sehr an mir gehangen hat. Trotzdem hat er sich nicht umgedreht, als die Bank ihm die Filialleiterstelle in Liverpool angeboten hat. Hat einfach die Koffer gepackt und weg war er. Männer sind da anders. Ich dachte lange, dass ich mich nie mehr erhole. Und er hat keine drei Wochen später ein Pärchenfoto von sich und irgendeiner Trulla aus der Bank gepostet.«

Das hatte sie mir gar nicht erzählt. Aber so war Neila. Sie teilte ihre Erfolge, die Niederlagen behielt sie für sich.

»Was soll ich denn jetzt tun? Ich werde wahnsinnig, wenn ich noch drei Tage hier rumhänge. Aignéis wird mir Vorwürfe machen, weil ich Gavin heimlich getroffen habe. Und dabei kann ich mich nicht aus dem Haus trauen, weil ich ihm nicht begegnen will. Es würde mich verrückt machen, wenn er mir gleichgültig begegnet oder mich zurückweist.« Ich schniefte und wischte die Tränen fort. »Dass er mich einfach so hat gehen lassen, tut so weh – noch so einen Abschied ertrage ich nicht. Und zu allem Überfluss musst du nicht nur meine Heulerei, sondern auch Aignéis schlechte Laune aushalten.«

»Dann nimm Betsy und fahr nach Hause.«

»So hängst du aber hier fest.«

»Ach was, ich werde mit Aignéis klapprigem Transporter schon klarkommen. Wenn der ein paar Beulen mehr hat, fällt es gar nicht auf.«

Einerseits wollte ich bleiben, weil ich nicht glauben konnte, dass ich Gavin egal war. Andererseits hatte ich zuletzt Monate darauf verschwendet, mich in unserer WG zu verschanzen, während ich mir vorgemacht hatte, dass Simon nicht alles daransetzte, mein Leben zu ruinieren. Tja, an meiner Menschenkenntnis sollte ich dringend feilen. Vorerst hatte ich genug damit zu tun, mich halbwegs zu fangen, so dass wir heim zu Aignéis fahren konnten.

»Gib schon Gas. Langsam wird es kalt im Wagen«, bat ich Neila, nachdem der ärgste Tränenfluss versiegt war. Herrje, da hatte ich so schöne, ruhige Wochen mit Gavin gehabt und die ganze Welt ausgesperrt, nur damit sie sich mit Macht in Erinnerung rief. Alles stürmte auf mich ein und ich hatte keine Chance, auch nur fünf Minuten für mich zu haben, weil Neila und ich uns Aignéis' Schlafzimmer teilen mussten.

»Wie ist sie überhaupt dahintergekommen?«, wollte meine Schwester wissen.

»Keine Ahnung. Ich bin zur Apotheke gefahren, weil sie eine Salbe brauchte. Die wollte ich ihr nur schnell geben und mich dann mit Gavin treffen. Aber daraus ist nichts geworden. Ich stand kaum im Wohnzimmer, da hat sie schon losgebrüllt. Eine halbe Stunde später seid ihr gekommen.« Ich hätte Neila von meinem Verdacht gegen Hamish und die tratschsüchtige Moira erzählen können. Aber solange ich nicht sicher war, wollte ich die beiden nicht anschwärzen. Und überhaupt: Was spielte das für eine Rolle? Keine. Nicht das kleinste Bisschen.

Nach den letzten Wochen mit Gavin waren meine Prioritäten seltsam verzerrt. Der Job bei Lawrence King Publisher war mir kaum noch wichtig. Ich konnte mir auch nicht vorstellen, zurück nach London zu gehen, wo es stickig war und laut. Aber was blieb mir übrig? Ich hatte keine Rücklagen. Selbst das Benzingeld für den Heimweg musste ich mir von Neila leihen. Und wenn ich schon dabei war – ein wenig Geld zum Leben brauchte ich auch.

Schweigend kamen wir bei Aignéis an. Drüben im Schloss brannte Licht. Ich zwang mich, wegzusehen und ins Haus zu gehen, wo Aignéis bereits auf uns wartete. Instinktiv wollte ich mir die Ohren zuhalten. Doch der erwartete Anschiss blieb aus. Stattdessen sah sie mich durchdringend an, bis ich es fast nicht mehr aushielt.

Irgendwann nickte sie und holte dabei tief Luft. »Die Männer da drüben haben noch niemandem Glück gebracht.« Sie schloss die Augen und schnaubte. Es klang nicht verdrossen, sondern unendlich traurig. »Willst du meinen Rat hören?«

Auf keinen Fall! Wenn sie jetzt über Gavin herzog, war es mit meiner Ruhe vorbei. Entweder ich würde ausflippen und ihn verteidigen oder in Tränen ausbrechen.

Aber wieder einmal verblüffte mich Aignéis, denn sie sprach leise, beinahe sanft. »Fahr nach Hause und schlag ihn dir aus dem Kopf, Kind. Auch wenn es mir leidtut. Ich hatte dich gern hier.« Aignéis klang richtig bewegt. Ihr war das peinlich, denn sofort drehte sie mit dem Rollstuhl um und wandte mir den Rücken zu.

Gut so, denn dadurch sah sie auch nicht, wie gerührt ich war. Meine Augen schwammen schon wieder in Tränen. Blinzelnd guckte ich Neila an. Sie hatte Aignéis garantiert noch nie etwas Nettes sagen hören. Entsprechend ratlos war sie.

»Hm ... sollen wir raufgehen?«, flüsterte sie mir zu.

Ich war mir nicht sicher. Aignéis kam zwar allein ins Bett, aber ich wollte sie nicht so bekümmert hier sitzenlassen. »Können wir noch etwas für dich tun?«

»Nein!«, gab Aignéis barsch zurück und drückte die Schultern durch.

Okay, damit war sie offiziell wieder in der Spur. Ich verabschiedete mich und ging in Richtung Treppe.

Hinter mir redete Neila noch mit ihr, kam mir jedoch schnell hinterher.

»Was war das denn grade?«, wollte meine Schwester wissen, als wir wieder allein waren.

»Ich habe keine Ahnung. Wir haben uns zwar zusammengerauft. Aber dass sie mich gern hier hatte, höre ich zum ersten Mal. Ich schätze, sie ist traurig, weil sie die Hoffnung hatte, dass ich ihre Weberei übernehme.«

»Und? Hast du daran gedacht?«

»Gute Frage«, ich ließ mich auf das Bett plumpsen. Ein 1,40 Meter breites Modell, das für eine Person üppig bemessen, für zwei jedoch zu klein war. Die Nacht mit Neila würde eng. »Ehrlich gesagt, weiß ich es nicht. Dass mir das Weben so viel Spaß macht, hätte ich nie gedacht. Und dann gefällt mir die Insel. Das alles wird mir schrecklich fehlen.« Ich hörte mich an wie eine Jammerliese. Aber ich konnte nicht aus meiner Haut, so empfand ich nun mal.

Nur Neila schien ich nicht zu überzeugen. »Nimm's mir nicht übel: Du liebst London. Und jetzt denk nach. Glaubst du nicht, dass du die Insel und diesen ganzen Folklore-Schmus reichlich verklärst, weil du das alles mit Gavin erlebt hast? Wie wäre es, wenn du ihn nicht getroffen hättest?«

»Pf«, ich blies die Luft aus und dachte nach. »Vermutlich hätte ich mich dann an Claire gehängt und mehr mit ihr und Paddy unternommen. Oder ich wäre mit Ian ausgegangen. Gefragt hat er mich jedenfalls.«

»Ehrlich, kaum bist du ein paar Wochen allein irgendwo, schon komme ich nicht mehr mit. Wer ist Ian?«

»Ein Freund von Gavin. Er ist Arzt und kümmert sich um Gavins Vater.«

»Huhu, ein Arzt, auch nicht schlecht.« Neila wackelte vielsagend mit den Brauen. »Den solltest du dir warmhalten. Falls du mal Botox brauchst, könnte er nützlich sein. Außerdem dürfte er im Gegensatz zu Simon Verantwortungsbewusstsein haben.«

»Ian und Verantwortung?«, ich prustete los. »Vielleicht für seine Patienten. Aber sobald er die Klinik verlässt, legt er diese Schwäche ab und wird zum Womanizer.«

»Du hältst Verantwortungsbewusstsein für eine Schwäche?« Neilas Augen verengten sich zu Schlitzen. »Wer bist du und was hast du meiner Schwester angetan?«

»Doch nicht ich – aber Ian. Wenn ich ihm glaube – und das tue ich, weil er wirklich attraktiv ist –, hat er alle in Frage kommenden Krankenschwestern ausgiebig beglückt. Außerdem seine hübschen Patientinnen und jede andere Frau auf der Insel, die es sich leisten kann, ohne Sack über dem Kopf aus dem Haus zu gehen. Glaub mir, er fiebert der Feriensaison entgegen, weil ihm langsam der Nachschub ausgeht.«

Neila verdrehte die Augen. »Heilige Scheiße, das klingt nicht nach Heiratsmaterial. Trotzdem könnte er dich auf andere Gedanken bringen. Und du musst kein schlechtes Gewissen haben, wenn du ihm den Laufpass gibst, sobald du dich gefangen hast. Wahrscheinlich ist er sogar froh, weil er sich keine Mühe geben muss, um dich loszuwerden.«

Das war so typisch für meine Schwester. Tiefschläge steckte sie weg, indem sie sich einfach auf etwas anderes konzentrierte. »Ich habe kein Interesse an Ian. Herrje«, ich raufte mir das Haar, »es war nur ein Beispiel, um dir zu sagen, dass es noch andere nette Menschen hier gibt, mit denen man Spaß haben kann. Damit habe ich keinen Sex gemeint.«

»Solltest du aber. Nichts ist so gut fürs Selbstbewusstsein, wie ein Mann, der dich anbetet.«

»Und nichts zieht mich so runter, wie ein Kerl, dem ich eigentlich egal bin. Ich ...« Wieder fuhr ich mir durchs Haar. »Du verstehst das nicht. Gavin und ich hatten eine Abmachung. Sobald einer von uns die Insel verlässt, ist es vorbei. Keine Besuche, keine Anrufe und erst recht keine Fernbeziehung, weil sowas ja doch nie funktioniert. Dann habe ich ihn näher kennengelernt und ich ... ich habe mich sowas von verrannt. Und ich dachte, dass er das Gleiche empfindet. Verstehst du? Ich wollte diese Regel, weil ich schon am Anfang Angst vor der Trennung hatte. So war es klar: Du musst nicht zu Hause sitzen und auf den Anruf warten, der ja doch nie kommt. Und dann ... vorhin mit ihm in der Küche, hätte ich ihn fast angefleht, nur ein Wort zu sagen, das mir zeigt, dass er sich ebenso wie ich wünscht, dass es nicht vorbei ist.«

Neila sah mich lange an, ehe sie sich zu mir aufs Bett setzte und mich in die Arme nahm. »Aber das hat er nicht, nicht wahr? Das ist auch eine Antwort.«

Als ich wieder zu schluchzen anfing, streichelte sie sanft über meinen Rücken. »Ich gebe Tante Aignéis nicht gern Recht, aber in diesem Fall ... du solltest wirklich sehen, dass du dich so schnell wie möglich in Sicherheit bringst. Was auch immer jetzt noch kommen kann, es wird wehtun. Das kannst du dir nicht leisten. Nicht, wenn du am Montag aufgeräumt und energiegeladen bei King auf der Matte stehen willst.«

Ungeduldig wischte ich mit dem Pulli-Ärmel die Tränen beiseite. »Ich weiß«, sagte ich, machte mich langsam los und stand auf.

Neila wirkte alarmiert. »Was hast du vor? Du willst jetzt ja wohl nicht zu ihm rübergehen und ihn anbetteln?«

Ohne es zu wollen, musste ich lachen. »Du bist immer so herrlich dramatisch. Aber ich kann dich beruhigen. Die meisten Klamotten im Schrank gehören sowieso dir. Du wirst sie brauchen, weil es hier oft frisch wird. Meinen persönlichen Krempel und die Sachen aus dem Bad würde ich allerdings gern mitnehmen, wenn du nichts dagegen hast.« Ich zwinkerte ihr zu und floh aus dem Schlafzimmer.

Neila war meine Seelenverwandte. Nicht, dass ich glaubte, sie könnte über den halben Globus meine Gedanken lesen. Aber in vielem tickten wir gleich und wussten, wie die andere reagieren würde. Trotzdem brauchte ich gerade einen Moment für mich, um alles sacken zu lassen.

Ich überlegte sogar, zu dem kleinen Häuschen zu fahren, verwarf es aber. Dort lauerten in jedem Winkel Erinnerungen an die letzten glücklichen Wochen. Außerdem würde ich ständig hoffen, dass Gavin vorbeikam.

Nachdem ich mir kaltes Wasser ins Gesicht gespritzt und die Zähne geputzt hatte, entschied ich, schnell zu duschen. So konnte ich mich morgen in aller Herrgottsfrühe aus dem Haus stehlen, ohne Aignéis und Neila zu wecken.

Natürlich durchschaute meine Schwester mich, als ich die Habseligkeiten aus dem Bad in meine Reisetasche warf. »Du willst also flüchten, ohne dich von mir zu verabschieden?«

»Sagen wir, ich möchte ihn nicht mehr sehen. Das lässt mich nicht ganz so feige dastehen.«

»Was, wenn er nur ein bisschen Zeit braucht, um nachzudenken. Immerhin war dein Abschied reichlich überstürzt.«

Ich kam da nicht mehr mit. »Hast du mir nicht gerade geraten, ihn zu vergessen?«

»Ja, und dann habe ich nachgedacht.«

Müde schüttelte ich den Kopf. »Kannst du es beim nächsten Mal vielleicht umgekehrt machen?«

»Du meinst, dass ich erst denken und dann reden soll? Tut mir leid, aber ich fürchte, das ist mir nicht gegeben.«

Wir schlüpften beide unter die Decke, aber ich fand keinen Schlaf. Unruhig wälzte ich mich in dem schmalen Bett herum, bis der Morgen graute. Dann stahl ich mich mit der Reisetasche die Treppe hinab. Einen Kaffee konnte ich auch trinken, während ich auf die Fähre wartete. Dafür würde Neila mir den Kopf abreißen – allerdings erst, wenn sie wieder in London war. Und das Handy ließ sich problemlos stumm stellen.

Für Aignéis hinterließ ich in der Küche ein paar Zeilen. Dass es mir gut bei ihr gefallen hatte und ich gern irgendwann wiederkommen würde. Niemand hätte überraschter sein können als ich, dass es mir damit absolut ernst war.

»Simon hat mindestens hundert Mal angerufen und Neila auch. Entweder du spinnst, oder dein Handy hat den Geist aufgegeben.«

»Freut mich auch, dich zu sehen, Fanny«, begrüßte ich unsere Mitbewohnerin mit einem schwachen Lächeln.

Sie hob die Brauen. »Es ist also nicht gut gelaufen mit Simon?«

Ich ließ mich auf einen Küchenstuhl plumpsen und griff die Wasserflasche aus meiner Reisetasche. »Wenn du es genau wissen willst: Ich habe mich bei ihm bedankt, weil er die Sache mit King in Ordnung gebracht hat. Dummerweise ging er davon aus, dass ich ihn zurücknehme.«

Fanny ächzte. »Soll das heißen, das Theater im Treppenhaus geht wieder los?«

Bis jetzt war ich davon ausgegangen, dass Neila schamlos übertrieben hatte. »Sag nicht, er hat echt da draußen geschlafen?«

»Und wie. Er hat sogar geschnarcht. Das war das Einzige, was die Nachbarn ein bisschen genervt hat. Ansonsten fanden sie es ganz amüsant. Lili hat sich sogar zu ihm gesetzt. Na ja, du kennst sie. Jeder, der dumm genug ist, nicht zu flüchten, wird zugetextet. Aber er war nicht interessiert.«

Tja, man konnte Si eine Menge vorwerfen. Untreu war er nicht. »Lass uns das Thema bitte abhaken und sag mir, wie es für dich in den letzten Wochen gelaufen ist. Hast du die Beförderung bekommen?«

»Jep.«

Ich stützte die Ellbogen auf den Tisch, legte das Kinn auf meinen Händen ab und wünschte mir doch nichts sehnlicher, als nach der anstrengenden Fahrt ins Bett zu kommen. Aber so waren nun einmal die Regeln. Wir waren füreinander da. Sonst hätten wir ebenso gut allein wohnen können. »Dafür, dass du so lange darauf gewartet hast, klingst du nicht erfreut.«

»Tja, als sie Nancy letztes Jahr befördert haben, war das noch mit einer Gehaltserhöhung und einem Einzelbüro verbunden. Mir haben sie gesagt, dass die Zahlen aktuell mies sind, also bleibt es beim alten Gehalt. Und aus dem Großraum darf ich auch nicht weg, weil gerade kein Einzelbüro frei ist. Unter dem Strich habe ich nur den beschissenen Titel und einen Batzen mehr Verantwortung bekommen. Wie war es denn bei eurem Drachen? Du siehst auch nicht begeistert aus.«

Also hatte Neila bei ihren Anrufen von meinem Liebeskummer nichts erzählt. Halleluja, ich war während der Fahrt immer wieder in Tränen ausgebrochen. Das Letzte, was ich jetzt wollte, war über Gavin zu reden.

»Ach, es war okay. Die Insel hat mir gefallen. Aber die Fahrt war anstrengend.«

»Also betrinke ich mich allein?«

»Ein Glas Wein wäre toll.«

Fanny lächelte. »Und dabei erzählst du von deiner tollen Insel.« Sie stand auf und holte eine Flasche Pinot aus dem Kühlschrank, wobei sie weitersprach. »Ich hätte ja jede Wette gehalten, dass du dir einen smarten Schotten anlachst.«

Ertappt zuckte ich zusammen, was Fanny zum Glück nicht sah. »Wie kommst du denn darauf?«

»Na, du hast dich nicht gemeldet. Dabei haben Neila und ich gewettet, dass du uns jeden Abend die Ohren voll heulst, weil euer Drache dich fertigmacht.«

»Sagen wir, es gab Anlaufschwierigkeiten. Danach habe ich viel von Aignéis gelernt.«

»Du bist so wortkarg. Das passt gar nicht zu dir. Normalerweise redest du ohne Punkt und Komma. Selbst wenn du nur zwei Tage auf dem Land bei euren Eltern verbracht hast. Und jetzt? Du warst fast fünf Wochen weg und außer ›die Insel hat mir gefallen‹ und deinen ›Anfangsproblemen‹ mit der alten Hexe gibst du mir nichts?«

»Weißt du, wie lange man von Ullapool hierher fährt? Ich habe die erste Fähre genommen, war um kurz nach acht auf dem Festland und habe unterwegs nur gehalten, um zu tanken.«

Fanny wirkte nicht überzeugt, wechselte aber das Thema. »Hat Neila dir von ihrer Chefin erzählt?«

»Jep, sie hat mir den Showdown dreimal geschildert und dabei immer ein Schippchen draufgelegt. Am Ende klang es, als hätten sie mitten in der Redaktion einen Bitch-Fight hingelegt.«

»Glaub mir, so war es nicht«, sagte Fanny und verdrehte die Augen. »Als sie nach der Kündigung hier ankam, war sie völlig fertig. Ich stand kurz davor, ihr zu sagen, dass sie raus in den Flur gehen und Simon eine Abreibung verpassen soll, um sich abzureagieren.«

»Ist schon seltsam. Meine Pechsträhne endet endlich, dafür fängt ihre an. Als könnten wir nicht zusammen glücklich sein.« Kaum war es raus, schlug ich mir die Hand vor den Mund. »Mein Gott, ich klinge schon wie diese Leute, die ständig über halbleere Gläser jammern. Ich sollte mich wirklich ins Bett verkrümeln, bevor ich dich noch weiter runterziehe.«

Nur war auch das keine Lösung. Schon in der Küche hatten mich die bemalten Wände an das Schloss erinnert. Und an Gavin. In meinem Zimmer war es nicht besser. Was ich auch tat, er fehlte mir, als hätte ich einen Arm oder ein Bein verloren. Etwas, das so essentiell war, dass ich es einfach nicht ausblenden konnte. Je mehr ich es versuchte, umso schlimmer wurde es, bis erneut heiße Tränen über meine Wangen liefen und ich in einen tiefen, traumlosen Schlaf fiel.

20. KAPITEL

Cat

»Wie viele Becher Kaffee hast du heute rangeschleppt?«, eröffnete Neila das Gespräch.

»Lieb, dass du fragst, wie es mir geht. Dir übrigens auch einen schönen Tag!«, gab ich genervt zurück.

Seit wir vor zwei Wochen die Plätze getauscht hatten, rief sie mindestens zehnmal am Tag an, um mir zu sagen, wie unausstehlich Aignéis war. Um die Stimmung in dem kleinen Cottage aufzuhellen, hatte Neila sich sogar breitschlagen lassen, es mit dem Weben zu probieren. Aignéis hatte das nicht milde gestimmt, sondern sie hatte Neila vorgeworfen, sich absichtlich dumm anzustellen. Womit das Thema für Neila vom Tisch gewesen war.

Stattdessen hatte sie sich ein paarmal mit Claire getroffen, deren alte Nähmaschine konfisziert und damit begonnen, bei Claire im Weberschuppen mit den ausgemusterten Stoffen Taschen und Kissen zu nähen. Anfangs war es für Neila nur ein Zeitvertreib gewesen, bis sie gemerkt hatte, wie sehr ihr der Beruf der Schneiderin fehlte, den sie ja eigentlich nur erlernt hatte, weil er die Grundvoraussetzung für den Studienplatz in Modedesign war.

»Wenn ich frage, ob dein Tag gut war, sagst du mir ja doch nur, wie King dich heute wieder durch die Gegend geschickt hat. Also spare ich mir das und komme gleich zum Punkt: Wie oft warst du heute für ihn bei Starbucks?«

»Ist dir klar, dass du wie Simon klingst?«

»Na ja, er kennt dich und King eben auch sehr gut. Wie oft?«

Mittlerweile war ich durch das Drehkreuz im Foyer und stürmte nach draußen, um es mir vor dem King-Verlagsgebäude auf einer Bank bequem zu machen. »Okay: Es waren drei Kaffee. Dann musste ich noch seine Lieblings-Tinte von *Mont Blanc* auftreiben und eine neue Krawatte, die auf mich geht, weil ich ihm angeblich absichtlich zu heißen Kaffee gebracht habe. Ich gehe nicht davon aus, dass er mir das Geld zurückgibt.«

»Was du ihm nicht durchgehen lassen wirst?«

»Natürlich nicht«, gab ich unwirsch zurück, was eine faustdicke Lüge war.

Selbst einer Auseinandersetzung mit einem Kindergartenkind war ich gerade nicht gewachsen. Mir fehlte jede Energie. Und erst recht war ich keinem selbstherrlichen Verlagsboss gewachsen, der meinte, mich wie einen Fußabtreter behandeln und auf meinen Hintern glotzen zu dürfen, weil er mir gnädig den Job zurückgegeben hatte.

Seit meiner Rückkehr war es schlimmer als je zuvor. Zum Glück war es mir egal. Nichts war mehr wichtig. Ich brauchte all meine Kraft, um mich morgens ins Büro zu schleppen, irgendwie den Tag zu überstehen und abends dafür zu sorgen, dass ich über meine Tagträume von Gavin nicht in den falschen Bus stieg. Letzteres war mir vergangene Woche zweimal passiert.

»Hey, es wird leichter. So war es mit Simon doch auch«, redete Neila weiter auf mich ein.

»Wie kommst du denn jetzt darauf?«

»Ganz einfach: Ich habe dir etwas erzählt. Du hast nicht reagiert. Also ist klar, dass du nicht zugehört hast. Wo du mit deinen Gedanken warst, muss ich nicht lang fragen. Und bevor du jetzt wieder hochgehst – das war keine Kritik. Ich weiß, dass es schwer für dich ist. Aber wie gesagt: Mit der Zeit wird es besser.«

Ich wünschte, ich könnte Neila glauben. Nur leider hatte ich so eine Ahnung, dass sie falschliegen könnte. Doch um das zu erklären, hätte ich über Gavin reden müssen. Was mir im Gegensatz zu der Trennung von Simon fehlte, war ein Bruch. Zankereien, sein ständiger Neid, der sich in dummen Streichen entlud und die Stimmung nach und nach vergiftet hatte, bis man irgendwann aufwachte und mit dem anderen fertig war. Nur hatte ich es nicht wahrhaben wollen.

Mit Gavin war alles gut gewesen. Ich hatte mich leichter, angenommener, aufgehobener gefühlt, als je zuvor im Leben. Es brachte mich um, nicht zu wissen, was er machte und wie es Duncan ging, denn auch ihn hatte ich in mein Herz geschlossen.

Dummerweise gab es zwischen Neila und mir eine stille Übereinkunft. Wir redeten nicht über die Mackay-Männer. Bis auf Aignéis‘ Nörgelei und Neilas Näh-Versuche mit Claires ausgemusterten Tartans war die Insel ein Tabuthema. Fragte ich trotzdem, legte sie auf.

Das machte mich so fertig, dass ich mich nach der ersten Arbeitswoche ins Auto geschwungen hatte, um zurückzufahren. Noch war Gavin da. Unterwegs hatte ich mir in schillernden Farben ausgemalt, wie er mich in die Arme schließen würde – bis ich in den ersten Stau geraten war. Tja, da hatte ich mich dann gefragt, ob er mich tatsächlich so vermisste wie ich ihn. Ich meine, er hätte schließlich ebenso gut zu mir kommen können. Aber er hatte nicht einmal angerufen. Und was hatte sich auch geändert? Nichts. Ein paar Wochen noch, dann würde er zurück nach Kanada gehen und mein Leben spielte nun mal hier. Als der dusselige Stau sich bei Edgware endlich aufgelöst hatte, war ich von der Autobahn abgefahren und hatte Fanny zu Hause den Schlüssel von Betsy in die Hand gedrückt, um nicht noch einmal in Versuchung zu geraten. Mir war nicht zu trauen.

»Sicher hast du Recht«, pflichtete ich Neila bei.

»Ich weiß, dass du mir nicht glaubst, egal, was ich sage. Deshalb haken wir das Thema jetzt ab und reden zur Abwechslung über mich: Ich habe einen Auftrag!« Leiser Jubel drang an mein Ohr.

»Einen Auftrag?«

»Jep. Ich habe ein paar meiner selbstgenähten Rucksäcke und Taschen an Ava geschickt.«

»Die bei euch in der Reaktion für die Accessoires zuständig war?«

»Eben die! Sie hat die Musterstücke auf den Social Media-Seiten von *Ladies Bazaar* gepostet und die Leute haben sie wie verrückt geliked und kommentiert. Zwei Aufträge habe ich. Einer ist winzig, den erledige ich nebenher. Aber der andere ... siebzig Taschen und zwanzig Rucksäcke mit verschiedenen Stoffen. Und jetzt kommst du: Ich brauche eine Webseite. Am besten sofort. Und du musst mir ein Logo designen und Visitenkarten. Dann brauche ich so eine Art Corporate Design, schön gestaltete Verpackungen und und und ...« Neila war völlig aus dem Häuschen.

»Da redest du mit mir über Kings seltsame Wünsche und hältst so eine Neuigkeit zurück.«

»Ich bin eben eine Frau mit einer ernsthaften Aufgabe.«

»Und die wäre?«

»Ich mache dir Mut. Reicht das nicht?«

»Doch«, tatsächlich fühlte ich den Anflug eines Lächelns. »Das ist mehr als genug.« Ich schluckte. »Sag mir, was du dir vorstellst, und ich setze mich noch heute Abend an die Entwürfe.«

»Ehrlich, du machst es? Obwohl du jetzt wieder für den ollen Schinder schuftest.«

Gewohnheitsmäßig wollte ich ihr widersprechen. Aber dann fragte ich mich zum ersten Mal, seit ich vor Jahren angefangen hatte für Lawrence King zu arbeiten, ob sie nicht richtig lag. Liebte ich meinen Job so sehr, dass ich sogar bereit war, mich dafür mies behandeln zu lassen?

»Neila, können wir uns darauf einigen, dass du nicht mehr über ihn herziehst? Ich meine, ich kapiere langsam, dass ich früher vieles, das mir nicht guttat, ausgeblendet habe. Nur wird es nicht leichter, wenn ich jeden Morgen wütend zur Arbeit gehe. Im Moment kann ich nur mit Mühe und Not durchhalten, wenn ich ...« Ich brach mitten im Satz ab, weil ich selbst nicht wusste, worauf ich hoffte, und Neila verzichtete auf weitere Fragen. Hastig verabschiedete ich mich und schloss die Augen, obwohl mir mittlerweile eisig kalt war und ich aufstehen sollte.

Gott, ich vermisste Gavin gerade jetzt so sehr, dass es meinem Herzen einen Stich versetzte. Während die Kälte langsam in meine Knochen kroch, saß ich nur da und hing ihm in Gedanken nach. Als ich die Augen wieder aufschlug, war ich endgültig sicher, übergeschnappt zu sein, denn ich sah, wie er die Percival Street überquerte und auf mich zukam. Meine Fantasterei ging so weit, dass sie mir die aberwitzigsten Details vorgaukelte. Den dunkelblauen Kilt mit den Karomuster seines Familien-Clans. Seinen dunkelblauen Pullover und die passende Wildlederjacke. Selbst den *Sporran* sah ich deutlich. Ich blinzelte, nur um festzustellen, dass er jetzt vor mir stand. So dicht, dass ich seinen wunderbaren Duft wahrnahm.

»Du bist hier?«

Er lächelte, aber es wirkte müde. »Du blinzelst also nicht, weil dir etwas ins Auge geflogen ist?«

Wenn das wirklich eine Fata Morgana war, klang sie haargenau wie Gavin. »Was ... was tust du hier?«

Er setzte sich so dicht neben mich, dass seine wunderbare Wärme durch meine Kostümjacke und den viel zu dünnen

Regenmantel drang. »Dich bitten, mit mir nach Stornoway zu fliegen. Und zwar am besten gleich morgen.«

Ich war mir bewusst, dass mein Blinzeln ziemlich debil wirken musste, aber ich konnte nicht aufhören. »Du willst, dass ich ... warum?«, ergänzte ich den dümmlichen Eindruck um ein Stottern.

Der warme Ausdruck in seinen wunderschönen Augen verschwand. Jetzt wirkte er regelrecht gequält. »Ich weiß, dass ich gegen die Regeln verstoße, indem ich hier bin. Aber mein Vater hat nach dir gefragt. Es geht ... also er ...«

Gavin musste nicht weiterreden. Wortlos drückte ich seine Hand, bevor ich aufstand. »Gib mir zehn Minuten. Ich muss das mit meinem Chef besprechen.«

»Soll ich mitkommen und es erklären?«

Ich zögerte kurz. So, wie King seit meiner Rückkehr gelaunt war, konnte Rückendeckung nicht schaden. Aber ich wollte es allein hinter mich bringen. Irgendwie gab mir schon die Tatsache, dass Gavin in London war, Kraft. »Kein Problem. Wenn es dir zu kalt wird«, ich deutete zu dem kleinen Kaffee, in das ich mittags gern mit meinen Kolleginnen ging. »Die machen die tollsten Sandwiches weit und breit.«

Ich wollte ihn küssen. Stattdessen trat ich hektisch zurück. Er war nicht hier, um mich zu holen oder mit mir nach einem gemeinsamen Weg für unsere Zukunft zu suchen. Duncans Zeit lief ab. Allein deshalb war er gekommen. Besser, ich vergaß das nicht.

Rasch schlüpfte ich in den Lift und fuhr nach oben. Als ich das Vorzimmer von Lawrence King betrat, hörte ich ihn bereits herumpoltern.

»Seit wann bin ich dir Rechenschaft schuldig? Ich komme, wenn ich hier fertig bin.« Er brummte vor sich hin, ehe er losschnauzte. »Wieso bist du den ganzen Tag zu Hause bei den Kindern, wenn du nicht mal in der Lage bist, einfache Schulaufgaben zu lösen? Ich habe wirklich Besseres zu tun, als am

Abend nach Hause zu kommen und Mathenachhilfe zu geben.«

Als es eine ganze Weile still blieb, spähte ich durch den Türspalt in sein Büro. Um keinen Preis der Welt wollte ich bei einer Neuauflage des Ehestreits mit seiner Frau stören. Er würde mir ewig krummnehmen, dass ich seine Polterei mit angehört hatte.

Doch er telefonierte gar nicht mehr, sondern saß vor dem Monitor und ...

Langsam wurde das Blinzeln zu einer Manie, aber ich klimperte und klimperte mit den Wimpern und das Bild blieb. Lawrence King verbrachte seine Überstunden mit Pornos.

Fast hätte ich hysterisch losgekichert. Die Vorstellung, leise in sein Büro zu schleichen, mich auf einen der Besucherstühle zu pflanzen und ihn lässig mit den Worten, »Lassen Sie sich von mir beim Masturbieren nicht stören« zu begrüßen, war zu verführerisch. Nur wollte ich seinem ausgepackten Ständer dann doch nicht zu nahe kommen. Genaugenommen wollte ich dem ganzen Mann nicht mehr nahe sein. Wenn die unterwürfige Blondine aus dem schmierigen Filmchen, die gerade von drei Monster-Penissen gleichzeitig bearbeitet wurde, seinem Frauenbild entsprach, war es kein Wunder, dass er mit meinen Kolleginnen und mir umsprang, als wären wir Fußabtreter.

So leise, wie ich hereingekommen war, schlich ich zurück auf den Flur, steuerte mein Büro an und schrieb eine kurze Mail, in der ich kündigte. Dann raffte ich die wenigen privaten Dinge, die ich in den letzten beiden Wochen wieder mit hierher gebracht hatte, zusammen und verschwand still und heimlich durch das Treppenhaus.

Vor dem Café blieb ich stehen und spähte durchs Fenster. Ich entdeckte Gavin sofort. Groß und männlich saß er da und ignorierte die beiden Frauen am Nebentisch, die ihn ungeniert anflirteten. Mein Herz raste schneller und schneller, je länger ich ihn beobachtete. Dieser Mann würde jeden Bildhauer inspirieren.

Als hätte er es geahnt, hob er den Kopf und sah mir direkt in die Augen. Für den Hauch eines Augenblicks schien die Welt stillzustehen, dann hoben sich Gavins Mundwinkel und seine schönen Augen blitzten auf. Mit einladender Geste bedeutete er mir, hereinzukommen und neben ihm Platz zu nehmen.

Wie an Fäden gezogen folgte ich der Aufforderung und bekam nur vage mit, wie mein Herz in flotten Trab verfiel und meine Haut prickelte. In meinem Kopf purzelten die Gedanken wild umher.

Wie oft hatte ich mir in den letzten beiden Wochen gewünscht, dass er einfach vorbeikommen würde, weil er es ohne mich ebenso wenig aushielt, wie ich ohne ihn. Und jetzt war er da – und das nicht meinetwegen. Die Erkenntnis traf mich mit einem so schmerzhaften Stich, dass ich gequält stöhnte.

»Was?« Gavin hob eine Braue.

Ich nahm neben ihm Platz.

»Nichts. Es ist alles gut«, täuschte ich lächelnd vor. Dabei war mir noch nie etwas so schwergefallen, wie neben ihm zu sitzen, seinen Duft zu atmen, seine große, muskulöse Gestalt neben mir zu wissen, ohne ihn zu berühren. »Hast du schon bestellt?«

Gavin nickte bedächtig. Plötzlich wirkten seine Kiefer angespannt und sein Blick war schmerzerfüllt. Während er die Schultern zurücknahm und die Arme vor der Brust verschränkte, schrumpfte ich immer weiter, bis ich wusste, wie es sich anfühlte, ein Häuflein Elend zu sein.

Ich schluckte gegen den Kloß in meinem Hals an, was nicht half. Mir war, als hätte mir jemand die Brust fest verschnürt, wobei mein wummerndes Herz von innen gegen die Rippen schlug. Selbst wenn meine Wiedersehensfantasien nicht überschwänglich gewesen wären und ich mir das schlimmste Szenario ausgemalt hätte – ich wäre nie, niemals auf die Idee gekommen, dass die Situation zwischen Gavin und mir derart verfahren sein könnte.

Nachdenklich starrte ich zu Boden und suchte verkrampft nach Worten. Ich fand keine. Überhaupt nichts. Abgesehen vielleicht von abgedroschenen Phrasen über das Wetter, die ich aber bestimmt nicht zum Besten geben würde.

Unbehaglich sah ich wieder auf, direkt in Gavins Gesicht.

Er sah mich unverwandt an. Oder sollte ich besser sagen – unnachgiebig?

Der Kloß in meinem Hals schwoll an, wurde so dick, dass ich meinte, keine Luft zu kriegen. Und da endlich brach es aus mir heraus. »Was ist verdammt noch mal los mit dir? Du guckst mich an wie eine Schwerverbrecherin. Dabei habe ich dir gesagt, dass ich mitkomme. Es ist alles geklärt.«

»Das nennst du *geklärt*?«

Was sollte das schon wieder? »Natürlich ist es geklärt. Mein Chef weiß, dass ich morgen nicht zur Arbeit komme.« Dass ich mich nie mehr bei Lawrence King Publishers sehen lassen musste, behielt ich lieber für mich, denn um meine Kündigung zu erklären, hätte ich die Umstände schildern müssen. Nein danke, bevor ich Gavin die Masturbationsfantasien meines Chefs erklärte, biss ich mir eher die Zunge ab. Lieber beschränkte ich mich darauf, Gavin wütend zurück anzufunkeln.

Nur schien er plötzlich nicht mehr wütend, sondern nur noch müde und ... war es Trauer, die ich in seinem Blick las?

Als er endlich wieder sprach, klang seine Stimme belegt. »Ehrlich, Cat, das ist stark. Du schneist herein, teilst mir mit, dass es aus ist und du mit deinem Ex-Freund zurück nach London fährst. Das Nächste, was ich von deiner Schwester höre, ist, dass du verschwunden bist, ehe sie wach war. Womit du mir jede Möglichkeit genommen hast, in Ruhe über alles nachzudenken und dir zu sagen, wie ich mich dabei fühle. Aber gut, einfach abzuhauen war ein deutliches Signal. Es hätte mich nicht wundern sollen. Schließlich haben wir die ganze Zeit nach deinen Regeln gespielt. Trotzdem wirst du mir zugestehen, dass ich auf das ... dich und mich und ... und das, was sich zwischen uns entwickelt hat, nicht vorbereitet war. Also nimm es mir nicht übel, wenn sich zwischen meinem Ja zu deinen Regeln und deiner überstürzten Abreise einiges verändert hat. Zumindest für mich war es so und ich war dumm genug, zu glauben, dass du es auch spürst. Tja, da habe ich mich wohl geirrt. Denn hier sitzt du und lässt mich lapidar wissen, dass alles geklärt ist.« Gavin war mit jedem Satz lauter geworden. Jetzt holte er tief Luft.

Ich konnte einfach nicht anders, als ihn anzustarren, während mein Hirn in Endlosschleife funkte: *Du hast gesagt, wir waren nie für die Ewigkeit. Das waren deine Worte. Was sollte ich denn denken?* Nur brachte ich nichts über die Lippen. Ich sah ihn nur immer weiter an. Seine großgewachsene, athletische Gestalt. Die schönen Augen, in denen unbändiger Zorn loderte. Mein Blick klebte gerade an seinen sinnlich geschwungenen Lippen, als er sie öffnete.

Reflexhaft hob ich die Hand und legte sie kopfschüttelnd über seinen Mund. »Ich liebe dich. Weißt du das denn nicht?«

Die Worte wirkten wie ein Kübel Eiswasser, denn das Lodern in seinen Augen erlosch, seine Schultern sanken herab und der mahlende Kiefer kam zur Ruhe.

Ich ließ die Hand sinken.

»Aber das hast du mir nie gesagt«, brachte Gavin rau hervor.

»Hast du es denn?«

»Ich dachte, das weißt du.«

»Dann rate, wie es umgekehrt war. Ich bin fest davon ausgegangen, dass es dir längst klar ist. Bis ich dir gesagt habe, dass ich wegmuss und du mir erklärt hast, dass es okay ist.«

»Das habe ich nicht«, brauste Gavin auf.

»Bei Gott, ich wünschte, es wäre so. Aber der genaue Wortlaut war: ›Das ist okay. Wir wussten doch von Anfang an, dass wir nicht für die Ewigkeit sind.‹ Daran war nichts falsch zu verstehen«, erwiderte ich traurig.

Gavin schüttelte den Kopf, fuhr sich unwirsch durchs Haar, dann griff er nach meinen Händen. »Ist dir nie die Idee gekommen, dass du mich total überfahren hast? Dass es mir fast das Herz zerrissen hat, als du mir eröffnet hast, dass du mit Simon zurück nach London fährst? Außerdem wusste ich, wie sehr du an deinem Job hängst – ich konnte dir keine Perspektive bieten. Wie hätte ich dich da aufhalten sollen?«

Mir wurde das Herz noch schwerer. War es tatsächlich so einfach? Hatte ich ihn so gründlich missverstanden? Hatte er mich nur gehen lassen, um meinem Glück nicht im Weg zu sein? Ich musste nicht weiter darüber nachdenken, denn im Grunde meines Herzens wusste ich, dass er nicht log. Der Mann, in den ich mich verliebt hatte, duckte sich nicht, wenn es schwierig wurde. Und er wand sich auch nicht mit halbgaren Erklärungen heraus.

»Ist dir aufgefallen, dass Betsy nicht mehr vor Aignéis Haus steht? Ich bin nicht mit Simon gefahren.« Zärtlich sah ich Gavin an. »Er hat mir nie das bedeutet, was du mir bedeutest. Das ist mir an diesem Abend klargeworden.«

»Und statt zurückzukommen und mir das zu sagen, verschwindest du in der Nacht.«

»Hey, es war morgens. Und wieso hätte ich zurückkommen sollen? Für mich klang es, als könntest du gut damit leben, dass wir auseinandergehen.«

»Ist es dir nie in den Sinn gekommen, dass es mir komplett den Boden unter den Füßen wegreißt, wenn du hereinschneist und dich auf nimmer Wiedersehen verabschiedest? Fürs Protokoll: Wenn du das nächste Mal eine weltbewegende Offenbarung machst, brauche ich Bedenkzeit. Ich schlafe gern eine

Nacht darüber, bevor ich eine Entscheidung fälle, die mein komplettes Leben beeinflusst.« Wortlos legte er ein paar Pfundnoten neben unsere unberührten Gläser und zog mich hoch.

Eng umschlungen verließen wir das Café. Kaum waren wir vor der Tür, küsste Gavin mich endlich. Erst zärtlich, dann immer ungestümer, bis ich spürte, wie seine Sehnsucht nach mir unter dem Schottenrock ein stattliches Zelt bildete.

Als ich den Blick beziehungsreich nach unten wandern ließ, fluchte er.

»Wieso trägst du hier auch einen Rock?«, fragte ich grinsend.

»Es ist kein Rock«, knurrte Gavin gespielt ärgerlich, ehe er mich mit sich zum Straßenrand zog und ein Taxi heranwinkte.

»Du musst dem Fahrer die Adresse sagen. Deine Schwester war nicht dazu zu bewegen, mir zu sagen, wo ich dich finde.«

»Warst du deshalb vor dem Verlag?« Ich ließ mich auf die Rückbank sinken, rutschte durch und nannte dem Fahrer die Anschrift, während Gavin neben mir Platz nahm.

»War ich. Und da ich erst ziemlich spät gelandet bin, war ich darauf gefasst, dich erst am nächsten Morgen zu erwischen.«

»Ach deshalb. Du hattest keine Zeit, den Rock loszuwerden.« Ich kicherte, weil mir seit den unendlich bedrückenden Tagen nach der Trennung endlich wieder leicht ums Herz war.

Gavin schloss nur die Augen und schüttelte den Kopf. Aber ich sah, dass seine Mundwinkel zuckten.

Seine gute Laune verflog, als Fanny uns die Tür öffnete und ihn von Kopf bis Fuß musterte. Dann erst trat sie zur Seite, konnte sich einen Kommentar aber nicht verkneifen. »Wurde auch Zeit, dass du hier aufkreuzt, damit das Elend endlich mal ein Ende hat.«

Gavins Denkerbraue schoss nach oben. »Schätze, ich sollte sagen, dass ich mich freue, dich kennenzulernen.«

Fanny winkte ab. »Musst du gar nicht. Hauptsache, du tust Cat nicht wieder weh. Ich kann es nicht mehr mit ansehen. Wenn das so weitergeht, trägt sie demnächst Schwarz, weil sie in Trauer ist.«

Ich verdrehte die Augen. »Es wäre nett, wenn du mich nicht wie einen emotionalen Sozialfall dastehen lässt.«

Fanny begann zu grinsen. »Nachdem ich ertragen habe, dass dein Ex wochenlang in unserem Flur kampiert hat – gönn mir den Spaß.«

Gavin gluckste. »Er hat da draußen übernachtet?«

Fannys Grinsen wurde breiter. »Du trägst einen Rock und solltest dich über niemanden lustig machen.«

Das verzweifelte Knurren links von mir ließ mich kichern.

»Es ist kein Rock!«, brachte Gavin um einen Rest Würde bemüht hervor.

»Er endet kurz unter dem Knie, schwingt beim Laufen und hat keine separaten Beine. Ich schätze, das ist die klassische Quiz-Umschreibung für einen Rock.« Fanny stand kurz vor einem Lachkrampf.

Ich sah schon kommen, dass sie ihn gleich fragte, was er drunter trug, und griff ein. »Nenn es ihm zuliebe einen Kilt. Die Männer da oben sind sehr empfindlich, wenn es um die Zurschaustellung ihrer Beine geht.«

»Wieso? Seine sind doch recht gut geformt, soweit sich das unter dem Kilt und den dicken Kniestrümpfen erkennen lässt.«

Es machte wirklich einen Heidenspaß, Gavin hochzunehmen. Na ja, meistens zumindest. Doch gerade jetzt wollte ich lieber mit ihm allein sein.

»Fanny, macht es dir etwas aus, wenn wir ...«

»Oh Gott, sprich es nicht aus. Nicht, dass ich prüde wäre, aber was ihr tut, wenn deine Tür zu ist, sollte geheim bleiben.«

Sie zwinkerte mir zu, schenkte Gavin einen Seitenblick auf den Kilt und verschwand in ihrem Zimmer.

»Wenn ihr den Flur bestuhlt, könnt ihr Eintritt nehmen«, erklärte Gavin trocken, nachdem sie weg war.

»Jep, hatten wir vor. Aber es kommen so selten Männer in Röcken vorbei, dass ...« Weiter kam ich nicht, denn Gavin packte mich und warf mich wie einen Sack Kartoffeln über die Schulter.

»Muss ich jede Tür öffnen, oder erklärst du mir den Weg?« Er lief los und blieb nach zwei Schritten abrupt stehen. »Stammen die alle von dir?«

Er hatte meine Malereien entdeckt. Für den Flur, der quadratisch geschnitten war, hatte ich Ausschnitte des *Piccadilly Circus* gewählt. Ringsum fanden sich Abbilder der konkav gestalteten Häuser, die den Platz mit dem *Shaftesbury*-Gedenkbrunnen umstanden. In eine der Fassaden hatte ich riesige Schaufenster gemalt, hinter denen deckenhohe Regale mit Büchern erkennbar waren.

»Nimm die Tür in den Buchladen, damit ich endlich runterkomme«, trieb ich Gavin an, weil seine Schulter mir den Magen zu zerquetschen drohte. Außerdem sprudelte das Blut so munter in meinen Kopf, dass ich Angst bekam, er würde platzen.

Gutmütig folgte er meiner harschen Anweisung und öffnete die Tür, nur um sofort wieder zu stoppen. Also hatte er meine deckenhohen Bücherregale entdeckt. Ich hatte tagelang daran gemalt. »Weiß du eigentlich, wie talentiert du bist?»

»Ich habe so eine Ahnung. Nur wird mir das nicht mehr viel nützen, wenn du meine Eingeweide zerquetscht«, gab ich ungnädig zurück.

Lächelnd setzte Gavin mich auf dem Bett. »Wie man ein Kompliment annimmt, musst du wirklich lernen.«

Mit einem provozierenden Grinsen wurde ich erst meinen Mantel los, dann die Kostümjacke, um mir anschließend mit fliegenden Fingern die Bluse aufzuknöpfen. »Hast du etwas dagegen, wenn wir die Lernphase auf später verschieben? Zufällig stehe ich auf einsam durch London streunende Männer in Röcken.«

»Ich wusste, es war ein Fehler, so hierher zu kommen.«

»Vielleicht legst du ihn ab. Du weißt schon, aus den Augen, aus dem Sinn.«

»Damit du über mich herfallen kannst?«, fragte Gavin rau und wurde für den Anfang seinen Pullover los.

»Vielversprechend. Aber für meinen Geschmack bis du immer noch viel zu angezogen.«

Als er sich auf das Bett setzte und mich auf seinen Schoß zog, wirkte er ernst. »Du weißt, dass wir uns unterhalten müssen?«

»Ja, das ist mir klar. Allerdings würde ich das gern auf morgen verschieben. Ginge das? Dass wir uns jetzt einfach auf uns konzentrieren, weil es mir nicht reicht, zu hören, dass du mich liebst.«

Gavin sog geräuschvoll die Luft ein. »Du willst Beweise?«

»Hm, handfeste Beweise!«

Wieder schnappte er nach Luft, doch diesmal hatte er keine weiteren Fragen und küsste mich.

Anfangs langsam und forschend, dann immer ungezügelter rangen unsere Zungen miteinander. Hastige Hände zerrten und zupften an Reißverschlüssen, Knöpfen und Schnallen, bis wir endlich nackt nebeneinander lagen.

Als liebte ich ihn zum ersten Mal, fuhr ich mit den Lippen die Konturen seiner Muskeln nach, kostete Gavins Haut, streichelte von seinen Lenden bis zu seinem Schaft, den ich ungeduldig massierte, bis er endlich in mich eindrang.

Wir liebten uns dreimal, dann hämmerte Fanny gegen die Tür und meinte, auch die beste Wiedersehensfeier müsse irgendwann enden.

»Können wir bitte in unser Häuschen auf der Insel?«

»Wenn du dir das wünschst – spätestens übermorgen sind wir da.«

Ich richtete mich auf und sah Gavin an. Im Schein der Nachttischlampe wirkte sein markantes Gesicht wie gemeißelt. »Wieso so spät? Wolltest du nicht fliegen?«

»Das will ich immer noch. Aber Stornoway ist nicht der Nabel der Welt. Wir müssen über Edinburgh fliegen und haben da ein paar Stunden Aufenthalt. Für den Anschlussflug morgen Abend gibt es eine Warteliste. Aber übermorgen ist auf dem Frühflug noch etwas frei.«

Mir war nicht wohl bei der Aussicht. »Wie schlecht geht es Duncan?«

»Ich wäre nicht so überstürzt hergeflogen, wenn es nicht wirklich schlecht stünde. Laut Ian hat er noch maximal eine Woche.«

»Und dann liegen wir hier herum?«

»Glaub mir, sähe ich die Chance, einen Linienflug zu kapern, ich wäre sofort dabei.«

Ich machte mich los und setzte mich auf. Mittlerweile war es halb zehn. Alle Autobahnen waren frei. Wenn wir nicht über Manchester fuhren und aufs Gas drückten, wären wir spätestens am Vormittag bei Duncan.

»Komm schon«, ich zog Gavin die Decke weg. »Lass uns duschen gehen.«

»Habt ihr am Morgen kein heißes Wasser?« Wieso war mir vorher nicht aufgefallen, wie müde er aussah?

»Jede Menge sogar. Aber jetzt machen wir uns fertig, setzen uns ins Auto und fahren los. Um diese Zeit sind die Autobahnen leer. Wir sollten es in Rekordzeit schaffen. Du darfst es dir auch auf der Rückbank bequem machen und schlafen.«

Gavin nahm meine Hand und küsste sie. »Wie soll das gehen? Du hast den ganzen Tag gearbeitet und bist kaputt. Und ich habe die letzten Nächte kaum geschlafen, weil es meinem Vater so schlecht ging.«

Ich wusste, er hätte ihn nicht allein gelassen und tippte, dass jetzt die Pflegerin oder Ian bei Duncan waren. Deshalb fragte ich nicht weiter, sondern zerrte unverdrossen an Gavins Arm, um ihn in die Senkrechte zu befördern. Leider erfolglos.

»Jetzt zier dich nicht so. Ich halte noch ein paar Stunden durch. In der Zwischenzeit machst du die Augen zu. Später wechseln wir uns am Steuer ab.«

Die Dankbarkeit in seinem Blick traf mich mitten ins Herz. Zumal ich sie völlig unangebracht fand. Hätte ich früher gewusst, wie schwierig die Flugverbindungen waren, säßen wir längst im Wagen.

»Danke!«

»Nicht dafür. Und jetzt komm hoch. Sonst diskutieren wir noch, wenn die *Rushhour* einsetzt.«

21. KAPITEL

Gavin

Als ich aufwachte, dauerte es einen Moment, bis ich begriff, wo ich mich befand. Und selbst da fiel es mir noch schwer, das Schwanken zuzuordnen. Die Glieder steif vom langen, verkrümmten Liegen auf dem heruntergelassenen Beifahrersitz, rappelte ich mich langsam hoch.

Neben mir lag Cat. Der Zopf mit den langen, braunen Locken hatte sich gelöst, so dass ihr die weichen Strähnen um die Schultern flossen. Ihr Atem ging ruhig. Sie schlief tief und fest.

Sie musste die ganze Nacht hindurch gefahren sein und das in einem Höllentempo, wie mir ein Blick auf die Uhr verriet. Ein billiges, batteriebetriebenes Teil, das sie mit einem Magneten am Armaturenbrett befestigt hatte. Es war ein Wunder, dass die Klapperkiste unterwegs nicht auseinandergebrochen war. Aber immerhin befanden wir uns anscheinend auf der Fähre.

Leise quälte ich mich aus dem Wagen und nahm die Treppe hinauf an Deck, wo ich mit Todesverachtung einen widerlich bitteren Kaffee herunterwürgte.

Die Inseln waren bereits in Sicht. So deutlich, dass wir vermutlich schon einen Großteil der rund zweieinhalbstündigen Überfahrt hinter uns hatten. Und das, bevor der Flieger in

London überhaupt abfliegen würde. Der Gedanke, gleich wieder im Schloss zu sein, nahm eine Riesenlast von mir, denn ich wollte nicht, dass Duncan allein oder in Gegenwart Fremder starb. In den letzten beiden Wochen hatte sein Zustand sich so rasant verschlechtert, dass selbst ich mir nichts mehr vormachen konnte.

Als er mich losgeschickt hatte, um Cat zu holen, hatte er sich keine Mühe gegeben, sein verschmitztes Grinsen zu verbergen. Wozu auch? Es war klar, dass er Amor spielen wollte. Und dagegen hatte ich rein gar nichts einzuwenden.

Meine miese Laune hatte seit Cats Abreise epische Ausmaße angenommen. Mit jedem Tag war mein Ärger ein wenig gewachsen. Sie war einfach mit diesem Idioten abgereist. Gut, nicht mit ihm, wie sich jetzt herausgestellt hatte, trotzdem hatte sie mir keine Gelegenheit gegeben, zu reagieren, und mich ohne ein weiteres Wort zurückgelassen, als wären wir nicht mehr als eine flüchtige Affäre gewesen.

Anfangs hatte ich mir noch gesagt, dass sie sich melden würde. Sie musste nur erst wieder Fuß fassen im Job. Und in London. Und sich mit Freunden treffen, den Kühlschrank auffüllen und ihren Koffer auspacken. Irgendwann waren mir selbst die fadenscheinigsten Entschuldigungen ausgegangen und damit hatte die Folter wirklich begonnen.

Ich hatte mir ausgemalt, wie sie mit diesem Idioten lachte, sich im Bett herumwälzte und für ihn kochte. Sogar wie sie seine Wände anmalte und seine Wäsche wusch hatte ich mir vorgestellt und dabei Spurrillen ins Parkett gelaufen.

Im Häuschen war ich seither nicht gewesen. Ich hätte es nicht ausgehalten. Überall in dem heimelig eingerichteten Gemäuer hingen Erinnerungen an Cat. An die Wochen, in denen wir uns heimlich getroffen hatten – bevor sie beschlossen hatte, dass es vorbei war.

Mich hatte das so unglaublich wütend gemacht, dass ich gejoggt war wie ein Blöder. In Stornoway hatte ich mir einen

Punching Ball besorgt und ihn traktiert, bis mir die Arme lahm geworden waren. Nichts, wirklich gar nichts hatte geholfen. Ohne Cat fehlte es der Welt an Farben. Und an ihrem wunderbaren Lachen.

Duncans ständige Fragen nach Catlyn hatten es nicht besser gemacht. Anfangs, als ich noch geglaubt hatte, dass sie zurückkommen würde, waren mir Ausreden eingefallen. Bis ich vorgestern mit der Wahrheit herausgerückt war. Cat war zurück in ihrem alten Leben und sie würde nicht mehr kommen. Zumindest nicht, solange ich auf der Insel war – und vermutlich auch nicht, solange Duncan lebte.

An seinem Blick hatte ich erkannt, dass er es längst wusste. Dass er keine von meinen fadenscheinigen Lügen, von denen ich nicht gewusst hatte, ob ich sie für ihn oder mich selbst erfand, geglaubt hatte. Aber immerhin hatte ihm die Wahrheit ein wunderbares Druckmittel in die Hand gegeben. Wer schlug einem Sterbenskranken schon einen Wunsch ab? Vor allem wenn dieser sich von jemandem verabschieden wollte.

Ich hatte es jedenfalls nicht gekonnt, mich von Ian nach Stornoway zum Flughafen fahren lassen und den ersten Flieger genommen. Unterwegs hatte Ian mich genervt und sein volles Repertoire an Motivationssprüchen entfaltet. »Hol sie dir zurück!« und »Dein Dad ist ein weiser, alter Mann. Sei froh, dass er dir einen Vorwand liefert, sie einzufangen!«, waren noch die milderen Weisheiten gewesen.

»Hey, du bist wach«, Arme schlangen sich von hinten um meine Taille, während Cat ihren Kopf an meinen Rücken schmiegte.

Ich drehte mich in ihren Armen. Unter Cats Augen lagen dunkle Schatten, sie wirkte völlig erschöpft. »Wenn du dich nochmal hinlegen willst, kann ich auch den restlichen Weg fahren.«

»Nein.« Sie schüttelte energisch den Kopf. »Auf einem schwankenden Schiff zu schlafen, ist gruselig. Als ich wachgeworden bin, dachte ich, dass die Erde bebt.« Cat hob sich auf die Zehenspitzen, um mich zu küssen.

Ich wich ihr aus.

»Was ist? Rieche ich schlecht, obwohl ich mich die ganze Nacht mit Kaugummi bei Laune gehalten habe?«

»Das war ein echt müder Scherz. Und nein, das ist nicht das Problem.«

»Wirst du es mir verraten?« Sie sah drein wie der wasserscheue Silly, wenn er einen Regenguss abbekam.

»Ich möchte, dass wir uns etwas versprechen: Bevor einer von uns abreist, reden wir miteinander. Und das offen und ehrlich. Du überlegst nicht, was für mich das Beste sein könnte. Und umgekehrt werde ich nicht so tun, als wäre es mir egal, wenn du gehst, damit ich deiner Karriere nicht im Weg stehe.«

Cat legte den Kopf schief, so dass sich ein Schwall Locken über ihre Schulter ergoss. »Wow, also machst du hier jetzt die Regeln?«

»Kannst du versuchen, ernst zu sein?«

»Das bin ich. Und da die Sache mit meinen Regeln nicht so glücklich gelaufen ist, ist es ohnehin besser, dass du die Regie übernimmst.« Ihre Mundwinkel entspannten sich, doch das Lächeln erstarb. »Wenn du die Wahrheit hören willst, ich weiß sowieso nicht, wie ich dich jemals wieder gehen lassen soll.«

Ich beugte mich herab, lehnte meine Stirn an ihre, schloss die Augen und atmete diesen betörenden Duft, der diesmal nicht von Duschgel und Shampoo überlagert war. Cat pur. Sinnlich und weich. »Das trifft sich gut, denn mich hat es fast umgebracht, als ich festgestellt habe, dass du weg warst. Deine Schwester ist übrigens eine harte Nuss.«

»Wir sind Zwillinge.« Cat löste den Blick nicht von meinem, schmiegte sich nur enger an mich.

»Ansehen tut man euch das nicht.«

»Stimmt! Dafür ticken wir recht ähnlich. Gewöhn dich dran, an mir beißt man sich die Zähne aus.«

»Ach, das macht nichts. Ich weiß ja, dass du gut schmeckst.«

»Sagte der Kannibale und drehte die Flamme höher.« Trotz des neckenden Tons sah sie mich ernst an. »Du hast mir so gefehlt.«

»Du mir auch. Jetzt müssen wir nur noch eine Lösung finden. Wann musst du eigentlich zurück sein?«

Cat biss sich auf die Lippe. »Gar nicht. Also, zumindest dürfte mich Lawrence King nicht mehr erwarten.«

Alarmiert sah ich sie an. »Jetzt sag nicht, dass du dich mit ihm gestritten hast, weil du ein paar freie Tage haben wolltest.«

»Ich habe gar nicht mit ihm geredet. Als ich nach oben kam, saß er vor einem Porno und hatte viel Freude an sich und seiner Erektion. Dummerweise deckt sich dieses Bild mit der Art, wie er Frauen behandelt. Früher war mir das gar nicht so bewusst. Ich habe mir den Hintern aufgerissen, um nach der Uni eine Festanstellung zu finden. Die meisten Illustratoren sind *Freelancer*. Das konnte ich mir nicht vorstellen. Ich wollte Sicherheit und um die zu kriegen, habe ich mich von ihm ziemlich schikanieren lassen. Simons Aktion war zwar daneben, aber im Kern hatte er Recht. King hat mich wie einen besseren Fußabtreter behandelt. Nur ist mir das leider erst aufgefallen, nachdem ich zurück in London war.«

Ich kam da nicht mehr mit. »Und das hast du mit dir machen lassen, statt dich ins Auto zu schwingen und zurückzukommen?«

»Ich sag's nicht gern, aber für mich hat es nicht geklungen, als wäre dir daran gelegen.«

Das war so schräg, wir hatten uns das Leben so schwer gemacht, dabei hätten wir einfach nur miteinander reden müssen. Ich brach in Gelächter aus, auch wenn es alles andere als fröhlich klang. »Schwör mir, dass du dich an diese eine Regel hältst!«

Cat hob zwei Finger und legte sie vor ihr Herz. »Gut möglich, dass ich gerade ein bisschen albern wirke. Das ist nur, weil ich so glücklich bin, dich wiederzuhaben.« Sie straffte die Schultern, wobei sie sich ausgiebig räusperte. »Ja, ich schwöre es dir! Hoch und heilig.«

Mehr Zeit blieb uns nicht, denn die Fähre hatte Stornoway nicht nur erreicht, die ersten Autos rollten bereits aus dem Schiffsbauch.

»Wenn gleich ein Hupkonzert losgeht, wissen wir, dass deine Nuckelpinne im Weg steht. Komm«, ich zog Cat mit mir. »Bringen wir das letzte Stück hinter uns. »Du legst dich im Häuschen hin. Ich gehe von da aus zu Fuß und sehe nach Duncan.«

»Als ob! Wir fahren zusammen zum Schloss und begrüßen ihn gemeinsam. Danach mache ich einen Abstecher zu Aignéis. Sie wird mir den Hals umdrehen, weil ich mich aus dem Haus geschlichen habe, ohne mich zu verabschieden. Wenn ich mich nicht gleich bei ihr melde, jagt sie mir zusätzlich eine Kugel in den Kopf.«

Wir erreichten Cats Wagen, hinter dem tatsächlich bereits wütende Autofahrer ihre Hupen traktierten.

»Kann es sein, dass es viel wärmer als vor zwei Wochen ist?« Cat hielt den Blick aufs Meer gerichtet. Sonnenstrahlen tanzten auf den Wellen, was ihr ein Lächeln entlockte.

»Mach dir keine allzu großen Hoffnungen. Auf den Inseln schlägt das Wetter rasch um. Selbst jetzt im Frühling wird es manchmal empfindlich kalt.«

»Tja, ich habe Zeit, um es mir anzusehen. Schließlich bin ich arbeitslos.«

»Bist du nicht.«

»Nicht?«

»Nope! Wenn du willst, gibt es einen Auftrag für dich. Du

kannst im Schloss die Halle, die Salons und den Treppenaufgang gestalten. Geht allerdings erst in ein paar Wochen los.«

Sie sah entzückend aus. Wenn sie ihre ohnehin großen Augen weit aufriss und dazu den Mund aufklappte, wirkte sie wie eine erstaunte Puppe. »Du willst es übernehmen, nachdem Duncan ...« Cat schlug sich die Hand vor den Mund.

»Keine Sorge, Duncan und ich haben in den letzten beiden Wochen viel darüber geredet. Das Schloss ist verkauft. Er wollte das selbst regeln, weswegen wir dem Notar ganz schön Druck gemacht haben.« Die Entschiedenheit, mit der mein Vater dabei vorgegangen war, hatte ich ihm nicht mehr zugetraut. »Die neuen Besitzer machen daraus so eine Art Hochzeits-Location und weil sie von Duncans Zimmer schwer beeindruckt waren und möchten, dass der Stil sich durchs komplette Erdgeschoss zieht, würden Sie dich gern beauftragen.«

»Hochzeiten? Aber das Haus ist riesig.«

»Tja, man braucht Personal, außerdem reisen mit den Brautleuten ja zwei Familien und eine Menge Freunde an.«

»Oh!« Cats Lächeln erlosch.

Ich hatte mir nicht ausgemalt, wie sie reagieren würde, aber hätte ich es getan, hätte ich nicht auf dieses enttäuschte Gesicht getippt. »Was ist los?«

»Liegt das nicht auf der Hand? Wenn ich anfange zu arbeiten, wirst du weg sein.«

Über diesen Punkt hatte ich mir in der Tat den Kopf zerbrochen. Mein Anteil an den Krediten für das Resort war getilgt, weil *Highland Weddings* die Summe für den Schlosskauf direkt an meine kanadische Bank überwiesen hatte. Im Prinzip konnte ich überall hingehen – was mich vor die Frage stellte, was ich mit meinem Leben anfangen wollte. Genug Startkapitel würde Duncan mir hinterlassen – ich musste nur wählen.

»Können wir ein andermal darüber sprechen? Trotz Schlaf bin ich echt fertig und habe keine Ruhe, ehe ich nicht weiß, wie es Duncan geht.«

Dass sich die Pflegerin, die vorübergehend ins Schloss gezogen war, fachlich als Glücksgriff erwiesen hatte, war eine Sache. Nur galt ihre Loyalität Duncan, und der schien ihr eingeimpft zu haben, dass sie mir auf jeden Fall sagen sollte, es gehe ihm den Umständen entsprechend gut – egal wie miserabel sein Zustand war. Deshalb verzichtete ich auf Anrufe und wollte mir lieber selbst ein Bild machen.

Unglücklich sah Cat mich an. »Tut mir leid. Du hast gerade ganz andere Sorgen. Es war unnötig, dich mit meinen Bedenken zu nerven, statt mich einfach über den Auftrag freuen.« Zärtlich strich sie mir über die Wange.

»Hey«, sie sah so fertig aus, dass ich versucht war, an den Straßenrand zu fahren und sie in die Arme zu nehmen. »Können wir erst nach Duncan sehen? Du begrüßt Aignéis und dann schlafen wir uns in Ruhe aus und reden.«

»Stimmt«, Cat zwang sich, zu lächeln. »Also gib schon Gas. Du tuckerst ja durch die Landschaft wie meine Mum.«

»Beruhigend zu wissen, dass es in eurer Familie jemanden gibt, der sich nicht der Aufgabe verschrieben hat, Nachbarn wie Kegel-Pins umzumähen.«

»Was soll das denn schon wieder heißen?«

»Dass deine Schwester mich zweimal fast erwischt hätte. Und wenn ich überlege, wie schnell du es heute Nacht bis zur Fähre geschafft hast, kannst du froh sein, wenn du unterwegs nicht ein halbes Dutzend Strafzettel gesammelt hast.«

»Sagt der Mann, der einen Flug gebucht hat, mit dem wir langsamer wären als ein Kaffeefahrtbus voller Rentner.« Sie stupste mir den Ellbogen in die Rippen. »Hey, das war ein Witz. Ich weiß, dass du so schnell wie möglich zurückwolltest und die Flüge wahrscheinlich nur gebucht hast, damit es für mich bequemer ist.«

Ich nickte nur, weil der Torbogen in Sicht kam. Dahinter ragte das Schloss auf. Bei dem Anblick schnürte sich mir der Hals zu, eine bleierne Last senkte sich auf meine Schultern.

Cat, die Stimmungen wie ein Seismograph auffing, legte ihre Hand über meine, die den Schaltknüppel hielt. »Ich bin da.«

Drei simple Worte, die den Kloß in meiner Kehle weiter wachsen ließen. Deshalb beschränkte ich mich auf ein gebrummtes »Hm«, während ich den Wagen am Schloss abstellte.

Einen langen Moment blieben wir beide sitzen, starrten durch die Frontscheibe und hörten auf das Klacken des abkühlenden Motors. Es war Cat, die ihr beklommenes Gefühl als Erste überwand und ausstieg.

Hand in Hand, die Finger fest verschränkt, erklommen wir die Stufen zum Schloss und staunten nicht schlecht, als Neila uns die Tür öffnete.

»Ist alles okay? Wo ist denn die Pflegerin?«

»Sitzt vor Mr Mackays Schlafzimmer.«

Cat umarmte ihre Schwester, ehe sie sie auf Armeslänge von sich schob. »Und was tust du hier?«

Neila zuckte die Achseln. »Ich habe Aignéis begleitet.«

Schwer zu sagen, wem die Kinnlade zuerst herunterfiel – Cat oder mir.

»Aignéis ist hier? Aber doch nicht bei meinem Vater.«

»Und ob. Die Pflegerin kam herüber und meinte, dass er sie gern sehen würde. Als Aignéis pampig geworden ist, hat sie gesagt, dass dein Vater in seinem Leben nicht mehr viele Wünsche äußern wird und man die wenigen, die er hat, respektieren sollte. Daraufhin wurde Aignéis leichenblass und wollte wissen, ob er einen Grund genannt hat. Die Pflegerin meinte nur, dass er wohl etwas ordnen wolle. Was immer das auch heißt. Jedenfalls hat Aignéis darauf bestanden, zum Schloss zu laufen. Und das, nachdem ich seit einer Woche versuche, sie zu Gehversuchen zu überreden, weil sie den Knöchel wieder voll belasten darf.« Cats Schwester fluchte nicht zu knapp.

Ich ging an ihr vorbei ins Haus und fand Iris, Duncans Pflegerin, auf einem Stuhl vor dem Speisezimmer. Wie üblich strickte sie. Als ich näher kam, sah sie auf.

»Ach, Sie sind schon wieder da. Keine Sorge, es geht ihm gut. Er hat heute Morgen ausgiebig gefrühstückt, ein Nickerchen gemacht und mich dann gebeten, Mrs Dunn zu holen.« Iris rümpfte die Nase. »Sie war ziemlich biestig. Aber seit sie bei Ihrem Dad ist, hat sie aufgehört zu meckern, sonst hätte ich es gehört.«

Eigentlich hätte es mich nicht wundern sollen. Es tat Duncan wirklich leid, Aignéis mit Lügen zu der Abtreibung gedrängt zu haben. Es freute mich, dass er das in Ordnung bringen wollte – sofern das überhaupt ging. Nur war Aignéis unberechenbar.

»Bleiben Sie bitte hier sitzen und sagen mir Bescheid, sobald es da drinnen laut wird«, bat ich Iris und gesellte mich zu Neila und Cat, die mittlerweile in der Küche saßen und über Lawrence King und die Kündigung redeten.

»Also ich hätte ihn angesprochen«, kommentierte Neila den unschönen Zwischenfall grinsend. »Stell dir vor, wie er da sitzt mit seinem Schwanz in der Hand, im Hintergrund läuft der Porno und du sagst ihm, dass du für so ein Ferkel nicht mehr arbeiten willst und erwartest, dass er dir für den Monat mit der widerlichen Glotzerei das volle Gehalt zahlt. Als eine Art Schmerzensgeld. Und Gott weiß, dass du das verdienst, nachdem er dich all die Zeit als persönliche Leibeigene betrachtet hat.«

»Sehr witzig. Wahrscheinlich hätte ich bei dem Anblick Lippenbläschen bekommen, ehe ich überhaupt den Mund aufkriege.«

»Na und? Das hätte er ja nicht mehr mitgekriegt. Aber nun sind wir beide pleite. Ich habe dir meine letzte Reserve für die Rückfahrt gegeben. Bis ich die Taschen verkauft habe, kommt nichts rein.«

Cat stützte die Ellbogen auf den Küchentisch und legte das Kinn in ihre Hände. »Hast du einen unterschriebenen Vertrag?«

»Klar!«

»Und dein Kunde ist solvent?«

»Sowas von. Ich hatte in meiner Zeit bei *Ladies Bazaar* zwar nie persönlich mit denen zu tun. Aber die Marke ist in den letzten zwei Jahren durch die Decke gegangen. Die sind so gefragt, dass sie mit der Produktion kaum nachkommen.«

»Dann bitten wir Mum und Dad, uns zur Überbrückung etwas von ihrer eisernen Reserve zu leihen. Das deckt die Miete in London, damit Fanny nicht alles allein stemmen muss. Und ein bisschen für die Lebenshaltungskosten hier auf der Insel wäre ebenfalls nicht schlecht. Ich habe nämlich auch einen Auftrag.«

»Heißt das, du bleibst?«

»Wieso sollte ich zurückfahren? King ist bestimmt schon dabei, mich wieder überall schlechtzumachen. Die Bewerbungen kann ich mir vorerst sparen.«

Neila seufzte. »Ein Problem sehe ich trotzdem: Wir werden wahnsinnig, wenn wir auf Dauer zu zweit in Aignéis schmalem Bett schlafen.«

»Oh, da kann ich euch aushelfen.« Bisher hatte ich mich im Hintergrund gehalten. Jetzt zog ich einen Stuhl neben Cats und gesellte mich zu den Schwestern an den Tisch. »Cat und ich haben ein Ferienhaus ganz in der Nähe. Da kommt sie unter.«

Neila prustete los. »Ein Liebesnest? Ich fasse es nicht.« Sie sah zu Cat. »Du lässt ja wirklich kein Klischee für Schottland-Touristen aus. Ein großgewachsener Schotte, noch dazu im Rock.«

»Es ist ein Kilt!«, platzten Cat und ich gleichzeitig heraus.

Was Neila noch breiter grinsen ließ: »Wie süß, unter die Synchronsprecher seid ihr auch gegangen.« Dann bröckelte ihr Lächeln. »Es ist nicht fair, dass ich dann wieder mit dem alten Drachen allein bin.«

Cat gluckste. »Hat Hamish dir noch nicht angeboten, vorbeizukommen, damit seine bessere Hälfte dich bei einer schönen Tasse Tee aushorchen kann?«

»Doch«, Neila schnaubte. »Ich war sogar da. Es gab staubtrockenen Kuchen und die mollige Moira hat mich befragt, als vermute sie Leichen in Aignéis Keller. Es war richtig gruselig«.«

»Uns bist du jedenfalls jederzeit willkommen. Schnapp dir die Leine, sag, dass du Silly ausführst, und zehn Minuten später bist du in Sicherheit.«

Dass Cat redete, als würde sie ihre Schwester in unser gemeinsames Heim einladen, gab mir ein unerwartet gutes Gefühl. Selbst wenn Duncan nicht mehr da war – ich war nicht allein. Aber für wie lange?

»Weißt du, was ich mich schon die ganze Zeit frage? Ich begreife nicht, was Duncan von Aignéis will. Ich meine, sie hat kein gutes Haar an euch gelassen, solange ich bei ihr gewohnt habe. Für mich klang es, als wären sie sich schon seit Urzeiten feind. Na ja, Duncan hat ja auch nicht grade gut über sie gesprochen – also was haben die beiden so Dringendes zu besprechen?«

Ich hatte da so eine Idee, aber die würde ich nicht in Neilas Anwesenheit ausbreiten.

»Du weißt etwas, das sehe ich dir an«, setzte Cat nach, während ich angelegentlich auf meine Hände herabsah.

»Es wäre mir lieber, wir reden mal unter vier Augen darüber.«

Neila stand auf. »Ich schätze, das war mein Stichwort. Bringst du Aignéis zurück ins Cottage? Dann fahre ich zu Claire, schnorre einen Becher Kaffee und nähe an den Taschen, ohne dass mir jemand vorhält, dass ich eine gottlose Heidin bin, die eine gute Tasse Tee nicht zu schätzen weiß.«

Cat gab ihr den Schlüssel von Betsy und zog ihre Schwester in eine kurze Umarmung. »Kannst du meine Reisetasche bitte in die Halle stellen?«

Neila versprach es. Dann waren wir allein.

Cat sah mich erwartungsvoll an. »Du ahnst nicht, wie gespannt ich bin.«

»Dann mach dich mal auf eine nicht so schöne Geschichte gefasst, die erklärt, warum Aignéis ist, wie sie ist.« In groben Zügen erzählte ich ihr, was ich von Duncan über die Abtreibung wusste, wobei ich auch nicht verschwieg, wie er Aignéis belogen hatte.

Cat verschloss sich mit jedem Satz mehr. Sie wirkte, als wäre sie kurz davor, an die Decke zu gehen. »Da hat sie der Mensch, den sie geliebt und dem sie vertraut hat, so mies hintergangen – es ist kein Wunder, dass sie derart misstrauisch und abweisend ist. Das hat ihr ganzes weiteres Leben beeinflusst. Und Duncan tut auch noch so, als wäre Aignéis eine verschrobene, alte Schachtel. Dabei sollte er am besten wissen, wie übel ihr mitgespielt wurde.«

»Hey, mich hat die Geschichte auch nicht begeistert. Aber es war eine andere Zeit. Ich kann schlecht beurteilen, wie er es hätte besser machen können. Und dann ... Aignéis hätte ihr Leben leben und jemand neuen finden können. Es war ihre Entscheidung, das nicht zu tun, hier wohnen zu bleiben und Tag für Tag das Schloss vor der Nase zu haben, statt das alles hinter sich zu lassen und irgendwo anders ihren Frieden zu finden.« Ich musste Cats Gedanken nicht lesen können, um zu sehen, dass ich genau das Falsche gesagt hatte.

»Bist du verrückt? Bei dir klingt es, als wäre sie eine verdammte Masochistin, die keinen Pfifferling auf ihr Seelenheil gibt.« Verärgert sprang sie auf und lief auf und ab. »Weißt du eigentlich, wie lange wir gerätselt haben, warum so ein Drache aus ihr geworden ist? Ein kleiner Tipp wäre nett gewesen.«

»Jetzt krieg dich wieder ein. Ich weiß es auch erst seit kurzem.«

»Wie lange?«

»Nachdem wir das Bild von dem *Memento Mori* gefunden haben.«

Cat blieb stehen, legte den Kopf schief und sah mich traurig an. »Hat er dieses schreckliche Bild deshalb aufbewahrt? Um sich vorzumachen, dass sie mal eine perfekte, kleine Familie waren?«

»Danach habe ich ihn nicht gefragt. Aber ich gehe mal davon aus.«

Ihr Blick wurde weicher. »Weißt du, dass mich das ungemein beruhigt?«

Ich hob die Brauen und sah sie fragend an.

»Na, das zeigt wenigstens, dass es ihm nicht egal war. Ihm hat das alles auch nachgehangen.« Sie kam zurück zu mir und setzte sich. »Tut mir leid, dass ich dich so angefahren habe, obwohl du nichts dafür kannst. Es macht mich nur so verdammt wütend, wie übel Aignéis mitgespielt wurde. Immerhin wissen wir jetzt, warum sie dich nicht mag. Du bist das Kind, das sie nie hatte. Der Sohn des Mannes, den sie so sehr geliebt hat.«

Ich stand auf, kniete mich neben ihren Stuhl und zog sie in die Arme. »Vielleicht ist es wenigstens ein Trost für sie, dass er sich jetzt entschuldigt.«

Cat öffnete den Mund, doch es kam kein Wort heraus.

Ich ahnte, was sie dachte. Die verlorenen Jahre, in denen Aignéis sich hintergangen und betrogen gefühlt hatte, waren fort. Keine Entschuldigung der Welt konnte sie ihr zurückbringen. Aber Cat war zu taktvoll, um es auszusprechen. Stattdessen lief sie zur Tür, weil nun Stimmen in der Halle laut wurden.

»Aignéis«, Cat eilte auf ihre Tante zu. Sie wirkte benommen, ihre Augen waren gerötet, als hätte sie geweint.

»Komm, ich bringe dich schnell rüber.«

Falls Aignéis erstaunt war, ihre Großnichte zu sehen, ließ sie es sich nicht anmerken. Sie senkte den Blick, nickte und hinkte unterstützt von Cat mit ihren Krücken zur Tür.

22. KAPITEL

Cat

Aignéis wirkte wie erschlagen und gleichzeitig auf unerklärliche Weise erleichtert. Sie sagte nichts und ich fragte nicht. Wozu auch? Schließlich kannte ich nun ihre traurige Geschichte.

»Kann ich dir noch irgendetwas bringen? Einen Tee vielleicht?«

»Einen Scotch, einen doppelten.« Wie ein verlorenes Kind saß sie im Sessel beim Fenster und starrte hinüber zum Schloss. Ihre Augen in dem kummervoll eingefallenen Gesicht wirkten riesig. Die Falten schienen sich noch tiefer eingegraben zu haben. Was auch immer Duncan gesagt hatte, es ging Aignéis unendlich nahe.

»Bitte schön, ein doppelter Scotch.«

Aignéis sah mich gar nicht an, griff das Glas und schüttete die bernsteinfarbene Flüssigkeit mit einem Schluck herunter.

»Was machst du denn? Ich wollte einen Doppelten?«, erklärte sie mit einer Mischung aus Verwunderung – weil das Glas schon leer war – und der Gereiztheit, die stets in ihren Worten mitschwang.

»Mein Fehler«, erwiderte ich lässig und schenkte Aignéis noch einen großzügig bemessenen Whisky ein. Als ich ihn auf dem kleinen Tischchen neben ihr abstellte, nahm ich die

Krücken an mich, trug sie in die Küche und brachte ihr stattdessen den Rollstuhl, der nur noch nutzlos unter der Treppe herumstand.

»Was soll das? Hältst du mich für ein unmündiges Kind, das allein nicht zurechtkommt? Ich darf wieder laufen. Hat deine dumme Schwester dir das nicht erzählt?«

Ich lächelte Aignéis an und ging vor ihr in die Hocke. »In der ganzen Zeit, in der ich bei dir gewohnt habe, hast du nicht einen Tropfen Alkohol getrunken. Ich verstehe, dass du jetzt etwas Hochprozentiges brauchst. Aber dann kannst du eben nicht mit Krücken laufen.« Damit gab ich der völlig verdutzten Aignéis einen Kuss auf die faltige Wange und erhob mich. »Ich bin drüben im Schloss. Wenn du nicht zurechtkommst, ruf mich auf dem Handy an.«

Die Lippen fest aufeinandergepresst, als müsste sie sich zwingen, ihre Zunge im Zaum zu halten, folgten mir Aignéis' Blicke zur Tür.

Hatte ich mich gestern noch gefreut, Duncan wiederzusehen, stritten nun zwei Gefühle in meiner Brust. Ich wollte mich von ihm verabschieden. Das war mir wirklich ein Bedürfnis. Auf der anderen Seite war ich wütend. All die Anspielungen über Aignéis und ihr früher fröhliches Naturell. Dabei sollte er doch am besten wissen, wer ihr so übel mitgespielt hatte. Krank oder nicht, ich nahm mir fest vor, ihm ein paar Takte zu sagen.

Doch als ich wieder im Schloss war und Gavin mich in das Speisezimmer führte, verpuffte mein Ärger schlagartig.

Neben Duncans Bett waren Ständer aufgebaut, von denen Beutel und kleine Fläschchen hingen. Die Schläuche waren aneinandergekoppelt und mündeten in eine Kanüle, die in seinem Handrücken steckte.

Mir wurden die Knie weich. Wie konnte ein Mensch so schnell verfallen? Seine Haut changierte ins Gelbliche, er musste weitere Kilos abgenommen haben und die Falten, die ich eben bei Aignéis gesehen hatte, waren nichts gegen die Furchen, die sich in Duncans Gesicht gruben.

Das Einzige, woran ich ihn selbst in diesem hundserbärmlichen Zustand in einem Lazarett mit tausenden Dahinsiechenden erkannt hätte, waren seine Augen. Sie leuchteten hell und klug, obwohl rote Äderchen das Weiße um seine Pupillen durchzogen, so dass sie blutunterlaufen wirkten.

»Du bist gekommen«, ein schwaches Lächeln erhellte seine schmerzerfüllten Züge.

Unendlich langsam wandte er sich zu Gavin um, der neben seinem Bett saß. Der Kontrast hätte nicht größer sein können. Der Eine athletisch und vital, der Andere schien all seine Kraft aufgebraucht zu haben. Und doch war die Ähnlichkeit unübersehbar.

»Lass uns bitte allein«, bat Duncan mit leiser, krächzender Stimme.

Gavin sah mich unsicher an. »Wenn etwas ist, drück auf die Klingel. Iris und Ian warten draußen.«

Ian? Er musste gekommen sein, als ich Aignéis nach drüben gebracht hatte. Ich nickte und setzte mich zu Duncan ans Bett.

»Hallo, Mr Mackay«, sagte ich und ergriff die Hand, die er mir entgegenstreckte. Eisig und schlaff lag sie in meiner.

»Catlyn Dunn, dass ich das noch erlebe«, er hustete, fing sich aber rasch.

Ich wollte mich zwingen, zu lächeln, doch es misslang kläglich. »Sie haben doch Gavin geschickt, um mich zu holen. Dachten Sie, dass ich kneife?«

»Du hast Aignéis gezähmt. Ich glaube nicht, dass du vor irgendetwas Angst hast.« Er lächelte ein verlorenes, einsames Lächeln und holte dabei so mühevoll Luft, dass ich überlegte, die Pflegerin zu rufen.

Doch Duncan bemerke, wie mein Blick zu der Klingel huschte. »Nicht! Erst müssen wir reden.«

Er war so tapfer, dass ich die Tränen aufsteigen spürte. »Dann schießen Sie mal los. Es muss ja verdammt wichtig sein, wenn Sie Gavin extra nach London schicken, um mich zu holen.«

»Gavin ... er ist ein guter Junge. Ich weiß, dass das alle Väter von ihren Söhnen sagen. Aber auf ihn war ich wirklich besonders stolz. Er ist klug. Zielstrebig. Tatkräftig.« Duncan wählte die Worte mit so viel Bedacht, dass dazwischen lange Pausen lagen. »Und er hat ein gutes Herz. Weißt du, dass er dich liebt?«

»Ja, er hat es mir gesagt.«

Wieder lächelte er dieses verlorene Lächeln, das auf seinem von der Krankheit gezeichneten Gesicht fehl am Platz wirkte. »Das wurde auch Zeit. Ich dachte schon, er läuft mir das Parkett kaputt, als du einfach weggefahren bist.«

Langsam, viel zu langsam, begriff ich. Ich war nicht hier, weil er sich verabschieden wollte. Er wollte, dass ich seinen Platz einnahm. Nicht als Gavins Vater, aber als dessen Frau. »Und da dachten Sie, dass man einem ... einem kranken Menschen nichts abschlägt, und wollten Amor spielen.«

»Papperlapapp«, sagte er so ruppig, dass er einen neuerlichen Hustenanfall bekam. Diesmal war es ziemlich laut und die Pflegerin kam herein. Während sie ihn aufrichtete und beruhigend auf ihn einsprach, ging ich ans Fenster, um den beiden etwas Raum zu lassen.

»Du kannst zurückkommen, Mädchen. Es ist wieder gut.«

Gut? Duncan hatte wirklich Nerven. Ich lief zurück und setzte mich wieder.

Er knüpfte nahtlos an unser Gespräch an. »Ihr braucht keinen Amor. Das konnte ein Blinder sehen. Alles, was ihr braucht, ist ein bisschen Mut und Fantasie, um eine Zukunft zu finden.« Duncan deutete auf den Sechsender an der Wand. »Was die Fantasie angeht, hat er mit dir einen tollen Fang gemacht.« Er lachte leise. »Was sagst du?«

»Was ich ... wozu? Ich kann Ihnen nichts versprechen. Wir müssen erst mal überlegen, wie es weitergeht.« Ich war ernsthaft in Versuchung, ihn anzulügen, um ihm den Abschied leichter zu machen. Doch ich kannte mich. Das schlechte Gewissen hätte mich ewig verfolgt. Und dann verbot es mir mein Respekt vor Duncan, ihn wie einen Dummkopf zu behandeln. »Mr Mackay, ich werde nicht nach Kanada gehen. Ich habe hier Familie, Freunde. Ich brauche Wurzeln, sonst fühle ich mich nicht wohl.«

»Aber du liebst die Inseln, das sieht ein Blinder.«

Wieder griff ich nach seiner Hand, diesmal, ohne dass er sie mir hingestreckt hätte. »Halten Sie noch ein paar Tage durch, Mr Mackay?«

Duncan schloss die Augen und hörte in sich. Als er sie wieder aufschlug, nickte er. »Ja, ich glaube, das kriege ich hin. Und vergiss diesen Quatsch mit Kanada. Das Schloss ist verkauft. Gavin hat seine Schulden abbezahlt. Solange du nicht wieder wegläufst, werde ich hier liegen und warten, was ihr entscheidet.«

Völlig unvermittelt und ohne, dass ich selbst damit gerechnet hätte, kicherte ich los. »Sie sind unfassbar hartnäckig, hat Ihnen das schon mal jemand gesagt.«

»Oh, ich habe das gelegentlich gehört. Auch wenn manche Leute dafür wesentlich uncharmantere Umschreibungen gefunden haben.«

»Dickköpfig?«

»Stur!«

»Ja, das kommt hin.«

Unsicher, ob er sich nur ausruhte, saß ich da, als Duncan die Augen schloss. Irgendwann wurde sein rasselnder Atem ruhiger und ich verließ das Zimmer.

Direkt davor saßen Iris, Gavin und Ian.

»Und, was wollte er?«, platzte Ian als Erster mit seiner Frage heraus.

»Mich vor dir warnen. Er meinte, dein Frauenverschleiß sei legendär und dass du ein Mädchen wie mich leicht in Schwierigkeiten bringen könntest.«

»Ha, das war gelogen. Der letzte Teil passt zu Mr K. Aber er hätte nicht das Wort Frauenverschleiß gewählt, sondern mich einen Schwerenöter genannt. Und jetzt haut schon ab. Ihr seht aus, als könntet ihr eine Dusche und ein Bett brauchen. Oder nein – zwei Betten, so fertig, wie ihr seid.«

Gavin schlang den Arm um mich. Ich kuschelte mich hinein und war froh, nach dem schwierigen Gespräch mit Mr Mackay und Ians dämlichen Scherzen ein bisschen Halt zu finden.

»Gehen Sie ruhig«, verlangte die Pflegerin energisch von Gavin. »Ich bin ja da und Dr. Bain hat versprochen, dass er oben in Ihrem alten Zimmer schläft.«

Benommen stand ich da und hörte zu, wie sie die Wachablösungen vereinbarten, dann verließen wir das Schloss, luden mein Gepäck in Gavins Leihwagen und fuhren zum Häuschen.

»Was wollte er?«

»Weißt du das nicht längst? Er möchte sicher sein, dass aus uns ein Paar wird und dass wir die wenige Zeit, die er noch hat, nutzen, um zu überlegen, wie wir das hinkriegen können.«

Gavin seufzte. »Ich hatte befürchtet, dass er dich unter Druck setzt.«

»Befürchtet? Ich fand es eigentlich eher rührend, wie er versucht, wirklich nichts dem Zufall zu überlassen, damit du nicht allein zurückbleibst.«

Wir hatten den kurzen Weg geschafft und stiegen aus. »Wann wolltest du mir sagen, dass du nicht zurück nach Kanada gehst?«

Gavin, der den Hausschlüssel bereits in der Hand hielt, wandte sich zu mir um. »Wenn ich sicher bin, dass du dich dadurch nicht verpflichtet fühlst, auf den Inseln zu bleiben. Du sollst nicht denken, du müsstest mit mir zusammen sein, weil ich meinen Lebenstraum für dich aufgebe; denn das tue ich nicht. Kanada war im Prinzip schon Geschichte, als die letzte Lodge fertiggestellt war. Die Verwaltung ist eine *One-Man-Show*, die Andrew auch sehr gut ohne mich hinkriegt. Ich war nur noch nicht so weit, mir Gedanken darüber zu machen, ob ich trotzdem dortbleibe, weil mich die Kredite nun einmal geknebelt haben. Nun bin ich stiller Teilhaber und ungebunden. Allerdings bleibt die Frage, was ich jetzt anfangen will.«

Gavin legte die Hände um meine Wangen und strich zärtlich mit dem Daumen über meine Lippen. »Nur eins kann ich dir mit Sicherheit sagen: Ich werde nicht zurück nach London gehen und auch in keine andere Metropole. Damals, mit dem Schulabschluss in der Tasche, hatte ich das Gefühl, dass mir die Inseln zu eng sind und ich hier wegmuss. Aber jetzt ...« Er sah zum Meer. »Die ursprüngliche, raue Landschaft hat mich weit mehr geprägt, als ich je für möglich gehalten hätte. Gefühlt bin ich einmal um die Welt gereist, um festzustellen, dass ich hierher gehöre.« Gavin schloss die Augen, wandte das Gesicht mir zu und hob die Lider wieder.

Sein Blick traf mich mitten ins Herz.

»Das Problem bist du, Cat. Ich finde hier schon eine Aufgabe. Mit jedem Jahr kommen mehr Touristen auf die Inseln und wie der Zufall es will, habe ich sogar schon ein Projekt gefunden.« Gavin nahm mich bei den Schultern und drehte mich herum zu dem großen Geisterhaus, dessen Fenster und Eingangstür nun vernagelt waren.

»Du willst den alten Kasten herrichten?«

»Er ist ideal. Direkt am Wasser gelegen, die Aussicht ist traumhaft. Außerdem gibt es genug Räume und das Beste ist, dass er nicht unter Denkmalschutz steht, ich kann mich also nach Herzenslust austoben. Wenn es je einen Wink des

Schicksals gab, dann den, dass wir ausgerechnet dieses Ferienhaus gebucht haben.«

Seine blitzenden Augen, der tatkräftige Ton, das alles nahm mich nur weiter für Gavin ein.

»Wo ist der Haken?«

»Der Haken bist du. Was willst du hier auf der Insel tun? Falls du dir überhaupt vorstellen kannst, hierzubleiben. Ich meine, es ist etwas anderes, ob man ein Fleckchen Welt als Tourist mag, oder ob man dort sesshaft wird und sich auch mit den negativen Seiten auseinandersetzt.«

»Hey, ich bin im Februar hergekommen. Es war kalt, es war nass, trotzdem habe ich mich in diesen Ort verliebt.«

»Ja, so bist du.«

Ich stutzte. »Wie war das jetzt gemeint?«

»Du hast die Fähigkeit, das Gute zu sehen. Davon halten dich auch Kälte und ein grauer Himmel nicht ab. Selbst diesen selten hässlichen Hund und Aignéis hast du in dein Herz geschlossen. Aber nochmal: Hier zu leben, ist etwas anderes. Du erinnerst dich? Der nächste Pub ist eine Stunde entfernt. Zum Einkaufen brauchst du ein Auto und wenn es stürmt, sitzt du ohne Strom hier fest.«

»Betsy, Kerzen und für die Sache mit dem Pub habe ich dich!«

»Du meinst, als Chauffeur?«

Ich strahlte ihn an. »Nein, als Bauherr. Wenn du die verfallenen Ställe da drüben herrichtest, rennen dir nicht nur durstige Touristen die Tür ein.«

Ein Lächeln huschte über Gavins Gesicht, ehe er wieder ernst wurde, meine Schultern packte und mich zärtlich streichelte. »Cat, das ist nicht lustig. Wenn ich diese Bruchbude kaufe, sitze ich hier fest. Nicht, dass ich etwas dagegen hätte. Aber was willst du dann tun? Auf der Insel gibt es keine Jobs.« Gavin ging in die Hocke, schloss die Arme um meine Schenkel und hob mich an sich hoch, um mich hungrig zu küssen. »Wir haben genug geredet«, wisperte er nah an meinen Lippen, als ich Luft holen musste. Und dann trug er mich ohne ein weiteres Wort über die Schwelle.

In den nächsten Tagen verbrachte ich viel Zeit mit einer sehr nachdenklichen Aignéis. Sie wirkte nach dem Gespräch mit Duncan regelrecht verstört und war ungemein sprunghaft. Mal schimpfte sie auf mich dummes Mädchen, weil ich mich bei meiner Rückkehr nach London nicht verabschiedet hatte. Dann war Neila die Böse, weil sie ständig zu Claire fuhr und Aignéis alleinließ.

»Na, sie näht in jeder freien Minute, um ihre Taschen fertigzubekommen«, wandte ich ein, als Aignéis endlich mal Luft holte.

»Taschen?«

Ich konnte kaum glauben, dass Neila ihr davon nichts erzählt hatte, rief das Instagram-Profil von *Ladies Bazaar* auf und reichte Aignéis mein Handy.

»Aber das Stück mit den Längsstreifen, das hast du doch gewebt. Wie kommt das dahin?«, wollte Aignéis verdutzt wissen, weil sie mit segensreichen Erfindungen wie Handy-Kameras und Social-Media-Seiten bisher herzlich wenig zu tun gehabt hatte.

Also erklärte ich es ihr. Und ich erzählte von dem Auftrag, in den meine Schwester so große Hoffnungen setzte.

»Und das näht sie alles bei Claire?« Aignéis fiel aus allen Wolken.

»Ja. Soweit ich weiß, hilft ihr eine von Claires Freundinnen mit dem Zuschneiden. Und sie hat jemanden gefunden, der normalerweise *Sporrans* herstellt. Für Neila näht er die ledernen Taschenriemen.«

Nun war Aignéis tatsächlich verletzt. »Hinter meinem Rücken. Ihr tut das alles hinter meinem Rücken.«

Ich wollte ihr widersprechen. Aber wie? Sie hatte ja Recht.

Meine Hand auf ihre gelegt, sah ich sie mitfühlend an. »Aignéis, ich glaube, wenn du anderen zugestehst, eigene Entscheidungen zu treffen, ohne sie dafür als dumm oder nichtsnutzig zu beschimpfen, werden sie sich dir auch öffnen.« Ich drückte ihre Hand. »Aignéis, ich weiß, dass Duncan dir das Herz gebrochen hat und du in Sorge warst, die Geschichte könnte sich wiederholen, indem Gavin mir wehtut. Trotzdem ist es meine Entscheidung. Ich hätte sie mit dir geteilt, aber ich hatte so eine Ahnung, dass du es nicht gut aufnehmen würdest.

Das Gleiche gilt für Neila. Ihr Job in London war wirklich schwierig. Dass ihre Taschen so schnell Anerkennung gefunden haben, tut ihr gut. Sie will nicht riskieren, dass du ihr das kaputtredest.«

Lange Zeit blieb Aignéis still, machte ihre Hand von meiner los und strich versonnen über den Tartan, der vor ihr auf dem Webstuhl lag. »Du meinst, ich bin das dumme Mädchen?«

»Manchmal.«

Statt noch etwas zu sagen, trat sie langsam und bedächtig in die Pedale. Ihre Art, zu entspannen.

»Kann ich deinen Lieferwagen für ein Stündchen borgen?«

Aignéis schüttelte den Kopf, so dass ihre graue Pusteblumenfrisur ins Wippen geriet. »Was? Ja, natürlich, natürlich.« Wieder tauchte sie ab in ihre Gedankenwelt.

Ich schwang mich hinters Steuer und fuhr zu Claire, die ich seit meiner Rückkehr nicht gesehen hatte.

»Na endlich! Ich dachte schon, ich hätte dir etwas getan«, fiel sie mir lachend um den Hals, kaum dass ich den Transporter geparkt hatte.

»Wie kommst du darauf?«

»Na, du bist seit fast einer Woche zurück und hast dich nicht einmal blicken lassen.« Claire wirkte gekränkt.

»Schnickschnack, das hat doch nichts mit dir zu tun. Ich verbringe Zeit mit Aignéis und Gavin. Die brauchen mich im Moment.«

»Es geht also wirklich zu Ende mit Duncan?«

Ich nickte unglücklich, bevor ich das Thema wechselte. »Wo finde ich denn Neila? Ich brauche eine ihrer fabelhaften Taschen.«

»Sie ist im Schuppen und näht wie eine Besessene. Aber mach dir keine falschen Hoffnungen. Sie braucht jede einzelne für ihren Auftrag. Siebzig Stück auf einen Schlag sind eben doch heftig. Meine Mum hilft ihr schon mit dem Futter.«

»Wow, dazu deine Freundin und der Typ mit den Lederriemen. Wenn Neila so weitermacht, beschäftigt sie bald die halbe Insel.«

Claire nickte. »Ist das nicht aufregend? Ich webe gerade einen Tartan extra für deine Schwester. Apropos – was ist mit der Webseite? Solltest du die nicht machen?«

»Ich bin dran, nur leider nicht sonderlich schnell.« Wir hatten den Hof überquert und standen vor dem Schuppen.

»Dass du das überhaupt hinkriegst, finde ich phänomenal. Wo hast du das gelernt?«

»Gelernt ist übertrieben. Ich habe neben der Uni in einer Marketing-Agentur gearbeitet und einiges aufgeschnappt. Den Rest suche ich mir im Internet zusammen. Youtube und so.«

Als Claire die Tür öffnete, schallte uns ein Ed Sheeran-Song entgegen.

Neila grinste, als sie mich sah. »Du kannst dich gleich nützlich machen.«

Lust hatte ich zwar, aber ich musste so schnell wie möglich zurück. Gavin war schon den ganzen Morgen bei Duncan und ich wollte da sein, wenn er das Schloss verließ.

»Ein andermal. Jetzt brauche ich nur eine deiner fabelhaften Taschen, um sie Aignéis zu zeigen.«

»Oh nein, bitte nicht. Dann liegt sie mir nur in den Ohren, was ich besser machen müsste.«

»Wird sie nicht«, versprach ich Neila, was zugegeben ein wenig größenwahnsinnig war. »Momentan fühlt sie sich ausgeschlossen. Sie denkt, dass du ständig weg bist, liegt an ihr. Weil du sie nicht magst. Gib ihr die Chance, das hier zu verstehen, und bezieh sie ein bisschen mit ein. Jede Wette, dass es Wunder wirkt.«

Meine Schwester sah mich an, als spräche ich eine schön klingende, aber völlig unverständliche Sprache. »Das glaubst du ernsthaft, stimmt's?«

»Sonst wäre ich nicht hier. Also gib mir ein oder zwei von deinen Wundertaschen und ich zeige sie ihr.«

Neila sah zu Claire, dann gab sie sich einen Ruck und wählte zwei besonders schöne Exemplare aus. Ein pinkfarbenes Modell mit großen, vorn aufgesetzten Taschen, die mit ledernen Klappen verschlossen wurden. Und eine grasgrüne Tasche, die hinten ein separat zu öffnendes Laptop-Fach hatte.

»Wenn ich später nach Hause komme und sie über mich herfällt, so dass es mir die Freude an der Arbeit verdirbt, verzeihe ich dir das nie.«

»Wird sie schon nicht.«

Und tatsächlich sagte Aignéis erst nicht viel, öffnete die einzelnen Fächer und hängte sie sich um. »In den Läden in Tarbert gibt es auch Tweed-Taschen, aber die sind längst nicht so gut.« Sie lächelte scheu. »Was sollen die denn kosten?«

»Ich habe keine Ahnung. Diese kannst du sowieso nicht haben. Sie sind längst verkauft. Aber wenn du mit Neila redest, macht sie dir bestimmt eine, die zu deinem guten Kostüm passt.«

Aignéis öffnete den Mund, um etwas zu sagen, doch just in diesem Moment steckte Gavin den Kopf zur Tür herein. Er fühlte sich sichtlich unwohl unter Aignéis‘ strengem Blick und wagte keinen Schritt über die Schwelle.

»Können wir los? Oder soll ich dich später hier abholen?«

Ich tätschelte Aignéis‘ Schulter. »Ich komme mit. Neila wartet auf die Webseite. Wenn ich damit nicht langsam ein bisschen Gas gebe, erwürgt sie mich.«

Eng umschlungen machten wir uns auf den Rückweg zum Häuschen. »Wie geht es Duncan heute?«, wollte ich wissen.

»Du kennst ihn doch. Er will sich nicht anmerken lassen, wie mies sein Zustand ist.«

»Das tut mir leid.«

»Ja, mir auch. Zumal ich nichts tun kann, als hilflos daneben zu sitzen, während seine Schmerzen immer heftiger werden. Die Hustenanfälle kosten ihn mittlerweile so viel Kraft, dass er danach einfach einschläft. Manchmal meine ich, er erstickt.«

Mir wurde mulmig zumute. Duncans Uhr tickte unbarmherzig rückwärts, als wäre sie der Countdown an Silvester. Und ich hatte immer noch keine Antwort für ihn. Doch ich ahnte, dass ich sie rational auch nicht finden würde.

Was Duncan und Gavin mit dieser Insel ebenso verband wie Aignéis, Claire und Paddy, war ein Gefühl. Und das packte auch mich mit jedem Tag mehr. Natürlich war mein Bekanntenkreis in London größer – aber ich konnte nicht sagen, dass mir die vielen Menschen dort nur halb so nahe standen wie Claire und Paddy es schon nach kurzer Zeit getan hatten.

Nur fiel es mir schwer, zu greifen, woran das lag. An der Ursprünglichkeit der Insel, deren Menschen sich ebenso pur und unverfälscht zeigten wie die weite Landschaft? Am Leben mit den Gezeiten, die nicht nur mich auf wunderbare Weise zu erden schienen?

»Wenn es dir nichts ausmacht, schnappe ich mir das Laptop und mache mich an die Arbeit.«

Gavin wirkte irritiert, nickte aber stumm. Ich wusste, dass er lieber Zeit mit mir allein verbringen wollte. Ich ja auch.

Doch wir hatten alle Zeit der Welt – ganz im Gegensatz zu Duncan.

Mit dem Computer und zwei Wolldecken unter dem Arm lief ich zum Wasser und machte es mir auf den verwitterten Holzstühlen bequem, die irgendwer hier vergessen hatte. Nachdenklich schaute ich zu den Booten, die dank der Ebbe schräg auf dem Sand lagen.

Könnte ich mir das hier, die Insel, die Menschen, mein Leben mit Gavin für immer vorstellen? *Dumme Frage. Was ist schon für immer? Wenn du beim Kauf seines Resorts gefragt hättest, ob Gavin sich vorstellen kann, für immer in Kanada zu bleiben, hätte er vermutlich auch ja gesagt. Und jetzt sieh ihn dir an. Er hat den Umbau in Kanada gut zu Ende gebracht und zieht weiter. Trotzdem kann man nicht sagen, dass er vorher gelogen hat – manchmal spielt das Leben eben so. Man bringt eine Sache zu Ende und stürzt sich auf eine neue. Wer weiß schon, was morgen ist oder in einem Jahr? Darum geht es Duncan aber auch nicht. Er will nur wissen, ob du es ehrlich und ernsthaft mit seinem Sohn probieren willst, damit Gavin nicht ins Bodenlose fällt, wenn Duncan stirbt.*

Die Stimme in meinem Innern war noch nicht verklungen, da wusste ich die Antwort. Ich sprang so hektisch auf, dass die Decken zu Boden gingen, und rannte zum Haus.

Gavin war in der Küche beschäftigt und sah mich entgeistert an.

»Alles okay mit dir?«

»Ja, alles in Ordnung. Ich muss noch mal zum Schloss.«

»Du willst mit Duncan reden.«

Ich nickte.

»Was wirst du ihm sagen?«

»Das wirst du gleich hören, denn du kommst ja mit.«

Den Rückweg nahmen wir im Sturmschritt. Und wir hatten Glück. Duncan saß aufrecht im Bett und löffelte eine Suppe, die Iris ihm gemacht haben musste.

Sein Blick nahm wachsame Züge an, als er mich sah. »Du hast eine Antwort, Catlyn Dunn.«

»Ja, Mr Mackay, die habe ich.« Gavin rückte mir einen der Sessel ans Bett, bevor er sich zu seinem Vater auf die Matratze setzte.

Ich holte tief Luft. Mein Herz schlug mir bis zum Hals. »Ich kann Ihnen nichts versprechen. Das ist unmöglich und das wissen Sie selbst. Aber ich verspreche feierlich, dass ich mir eine Zukunft mit Gavin wünsche und hart daran arbeiten werde, dass wir sie haben. Wenn Gavin das alte Gut kauft, sollte ich erst mal mit Maler- und Handwerkerarbeiten ausgelastet sein. Danach sehen wir, ob ich mir in der alten Scheune ein Atelier einrichte. Die ist riesig. Da könnte meine Schwester sogar noch einen Laden eröffnen und Gavin einen Pub«, ich hob den Blick, sah ihm direkt in die Augen. »Falls du tatsächlich Lust hast, dir das neben dem Hotel auch noch ans Bein zu binden.«

Gavin lächelte und ergriff meine Hand. »Aber unbedingt: Wann hat man schon mal die Gelegenheit, aufs Land zu ziehen und trotzdem einen Pub in Reichweite zu haben?«

Duncan sagte nichts. Er lächelte still vor sich hin und griff Gavin und mich bei den Händen. Dann schloss er die Augen und nickte.

Erst als Iris hereinkam und schimpfte, dass wir ihn zu sehr anstrengten, gingen wir zurück zum Häuschen. Wir kochten, wuschen ab, zogen aufs Sofa um und schmiedeten eng aneinandergekuschelt Pläne. Da lag etwas in der Luft, das uns beiden die Herzen schwer machte. Und es wurde nicht leichter, als Ian gegen elf Uhr abends kam, um Gavin zu holen.

In dieser Nacht schlief Duncan ganz ruhig ein. Es gab nichts, das noch zu regeln wäre. Duncans Leben war geordnet, Gavin in festen Händen. Also ließ er einfach los und begab sich auf eine neue Reise.

Gavin verschloss sich für einige Tage. Als wollte er jeden anderen aussperren, um die kostbaren Erinnerungen der letzten Wochen zu hüten, sie in seiner ganz eigenen Gedankenwelt einschließen, damit davon ja nichts verloren ging.

Ich ließ ihn und kümmerte mich um Aignéis, von der mit Duncans Tod nicht nur die Wut abzufallen schien. Obwohl sie wieder leidlich gut laufen konnte und nichts von ihrem Sturz zurückbleiben würde, wirkte sie plötzlich zerbrechlicher.

»Seltsam, oder? Als hätte sie in all den Jahren nie die Hoffnung verloren, dass er doch noch zu ihr zurückkommt«, sagte Neila, als wir abends in Aignéis' alten Liegestühlen am Strand saßen und aufs Meer hinaus sahen.

»Traurig. Aber du kannst nun mal niemanden zwingen, dich zu lieben.«

»Tja, wie es aussieht, musst du das auch nicht. Gavin ist verrückt nach dir.«

»Zum Glück. Sonst würde sich die Geschichte wiederholen und ich müsste – wie Aignéis – bis in alle Ewigkeit der Liebe meines Lebens hinterher trauern.«

Es war bereits stockfinster an diesem bewölkten Tag, der dem Sternenfunkeln keine Chance ließ, als Gavin uns fand.

»Was wird das denn? Ein ambitionierter Versuch, euch eine Lungenentzündung einzufangen?« Mit einem Ruck zog er mich aus dem Liegestuhl und schloss mich in die Arme. »Es wird Zeit, dass wir nach Hause gehen.«

»Es ist ein Ferienhaus«, höhnte Neila. »Strenggenommen seid ihr obdachlos.«

»Nicht mehr«, Gavin küsste mich sacht. »Ich habe mich heute mit der Erbengemeinschaft geeinigt. In den nächsten Wochen bereiten sie alles für den Verkauf vor und erwarten uns dann in Edinburgh beim Notar.«

»Oh Shit, soll das heißen, ihr bleibt tatsächlich hier und zieht nicht gemeinsam nach London?« Neila wirkte ganz aufgewühlt.

Ich begriff nicht warum. »Wenn du dir Gavin in letzter Zeit angesehen hättest, wäre dir aufgefallen, dass er für ein Leben in der Zivilisation verdorben ist. Seine Hosen verstauben im Schrank und er trägt nur noch Rock.«

»Es ist ein Kilt«, knurrte Gavin gutmütig.

Ich tätschelte seinen Arm. »Schon klar.« Ich wandte mich wieder an Neila. »Jedenfalls können wir nicht zurück nach London. Sobald er in diesem Aufzug Schottland verlässt, zieht er Selfie-Jägerinnen an wie das Licht die Motten.«

»Das wird Fanny nicht gefallen. Ich habe ihr gestern schonend beizubringen versucht, dass sie eine neue Mitbewohnerin brauchen wird. Dass sie nun sogar zwei Nachfolgerinnen suchen muss, haut sie um.«

»Soll das heißen, du bleibst auch?«

»Klar. Wenn es mit meinen Bestellungen so weitergeht, kann ich mir demnächst nicht nur eine nagelneue Industrie-Nähmaschine leisten, ich muss auch noch jemanden einstellen. Das Logo, das du mir entworfen hast, kommt übrigens super an. Danke.« Neila griff nach meiner Hand und schüttelte daran herum.

Es war noch zu früh, um ihr von meiner Idee für die Scheune zu erzählen. Vielleicht fand Gavin auch eine andere Verwendung für das Gebäude. Aber dass Neila bei mir in Schottland bleiben würde, war schon mal ein Knaller.

»Und wo wirst du wohnen?«

Diesmal ließ Neilas Antwort verdächtig lange auf sich warten. Dann presste sie ziemlich leise hervor: »Ian meint, er hätte einen kleinen Anbau bei seinem Haus, den ich haben kann.«

Mir sauste die Kinnlade herab, während Gavin neben mir sein schönes, dunkles Lachen herausbrummte.

»Ian Bain? Dr. Ian Bain?«, brachte ich vor Fassungslosigkeit schrill hervor.

»Der Arzt, dem die Frauen vertrauen – eben der.« Neila

zuckte die Achseln. »Mir ist klar, dass er nichts anbrennen lässt, aber das kümmert mich nicht. Ich bin schnell bei Claire im Weberschuppen und die Miete ist lächerlich gering. Bis ich mich finanziell ein bisschen erholt habe, wird es schon gehen.«

Mir lagen tausend Fragen auf der Zunge, aber die konnte ich Neila jetzt unmöglich stellen. Wozu auch? Für ein Gespräch unter Schwestern hatten wir schließlich alle Zeit der Welt.

23. KAPITEL

Cat

SECHS MONATE SPÄTER. »Und? Hast du schon herausgefunden, warum du dich von Gavin trennen wirst?« Fanny, Neila und ich hatten es uns am Wasser bequem gemacht in den schicken Adirondack-Stühlen, die Gavin zusammen mit seinen Möbeln aus Kanada hatte kommen lassen.

Bis gerade eben hatte ich mich pudelwohl gefühlt. Aber das war auch gewesen, bevor Fanny ihren Mund aufgemacht hatte. »Wie kommst du denn auf die Idee?«

»Na, früher hast du immer gesagt, dass du im Grunde genommen schon in der ersten Woche wusstest, warum du dich irgendwann trennen wirst. Bei Simon war es die mangelnde Ernsthaftigkeit. Wo liegt das Problem bei deinem heißen Schotten?«

»Du meinst, abgesehen davon, dass mein Schwager in spe ständig im Rock herumläuft? Es gibt keins. Cat betet den Boden unter seinen Füßen an. Umgekehrt trägt er sie auf Händen. Du meinst jetzt vielleicht, das würde schwülstig klingen – aber es ist tatsächlich so. Wenn ich zu viel Zeit mit den beiden verbringe, habe ich Angst, ins Zuckerkoma zu fallen.«

Ich verdrehte die Augen. »Bevor du dich über mich lustig machst, erzähl uns doch lieber ein bisschen von Dr. Ian.«

Fanny wurde hellhörig. »Wohnst du noch im Anbau?«

»Aye«, kam Neila die gälische Form der Zustimmung ganz natürlich über die Lippen. »Ich habe mal überlegt, eine Maklerin zu beauftragen. Da ist Ian fast ausgeflippt.« Neila grinste selbstzufrieden. »Mir ist noch kein Mann untergekommen, der sich so leicht steuern lässt wie der gute alte Doc im Rock.«

»Verrätst du mir das Geheimnis? Ich bin da weniger erfolgreich.« Fannys Blick wanderte zu dem geschniegelten Anzugträger, mit dem sie auf die Insel gekommen war.

Viel wusste ich nicht von ihm. Nur, dass sie in der gleichen Kanzlei arbeiteten und er verheiratet war. Unglücklich. So gut wie getrennt. Aber das traf auf die meisten Typen zu, auf die Fanny hereinfiel. Dummerweise hatte noch jeder, dem sie signalisiert hatte, einen Schritt weiter gehen und eine gemeinsame Wohnung suchen zu wollen, abgewunken, ehe er auf wundersame Weise die Freuden seiner verkümmerten Ehe wiederentdeckt hatte.

»Das Geheimnis lautet: Lass ihn nicht ran. Ich habe mir in den ersten Wochen angesehen, wie wechselnde Frauen das Haus von Dr. Aufreißer verlassen haben. Dann hat er mich angegraben und ich habe ihn abblitzen lassen. Seither hat er keinen Damenbesuch – und keinen Sex, soweit ich es beurteilen kann.« Neila lachte. »Dabei ist er wirklich süß.«

»Bestrafst du dich da nicht selbst?«, wollte Fanny wissen.

Was Neila weit weniger freudig beantwortete: »Da ist was dran. Aber bei Ian kannst du eben nicht alles haben. Entweder er betet dich an, oder er kommt zum Ziel. Und da mein Obdach von ihm abhängt – rate, wie ich mich entschieden habe.«

Fanny blies die Backen auf. »Und was ist mit anderen Männern? Hast du sonst niemanden kennengelernt?«

»Du wirst es nicht glauben, aber ich sitze um acht an der Nähmaschine und beende den Tag gegen neun mit einer Runde Buchhaltung. Das schränkt meinen Suchradius auf die Werkstatt ein.«

Ich kannte die Litanei, denn Neila heulte mir mit ihrem Singledasein seit Wochen die Ohren voll. Dabei war sie völlig erfüllt von ihrer Arbeit, mit der sie wahnsinnigen Erfolg hatte. Ihr Label hatte es bereits in mehrere Frauenzeitschriften geschafft und Gavin hatte seine Ex-Freundin, die auf Instagram hunderttausende Follower hatte, sogar dazu überreden können, mit Neilas Taschen zu posieren. Seither kamen auch immer mehr Bestellungen aus den USA. Neila beschäftigte sechs Leute und es war absehbar, dass sie bald weiter expandieren musste.

Ich stand auf, schlüpfte in die Sandalen und band mein Haar zusammen. »Ich gehe mal nachsehen, was die Catering-Leute treiben. Wenn nicht alles perfekt ist, reißt Aignéis ihnen den Kopf ab. Sie freut sich seit Tagen auf das Buffet.«

Ich ging rüber zum Gutshof, der in einem cremigen Weißton erstrahlte, seit die Arbeiter vor einer Woche das Gerüst abgebaut hatten.

Schon von weitem sah ich Gavin, der die Männer, die ihn umringten, um einen halben Kopf überragte.

Er trug ein anthrazitfarbenes Hemd und dazu einen Kilt, den ich – unter Aignéis strengen Blicken – gewebt hatte. Mit dem leuchtenden Türkis war ich sparsam gewesen, dafür hatte ich die Grüntöne der Insel großzügig eingearbeitet.

Gavin war von dem Muster so begeistert gewesen, dass er mir hochoffiziell den Auftrag erteilt hatte, einen ganzen, 75 Meter langen Tartan zu weben, um alle Angestellten einzukleiden. Knickerbocker-Hosen, Kilts, schicke Kostüme und Sakkos hatte er bei einem Schneider in Edinburgh in Auftrag gegeben, der extra auf die Insel gekommen war, um die Maße der Hotelmitarbeiter zu nehmen.

Besagte Farben fanden sich natürlich auch im Logo des *Mackay Seahouse,* in den leinenen Servietten und den Tischtüchern. Die Wandgestaltung, die Gavin komplett mir überlassen hatte, griff die Farbgebung ebenfalls auf. Zumindest dort, wo ich nicht kreativ geworden war und Landschaften oder Antiquitäten an die Wände gemalt hatte.

Ein Magazin für edles Reisen hatte einen Mitarbeiter geschickt, der begeistert gewesen war. Der mitgebrachte Fotograf hatte sich kaum eingekriegt und das ganze Haus abfotografiert. Vor allem der Pub hatte es ihm angetan, der tatsächlich in der alten Scheune entstanden war.

Trotzdem waren wir nervös. Noch hatte kein Gast in den zwanzig Suiten genächtigt. Und das würde vorerst auch so bleiben. An diesem Wochenende waren nur Freunde und geladene Gäste von der Insel anwesend. Fanny und ihr untreuer Anwalt würden hier schlafen. Ebenso Aignéis, die ich gern verwöhnen wollte, Claire und Paddy und natürlich auch Ian und Neila – Letztere in getrennten Zimmern.

Mein Atelier war der nächste Punkt auf der Liste, aber nicht ganz so dringend, weil ich die nächsten Aufträge außer Haus abarbeiten würde. Gavin hatte Recht gehabt. Kinderärzte, Cafés und die Zentrale der örtlichen Fischerei-Kooperative rissen sich geradezu darum, dass ich ihre Foyers und Gasträume verschönerte.

Aber es gab auch andere Anfragen. Ein Projekt von einem Kinderbuchverlag, das ich gern begleitet hätte. Und dann waren doch tatsächlich Verlage auf mich zugekommen, die Buchcover in Auftrag geben wollten. Vorerst würde ich mir einen Platz in dem kleinen Häuschen einrichten müssen, das Gavin und ich noch immer bewohnten. Doch spätestens in ein, zwei Jahren, wenn Aignéis sich zur Ruhe setzte und ich genug gelernt hatte, um ihren Webstuhl zu übernehmen, würde ich mein Atelier bekommen, in dem ich die beiden Berufe, die ich liebte, vereinen konnte.

Anfangs hatte ich gefürchtet, es könnte uns in dem Häuschen zu eng werden. Aber nachdem wir einmal allen überflüssigen Ballast beiseitegeschafft und die wunderbaren Antiquitäten aus dem Schloss hergeholt hatten, waren die kleinen

Räume zu einem wahren Schatzkästchen geworden. Natürlich hatten wir nicht Platz genug für all die kostbaren Möbel gehabt und den Rest im Gutshaus platziert.

Zwei Arme schlossen sich von hinten um meine Taille. Gavins wunderbarer Duft umfing mich. »Was ist? Soll ich die Leute nach Hause schicken?«

Ich wirbelte herum. »Um Gottes willen, warum solltest du das tun?«

»Weil du nicht glücklich aussiehst.«

Ich lachte leise auf. Er würde es wirklich tun, ein Zeichen von mir genügte. »Ich bin froh, dass alle da sind – aber auch ein bisschen nervös. Dass der Redakteur von diesem Magazin das Haus toll fand, ist eine Sache. Aber die Leute, an deren Meinung mir gelegen ist, sind jetzt erst hier.«

Gavin lachte rau. »Ernsthaft? Das macht dir Sorgen?«

»Dir nicht?«

»Da ich dir bei der Gestaltung freie Hand gelassen habe – natürlich nicht! Das Haus ist wunderbar. Es hat ein Herz und eine Seele und wo ich schon dabei bin, es hat auch das tollste Geschirr, das ich je gesehen habe.«

»Es ist da? Mein Gott, warum sagst du das nicht gleich?« Ich zog Gavin mit mir zum Hintereingang, der direkt in die Küche führte. Dienstbare Geister waren damit beschäftigt, das Porzellan von Unmengen Papier und Luftpolsterfolie zu befreien und es von Hand zu spülen.

»Das kann ruhig in die Maschine«, wies ich die Leute ungeduldig an und schob die Ärmel meines Kleides hoch. Ein anthrazitfarbenes Modell, das aus meinem Tartan geschneidert war. Gavin hatte mich heute damit überrascht. Es saß wie angegossen.

»Was wird das? Du willst doch wohl jetzt nicht spülen?«

»Und wie ich das will. Die Teller müssen zum Buffet.«

Gavin lachte leise, was mir noch immer eine Gänsehaut bescherte. Manchmal fragte ich mich, ob diese berauschende

Wirkung irgendwann nachlassen würde. Bisher war jedenfalls kein Ende in Sicht.

»Das Catering-Team wird sich darum kümmern. Du sollst heute entspannen und dich unters Volk mischen. Falls du dich erinnerst, war die vorgezogene Eröffnung deine Idee. Du wolltest mit Freunden und Verwandten feiern, solange es noch warm ist und wir die Terrasse nutzen können.«

Mit einem ergebenen Seufzer zog ich die Ärmel wieder herunter und nahm einen der Teller zur Hand. Das Logo des Hotels, ein Oval mit dem Namen und einer für Schottland so typischen Distel, war oben dezent aufgebracht. Den unteren Rand zierte das Meer, vor dem das *Mackay Seahouse* sich imposant erhob. Irgendwer nahm mir den Teller ab und räumte ihn in die Maschine.

»Du hast Recht. Wir haben unser Bestes gegeben. Es wird Zeit für deine Rede.« Ich schmiegte mich an Gavins Brust und küsste ihn zärtlich. Worauf Gavin nur zu gern einging. Mit jedem Atemzug wurde sein Kuss drängender und leidenschaftlicher. Wenn ich das nicht stoppte, bekam er es fertig, mich ins Häuschen zu tragen. Und dabei wäre ihm ganz egal, wie viele Leute da draußen herumstanden und auf seine Ansprache warteten.

Das Problem war, dass ich nicht aufhören konnte. Oder wollte ich es einfach nicht?

»Fuck, was ist das denn? Ich dachte, ihr vermietet hier Zimmer. Könnt ihr euch keins davon nehmen?«

Wie vom Donner gerührt erstarrte ich und öffnete die Augen. Da stand Matt, mein kleiner Bruder mit der großen Klappe Matt.

»Was tust du den hier? Ich dachte, deine Freundin hat Geburtstag.«

Er wog den Kopf von links nach rechts und wieder zurück und dabei guckte er, als würde er gerade auf etwas sehr Unappetitliches beißen. »Hast du schon mal versucht, Mum einen Wunsch auszuschlagen? Und damit meine ich jetzt nicht irgendeinen Schnickschnack, sondern einen Wunsch, der sich um die Familie dreht?«

Irgendwie nahm ich wahr, dass Gavin von einem Ohr zum anderen grinste, aber ich begriff es nicht. »Du wusstest, dass er kommt?«

»Klar. Ich habe ja sein Zimmer gebucht.«

War Gavin jetzt völlig verrückt? »Wo denn? In Tarbert?«

»Nein, im *Mackay Seahouse*. Nur habe ich ihn unter einem Inkognito eingebucht, um dir die Überraschung nicht zu verderben.«

Oh, dieser große, wunderbare Kindskopf. »Die Überraschung ist dir gelungen.« Wieder warf ich die Arme um seinen Hals.

Nur ging Gavin diesmal nicht darauf ein, sondern räusperte sich sehr umständlich, griff meine Schultern und brachte mich dazu, mich umzudrehen.

»Mum?« Ich kam da nicht mehr mit. »Ich dachte, du bist krank und kannst nicht herkommen.«

Sie stupste meinem Vater ihren Ellbogen empfindlich in die Seite. »Dein Vater übertreibt gern. Zum Glück hat Aignéis angerufen, um mich zu beschimpfen, weil ich nicht zu deinem großen Tag kommen wollte. Dabei ist dann rausgekommen, dass dein Vater mir nichts davon erzählt hat, weil er nicht wollte, dass ich mich überanstrenge.« Sie war wirklich wütend. Und das passte so gar nicht zu unserer Mutter. Hinzu kam das geknickte Gesicht meines Vaters. Musste ich mir Sorgen machen?

»Bei euch ist aber alles okay?«

»Wenn dein Vater aufhört, sich meinen Kopf zu zerbrechen – ja.« Unsere Mum wollte es scherzhaft klingen lassen, aber sie war noch nie gut darin gewesen, sich zu verstellen. Anscheinend hatten unsere Eltern tatsächlich ein handfestes Problem.

»Bleibt ihr ein paar Tage?«

»Wir bleiben volle zwei Wochen«, bekam nun auch mein Vater den Mund auf. »Gavin meinte, wenn deine Mutter die Reise schon auf sich nimmt, soll sie sich auch erholen, bevor wir zurückfahren.« Er kam auf uns zu und streckte Gavin die Hand hin. »Es freut mich, Sie endlich kennenzulernen.«

Ich machte mich los und schloss meine Mum vorsichtig in die Arme. Ehe ich etwas sagen konnte, wisperte sie mir ins Ohr. »Lass uns morgen reden. Das ist euer großer Tag. Den will ich nicht mit unseren Problemchen verderben.«

»Ist es denn ein Problemchen? Oder sprechen wir von einem ausgewachsenen Problem?«

Sie lächelte mich an. »Dein Vater übertreibt es mit seiner Sorge und ich bin wirklich böse, dass ich euer Fest beinahe verpasst hätte. Aber das ist nichts, was sich nicht kitten ließe.«

Erleichtert drückte ich sie noch einmal, ehe mein Dad mich an seine breite Bärenbrust riss. »Da siehst du mal, wozu so ein Tapetenwechsel gut ist.«

»Jetzt sag nicht, du hättest das alles vorhergesehen.«

»Gesehen nicht. Aber gewünscht habe ich es mir für dich, Kätzchen.« Er drückte mir einen Kuss auf die Stirn und gab mich frei.

Ich griff nach Gavins Hand, hakte Matt unter und zusammen gingen wir raus auf die Terrasse.

Heute Abend würde nur Gavin eine Rede halten. Ursprünglich hatte er gewollt, dass ich ebenfalls etwas sagte, aber das hatte ich ihm ausgeredet. Wozu auch? Im Herzen wollten wir sowieso das Gleiche. Für immer. Es reichte, wenn einer es aussprach.

ENDE

DANKE!

Ich bin mir des Privilegs, ein wenig Ihrer Zeit geschenkt bekommen zu haben, durchaus bewusst. Und ich hoffe inständig, dass Ihnen dieses Buch gefallen hat.

Die Geschichte von Gavin und Cat ist erzählt – aber wenn Sie mögen, bleiben Sie noch ein wenig mit mir auf Harris. Es wird eine Kurzgeschichte mit etwa sechzig Buchseiten geben, die ich in den kommenden Wochen an die Abonnenten meines Newsletters versende.

Titel: »Der Doc trägt Rock« - und sie handelt natürlich vom unverbesserlichen Womanizer Ian und von Neila, die wild entschlossen ist, den Arzt, dem die Frauen vertrauen, nicht in ihr Leben zu lassen. Aber was sind schon gute Vorsätze, wenn man nicht ab und zu an ihnen rüttelt?

Zur Anmeldung für meinen Newsletter geht es unter
www.annestevens.info.

Feedback ist mir immer willkommen! Mailen Sie einfach an
post@annestevens.info

Ich freue mich aber auch, wenn Sie mir auf
Instagram,
Facebook oder über die
Amazon-Autoren-Seite folgen.

»FRÄULEIN SAND WILL MEER«

Eine Liebesgeschichte

Ein neues Buch von mir erscheint am 15. April 2022. Vorbestellt werden kann es bereits jetzt bei Amazon.

Was, wenn du dich in jemanden verliebst, den du nicht ausstehen kannst?

Jule Sands Leben ist perfekt. Sie liebt ihre Strandbar, ihre Freundinnen und das Leben am Meer. Selbst die regelmäßig in ihren Briefkasten flatternde Vulgär-Lyrik ihres Vermieters und die nicht jugendfreien Eskapaden ihres einzigen Mitarbeiters nimmt sie gelassen – bis ihr eine Pachterhöhung ins Haus schneit, die sich gewaschen hat. Ohne einen Zweitjob lässt sich die Vorsaison nicht überstehen. Deshalb willigt sie spontan ein, die Kinder des Architekten Jan de Fries zu hüten.

Dass der ebenso leicht entflammbare wie stoische Architekt sie für eine Hippie-Version von Mrs Doubtfire hält und nur zähneknirschend einstellt, ist Jule egal. Doch schon bald sorgen ihre unkonventionellen Methoden nicht nur für Krach, die energiegeladene Stimmung beschert den beiden auch ein aufregendes Kribbeln. Jan soll es recht sein. Was sind schon zwei Monate? Wenn Jule geht, kann er in sein altes Leben zurück. Oder nicht?

Eine stürmisch-humorvolle Romanze von der niederländischen Nordseeküste. Sie möchten das Buch vorbestellen? Das können Sie hier tun!

ÜBER DIE AUTORIN

Ich war siebenundzwanzig, hatte eine Ausbildung absolviert und studiert und war noch immer richtungslos, als ich mein Praktikum bei einer Tageszeitung antrat.

Ich zum Pförtner: »Ich soll mich um halb zehn bei XY melden.«

Der Pförtner: »Ha, ha, netter Witz. Die Herren kommen nie vor elf.«

Elf. In Worten: Elf! Das war der Moment, in dem ich wusste, dass ich meinen Beruf, ach, was sage ich, meine Berufung gefunden habe!

Es hat mich nie gestört, dass ein Arbeitstag, der nicht vor elf beginnt, eben auch erst um acht Uhr endet. Denn mehr, als das Geldverdienen und das Ausschlafen hat mich die Qualität der Zeit, die man in diesem Beruf verbringt, begeistert.

Erster Tag, erste Begegnung mit XY: »Erwartest du jetzt von mir, dass ich dir sage, was du machen sollst? Kindchen, jeder hat eine Geschichte zu erzählen, du musst nur zuhören.«

Ich gebe zu, in meiner berufsjugendlichen Überheblichkeit habe ich das belächelt. Und es hat mich Jahre voller mittelmäßiger Geschichten gekostet, zu kapieren, dass es stimmt. Ich war im Knast, habe Vorstandsetagen und Frauenhäuser besucht, Tage mit Obdachlosen, in Flüchtlingsheimen oder in Gerichtssälen verbracht. Gala und Kaninchenzüchter. Reisen, reisen, reisen. Ein Reichtum an Geschichten, die mir niemand nimmt. Mein Fazit: Ich würde ein Abendessen mit einem humorvollen Rassegeflügelzüchter jederzeit dem weichgespülten Marketing-Sprech eines CEO vorziehen.

Was mir dabei nie abhanden kam, ist die Liebe zum Schreiben!

Und dann wäre da noch: Ich bin Mutter, ü50, liebe, lache, lese viel und esse gern. Was ich mag? Menschen! Meine Stärke: Sie (nicht zu) ernst nehmen. Hund oder Katze? Ersteres. Sekt oder Selters? Letzteres. Ich bin teamfähig, gern nett und – bei artgerechter Haltung – erfreulich umgänglich.

Noch Fragen? post@annestevens.info

Printed in Poland
by Amazon Fulfillment
Poland Sp. z o.o., Wrocław

26065997R00219